U0840714

梁羽生作品集

46

鸣镝风云录

贰

梁羽生 著

中山大学出版社

·广州·

图书在版编目（CIP）数据

鸣镝风云录/梁羽生著. --广州：中山大学出版社，2012. 12
（梁羽生作品集）
ISBN 978-7-306-04387-0

Ⅰ. ①鸣… Ⅱ. ①梁… Ⅲ. ①侠义小说—中国—当代 Ⅳ. ①I247.5

中国版本图书馆CIP数据核字（2012）第299730号

广东省版权局版权合同登记图字：19-2012-055号

朗声图书

本书版权由集锐传意有限公司授权广州市朗声图书有限公司在中国大陆（不包括香港、澳门、台湾地区）专有使用

敬告读者

为了维护读者、著作权人和出版发行者的合法权益，本书采用了新型数码防伪技术。正版图书的定价标示处及外包装盒上均贴有完好的防伪标签。刮开涂层，可见到一组数码，您可以通过两种途径查验真伪。

1. 拨打全国免费电话4008301315，按语音提示从左到右依次输入相应数码并按#键结束。
2. 扫描防伪标上的二维码，按提示输入相应数码。

读者如发现盗版图书，可向当地“扫黄打非”办公室、新闻出版局、工商管理部门、公安机关、技术监督部门举报，或直接与我们联系。

联系电话：020-34297719　13570022400

我们对举报盗版、盗印、销售盗版图书等侵权行为的有功人员将予以重奖。

广州市朗声图书有限公司

目 录

第二十八回　旧怨难消来助阵
新知虽好忍寒盟

奚玉瑾心里想道："果然是他。"她早已料到是辛龙生，但在这危险之极的关头，突然见他出现，也还是不禁又惊又喜。

郑友宝等三人见跳下来的是个唇红齿白的少年，身手竟然如此了得，却是不禁大为吃惊了。

辛龙生笑道："我早就在这里了，你们现在才知道吗？嘿，嘿，你们自己睁着眼睛做瞎子，却来怪我！几枚松子，和你们戏耍戏耍，你们就当作是'伤人的暗箭'，岂不令人笑掉大牙！哈哈，你们何以不抱怨自己的本领不济呢？你们说我不算得是英雄好汉，不错，我从来不敢以英雄好汉自居，但我倒想请问你们，你们三个大男人欺负一个小姑娘，却又算得是哪门子的英雄好汉？"

郑友宝恃着有化血刀的毒功，虽然吃惊，还是欲图一逞，受了他的奚落，怒气上升，喝道："我不与你斗嘴，看掌！"

辛龙生笑道："你的掌法我早已见识过了。"郑友宝一掌打去，忽见辛龙生的指头正对着他掌心的"劳宫穴"，这"劳宫穴"正是练他们这门功夫所要顾忌的穴道之一，倘若给对方戳破，真气宣泄，最少也要耗损二年功力。当然，倘若是换了寻常的人与他交手，他练有闪穴的功夫，对方的指力戳不破他的掌心，给他点着，也是无妨。但现在他已见过辛龙生的本领，辛龙生用一颗松子，都可以打得他额角起瘤，那么真正动起手来，指力可以洞穿他的掌心，想必也非难事。他如何还敢冒险尝试。

郑友宝也算得是个不大不小的武学行家，一见对方出指的手法乃是上乘的点穴功夫，大惊之下，连忙收掌，退了一步。

辛龙生笑道："你不是要较量我的本领吗，为什么不打来呀，难道当真是只叫我'看掌'吗？哈哈，你的手掌有什么好看？"

郑友宝欺身侧袭，辛龙生侧目斜睨，傲然不动，待得郑友宝来得近了，这才一指翘起，指尖对准他肩头的"肩井穴"，"肩井穴"倘若戳破，琵琶骨断了，多好武功，也将变成废人。郑友宝迫得又赶忙收掌，连退两步。

郑友宝接连几次变招，辛龙生任他双掌盘旋飞舞，指尖总是对准了他要害的穴道，郑友宝每一次都是不能不自行缩手，连连后退。

奚玉瑾在旁看得又惊又喜，心里想道："听说江南的武林盟主文逸凡文大侠外号铁笔书生，点穴的功夫天下无双，如今得见他的衣钵真传的手法，果然是名不虚传！"

辛龙生大笑道："你只是后退，那还较量什么？"郑友宝大叫一声："罢了，罢了！"扭头就跑！

祝大由、言秉钧二人身上受伤，见辛龙生武功如此高强，眼看郑友宝就要抵敌不住，早已打定了"三十六计，走为上计"的主意。郑友宝一退，他们便跑，跑得还在郑友宝的前头。

辛龙生喝道："好，都给我滚吧！"一记劈空掌打出，隐隐挟着风雷之声，其实对方已经"滚"了，无须加上这掌，他加上这掌，乃是有意在奚玉瑾跟前炫耀自己的内功的。

只听得"蓬"的一声，言秉钧因为受伤较重，刚刚醒转过来，脑袋尚自感到一阵阵晕眩，给这劈空掌力一震，双眼发黑，登时跌倒，骨碌碌地滚下山坡。郑友宝将他抱起，和祝大由二人没命飞逃，只恨爹娘少生了两条腿。

辛龙生哈哈笑道："痛快，痛快！"也不去追，回转头来，却对奚玉瑾施了一礼，说道："小可来迟，累奚姑娘受惊了！"

奚玉瑾只得敛衽还礼，说道："多蒙辛公子两番相救，感激无拟。"当下掏出了那枚戒指，杏脸微红，递给辛龙生。

辛龙生道："这枚戒指，奚姑娘就留下来吧。"奚玉瑾面色一端，说道："我不能要这戒指，我也无福承受你这戒指。这不是孟七娘给你的吗，你应该留待他日，送给一个比我好得多的女子的。”她说“无福承受”，话中之意已是点明了自己有了意中人了。

辛龙生道：“哦，孟七娘已经告诉了你这戒指的来历。”奚玉瑾点了点头，说道：“不错。所以我决不能要你这枚戒指，你也不该随便拿孟七娘给你的戒指送与我的。”

辛龙生满面通红，赔笑说道：“奚姑娘请别见怪，我，我是因为恐怕奚姑娘遭受危险，孟七娘喜怒无常，拿不准她什么时候会下毒手。她的脾气，一旦发作起来，无人可以解救，我又不能随侍在侧，只，只有这枚戒指，才，才可以——”

奚玉瑾道：“我明白，只有这枚戒指可以救我一命。它确实也救了我的命了，多谢公子的好意，我感激还来不及呢。不过，它已经救了我的命，现在对我则已是没有用处了。我也不配要你这样珍贵的礼物，所以还是请公子收回去吧。”

辛龙生接过戒指，甚是尴尬，只好将它收了起来。又是羞惭，又是失望。但转念一想：“无论如何，她对我仍是有好感的。即使她真的是另外有了意中人，此事还是大有可为。”于是貌作毫无芥蒂，微笑说道：“多谢奚姑娘能够谅解，这我就放心了。但此地不宜久留，咱们还是赶快上山吧。”奚玉瑾一来是因为辛龙生对她有救命之恩；二来也有一些事情想要问他，于是便与他作伴，一路同行。

辛龙生好像知道奚玉瑾的心思，说道：“这次的事情，你一定会觉得很奇怪吧？”

奚玉瑾道：“不错。我本来是要去救韩大维的性命的，想不到反而害了他。”

辛龙生道：“此事早已在我意料之中，韩大维的脾气倔强之极，他不肯向孟七娘屈服，我的表姑迟早会杀他的。韩大维算得是当世有数的人物，响当当的好汉子。可惜，我却没有办法救他。”

奚玉瑾道：“不，不是孟七娘杀的。他喝了我送去的九天琼花回阳酒，不料酒中却下了毒。”

辛龙生道：“哦，你是说韩大维尚未毙命，只是中毒吗？原来我的表姑还未舍得杀他，又不知要用什么法子折磨他了。但他们二人的脾气，彼此都是不肯迁就对方，韩大维这条性命，只怕迟早都会送在孟七娘手上。”

奚玉瑾本来以为辛龙生知道他的姑姑暗中下毒的事情，是以想等他自己说出来。不料辛龙生却一直把凶手当作是孟七娘，奚玉瑾忍不住说道：“不，这毒药不是孟七娘放的，下毒的另有其人！”

辛龙生惨然道：“你怎么知道不是孟七娘，九天琼花回阳酒不是她拿给你，叫你送去的吗？”

奚玉瑾一想，那一坛酒藏在孟七娘房中多日，若说是孟七娘下的毒，当然也有这个可能。但她与孟七娘相处三日，孟七娘一心想要维护韩家父女的心情她是了解的。而且在她发现韩大维中毒的时候，那一副又是伤心，又是震怒的神情，决不是可以伪装得来的。

奚玉瑾思量半晌，摇了摇头，说道：“我不相信是孟七娘下的毒手。什么缘故，我却是说不上来。”

辛龙生道：“那么你以为是谁呢？”

奚玉瑾只得说道：“我来的时候，你的姑姑交给我一包药粉，说是解化血刀之毒，叫我放在九天琼花回阳酒之中，可救韩大维的性命了。”

辛龙生大为诧异，说道：“有这样的事吗，那么你是疑心我的姑姑了。”

奚玉瑾道：“我本来不该疑心你的姑姑的。可是倘若不是孟七娘的话，那就当然是她了。辛公子，你不会怪我说得直率吧？”

辛龙生现出一片茫然的神气，似乎是对他的姑姑亦已有了疑心。过了一会，说道：“既是有这样的事情，也难怪你会起疑。但我想应不至于是姑姑下的毒手吧。我常常听得她说，韩大维是她最尊敬的一位朋友的。说不定她给你的那包药粉，真的是化血刀的解药，但孟七娘却另外放了毒药进去，那就不是我姑姑的药粉所能解了。”

奚玉瑾叹口气道：“这件事情，实是令人百思莫解。但韩大维已是决计不能再活，也就不必追究谁是凶手了。”这几句话显然还在怀疑辛十四姑，辛龙生当然是听得懂的。

辛龙生自己也不觉有点疑心，但仍是摇了摇头，说道：“不见得韩大维就必死无疑吧？”

奚玉瑾道：“我闯出来的时候，西门牧野这老魔头已经在和孟七娘动手了，朱九穆这老魔头也正在匆匆赶去。孟七娘双拳难敌四手，如何保得住韩大维的性命？”这话说得更是分明，她既然认为孟七娘是保护韩大维的，那么下毒杀人的凶手，不是辛十四姑还能是谁？

辛龙生笑道：“你是只知其一不知其二。那两大魔头固然厉害，我的姑姑的本领也并不差，此际，她们表姐妹只怕是早已会面了。有她和孟七娘联手，何惧那两个大魔头？”

奚玉瑾吃了一惊，说道：“你姑姑也来了么？”

辛龙生道：“不错，正是因为她已来了，所以我才不敢露面的。”奚玉瑾道：“为什么？”辛龙生道：“我已经和她说过，这次回来，是不准备到孟七娘这儿的，我、我不想给她知道。”似乎颇有难言之隐，理由显然不够充分。

奚玉瑾不想刺探人家私隐，也不想在这小问题上纠缠下去，当下说道：“如果救得出韩家父女的性命，我就安心了，但你的姑姑会帮忙孟七娘吗？”

辛龙生道：“我的姑姑和韩大维是很要好的朋友，她不会见死不救的。就只怕救了出来之后，表姑仍不肯放过了他。”

奚玉瑾道：“孟七娘是否一定要把韩大维置于死地，这个我不敢说，暂且不必管它。但韩大维是已经身中剧毒的啊！”

辛龙生道：“我的姑姑和我的表姑都是精通药物之学的高手。如果是我表姑下的毒，我的姑姑就能解毒，只要她不阻拦。”

奚玉瑾道：“何以你怀疑是孟七娘下的毒呢？”

辛龙生叹道：“这是一段情孽。我的表姑和韩大维本来是一对情侣，后来不知怎的，韩大维另外娶了妻室。表姑因爱成仇，发誓要向韩大维报复，韩大维的妻子就是她毒死的。”韩、孟这段故事奚玉瑾曾经听辛十四姑说过，但说孟七娘毒死韩大维的妻子，这却还是她第一次得知。

奚玉瑾道：“这些事情都是你的姑姑告诉你的吧？”

辛龙生道：“不错，但我相信她不会骗我的。”

奚玉瑾忽地感到一股寒意，心里想道："辛十四姑对侄儿也说谎话，而且居然骗得侄儿相信，这人也真是太可怕了！"

其实辛龙生口里说是相信姑姑，心中却是着实有点思疑了。

他蓦地想起一件事情。那天他出来私自给奚玉瑾送行，回家之后，本来是准备姑姑问她的，出乎意外，姑姑却什么也没有说。但一连两天，脸上都没有现过笑容，神色十分阴沉可怖。

侍梅是奉了辛十四姑之命，送奚玉瑾到孟七娘家里做丫头的。有话吩咐在先，不许让她侄儿知道。因此主人虽然没有责怪，但侍梅已是忐忑不安。这晚失手跌落了一个茶杯，这茶杯乃是绿玉所造，十分名贵，跌在地上，有了一条裂痕，侍梅自然更加惶恐了。

辛龙生感侍梅之情，替她解窘，笑道："幸没有打碎，这点裂痕，请巧手匠人修饰，肉眼一定看不出来。"

辛十四姑面色一沉，忽然拿起玉杯，用力一摔，"当啷"一声，玉杯碎成八块，侍梅大惊失色，连忙跪下，磕头请罪。

辛十四姑冷冷说道："这是我自己打碎的，与你无关。"辛龙生也是惊诧不已，禁不住问道："姑姑，这玉杯还可以用呀，为什么要摔掉它了？"辛十四姑好像是发泄了一口怨气似的，"嘿，嘿，嘿"干笑几声，森然说道："有了裂痕，还要它做什么？嘿，嘿，这个脾气，我倒是和你的表姑相同。"

辛龙生想起了这件事情，不由得思疑不定："为什么姑姑不让我知道奚姑娘这件事情，昨天晚上，要用黑酣香令我熟睡？是怕我阻挠她利用奚姑娘来救韩大维的计划呢，还是另有原因？她说的那几句话又是什么意思？有了裂痕，就不能要了。这恐怕不单单是指那个玉杯吧？"

蓦地一个念头在他心中掠过，"姑姑才貌双全，为什么她也终身不嫁？莫非她也是像表姑一样，为韩大维害了单相思？只不过表姑敢把心事告诉她，她却是什么人都瞒住。她说她那一点脾气与表姑相同，莫非也就是指对韩大维而言的？奚姑娘疑心是她在酒中下毒，只怕并不是空穴来风了？"想至此处，不禁打了一个寒噤。

奚玉瑾也是有着她的心事，韩大维的事情现在她已是无能为力了，但她的哥哥也正在危险之中，必须她去解救。这可是刻不容缓的啊！

两人各怀心事，目光相触，面上都是一红。辛龙生是因为内疚于心，奚玉瑾则因为想到还有需要辛龙生帮忙之处，不禁觉得有点难以为情。

辛龙生道："奚姑娘，你上哪儿？"奚玉瑾道："对啦，我正想问你，你是不是还要回到洛阳的丐帮分舵？"辛龙生道："可有什么事吗？"

奚玉瑾道："听说丐帮有一批金银珠宝，要运出城去，送给义军？"

辛龙生诧道："奚姑娘，你的消息可是灵通得很啊！"

奚玉瑾道："你先别追究我是从哪儿得来的消息，但此事关系可是非同小可，听你的口气，似乎是确实的了？"

辛龙生道："不错，陆帮主曾经与我提及此事。这批金银珠宝已经送出去了，就是在我与他见面的前一天晚上送去的。押运的人是名震江湖的任大侠任天吾，想必不至于出事的。"

奚玉瑾顿足叹道："糟糕，糟糕！就是因为由任天吾押送，非出事不可！"

辛龙生道："任天吾的七修剑法乃是武林一绝，本领很不错啊！"

奚玉瑾道："任天吾本领是很不错，但他却是私通蒙古的奸细！"

辛龙生大惊道："此话当真？"

奚玉瑾道："今日日间，任天吾派了他的大弟子余化龙来此，找那两个魔头，其时西门牧野尚未回来，朱九穆和他会面。他们的谈话，都给我听了。"

辛龙生更是吃惊，连忙问道："竟有这样的事！他们说了些什么？"

当下，奚玉瑾将她与碧波偷听到的秘密告诉辛龙生，说道："你想，他们的计划多么阴险！由这两大魔头乔装匪徒，半路截劫，任天吾假装不敌，受伤落败，这样，就谁也不会疑心他了！哼！哼，他虽败犹荣，只怕你们还要把他当作'大侠'呢！"

辛龙生越想越是吃惊，说道："想不到任天吾竟是如此一个阴险小人！押运宝藏的还有丐帮的两位香主呢，这么一来，丐帮的人岂不是也要遭他毒手了？"

奚玉瑾道："不错，他们的计划正是要把丐帮的人斩尽杀绝，只'放'任天吾一人'逃生'。押运的人之中，还有我的哥哥在内。所以这件事情，于公于私，我都是非管不可。你可不可以帮我一个忙，带我去见丐帮的陆帮主，告诉他这个消息？"

辛龙生想了一想，说道："救兵如救火，目下洛阳已被蒙古大军包围，咱们要偷进城里见陆帮主或许可以做得到，但也一定是不容易的。陆帮主也未必抽得身来管这桩事。一来一回，恐怕要耽搁许多时候，而且还可能劳而无功。不如咱们马上赶去赴援，尽力而为。好在这两个魔头，如今正在这里有事。即使他们打得过孟七娘和我的姑姑，也会阻迟他几个时辰，咱们倘若能赶在他们的前头，事情就好办了。"

奚玉瑾正是这个意思，只是不便自己说出来。听了辛龙生的话，立即说道："既然如此，咱们马上赶去吧。只不知会不会误了你的事情？"

辛龙生道："我在洛阳之事已了，本来是准备回江南向师父复命的，为了你的事情，我才在家里多住两天。希望知道了你的平安消息，我才放心回去，如今天从人愿，你已经脱险，我也不必急于回转江南。莫说耽搁三两天，十天半月，亦是无妨！"

辛龙生乘机再表心事，奚玉瑾也是杏脸重泛红霞，一时间不知说些什么话好。辛龙生笑了一笑，说道："奚姑娘，你不要误会我是用这件事来要挟你，你喜不喜欢我，这是另一件事情，我但求与你同在一起，多聚几日，于愿已足。"

奚玉瑾虽然芳心早有所属，但对于辛龙生的一片痴情，却也不无感动，心里想道："他是名门正派的弟子，只要彼此以礼相待，作为知己，也不能说是对不住啸风。"一来她非要辛龙生帮忙不可，二来她对辛龙生颇有好感。是以虽然觉得有点尴尬，也只能如此了。

按下他们二人之事暂且不表。且说孟七娘与韩家父女在堡中的遭遇。

此时，孟七娘正在与西门牧野恶斗之中。

且说孟七娘与西门牧野撕破了脸之后，彼此都知道对方乃是生平从所未遇的劲敌，谁也不敢轻心大意。

西门牧野首先发动攻势，一出手就是他的看家本领——练到了第八重的“化血刀”功夫！掌风一发，一股浓烈的血腥气味冲人欲呕！

孟七娘气沉丹田，暗运玄功，护着心房，挥袖一拂，化解了他的一招。

这一拂乃是最上乘的以柔克刚的功夫，西门牧野见她神色如常，并无丝毫中毒的迹象，心里也是不禁暗暗吃惊，想道：“这婆娘果然不好对付，莫要跌翻在她的手里，可就要叫朱九穆见笑了。”

西门牧野只是怕在朱九穆面前失去面子而已，孟七娘却要担心朱九穆到来与他联手，那时自己就势必非败不可了！

其实孟七娘虽然不至于便即中毒，但因她必须运功护身，以防毒气侵袭，是以功力也不能不略减几分。

一方面是有强援在后，一方面是孤掌难鸣。斗了十数招之后，孟七娘渐渐落在下风，只听得“嗤”的一声响，孟七娘的衣袖给西门牧野撕去了一幅。西门牧野哈哈笑道：“七娘，你又何苦为了韩大维与我拼命？”

西门牧野此言一出，只听得嘻嘻哈哈之声跟着哄闹起来，原来是他的党羽早已有一部分到了。

这些人震于孟七娘的威名，自知插不进手去，起初谁都不敢放恣。如今看见西门牧野占了上风，自是不免跟红顶白，争着向西门牧野奉承，向孟七娘嘲讽了。

有一个笑道：“这婆娘倒是一心向着她的老相好，可惜韩大维已是成了废人，无福消受美人恩了！”有一个道：“这婆娘最少恐怕也有五十开外的年纪了吧，还说得是美人么？”又有一个笑道：“徐娘半老，风韵犹存，嘿，嘿，许多年轻漂亮的大姑娘还比不上她呢。”又一个道：“韩大维无福消受，不如西门牧野就当仁不让吧。”

西门牧野忽地喝道："小心，快躲！"话犹未了，那些人的笑声已是变成了喊声，"哎哟，哎哟！"的叫声不绝于耳，孟七娘冷笑道："好，你们笑够了么？哪一个还要耍贫嘴的，尽管说吧！"

只见刚才说话的那四个人一个跟着一个的倒在地上，身上七窍流血，显见是不能活了。原来在他们的脑门各自插了一根小小的梅花针。这是孟七娘淬过剧毒的梅花针，比见血封喉的暗器还更厉害。西门牧野武功高强，自是不怕梅花针的暗袭，但用来对付这些人却是绰绰有余。幸亏孟七娘只是要惩罚这四个人，撒出的一把梅花针，只有四根是射向这四个人的脑门的，射向其他的人，却并非对着要害。接着又有西门牧野挡了一挡，否则伤亡的就只怕更多了。

孟七娘举手之间就杀了四个人，把那些人吓得魂飞魄散。胆小的连忙逃跑，胆大的也还远远躲开，不敢说话。

西门牧野道："好。还是咱们来决个胜负吧！"双掌运环进掌，腥气弥漫，把化血刀毒功发挥得淋漓尽致，孟七娘的掌法并不输于西门牧野，但只凭着一双肉掌，却是对付不了他的"化血刀"毒功。

那些远远躲开的人，估量孟七娘的梅花针已是决计打不到这么远了，胆子又稍稍大了起来。有的人指手画脚的在谈论，但却也还不敢高声说话。

忽听得一个清脆的声音喝道："让开！"只见两个丫鬟推开众人直闯进来。年纪大的那个才不过十八九岁的模样，小的那个看来至多只有十四五岁。

西门牧野的大弟子濮阳坚也是躲在人丛中指手画脚的一个人。他认得这两个丫头乃是孟七娘的贴身侍女，大的那个名唤碧淇，小的那个名唤碧波。濮阳坚领教过碧淇的厉害，惊弓之鸟，自是不敢惹她。

此时孟七娘正在忙于应付西门牧野的攻势，业已处在下风。有一个外家拳的高手，自恃练有一身"铁布衫"的功夫，不忿这两个小丫头的横冲直撞，心里想道："孟七娘自顾不暇，距离这么远，她的梅花针也决计打不到我的身上，怕她何来？我们这许多人，若是连她的两个小丫头都制伏不住，岂不叫人笑话？”

碧波喝道：“滚开！”这汉子笑道：“叫我让路也行，但我可得先看看你的本领！”伸开蒲扇般的大手，一抓就向碧波的琵琶骨抓下。

猛听得“呼”的一声，一根拐杖横里一打，随即听得“啪”的一响，碧波已是给了这个汉子一记清脆的耳光，冷笑说道：“你要见识，那就让你见识！”

原来用拐杖横扫这个汉子的乃是碧淇，碧波则是趁着他应付碧淇的当儿，以迅雷不及掩耳的手法打他耳光的。虽说是有碧淇替她牵制对方，但她身手的敏捷，亦是足以令人吃惊了。

碧淇是孟七娘亲自调教出来的丫头，她七岁来到孟家，已经是练上了十年以上的功夫了，武功之强和辛十四姑的丫头侍梅不相上下，江湖上一些二三流的角色，远远比不上她。她用的这根拐杖，也正是孟七娘从前所用的兵器，漆得乌黑发亮，看来像是木头，其实却是质地最好的镔铁打成的，重达五十六斤。

这汉子也是个识货的人，一听这拐杖打来的风声，不禁吃了一惊，说时迟，那时快，只觉脸上热辣辣的，已是给碧波打了一记耳光了。

这汉子气得暴跳如雷，此时虽然知道拐杖沉重，但自恃练有刀枪不入的“铁布衫”功夫，心里想道：“我拼着受她一杖，先把她的兵器夺了过来再说。收拾了这个丫头，那小丫头自然逃不出我的掌心。”当下斜闪一步，出手便抓杖头。

碧淇冷笑道：“你自己找死，可怪不得我！”手腕一振，龙头拐杖以“泰山压顶”之势打下，那汉子横掌一抓，只听得“蓬”的一声，手腕齐根断折，空有“铁布衫”的功夫，也挡不住碧淇的一击！手腕断折，痛得他倒在地上打滚，杀猪般的大叫。

这汉子的两个好朋友大吃一惊，赶忙双剑齐出，过来援救。碧波笑道：“碧淇姐姐，这两个让给我！”笑声中身似水蛇游走，那两个汉子连她用的是什么手法都未看得清楚，手中长剑，已是给她夺去。碧波刚才打那汉子的耳光，还可以说是有些取巧。这次空手夺剑，可就是上乘的“空手入白刃”的真实本领了。

碧波展开双剑，转眼间已是刺了几个人的穴道，与碧淇并肩冲了过去。

可怜那几个人受了池鱼之殃，给碧波刺着穴道，倒在地上，不能动弹，只会呻吟。那若断若续的呻吟之声，比嚎啕大叫更是令人心悸！其余的人四散奔逃，哪个还敢拦阻？

碧淇冲了过去，叫道："主人，用拐杖狠狠打这老贼吧!"振臂一抛，拐杖箭一般的向孟七娘飞去。

西门牧野想要抢夺拐杖，哪知孟七娘主仆抛杖接杖的手法乃是另有一功的，西门牧野觑准方向抓去，拐杖却忽地斜飞，西门牧野一抓抓空，孟七娘已是接到手中了。

孟七娘拿到了龙头拐杖，精神陡振，拐杖一伸，矫若游龙，立即便向西门牧野打过。似扫似劈，似点似刺，饶是西门牧野见多识广，也识不得她这一套杖法。

西门牧野恃着功力深湛，破不了她的杖法，便即硬来，横掌一劈，硬砍杖头，只听得"当"的一声，西门牧野胸中气血翻涌，腕骨欲裂。孟七娘也禁不住退了两步，身形一晃。但比较起来，还是西门牧野吃亏更大。西门牧野这才大吃一惊，心里想道："这婆娘三十年前有'艳罗刹'之称，果然是名不虚传。只论她这一身内功，已是决不在我之下。"

西门牧野领教了这根龙头拐杖的厉害，战术再变。仍然以"化血刀"的毒功取胜，在迫不得已时，才硬接她的拐杖。

孟七娘叫道："碧淇、碧波，你们守着牢门，不准任何人进去!"两丫头齐声应道："是!"

碧波仗剑守着门口，碧淇进去把守里面一重，保护韩大维父女。

濮阳坚深恐师父不敌，连忙叫道："快，快请朱老先生！还有崆峒三英，也催他们快些来吧!""崆峒三英"乃是崆峒派第二代弟子中的三名高手，在他们这帮人中武功最强，仅次于西门牧野和朱九穆两个老魔。

孟七娘知道对方有强援在后，必须速战速决，当下展开了"乱披风"的杖法，指东打西，指南打北，迫得西门牧野连连后退。

可是西门牧野亦非庸手，虽然后退，尚未落败。他只是不识怎样应付这套杖法而已。而孟七娘也必须运功来抵御他的“化血刀”的毒功侵袭，双方还是各有顾忌的相持局面。

忽听得濮阳坚一声欢呼，原来是朱九穆已经到来。朱九穆哈哈笑道：“这臭婆娘果然是有两下子。西门兄不用害怕，我来助你！”

西门牧野“哼”了一声，说道：“这臭婆娘虽然厉害，也不见得我就会输了给她！韩大维不知怎么地了，你还是去看看他吧。”

孟七娘大吃一惊，心里想道：“韩大维已是奄奄一息，若容得这老魔头进去，他们父女岂能还有命在？”要知碧淇、碧波这两个丫头本领虽然不弱，对付西门牧野那班党羽足够有余，但要阻止朱九穆这样厉害的老魔头却是决计不能。

孟七娘情急之下，顾不得两面作战的危险，“呸”的一声喝道：“不要脸！”龙头拐杖倏然一转，换了方向，一招“夜叉探海”便向朱九穆横扫过去。

朱九穆对西门牧野的好胜虽然有点反感，但毕竟是利害相同的一伙，而且自己也还有许多地方要仰仗于他，于是哈哈一笑，说道：“西门兄，韩大维已经给你的独门手法点了穴道，谅他插翼难飞。咱们还是先把这臭婆娘制伏了再说！”几句话给西门牧野圆了面子，当下便举掌还击孟七娘。

朱九穆的“修罗阴煞功”已经练到了第八重，双掌一发，登时寒飙卷地，令人如坠冰窟。饶是孟七娘内功深厚，也不禁激伶伶地打了一个冷战。但她以“乱披风”杖法的连环刺穴招数，也迫得朱九穆不能不退开两步。

孟七娘背腹受敌，顾得了应付西门牧野，朱九穆又攻上来，不过十数招，又把孟七娘打得手忙脚乱。

朱九穆笑道：“七娘，咱们本来是一条线上的合伙人，是你请我们来帮忙你对付韩大维的，如今你却中途变卦，反而为了韩大维和我们翻脸，这是你迫得我要和你动手，可不能怪我们欺负你了！”

孟七娘怒道：“不错，我是瞎了眼睛，引狼入室，悔之已晚。但也不能容得你们如此放肆，大不了把这条性命交给你们便是！”

孟七娘拼着豁了性命，“乱披风”的杖法使得狠辣无比，每一招都是拼着两败俱伤的杀手，西门牧野朱九穆二人虽然是稳操胜券，也不能不有些顾忌。

西门牧野那班党羽看见孟七娘遭受夹攻，已是自顾不暇，胆气复壮，又渐渐的围拢了来。忽地听得有人叫道：“崆峒三英来了！”

“崆峒三英”乃是崆峒派第二代弟子中的三个高手，是一母所生的同胞兄弟，大哥名叫齐岱，二哥名叫齐泰，三弟名叫齐岳。他们的师父就是有“崆峒二奇”之称的武林名宿蒙天庇和劳天护。

蒙天庇、劳天护二人当年在桑家堡曾败在蓬莱魔女和笑傲乾坤二人的手上（事详见拙作：《狂侠天骄魔女》），自知日趋衰暮，今生是决计难以亲自报仇的了，因此便把希望寄托在弟子身上，师兄弟全力调教三名徒弟，希望徒弟能够为他们出一口气。这三名徒弟便是如今在江湖上号称“崆峒三英”的齐家兄弟了。

“崆峒三英”下山之后，本来想找蓬莱魔女和笑傲乾坤较量，一日在金鸡岭上遇上了蓬莱魔女的手下仲少符与上官宝珠这对夫妇，竟给仲少符与上官宝珠联剑杀败。“崆峒三英”连蓬莱魔女的手下都打不过，这才知道自己的本领还差得很远。

不久他们与西门牧野相遇，西门牧野知道他们要代师报仇之事，便与他们深相结纳。他们一来佩服西门牧野的武功，二来也想仰仗他的势力，于是也就甘心情愿的为他所用，做了西门牧野的得力助手。

这样的三个人本来是不放在孟七娘眼内的，但如今孟七娘自顾不暇，却是不能不担心他们会进去伤害韩大维了。

不出孟七娘所料，“崆峒三英”到来之后，一见孟七娘已是自身难保，无须自己上去帮那两个魔头，听说韩大维父女尚在牢中，而自己的同伴又有多人伤在那两个丫头的剑下，于是听了濮阳坚的措掇，果然便要闯进牢里把韩大维父女揪出来。

但“崆峒三英”却也颇顾身份，不愿三人齐上，对付两个小丫头。只由老三齐岳单独上去，先行试试她们的本领。

“崆峒三英”在武林中是介于一二流之间的角色，但却已是在碧淇、碧波二人之上。

碧波尚未知道对方的厉害，刷的一剑刺出，齐岳使的是一对金环，双环一合，“当”的一声，登时把碧波的长剑夹断。

碧淇年纪较大，本领在碧波之上，但齐岳所用的“乱环诀”却是崆峒派镇山之宝的武功，对方的刀剑一给他的双环夹住，不但折断，便非脱手不可。

碧淇使出了浑身本领，幸而没有遭他所算，但也不过抵挡了十数招，便已迭遇险招，岌岌可危！

眼看这两个丫头便要伤在齐岳手上，忽听得一声冷笑，有人说道：“欺负丫头，好不要脸！居然还敢号称英杰！”

声到人到，齐岳只觉得背后劲风飒然，大吃一惊，连对方是什么人都未见着，只觉肩头火辣辣的作痛，给那人一把抓着了琵琶骨，便似捉小鸡一样的提了起来，摔了出去！

原来来的这个人正是辛十四姑。

“崆峒三英”中的老大齐岱大吃一惊，喝道：“哪里来的妖妇，胆敢伤害我三弟！”声到人到，只见金光耀眼，双环已是疾打过来。

辛十四姑冷笑道：“你连我也不认识，居然敢在这里逞能！”拢指一拂，在对方一对金环笼罩之下，竟然欺身进扑，使出了“空手入白刃”的功夫。

齐岱的功夫比弟弟高明得多，辛十四姑一抓没有抓着，齐岱左手金环滴溜溜的一转，已是转过方位朝着辛十四姑肩上的琵琶骨砸打，辛十四姑伸指一弹，“铮”的一声，金环反砸回去，齐岱几乎把握不牢，金环险些脱手。连忙倒退三步，这才没有给自己的金环打伤额头。

辛十四姑笑道：“你能够挡得我的一招，也算是很不错了，滚出去吧！”

齐岱又惊又怒，喝道：“好妖妇，我与你拼了！”说时迟，那时快，“崆峒三英”中的老二齐泰亦已扑来，两个人四只金环，封住了辛十四姑的去路，向她左右夹攻。

辛十四姑冷冷说道：“饶你不死，你们偏要找死么？”只见绿影一闪，穿过金光，原来辛十四姑的剑乃是用“绿玉竹”削成的，如今她就用这柄竹剑对付齐家兄弟的两对金环。

用竹削成的剑等于是小孩子的玩具，“崆峒三英”的金环却是擅克刀剑的一种外门兵刃，钢铁铸成的刀剑给他们的双环夹住也会折断。何况是把竹剑？但说也奇怪！这两兄弟联手，两对金环左右夹攻，非但没有能够夹着她的竹剑，反而给她的竹剑攻得手忙脚乱，应付不暇。

只听得叮叮当当之声不绝于耳，猛听得辛十四姑喝声“着!”竹剑指东打西，指南打北，齐岱、齐泰同时中剑，齐岱只觉胁下一麻，倒跃出丈余开外，身形恍似风中之烛，摇摇欲坠！齐泰败得更为狼狈，衣裳给竹剑划开四幅，露出了精赤的皮肤，幸而是一把竹剑，倘若是利剑的话，早已刺穿他的骨头了。

辛十四姑冷笑道：“你们是不是还要拼命？我让你们歇过了再打!”

她见齐老大给刺着了穴道，居然并没有倒下，也是有点出乎意料之外。

齐岱喘过口气，怒道：“你杀了我的三弟，我决不与你干休!”

齐泰说道：“大哥，三弟没死，他似乎是给这妖妇用重手法闭了穴道。”

原来当齐岳给辛十四姑摔倒之后，齐泰早已把他扶了起来，察视过了。齐岱当时已经上去和辛十四姑交手，却不知道，以为弟弟已经遭了辛十四姑的毒手。

辛十四姑笑道：“你给你弟弟解开了穴道，若还要打，我再奉陪!”

辛十四姑打发了“崆峒三英”，不再理睬他们，便向牢房走去，笑道：“我来迟了一步，可累得你们这两个小丫头受惊了。”

碧淇惊喜交集，说道：“你老人家来了，这可好了!”

辛十四姑道：“韩大维怎么样了？”

碧淇道：“他似也是中了毒，现在尚昏迷未醒。”原来碧淇是孟七娘的贴身侍女，对使毒的功夫多少也懂一些，看得出韩大维乃是中毒，但她却不知道下毒的人正是辛十四姑。

辛十四姑道：“好，且待我进去看看。”

碧波道：“十四姑，请你老人家帮忙我的主人，先打发了这两个魔头吧。”碧波最得主人宠爱，眼见主人危急，是以虽然知道孟七娘和辛十四姑素有心病，也不能不向她恳求了。

孟七娘全神应付朱九穆与西门牧野的进攻，辛十四姑来到，她恍似视而不见，听而不闻，正眼也不觑辛十四姑一眼。此时方始冷笑道：“我的好表姐，你大可不必来假献殷勤啦！”

辛十四姑笑道：“我的好表妹，你这么说，倒是把我当作外人了。嘿，嘿，尽管你对我有点误会，但我却怎能不理你呢？咱们总是至亲的表姐妹啊！”

西门牧野与朱九穆看见“崆峒三英”败在辛十四姑手里，早已全神戒备，可是辛十四姑出手之快，还是出乎他们意料之外。

辛十四姑口中尚在说话，竹剑突然扬空一闪，已是刺到了西门牧野的面前。西门牧野一个“盘龙绕步”，横掌劈她手腕，说时迟，那时快，辛十四姑早已“移形换位”，竹剑又刺到了朱九穆的背心。西门牧野几乎给她刺瞎眼睛，吓出了一身冷汗。辛十四姑给他“化血刀”所发的血腥气味直攻鼻观，也是感到一阵恶心，暗暗吃惊。

朱九穆听得背后微风飒然，反手便是一掌，辛十四姑打了一个冷战，竹剑一挑，只听得“嗤”的一声响，朱九穆衣襟穿了三个小孔，辛十四姑亦已倒跃三步，又回到了牢房门口。这两下兔起鹘落的交手，辛十四姑稍稍占了一点便宜，但也知道了西门牧野的“化血刀”与朱九穆的“修罗阴煞功”是非同小可，若要打败他们，即使是和孟七娘联手，也非百招之外不行。

辛十四姑急于去见韩大维，笑道：“表妹，你好好打吧，他们一时间是奈何不了你的，待会儿我再来帮你。”原来那两个魔头给辛十四姑闪电般的攻击了一招，两人都忙于应付，因此孟七娘的劣势暂时得以扭转过来，又再重夺先手了。

辛十四姑在笑声中则已走入牢房，看韩大维去了。正是：

旧梦尘封休再启，故人今到眼前来。

欲知后事如何，请听下回分解。

第二十九回　恩怨痴缠难自解
悲欢离合总关情

韩大维的身体正在逐渐僵冷，韩珮瑛紧紧抱住父亲，好像生怕双手一松，她的父亲便会永远离开她了。她的心头也是一片冰冷，外间高呼酣斗的闹声，她已经是听而不闻。

忽地有一个人轻轻抚摸她的秀发，在她的耳边柔声说道："韩姑娘，别害怕，让我看看你的爹爹。"

韩珮瑛如同在恶梦中被人惊醒过来，抬起了头，只见面前站着的是一个衣裳淡雅，面貌慈祥的中年妇人，虽然上了年纪，仍然掩盖不了她的秀气。可以想象得出，在她年轻的时候，一定是个清丽绝俗的美人，令人一见，就不由得心里欢喜。

韩珮瑛怔了一怔，只觉这女人似曾相识，茫然问道："你是谁?"

碧淇说道："这位辛十四姑是我们主人的表姐，她老人家来了，这可好了。她会帮忙你救治爹爹的。"

辛十四姑从韩珮瑛的手中接过了韩大维，叹了口气，说道："你们的主人也真狠心，竟把他折磨得成了这个样子!"

孟七娘曾经把韩大维百般折磨，这是事实。是以那两个丫头听了辛十四姑的话，虽然很不舒服，却也无话可说。辛十四姑取出一支金针，突然插进了韩大维的太阳穴，韩珮瑛吃了一惊，叫道："你干什么?"辛十四姑微笑道："不要害怕，我是用金针拔毒的疗法，医治你的爹爹。"

话犹未了，只听韩大维哼了一声，眼皮果然慢慢张开。韩珮瑛喜出望外，叫道："爹爹，你醒来啦，吓死我了！"

可是韩大维张开了眼睛，眼光中却露出了一派惊惶的神色，声音颤抖，断断续续地说道："十、十四姑，你，是你——"

韩珮瑛道："爹爹，这位辛十四姑是你的救命恩人。"心里却在想道："原来他们是早就相识的，为什么爹爹从来没有向我提起过她？"

韩珮瑛蓦地想起小时候的一桩事情，正是她和谷啸风订婚的那一年，谷啸风走了之后的第三天，家中来了一位女客人，求见她的爹爹，可是她的爹爹没有出去，却由她的妈妈招待。

那年韩珮瑛不过是个四岁的小姑娘，听说家中来了客人，就跑去看，见那女人长得很美，便过去和她亲热。母亲好像不大高兴，骂了她几句，说她不懂规矩，就将她拉开了。但这女人却很喜欢她，一再夸赞她的母亲有这样可爱的小宝贝，临走的时候还送给她一件玩物，是一个碧玉雕成的翠凤，按动机关，会展翅扑腾的。

韩珮瑛喜欢得不愿释手，但那女客人一走，她的母亲就把这翠凤抢去，说道："不准你要这女人的东西！"满脸都是憎恶的神色。

在韩珮瑛的记忆中，母亲是个非常温柔和蔼的人，从来没有发过这样大的脾气的，那天她抢了那只翠凤，用力向阶下一摔，翠凤扑腾的双翼折断了，会发光的一对眼珠跌落了（后来她才知道那是一对夜明珠），翡翠镶嵌的尖喙磨钝了，一身碧绿色的羽毛也零落殆尽了。一只十分可爱的翠凤，变成了也不知像个什么样子的怪物！害得韩珮瑛大哭了一场，好几天没有和母亲说话。

那几天母亲也是面色阴沉，韩珮瑛倒有点害怕起来了，"妈不理我了，怎么好呢？"这天晚上，母亲将她揽在怀里，说道："瑛儿，你还在生妈的气吗？"韩珮瑛道："以后我再不敢要人家的东西了，可是你以前并没有说过不许的啊。妈，你还爱我吗？"母亲亲了一下她的面颊，说道："妈怎能不爱你呢？那天是妈不对，妈并不是怪你，只是怪那女人。"韩珮瑛听得母亲赔了不是，气也平了，好奇之心却油然而生，问道："那个女人不是顶和气吗？妈，你为什么要讨厌她呢？"母亲说道："现在你年纪还小，说给你听你也不懂的，大了，妈自会告诉你。"

可是等不到韩珮瑛长大成人，就在第二年的春天，她的母亲就去世了。再没有机会告诉她了。

韩珮瑛想起了这段往事，再仔细看了看眼前的辛十四姑，在她的身上，隐约找到了那个女人的影子，越看越觉得相似了。

“不错，一定是她。她就是惹得妈妈好几天不开心的那个女人。她是个坏女人吗？可是她现在是爹爹的救命恩人啊！爹爹又为什么好像有点怕她呢？”韩珮瑛百思莫解，心中一片茫然。

韩大维发现了辛十四姑，也是一片茫然，半晌说道：“是你，是你救了我的性命？”

辛十四姑叹口气道：“大维，我知道你一直在疑心那桩事情，你以为是我干的是不是？现在你身受其害，你该明白那个人是谁了吧？”韩大维道：“你说是你表妹下的毒？”

此言一出，碧淇、碧波和韩珮瑛都是大吃一惊，韩珮瑛吃惊尤甚，韩大维曾经告诉过她，说她的母亲是给人毒死的，“孟七娘下毒，毒的是谁，难道她就是杀害我的母亲的杀手？”

果然便听得辛十四姑说道：“我也不敢说一定就是她。我是在想，今天下毒害你的人，多半就是当年害你妻子的人。”显然就是指孟七娘是凶手了。

碧淇不知怎么一回事，听得莫名其妙，说道：“韩大爷，下毒害你的人，不是西门牧野这老魔头？”

韩大维道：“是一个丫头给我送来的毒酒，这丫头是和我相识的。但她的年纪比珮瑛也大不了多少，决不能是毒死我的妻子的人。”

碧波又是诧异，又是愤怒，说道：“你说的是侍琴姐姐么？侍琴姐姐是个好人，我不相信她要害你的。而且侍琴姐姐也是从辛十四姑你老人家那儿来的，如果当真是她下毒，那也不能赖在我的主人身上啊！”

辛十四姑道：“怪不得七娘这样疼爱你，你对主人的确是忠心耿耿，听不得旁人说她的半句闲话。但我们所说的事情，你丝毫也不知道，大可不必插嘴！大维你想一想，这丫头奉了谁人之命，送酒给你喝的？即使她和你有仇，有心害你，她也不可能有秘制的酥骨散。有这种毒药的人只有两个人，不是我，就是她！我是决不能事先知道她会送给你喝的，随便你相信是哪一个吧！”

韩珮瑛最初本来疑心孟七娘是毒害她母亲的凶手，后来经过了和孟七娘的一席深谈，觉得孟七娘倒好像处处维护她的爹爹，这怀疑又有点动摇了。但现在听了辛十四姑的说话，不觉又再怀疑起来。她和碧波一样，也是相信奚玉瑾绝不会害她父亲的。奚玉瑾送来的“九天琼花回阳酒”，那坛酒是藏在孟七娘房中好几天的，依情推断，的确是孟七娘下毒的嫌疑最大！若然如此，孟七娘就是个非常阴险的女人了。她既然不动声色的下毒谋害爹爹，当年毒死母亲的人还能不是她么？

韩珮瑛哪里知道，辛十四姑巧用机谋，安排下的这个陷阱，正是要引导他们父女作这样的想法的。不过有一件事却是她始料所不及的，她以为奚玉瑾一定会给孟七娘杀死，即使不是当场杀死，也一定会用剧毒令她日后死亡，却不知辛龙生的一枚戒指救了奚玉瑾的性命。

韩大维心中混乱，半晌说道：“我也弄糊涂了。唉，但愿这事终有水落石出之时，但现在我也不想追究了。”辛十四姑冷冷一笑，说道：“我知道你的心还是向着我的表妹。但现在强敌当前，你也的确不宜多所思虑，你歇一会儿，说不定还得请你帮手呢。不管如何，孟七娘总是我的表妹，我也该出去帮忙她了。”

当辛十四姑在房中和韩大维说话的时候，外面的孟七娘正在陷于苦斗之中。

辛十四姑为人阴险，孟七娘素所深知。自从她进入牢房之后，孟七娘就一直惴惴不安，不知她用什么手段作弄韩大维父女？

孟七娘力抗两大魔头，本来就已是处于下风的了，高手比斗，哪容得有丝毫分神，心神一乱，更难抵敌。

西门牧野和朱九穆这两个魔头虽然抢得上风，心中也是不无顾虑。他们只知辛十四姑是孟七娘的表姐，却不知她们之间怀有心病。只怕辛十四姑一出来，以二敌二，他们就没有取胜的把握了。是以他们必须在辛十四姑出来之前，赶紧将孟七娘打败，不能取她性命，也要将她重伤。

这两大魔头越攻越紧，孟七娘面色惨白，忽地“哇”的一口鲜血喷了出来。

朱九穆大喜道：“这臭婆娘受伤了！”掌力催紧，运起了第八重的修罗阴煞功，向孟七娘当头劈下，想一掌击毙了她。

哪知道这一掌劈下，非但打不到孟七娘的身上，连她的龙头拐杖也未能荡开，只听得“蓬”的一声，掌杖相击，朱九穆虎口流血，不由自己的倒退三步，只觉孟七娘这一杖的力道，大得异乎寻常，比她初上来的时候，还胜几分。

原来孟七娘虽然知道辛十四姑是会出来帮忙的，但她却不愿意领辛十四姑的情。而且也不知辛十四姑什么时候才会出来，只怕出来之时，自己已经伤在敌人手下了。是以她在情急之下，不惜自伤元气，使出了一种极为古怪的邪派内功——“天魔解体大法”。

这“天魔解体大法”是自残肢体之后，本身受了刺激，功力可以陡增一倍，但却不能持久，而且在用过之后，元气必定大伤。孟七娘的想法是与其受敌人所伤，终于败落，不如用这“天魔解体大法”，拚个两败俱伤，打退敌人，那就不用领辛十四姑的情了。

哪知结果却是不如孟七娘所愿，那两个魔头初时的确是吃惊非小，给孟七娘迫得连连后退，但不到一盏茶的时候，他们重又占了上风。要知这两大魔头本身的功力，都是足以和孟七娘匹敌的，孟七娘的功力增了一倍，也不过等于他们二人联手而已。何况孟七娘新增的功力乃是不能持久，硬拼一招，功力就要减弱一分。

孟七娘正在吃紧，暗暗后悔，忽听得辛十四姑一声笑道：“表妹你知道我决不会袖手旁观的，你却何苦如此？还好，我来得尚不算迟吧！”

辛十四姑声到人到，竹剑绿影一闪，立即便向西门牧野刺去，西门牧野吃过一次亏，早有防备，反手一拿，以化血刀反击。辛十四姑身法如电，稍沾即退，竹剑又指到了朱九穆那边。

朱九穆也有防备，身躯一矮，双掌齐推，“修罗阴煞功”全力发挥，登时寒飙卷地，冷气侵肌。只听得“嗤”的一声轻响，朱九穆的腰带给竹剑削断，但辛十四姑却也不敢乘胜追击，一招得手，便即闪开，又转过身去攻击西门牧野了。

原来辛十四姑深知两大魔头毒功的厉害，不愿意耗损自己的功力，故此稍占便宜，便即收手，以保元气。

辛十四姑用这样稳健持重的打法，她本身的功力亦是和这两大魔头旗鼓相当，是以并未受到阴寒之气的侵袭。但孟七娘因为使用“天魔解体大法”，本身元气，业已损伤，却是抵抗不了寒毒的侵袭，不禁机伶伶地打了一个冷战。

不过孟七娘虽然是受了寒毒的侵袭，“天魔解体大法”尚未失效，新增的功力也只是减了几分，仍然胜于初上来的时候的。是以她们二人联手，也仍然是比那两大魔头稍胜一筹。

辛十四姑步似行云，身如流水，一柄竹剑，指东打西，指南打北，一触即分，稍沾即退。片刻之间，已是向那两大魔头频施袭击，攻出了十七八剑。朱九穆的轻功稍逊于西门牧野，接连吃了她几次的亏。

眼看辛孟二人就可以得胜，“崆峒三英”忽地一拥而上，老大齐岱冷笑说道：“臭婆娘，我们兄弟刚才受了你的暗算，你当我是怕了你么？双环换一剑，今日定要与你分个强存弱亡！”

原来“崆峒三英”虽然挤不进一流高手之列，但他们练有一套三人合使的“乱环诀”，足以应付当世的一流高手。刚才他们三人因为是分别上前，给辛十四姑各个击破，吃了大亏，心实不甘。如今“崆峒三英”中老三齐岳的穴道已经解开，他们三人喘息已定，精神恢复，自是不甘受辱，要上来报这一剑之仇了。

辛十四姑并不知道他们有一套独特的武功，冷笑说道：“呸，说什么分个强存弱亡，凭你们这三个脓包，也配和我说这话！”

齐岱大怒，双环一举，便向辛十四姑的竹剑套来，辛十四姑一剑刺去，喝道：“破铜烂铁，济得什么？”话犹未了，只见金芒耀眼，老二齐泰、老三齐岳的两对金环，同时向她击到。崆峒派的“乱环诀”本来是擅克刀剑的一门功夫，如今六只金环在辛十四姑的身前滴溜溜的乱转，组成了一张非常严密的防御网，不论辛十四姑的竹剑攻向何方，都有被金环套住，强夺出手的危险。辛十四姑是个识货的大行家，看见他们三人合使的“乱环诀”无瑕可击，也不禁心头一凛。当下连忙收起轻敌之心，以轻灵迅捷的身法和他们绕身游斗。

辛十四姑的竹剑纵横击刺，碧绿的剑影在金光笼罩之下穿来插去，就像青竹蛇儿蜿蜒游走，择人而啮一般。“崆峒三英”各遇险招，心中都是不寒而栗。但辛十四姑对付他们三人联手合使的“乱环诀”，虽然稍稍占了上风，却也攻不破他们严密的防御，无暇顾及孟七娘了。

这一来又变成了孟七娘独斗两大魔头的局面，“天魔解体大法”的功效逐渐消失，孟七娘自是更感不支了。

西门牧野和朱九穆见“崆峒三英”敌不住辛十四姑，偶而也出招替他们解困，也幸亏如此，孟七娘才有一点喘息的机会。不过这两大魔头主攻的方向仍然是对着孟七娘，他们已经看出孟七娘受了内伤，只要把孟七娘击倒，那时合五人之力来对付辛十四姑，取胜自是易如反掌。

孟七娘极力忍住，血水仍是不断的从嘴角淌出来，孟七娘早已把生死置之度外，倒不觉得怎么。辛十四姑却是暗暗吃惊，暗暗后悔，心里想道：“早知如此，我应该早点出来的。”原来辛十四姑迟迟不出，乃是有意迫使孟七娘施用“天魔解体大法”来对抗强敌的，孟七娘在自伤元气之后，就难以和她争胜了。如今孟七娘施用“天魔解体大法”的功效已然渐渐消失，眼看就要败在这两个魔头的手下，而她又不能速胜“崆峒三英”，这岂不是变成了弄巧成拙了？

辛十四姑唯一的希望只有寄托在韩大维身上，暗自思量：“以韩大维的内功造诣，如今应该可以恢复几分功力吧？但只怕他不能持久，除非他可以在举手投足之间便击败一个强敌，否则今日只怕是久不能脱困。”原来她替韩大维拔毒疗伤，也是用了一个暗藏私心的手段的。

且说韩大维在得到辛十四姑给他解毒之后，盘膝静坐了一会，运气三转，只觉真气已能通行无阻，流遍全身。自知功力已经恢复了七八分，不禁大喜过望：“想不到辛十四姑倒是真心救我！”

韩大维霍地站了起来，说道：“瑛儿，咱们走吧！”碧淇说道：“韩姑娘，把这剑送给你使。”韩珮瑛接过碧淇递来的长剑，跟在父亲身后，走出牢房。

朱九穆见韩大维昂然地走了出来，大吃一惊，连忙替“崆峒三英”挡住辛十四姑，说道：“你们快去把那韩老儿给我拿下！”原来他们最忌的大敌还不是辛十四姑而是韩大维。他不知韩大维的功力究竟恢复到什么程度，是以要差遣“崆峒三英”先试一试。

“崆峒三英”给辛十四姑攻得透不过气来，也巴不得有接替。他们以为韩大维曾受重伤，不难对付，还以为朱九穆叫他们上去乃是一番好意呢。

韩大维被囚多日，如今才得重见天光，他的心情，恰如俗语所说的：“龙游浅水遭虾欺。”满肚子闷气，正自无从发泄，看见“崆峒三英”上来，便如猛虎出柙，陡地喝道：“鼠辈也来欺我！”大喝声中一掌击出！

这一喝好像晴天突起霹雳，头顶忽响焦雷。震得众人耳鼓嗡嗡作响。“崆峒三英”中的老大齐岱首当其冲，大吃一惊，不由自主地退了一步，说时迟，那时快，韩大维这一掌已经打了到来。齐岱举起金环一挡，“当”的一声巨响，齐岱虎口流血，金环脱手！韩大维一个转身，又迎上了老二齐泰，抓着了他的双环一磕，齐泰伤得比哥哥更惨，双环反震回来，他为了避免自己打破自己的脑袋，只好双臂拼命用力抗拒，“咔嚓”一声，两根腕骨，同时折断，韩大维夺过双环，呼的向西门牧野掷出。

西门牧野侧身一闪，横掌一削，第一只金环飞来，在他的掌缘擦过，转了一圈，斜飞出去，恰好碰落了第二只飞来的金环。这一招化劲卸力的功夫，委实是上乘的武学。但虽然如此，西门牧野的虎口也觉隐隐作痛。韩大维的金刚掌力，他毕竟也还未能完全消解。西门牧野暗暗吃惊，心里想道：“我用独门重手法点了他的穴道，时辰未到，他便能自解。从他这一掷的力道看来，不但内伤已愈，连功力都已恢复了。今日只怕是讨不到好了。”

孟七娘的“天魔解体大法”功效已经消失了六七分，正被西门牧野攻得喘不过气来，幸亏有韩大维掷来的双环，迫西门牧野非要腾出手来招架不可。孟七娘喘过口气，大喜说道：“大维，你好了，这可好了！”辛十四姑冷笑道：“好，好，好！我的好表妹，这可称了你的心了，早知你如此爱惜大维，我也不用来这一趟了！”孟七娘怒道：“你这是什么意思?”辛十四姑道：“没什么意思，你若不是惜他，会连呼好好么?”西门牧野击落了金环，心里想道：“我只有赶快抓着了孟七娘作为人质，或许还有反败为胜的机会。”

于是立即又向孟七娘攻去。孟七娘顾不得与表姐吵嘴，只得重摄心神，全心应付西门牧野的急攻。

辛十四姑说的“反话”，孟七娘一时尚未明白，韩大维则当然是听得懂的。她是说孟七娘假情假意，用毒药害了韩大维，如今却装作与自己完全无关的样子，见韩大维好了，反而向他道贺。所以她才说“早知你是如此爱惜大维，也不用我来这一趟了。”“早知”二字，说得特别着重！

但韩大维却看得出：孟七娘那副又惊又喜的神情绝对不是可以伪装得来的。

韩大维是不相信孟七娘会对他下毒的，可是叫奚玉瑾送毒酒来给他喝的却的确是孟七娘，而给他解毒的又是辛十四姑，这可该怎么说呢？韩大维隐隐感到有些什么不对，却又说不上来。心中不由得一片茫然。

韩大维掌击“崆峒三英”中的老大老二的时候，韩珮瑛也找上了老三齐岳做对手。“崆峒三英”最厉害的本领是三兄弟的“乱环诀”互相配合，单独作战，却只是江湖上的二流脚色。韩大维号称“剑掌双绝”，韩珮瑛功力虽然稍嫌不足，但在剑法上已尽得乃父真传，交起手来，当然不会输给“崆峒三英”中最弱的老三齐岳了。

不过，若是换在平时，齐岳虽然打不过韩珮瑛，韩珮瑛想要胜他，至少也得在百招开外。此际，齐岳一来是经过了和辛十四姑的一场恶斗，二来他的两个哥哥只是一个照面便给韩大维打伤，他如何还能镇定心神来应付韩珮瑛的攻击?

老二齐泰双臂腕骨断折，倒在地上呻吟，老大齐岱虎口流血，忍着疼痛将他扶起来。齐岳听见两个哥哥呻吟呼号之声，心神大乱，给韩珮瑛一剑刺个正着。还幸亏韩珮瑛没有施展杀手，这一剑只是在他的肩头划开了一道三寸多长的伤口。

齐岱说道："西门先生，我们兄弟本领不济，帮不上你的忙，无颜再在此间立足。告辞了。"与齐岳一人一边，扶着受伤最重的齐泰，一跛一拐而去。

韩珮瑛走到父亲身边，说道："爹爹，你没事么？咱们也该走了!"

她见韩大维呆呆出神的样子，还以为父亲是病体初愈，不堪用力过度，怕他又受了伤，心里想道："这两个魔头十分厉害，爹爹当然是要想报仇的，但却不宜是在今日了。"是以击败了"崆峒三英"，她便要拉她爹爹速走。

韩大维瞿然一省，说道："不碍事，你待一会。"走上前去，说道："朱九穆，一掌报一掌，今日先向你讨还本钱，利息可让你日后再付。"

朱九穆冷笑道："好，你们车轮战也好，父女和情妇一齐上也好。我朱九穆决不皱眉。"

辛十四姑大怒道："你胡说什么?"刷的一剑刺去。她看似发怒，其实听得朱九穆说她是韩大维的情妇，心里却在暗暗欢喜，偷眼斜窥，看韩大维的反应如何。

韩大维淡淡说道："狗嘴里不长象牙，不值得和他动气。十四姑，请你退下。瑛儿，你也不可上来。"

右掌划了一道圆弧，隐隐挟着风雷之声，一掌便向朱九穆击去。

他们二人过去曾经恶斗过好几次，大家都吃过对方的亏。当然，彼此也都深知对方的底细。论本身的功力，韩大维远在朱九穆之上，但朱九穆练的邪派毒功，韩大维却也无法破解。这一次又再交手，双方也仍是像过去那样，以己之长，攻敌之短。

朱九穆本来不敢和韩大维硬拼掌力的，但见他形容憔悴，心里想道："他的功力纵然恢复，但在大病之后，未必就比得上旧时。"他的修罗阴煞功也是要碰着对方的身体才能发挥最大的威力的，辛十四姑在一旁虎视眈眈，朱九穆深知她的手段十分毒辣，此际她虽然听从韩大维的说话退下，但朱九穆却不能不恐防她乘机偷袭，是以唯有希图侥幸，一掌就击败了韩大维。

韩大维使出了刚猛无俦的金刚掌力，朱九穆也用上了第八重的修罗阴煞功！

双掌相交，发出了郁雷也似的声响，韩大维身形一晃，脸上隐现一层淡淡的青气。朱九穆却是不由自己的接连退出了六七步，哇的一口鲜血喷了出来！

原来韩大维的功力虽然尚未完全恢复，但已恢复了七八分；朱九穆在经过了和孟七娘、辛十四姑连番恶斗之后，真气颇受损伤，修罗阴煞功的威力却相应打了折扣。而且韩大维这次和朱九穆硬拼掌力，本身还有一个有利的条件，他曾受寒毒的侵害，病了几年，身体内部自然而然的增强了抵抗这种寒毒的功能。此消彼长，朱九穆自是难免吃亏了。

韩珮瑛见父亲一掌击退了强敌，脸色坏得骇人，不由得又惊又喜，叫道："爹爹，穷寇莫追，咱们还是走吧。"

韩大维道："穷寇可以不追，但这里还有一个！"一迈步，又到了孟七娘的身旁，举掌向西门牧野击去。

孟七娘道："你们刚才两个打我一个，我可不能和你们讲什么单打独斗的规矩！"她生怕韩大维逞强好胜，要她退下，是以把话说在前头，立即便是一招"六出祁山"，举起拐杖向西门牧野打去，拐杖抖动，一招之间，连袭西门牧野的六处穴道。西门牧野知道韩大维更为厉害，闭了穴道，不理孟七娘的拐杖点穴，全力对付韩大维，哪知孟七娘突然一个变招，改"点"为"打"，龙头拐杖猛的向西门牧野一击。

西门牧野的功力比朱九穆高些，但却怎挡得住当世两大高手夹攻之威，只听得"蓬"的一声，西门牧野给龙头拐杖打断了两根肋骨，跟着给金刚掌力一震，登时似皮球般地抛了起来！

可是西门牧野也当真了得，只见他在半空中翻了一个筋斗，居然在受伤不轻的情形之下，也还能够施展轻功，翻过墙头。孟七娘给他的护体神功震退三步，也是不禁骇然。

孟七娘险死还生，又见韩大维也是非但拾回了性命，而且还恢复了武功，不由得大喜过望。心情激动之下，忽觉胸口隐隐作痛。

但她仍是忍着疼痛，喘息说道："大维，天幸，天幸咱们还能相见。我，我有许多话要和你说！"

辛十四姑冷冷说道："对啦，你是应该好好的和他解释了。我不想在这里妨碍你们，我走了！"

孟七娘确是想和韩大维说明事实的真相，洗脱自己下毒的嫌疑。可是给辛十四姑把话说在前头，倒显得自己作贼心虚，所以才需要"解释"了。

孟七娘气往上冲，喝道："辛柔荑，给我站住，你休想走得这么容易！""柔荑"是辛十四姑的小名。

辛十四姑冷笑道："又不是我有话要和他说，为什么不许我走！"

韩珮瑛道："爹，还是咱们走吧！"她看了看这两个女人，不知怎的，心头忽地感到一阵战栗。

韩大维瞿然一醒，心里想道："不错，前尘往事，如梦如烟，还有什么可以留恋的？何况我若是再去招惹她们，也对不住瑛儿的母亲啊！"想至此处，不由得心中感到歉意，登时好像从恶梦中惊醒过来，毅然说道："七娘，我也是没有什么话要说的了。多谢你的招待。"衣袖一挥，头也不回的便与女儿走了出去。孟七娘又是后悔，又是气恼。后悔的是这次事情，的确是自己做得不对，不该勾结西门牧野和朱九穆两个魔头，把韩大维捉来囚禁的。怪不得韩大维怨恨自己。但气恼的却是辛十四姑在自己面前冷笑，而韩大维竟然连她的一句话也不肯听就走了！

辛十四姑笑道："我的好表妹，我可以走了吧。"

孟七娘气涌心头，摇摇欲坠。碧淇、碧波大吃一惊，连忙上来将她扶住。碧淇愤然说道："十四姑，这次多亏你来救了我们，我们应该感激你，但你却不该这样气我们的主人。"

辛十四姑冷笑道："好，那你们主婢意欲如何，是不是要我留下？"

孟七娘面色铁青，叫道："柔荑，你害得我好惨！这笔账我一定要和你算！"

辛十四姑笑道："我的好表妹，你省点气力吧。你要和我算账，至少也得再等三年了。好歹我总是你的表姐，我不想欺负你！”

原来孟七娘用“天魔解体大法”自伤元气，的确是如辛十四姑所说那样，若要恢复原来功力，至少非得三年不行。换句话说，也就是在这三年之内，孟七娘决计不是辛十四姑的对手了。

辛十四姑走了，留下的只是一串清冷的笑声。孟七娘倚着碧波的肩膊，目送她的背影渐远渐隐，心中一片茫然，也不知是爱是恨？是喜是愁？或许正是因为这四种感情揉作了一团，令她感到莫名的惆怅吧？

她所爱的人走了，她所恨的人也走了。她为韩大维得到重生而欢喜，但她所喜欢的人却是在对她不谅解的情形之下离开的（至少她自己这样认为），她又怎能不感到淡淡的哀愁呢？

韩大维和女儿从孟七娘家里走出来，心中也是一片茫然。他没有想到竟是如此一个结果，而这个结果又还在他心里留下不少疑团。

是谁下毒害他的可以不必追究了，但现在他已经是家毁人亡，除了女儿之外，他家里的人都已死了，他将往何处安身？想不到一世英雄，临到暮年，竟然遭受了这样一个重大的打击，韩大维也不禁颇有苍凉之感了。

“爹，你的面色好像不大好呢，你觉得怎样？”韩珮瑛忐忑不安的问。

韩大维微笑道：“是么？也许是因为咱们父女能够重出生天，我太过欢喜了吧。你不必担心。嗯，我倒有一件事情想要问你，出事的前几天，我听说蒙古鞑子已经打来，你可知道洛阳的消息么？”父女同在牢中的时候，韩大维根本没有想到自己能够活着出去，是以他和女儿谈的只是几桩他迫切需要告诉她的属于个人恩怨的事情。现在他却不能不关心到外间的时局了。

韩珮瑛道：“我没有进城，情形知道得不很清楚。不过沿途碰见的难民，都说鞑子快要打到洛阳了。”她屈指一算，继续说道：“我到家的前一天，碰见咱们的邻居王大爷，他说鞑子的骑兵已经过了汜水，现在是第八天了，汜水离洛阳不过一百多里，恐怕早已兵临城下了吧。”

“啸风呢？他现在何处？”

“我，我不知道。”韩珮瑛不知能不能够隐瞒下去，迟疑了一会，终于只好这样回答父亲。她确实是不知道啊！韩大维诧道：“你怎么会不知道？”

韩珮瑛再次注意到父亲苍白的面色，心里想道：“瞒得一时是一时，现在还是以不让爹爹知道为宜。”说道：“他说他要去找洛阳丐帮分舵的刘舵主，现在是否还在那儿，我就不知道了。”

韩大维道：“洛阳危急，丐帮一定会起而抵抗强敌的。啸风这孩子我是知道的，像他父亲一样，很有侠义精神。如果他是去了丐帮，那就一定不会危急之际只求苟安，而和丐帮并肩作战的了。”说至此处，韩大维也感到胸中的热血在沸腾了！

此时已是清晨时分，旭日初升，金色的朝霞烧红了半边天，笼罩在层峦幽谷之间的浓雾，也给朝霞烧得只剩残烟缕缕，黑夜的帐幕撕开，人的眼界豁然开朗。

比起国家的兴亡，个人的恩怨又算得了什么？韩大维感到胸中热血沸腾，昔日的雄风又好像回到了自己身上，他抖擞起精神，毅然说道：“瑛儿，咱们找啸风去！”

韩珮瑛吃了一惊，说道：“爹爹，你养息好了，再去不迟。”

韩大维道：“你怕爹爹老了，打不过鞑子么？洛阳纵在敌兵围困之中，爹爹拼了这条老命也要杀将进去！”他却不知，韩珮瑛是不愿意他见谷啸风。

不过，除了这个原因之外，韩珮瑛也的确担忧她父亲的身体。韩大维由于精神兴奋，本来是苍白如纸的脸上抹上了一片红，但却好像病人回光返照的现象，红得有点怕人，绝不是健康的颜色。

韩珮瑛失声叫道：“爹爹，你怎样啦？”原来就在韩大维说到“杀将进去”的“杀”字之时，他做了一个挥刀一斩的姿势，身躯突然晃了几晃，摇摇欲坠！

韩珮瑛扶稳了父亲，只见父亲气喘吁吁，好半晌才说得出话来：“奇怪，难道我真是老了，不中用了？按理说是不该如此的呀？”

韩珮瑛道：“爹爹，你是刚才的激战用力过度了吧？你歇一歇运功试试，我给你守护。”她怀疑父亲已受了内伤，但她也深知父亲内功深厚，倘若不是很严重的内伤，只须行了“大周天”吐纳之法，便可以恢复元气的。

韩大维盘膝静坐，忽地只觉四肢酸麻，真气竟是不能运行如意，不由得暗暗吃惊，摇了摇头，说道：“不对，不对！”韩珮瑛惊道：“什么不对？”韩大维道：“我并不是受了内伤，倒好像是——”韩珮瑛道：“是什么？”

话犹未了，只听得一个声音接下去道：“想不到七娘的毒酒这样厉害，你的爹爹是余毒未曾拔清，又发作了。”

韩珮瑛抬头一看，只见辛十四姑满脸张皇的神色，正在赶来。

韩珮瑛如获至宝，连忙说道：“辛女侠，请你救救我的爹爹。”

她把辛十四姑当作救命恩人，却不知道这正是辛十四姑做的手脚。辛十四姑的“金针拔毒”之法高明之极，但她可以金针拔毒，也可以用金针“驱”毒，把毒质驱赶，移到身体的任何部分，她刚才在牢房里给韩大维疗毒，就是用“金针驱毒”的法子，把毒质赶到奇经八脉之中去。韩大维的功力得以暂时恢复，只是受到她的金针刺穴的刺激所致，效力一失，功力亦失。

辛十四姑道：“我正是为此赶来的。”当下取出金针，扎了韩大维的三处穴道，假献殷勤地问道：“你觉得怎样？”

韩大维胸中的烦闷之感爽然若失，但觉浑身好像泡在热水之中，虽然舒服，可懒洋洋的更提不起劲了。韩大维说道：“好是好了一些，可是——”韩珮瑛急忙问道：“可是怎样？”辛十四姑道：“可是却使不出气力，是么？”韩大维叹了口气，面对女儿说道：“恐怕爹爹不能陪你去找啸风了。”

辛十四姑道：“我已尽了我的所能了，孟七娘所用的毒药分量太重，你爹爹刚才又强用真力，斗那两个大魔头，如今毒已入了骨髓——”韩珮瑛又惊又急，不待她把话说完，便即问道：“还、还有得救么？辛女侠，请你给我爹爹想想办法。”

辛十四姑道：“救是有得救的，不过恐怕最少也得三个月，才能将余毒拔清。想要恢复功力，那就得在一年之后了。大维，你的家已被焚毁，你必须有间静室疗治，你若不嫌蜗居简陋，就请到我家中住下，如何？”

韩大维沉吟不语，韩珮瑛听说爹爹有救，心中一块石头放了下来，又见爹爹的面色确是好了一些，连忙说道："爹，什么事情都没有身体紧要，难得辛女侠肯这样尽心照料咱们，你就安心静养吧，我，我也不找啸风了，我，我陪你好吗？"

韩大维是不愿意到辛十四姑家里居住的，可是他此际若是没人扶持，连走路也难，还能到何处容身？

韩大维无可奈何，想了一想，说道："不，你还是去找啸风，三个月后，若是战事已过，你们再来陪我。"

辛十四姑巴不得韩珮瑛快快离开，说道："韩姑娘，你放心，我一定会好好照料你爹爹的。"

韩珮瑛见父亲坚持要她去找啸风，她是知道父亲的脾气的，若然不去，只怕更要惹他起疑，惹他生气，心里想道："这位辛老前辈不惜冒险斗那两大魔头，不惜与七娘翻脸，将爹爹救了出来，她当然会尽心尽力医治爹爹的了。我丝毫不懂医学，也帮不了她的忙。"于是说道："既然如此，女儿遵命就是。爹爹，我送你到了辛老前辈那儿，我就下山。"

韩大维已是没有气力多说话了，点了点头，说道："其实你还是早去为佳。"

韩珮瑛送父亲到了幽篁里，见了辛十四姑的住处清雅绝俗，先就欢喜。辛十四姑带领他们父女进入一间房间，笑道："大维，你看一看，这地方你可中意么？"

韩珮瑛抬头一看，只见琳琅满目，壁上挂的都是她家里所藏的字画。房间的布置，也和她家里的书房一模一样，韩珮瑛吃了一惊，几乎以为自己是在做梦。

辛十四姑道："我知道你最舍不得的就是这些字画，那天我得到消息，匆匆赶去，可惜迟了一步，你已经落在孟七娘的手中，见不着你了。他们正在你的家中搜查藏宝。我保护不了你，但也要保护你心爱的东西，是我制止了他们，不许他们乱动。这些字画也是我给你搬回来的。"

韩大维重睹藏画如晤故人，心中自有一股说不出的欢喜。可是在欢喜之中，也有一股难以明说的疑惧。隐隐觉得似乎有些什么不对。辛十四姑工于心计，他是早就知道的。十多年前，他的妻子突然给人毒死，凶手不知是谁，他就一直在怀疑是辛十四姑干的。但经过了今天的事情，他又在捉摸不定了。不过，无论如何，在他的内心深处，总是觉得辛十四姑比孟七娘更可怕些。尽管辛十四姑救了他的性命，且又对他这样体贴。

韩大维心乱如麻，只好说道："多谢你啦。我就像回到家中一样。"

韩珮瑛更是欢喜，说道："爹，我就走了。"韩大维道："你若进不了洛阳，可以找丐帮的人打听。一定要找着啸风。"韩珮瑛道："是，孩儿知道，爹爹不用挂心。"

辛十四姑道："韩姑娘，我不送你了。侍梅，你替我送韩姑娘下山吧。"

韩珮瑛走了一程，觉得这丫头似曾相识，正想动问，侍梅已先说道："韩小姐，你还记得我么？我就是那天送奚小姐到孟家去的那个丫头。"

韩珮瑛想了起来，笑道："原来是你，怪不得这样眼熟。"

侍梅道："韩小姐，那位奚小姐肯冒这样大的危险去救你，你们一定是非常要好的朋友了。"

韩珮瑛道："不错，我们虽没有义结金兰，但亦已是情如姐妹。"说至此处，心中不由得暗暗觉得有点愧对奚玉瑾，她相信奚玉瑾决不会下毒害他父亲的，但如今却使她蒙上不白之冤。

侍梅道："韩小姐，我拜托你一件事情。"

韩珮瑛道："什么事情？"

侍梅道："捎一样东西给我们侄少爷。"

韩珮瑛诧道："你们的侄少爷？我不认识他呀！"

侍梅道："他是和奚小姐一起走的，他们二人已经定了亲了。你见着了奚小姐，一定就可以见着他了。"

韩珮瑛吃了一惊，几乎不敢相信自己的耳朵，说道："你说什么？奚小姐和你们的侄少爷订了亲了？"正是：

姻缘岂是真前定？乱点鸳鸯事亦奇。

欲知后事如何，请听下回分解。

第三十回　两大魔头来夺宝
一双鸳侣各分飞

侍梅道："是呀，这事我也料想不到，他们相识还不到一天。头一天晚上见面，第二天早上就，就……"韩珮瑛道："就怎么样？"侍梅道："我们的侄少爷就把订婚戒指套在这位奚小姐的指上了。"

韩珮瑛蓦地想起，当她爹爹喝了九天琼花回阳酒，突然发现中毒之时，孟七娘怒气冲冲地赶来，不由分说，就要把奚玉瑾置于死地。后来她在奚玉瑾的衣袋中找到了一枚戒指，这才住手不杀奚玉瑾的。韩珮瑛仿佛记得孟七娘当时好像说了一句话，说是看在这枚戒指的份上，才放开奚玉瑾的。另外她好像还提起一个人的名字，只因韩珮瑛当时吓得呆了，没有听得清楚。

韩珮瑛道："你们的侄少爷叫什么名字？"

侍梅道："他名叫辛龙生。"

韩珮瑛失声叫道："不错，孟七娘说的正是龙生二字。"

侍梅一听便即明白，笑道："当然是不会错的了。这枚戒指正是孟七娘给我们的侄少爷，留给他作娶妻的聘礼的。"笑得甚是凄凉。

"难道这当真是一枚订婚戒指？但奚玉瑾为了啸风，不惜破坏我的婚事，闹出了围攻百花谷的风波。她又怎会和别人订婚呢？可是孟七娘为什么见了这枚戒指就肯饶了奚玉瑾？这个丫头说的，恐怕也不全是捕风捉影之言？"韩珮瑛越想越糊涂，不由得半信半疑了。正因她全副心神在想着这件"离奇"之事，以至对待侍梅莫名其妙的异样笑声，也没有留意了。

侍梅也没有发觉韩珮瑛的面色不对，还在笑着说道："这才真叫作有缘千里来相会呢！韩小姐，你不为他们欢喜么？"

韩珮瑛讷讷说道："欢喜，欢喜……但我不敢完全相信呢。"侍梅道："你见着他们就相信了。"韩珮瑛道："对啦，你刚才托我捎什么东西？"

侍梅取出一个绣荷包，说道："这是侄少爷叫我绣的，他忘了带去，麻烦你帮我带给他。"韩珮瑛颇感诧异，为什么一个小小的绣荷包，侍梅如此郑重其事？

侍梅道："我们虽是下人，但也不能失信，这是我答应给他绣的。"原来侍梅一直在暗恋着辛龙生，希望他见了这个绣荷包，纵然不会回心转意，至少也该记得她。

韩珮瑛自己也是心事重重，无心多问，当下将绣荷包收了起来，说道："好吧，我倘若见到他们，给你转交便是。"

韩珮瑛下了山，心里想道："玉瑾如今不知身在何处？这件事情，只有见着她才能明白了。"

奚玉瑾此时正在和辛龙生去找她的哥哥，可是他们走错了路。

原来那日奚玉瑾和碧波躲在山洞偷听，偷听任天吾的大弟子余化龙和朱九穆谈话，初时他们在房间里没有发觉，后来他们走出来的时候，却听到了山洞里似有声息了，他们一时还不敢断定是否有人。余化龙十分机警，狡猾亦不亚乃师，立即打个手势，向朱九穆示意，叫他不可马上搜索。却将任天吾代丐帮押运韩大维藏宝的路线故意说错，诱令偷听的人上当。这一招奚玉瑾虽然聪明却也没有料到，她和辛龙生跟着错误的路线追下去，结果当然是越去就和任天吾这帮人距离越远了。

且说奚玉瑾的哥哥奚玉帆担当任天吾的副手，护送这批宝藏，他只知道任天吾是一位德高望重的武林前辈，却怎知道任天吾心怀叵测，正在和敌人串通来谋夺这批宝藏。这批宝藏是要护送到距离洛阳五百里外的紫萝山去送给义军的，山道崎岖，驴车载重，本来就走得慢了，任天吾力持稳重，一不许走夜路，二不许"轻率"通过险峻之处，必先派人先行探路，回报之后，方许前进，而他所选择的这条路线，偏偏又是最为荒凉，险处最多的。他的理由是必须保密，所以决不能走人多的大路。这样一来，走得更慢，每天至多不过走五六十里路，奚玉帆虽然心急如焚，却也无可奈何。而且他知道任天吾老成持重，迟到两天总胜于途中出事，自己年轻识浅，也不敢另作主张，一切听他安排。

任天吾走了七八天，兀是不见西门牧野和朱九穆那班人按照计划来到，心中也是十分焦急。这一天来得了青龙口，走出山口，就是紫萝山义军的势力范围了，任天吾又下令停止前进，叫人先去探路。

奚玉帆道："这是最后一道险关了，不如稍为冒险，赶快过去，免得夜长梦多。"任天吾道："行百里者半九十，最后一程，尤其需要小心。"暗自思量："糟糕，糟糕！难道余化龙竟没有见着西门牧野么？今天他们若是不来，可就没有机会了。"

奚玉帆道："既然如此，那就索性叫探路的人走远一些。和紫萝山的义军取得了联络，请他们前来接应。"

任天吾想了一想，说道："也好，那么就是你去吧。"心想支开了奚玉帆，若然找到机会，那就便于行事了。

就在此时，忽听得胡笳声响，一队骑兵突然从山上驰下，四面展开，迅速便把丐帮的车队包围起来。骑兵是蒙古骑兵，领头的两个人正是西门牧野和朱九穆。原来他们二人在那天激战之后，各自受了一点伤，故此来慢了两天。至于这一小队骑兵，则是蒙古军中精选的武士。

这两大魔头同时来到，任天吾自是喜出望外。当下装作又惊又怒的神气，拍马向前，喝道："任天吾在此，可不容你们鞑子猖狂！"刷刷两剑，首当其冲的两名蒙古军官登时落马。用的劲力恰到好处，剑锋划破了这两名军官的甲胄，却连他们的皮肉都没伤着。

西门牧野喝道："好呀，任天吾！你本来不是丐帮的人，却来丐帮做保镖。你这老儿爱管闲事，我且看看你有什么本领？"声到人到，呼的一掌拍出，腥风扑鼻，在任天吾左右的两名丐帮头目给这腥风一冲，晕了过去。

任天吾叫道："你们后退，让我对付这个魔头！"朱九穆哈哈笑道："如今乃是两国之争，谁和你讲究单打独斗的江湖规矩？放箭！"一声令下，飞箭如蝗。丐帮弟子舞起盾牌防身，但驾车的骡马和胯下的坐骑却是无法保护，转眼间都给射毙。丐帮弟子奋勇向前，和蒙古骑兵步战。马上和马下交锋，丐帮弟子甚是吃亏。

任天吾的坐骑也给乱箭射毙，西门牧野大喝道："任老头儿，知道厉害了么？"任天吾喝道："叫你见识我的七修剑法！"青钢剑扬空一闪，抖起了七朵剑花，西门牧野的坐骑双目给他刺瞎，四蹄屈地，西门牧野也跳下马来，冷笑说道："别人怕你的七修剑法，我却不惧。七修剑法又怎么样，看你能奈我何？"掌风剑影，假戏真做，打得十分炽烈。方圆数丈之内，沙飞石走，旁人竟是插不进手来。

奚玉帆展开百花剑法，身似水蛇游走，专削蒙古骑兵的马足，剑光所及，健马哀嘶，转眼之间，也有十多个蒙古骑兵给他杀得滚下雕鞍。双方混战的形势，渐渐拉平。

朱九穆见是奚玉帆，哈哈一笑，说道："好小子，你是我手下败将，也敢逞能？"奚玉帆喝道："我正要找你这老魔头算账，今日不是你死便是我亡！"

朱九穆冷笑道："凭你这点微末之技，也能伤得了我么？"奚玉帆拼着豁出性命，咬紧牙根，狂风暴雨般的攻去。朱九穆发出了"修罗阴煞功"，掌风呼呼，寒飙卷地，周围数丈之内，好像变成了冰窟，旁人也是不能立足其间。

朱九穆连发数掌，只见奚玉帆面色铁青，显然是受到了阴寒毒气侵袭，但剑法依然未乱，倒是不禁一怔，想道："才不过两个月，怎的这小子的功力似乎大大增进了？"殊不知这不是奚玉帆的功力大增，而是因为他自己在那天和韩大维硬拼了一掌，元气大损，修罗阴煞功的威力也打了折扣的缘故。

另一方面，奚玉帆又因为喝了"九天琼花回阳酒"，身体确也增进了可以抵抗寒毒的功能。

但虽然如此，双方的功力毕竟还是相差甚远，奚玉帆仗着"九天琼花回阳酒"的功效对抗朱九穆业已打了折扣的修罗阴煞功，开头二三十招，还可以勉强对付，三十招过后，只觉如坠冰窟，越来越冷，皮肤起栗，牙关也禁不住格格打战了。

这队蒙古骑兵，乃是大军中精选出来的武士，人人都是十分剽悍。丐帮弟子也是人人抱了必死之心，奋勇抵抗。一场恶斗，杀得天昏地暗，日月无光，蒙古骑兵的损失比丐帮多了一倍以上，可是由于双方众寡悬殊，蒙古骑兵本来的人数比丐帮多了三倍，互有死伤之后，尽管蒙古骑兵伤亡得更多，但却也占到了优势了。

奚玉帆眼看丐帮弟子伤亡累累，心里又惊又怒，但在朱九穆的掌力之下，自身难保，却又如何能够冲出去救援？

朱九穆哈哈笑道："好小子，那日给你侥幸逃脱，如今在这绝路，你还想有人来帮你吗？嘿，嘿，今日只怕你是插翅难飞了！你还不甘心束手就擒吗？"

眼看丐帮就要一败涂地了，不料朱九穆话犹未了，忽见三骑快马如飞而至，为首的一人喝道："原来又是你这两个老贼在这里横行霸道，好呀，今日我们就要决一雌雄！"来的这三个人正是公孙璞、宫锦云和谷啸风。朱九穆和他们都曾经交过几次手的，宫锦云也还罢了，公孙璞和谷啸风的武功却是与他相差不远。而且宫锦云虽然较弱，她的父亲黑风岛岛主宫昭文却是他最顾忌的一个人，如今宫锦云和这两个本领高强的少年联袂而来，朱九穆纵然艺高胆大，也是不禁吃惊了。

原来谷啸风那日找不着奚家兄妹，却碰上了公孙璞和宫锦云。三个人遂同往丐帮打听消息。

路上宫锦云说道："谷大哥，我是肚皮里装不住话的，休怪我直言。"谷啸风已知她道的脾气，笑道："宫姑娘有话但说无妨。"

宫锦云道："依我看来，你的舅父只怕不是好人。"

谷啸风怔了一怔道："何如见得？"

宫锦云道："你知道你为什么找不着奚姑娘吗？老实告诉你吧，她是给你的舅父骗走的。"当下将她躲在韩珮瑛的绣床之下所见所闻的事情都对谷啸风说了，谷啸风这才知道，原来任天吾竟然造谣说他和韩珮瑛幽会、私逃，不禁大为气愤。

宫锦云又道："我看你的舅父到韩大维的家里来，根本就没有安着好心。我亲眼看见他在韩姑娘的房中翻箱倒箧，也不知是要找寻什么。看来多半是想趁火打劫！”

谷啸风对这个舅父殊无好感，心里想道：“舅父曾经在我面前极力诋毁韩伯伯，说韩伯伯是私通蒙古的奸细，如今已证明是假的了。但却不知他是挟嫌造谣，还是由于误会所至。若是后者，那还情有可原。”又想：“不过妈虽然和他失和，兄妹从不往来。但妈也说，舅父虽然专横固执，但为人还是方正的。在武林中舅父也算得是一位德高望重的前辈，该不至于是觊觎韩家的宝藏吧？”

这天晚上，他们混在难民之中进了洛阳，当晚就见了丐帮的总舵主陆昆仑。

从陆昆仑口中，谷啸风知道了奚玉帆已经来到，并且是跟着任天吾押运韩家那批宝藏去给义军了。

谷啸风吃了一惊，宫锦云却在旁冷冷说道：“如何？现在就快要到了水落石出之时了！”

陆昆仑莫名其妙，说道：“宫姑娘这话是什么意思？”

谷啸风因为兹事体大，不敢隐瞒，说道：“宫姑娘疑心我的舅舅觊觎韩家的宝藏。因为她曾经见到舅舅在韩家搜索。”

陆昆仑怫然说道：“任老先生德高望重，怎会如此？”

宫锦云冷笑道：“只怕到了你们相信之时，后悔亦迟了。”

谷啸风连忙说道：“宫姑娘也是出于一番好意，即使是看错了我的舅父，我也不会怪她的。陆帮主，不如这样吧：我们三人也赶去帮忙押运这批宝藏如何？”

公孙璞也是爽直的人，说道：“不错，这倒不是为了防范谷兄的舅父，人多一些，风险也总可比较少些。”

陆昆仑是相信任天吾的，但听了谷啸风的话，谷啸风也似乎有点不大相信自己的舅父，想了一想，便道：“也好。有谷贤侄和你们两位同去，我当然是更可以放心了。”

且说谷啸风他们三人及时赶到，谷啸风看见任天吾正在和西门牧野恶斗，虽是吃惊，心上的一块石头却也落了地，想道：“毕竟是我错怪了舅舅了。”

奚玉帆和任天吾的形势都十分危险，谷啸风由于感到错疑舅舅，

谷啸风见舅父口喷鲜血，显然伤得很重。这一惊非同小可，连忙疾冲过去。

内疚于心，说道：“公孙大哥，我去斗西门老贼，请你对付这姓朱的老魔头。”

公孙璞道：“好！”举起玄铁宝伞，当作五行剑使，一招“举火燎天”，刺将过去，朱九穆识得厉害，侧身还了一掌。奚玉帆脱出身来，便与宫锦云联手，狠杀蒙古骑兵，救出许多被包围的丐帮弟子。混战的局势，渐渐又有利于丐帮了。

谷啸风看见公孙璞力战朱九穆，并没有吃亏，放下了心。忽听得任天吾大叫，喝道：“老魔头，我与你拼了！”抬头一看，只见任天吾给西门牧野一掌打个正着，任天吾迅速还了一剑，这一剑也刺伤了西门牧野的左肩。

任天吾叫道：“可惜可惜，算你这老魔头侥幸，没有刺穿你的琵琶骨。”西门牧野冷笑道：“任天吾，看你这几根老骨头还能够挡得我几下化血刀！”两人口中骂战，手底又已交锋。

谷啸风见舅父口喷鲜血，显然已是伤得甚重，这一惊非同小可，连忙疾冲过去。挡道的蒙古官兵哪里遮拦得住，谷啸风运剑如风，转眼间连杀数人，蒙古兵只好两面分开让他过去。可是那些蒙古兵虽然遮拦不住，也毕竟阻慢了他片刻。

就在这片刻之间，任天吾与西门牧野又已各自下了一招“杀手”，比刚才更见骇人心魄！西门牧野双掌齐出，击中了任天吾的胸膛，任天吾大吼一声，像皮球般地抛了起来。西门牧野小腹中了一剑，血水也在不断流出，衣裳都染得一片殷红了！

谷啸风如飞赶来，喝道：“老贼休得猖狂！”出手便是“七修剑法”中的精妙杀着，剑花错落，一招之间，遍袭西门牧野的七道大穴。西门牧野冷笑道：“好小子，你来送死，那是最好不过！我就让你们两舅甥同时同日去见阎王吧！”

一掌劈来，腥风扑鼻，只见剑光流散，恍似天上繁星千点万点洒落下来，谷啸风的一剑刺七穴的“七修剑法”，竟是连他的衣角也没有沾着，便给荡开了。这霎那间，谷啸风只觉胸口作闷，几乎就想呕吐。谷啸风连忙运用少阳神功，真气从胸口的“璇玑穴”下沉丹田，这才稍稍舒服一些。

谷啸风暗暗吃惊，心里想道：“这老魔头给舅舅接连刺了两剑，伤得也不轻呀，怎的还有如此功力？看来我今日只有一死与他相拼了！”谷啸风拼着豁出性命，倒是比刚才沉着得多。

西门牧野也是吃惊不小，心里想道：“我的化血刀居然奈何不了这小子，只怕我纵能胜他，也得在百招开外了。不如丐帮还有没有后援，倘若多来几个强手，这可就要夜长梦多了！”

原来西门牧野因为前几天与韩大维硬拼了一掌，元气也未曾完全恢复。谷啸风所练的“少阳神功”，本来是抵御“修罗阴煞功”最有功效的，对付“化血刀”稍差一些，但因西门牧野元气未曾恢复，故此也还可以勉强应付。

任天吾在地上爬起，满面血污，颤巍巍地又走过来了。

谷啸风叫道：“舅舅，你歇一歇吧，让甥儿对付这个老贼。”

任天吾喘着气叫道：“啸风，还是你退下的好。谷家一脉单传，你若有错失，叫我何颜见你母亲？舅舅活了一大把年纪，死不足惜，舍了这几根老骨头，和这老魔头拼了就是。”不理谷啸风的劝阻，挥动长剑，东一指西一划的又加入了战团。

西门牧野哈哈大笑，说道：“你们两舅甥也不必互相顾惜了，我成全你们就是！”呼呼两掌，杀手招数，全是向任天吾击去。谷啸风劝阻不了舅父，只好慌忙替他招架。

谷啸风哪里知道，他的舅父和西门牧野乃是假戏真做，任天吾根本就没有受伤，西门牧野也只是肩头给剑尖划损了一点皮肉而已，至于小腹所中的那一剑，则完全是假装出来的。他的衣内放了一块牛肉，那一剑是割开牛肉，沁出血水的。

公孙璞那边才是真正的性命相搏。朱九穆的功力本来比公孙璞稍胜一筹，也是因为元气未曾完全恢复，刚好和公孙璞扯了个直。

但公孙璞的玄铁宝伞，却是一件武林异宝，合起来可以当作五行剑使，撑开来又可当作盾牌。这么一来，就变成了反而是朱九穆稍稍吃亏了。

激战中公孙璞一招“大漠孤烟”，玄铁宝伞向朱九穆的咽喉刺去，朱九穆怒道：“好小子，胆敢如此欺我！”使出大擒拿手法夺他的宝伞，左掌则以修罗阴煞功击他肋骨，哪知公孙璞的剑法奇幻无比，朱九穆一抓抓来，他已倏地变刺为劈，朱九穆一掌打着伞骨，伞骨是玄铁做的，坚逾金铁，“蓬”的一声，震得朱九穆的腕骨就像断了一般。

朱九穆这才蓦地记起，对方使的乃是玄铁宝伞。吃了大亏，暴跳如雷，喝道：“好小子，你恃着有玄铁宝伞，就以为我奈何不了你吗？今日若不杀你，誓不为人！”盛怒之下，不惜耗损真力，接连使出了第八重的修罗阴煞功。

公孙璞撑开宝伞，冒着狂风，仍然向朱九穆连施攻击。风声呼呼，宝伞滴溜溜地转，公孙璞亏得有宝伞挡着寒风，但牙关仍是不禁冷得格格作响。公孙璞冷笑道：“你这老贼本来就不是人！好，你如今已是黔驴技穷了吧，却又能奈得我何？”

朱九穆接连使了几次修罗阴煞功，感到气力不加，正自暗暗叫苦。公孙璞调匀气息，蓦地跨上一步，喝道：“你会使邪派毒功，难道我就不会？好，如今也叫你看我的！”一掌从宝伞下面打下来，掌心如血，发出了一股腥风。

朱九穆一看，不禁大吃一惊。原来公孙璞使的正是“化血刀”的功夫。朱九穆和西门牧野是老搭档，当然识得这门毒功的厉害，见公孙璞掌心如血，看来他的这门功夫似乎比西门牧野练得更纯，朱九穆元气业已受损，自忖难以抵御，焉能不惊？

眼看这一掌就要打到自己身上，而公孙璞撑开了的玄铁宝伞又闭了侧身闪避的退路，朱九穆无可奈何，只好不顾体面，忙把身躯一矮，几乎是伏到了地上，像丧家之犬一般的从宝伞下面钻出去。饶是他钻得快，屁股也给伞尖戳了一下，玄铁宝伞的伞尖锋利不亚刀剑，登时戳得他血流如注，咬着牙还不敢哼声。

朱九穆哪里知道，公孙璞的“化血刀”虽然练得较纯，但论功力却不如西门牧野。朱九穆倘若敢和他硬拼一掌的话，纵然元气未复，也决计不会受伤。

奚玉帆和宫锦云看见公孙璞获胜，登时精神大振，齐声欢呼，杀得那些剽悍的蒙古骑兵也不能不四散逃窜！

西门牧野见朱九穆败得如此狼狈，也不禁吃了一惊，大怒喝道：“好呀，我先要了你这老儿的性命，再收拾那两个小子！”

任天吾瞿然一省，心里想道：“不错，这出戏也该收场了。”

当下佯作奋不顾身的模样，西门牧野一掌打来，他非但不躲，反而硬冲过去，喝道："老魔头，我与你拼了！哎哟，哟！"给西门牧野一掌打个正着，长剑脱手飞上半空！"哇"的又是一大口鲜血吐了出来！

谷啸风这一惊更是非同小可，连忙抱住舅舅，疾向后退。他本来就打不过西门牧野，如今只得一人应敌，而且又不知舅舅生死如何，不免心烦意乱。这么一来，如何还能是西门牧野的对手？

奚玉帆、宫锦云飞身赶来救援，公孙璞紧紧盯着朱九穆，不让他过去和西门牧野联手。

奚宫二人尚差几步就要赶到，只听谷啸风一声大吼，左肩血肉模糊，原来他也给西门牧野打了一掌。

大吼声中，谷啸风刷的一剑刺去，西门牧野想不到他在重伤之下居然还敢拼命，冷不及防，也给他刺了一剑，可是这一剑刺不着要害，西门牧野受的只是轻伤，但也吓得他不能不连退了几步。

奚玉帆、宫锦云双双赶至，宫锦云剑中夹掌，使出了家传绝学的七煞掌功夫，西门牧野识得这是黑风岛岛主宫昭文的独门掌法，心里想道："这几个小辈都有来历，实是不可小觑。"因为他功力亦是未曾完全恢复，一时间又摸不清宫锦云的武功的深浅，而奚玉帆的剑法他也有点顾忌，是以倒也不敢鲁莽扑前，当下横掌当胸，静观敌势。

奚宫二人志在救人，并非想和西门牧野拼命。西门牧野采取守势，正是他们求之不得的事情。奚玉帆忙把谷啸风扶起，见他面如金纸，显然是伤得不轻。奚玉帆大吃一惊，问道："谷兄，你怎么啦？"

"化血刀"的毒性非常厉害，谷啸风只觉伤口火辣辣作痛，转瞬之间，半边身子已是感到麻木不灵。幸得谷啸风的心头还是清醒的，暗自想道："男儿马革裹尸，死何足惧？但舅舅一世英名，我决不能让他受敌人所辱！"他哪里想得到正是他那位在武林中"德高望重"的舅舅和敌人勾结，他才会受这重伤的。

谷啸风吸了口气，以残存的精力暗运少阳神功，推开了奚玉帆，说道："我没事，你赶快救护我的舅舅要紧！"

任天吾在地上挣扎，打了个滚，以肘支地，十分吃力的样子爬了起来，叫道："你们不必顾我，我这几根老骨头已打算埋在这里，我，我和这老魔头拼啦！"颤巍巍地走了两步，"哇"的又是一口鲜血吐了出来！

奚玉帆也是像谷啸风一样，做梦也想不到任天吾是在做戏！只道任天吾果然是比谷啸风伤得更重，当下瞿然一省，想道："不错，任天吾前辈是一队之主，他受了重伤，我怎能置之不理。"虽然不放心谷啸风，也只好暂且将他放开了。

奚玉帆跑过去不理任天吾的挣扎，便将他背了起来。任天吾仍在大呼小叫地嚷道："送给义军的军饷不能落在鞑子手里！"奚玉帆道："是，我们定当尽力而为。"谷啸风道："舅舅，留着青山在，不怕没柴烧。你就让玉帆背你突围吧！"任天吾又吐了一口鲜血，装作气愤不堪的样子骂道："你，你这是什么话？我，我决不能让你们这样做！"他这几口鲜血倒是真的暗运内功吐出来的。吐了几口鲜血，精神也觉有点困倦，伏在奚玉帆的背上，装作晕了过去，动也不动了。

朱九穆在公孙璞手下吃了大亏，再度交锋，已是胆怯。斗了几招，无心恋战，摆脱了公孙璞赶忙过去和西门牧野会合。

朱九穆是曾经和宫锦云交过手的，知道她在这几个"小辈"之中，实是本领最弱的一个。见西门牧野对她好像有点顾忌，便即说道："西门兄，把这女娃儿交给我，你发落那几个小辈吧！"

公孙璞随后赶到，西门牧野已经知道他是公孙奇的儿子，自己偷了公孙奇的毒功秘笈，当今之世，将来有可能制伏他的就只有一个公孙璞了。西门牧野咬了咬牙，心里想道："这小子一日不除，我一日不能安枕！"

西门牧野喝道："好小子，天堂有路你不走，地狱无门偏进来！那你就来领死吧！"双掌一搓，两大毒功同时发出。左掌用的是"化血刀"，腥风扑鼻；右掌用的是"腐骨掌"，竟然发出一股尸臭气味，中人欲呕。西门牧野练成两大毒功以来，这次还是第一次同时使用。

公孙璞的"化血刀"已经练到了第八重，"腐骨掌"的火候尚浅，不敢用这门毒功和他硬拼，当下仍以玄铁宝伞抵敌，一招“玄鸟划砂”，伞尖指向西门牧野掌心的劳宫穴。

公孙璞的武功得自当世三位武学宗师的传授，这招“玄鸟划砂”就是柳元宗所传授的上乘刺穴剑法。

西门牧野吃了一惊，心道：“这小子的武功真杂!”他是个识货的大行家，一见公孙璞使出的招法，自是不敢轻敌躁进，在距离八尺之处，用劈空掌发出两大毒功应战。

西门牧野功力未完全恢复，公孙璞也是经过了和朱九穆的一番恶斗，真力颇有损耗，仗着玄铁宝伞之利，双方才恰恰打成平手。

另一边宫锦云可就不是朱九穆的对手了，朱九穆虽然伤得不轻，但他发出的“修罗阴煞功”仍是令得宫锦云如坠冰窟，浑身发抖。

奚玉帆背着任天吾上前和宫锦云联手，处处要提防任天吾又再受伤，两人联手，仍是抵敌不住。

剽悍的蒙古骑兵又围拢来，丐帮弟子人人都是奋不顾身的死战，可是毕竟寡不敌众，双方伤亡增加，蒙古骑兵还有数十人之多，丐帮弟子却只剩十多个了。

谷啸风运功御毒，扶剑力战，只觉手足渐渐麻木不灵，杀不到几个蒙古兵，身上又添了几处伤。

此时运宝的骡车已经给蒙古兵劫去，谷啸风忍着疼痛，叫道：“留得青山在，不怕没柴烧！最要紧的是人，你我赶快保护我的舅舅回丐帮报信吧!”

公孙璞见大势已去，亦已无心恋战，当下一个转身，以闪电般的攻击助宫锦云迫退了朱九穆。西门牧野扑来，刚好又给他的宝伞挡住。

奚玉帆不放心谷啸风，叫道：“公孙大哥，请你照料谷兄!”公孙璞且战且走，正要过去和谷啸风会合，忽见谷啸风一声长啸，招来了一匹坐骑，那匹坐骑四蹄屈地，谷啸风跨上马背，冲了出去。正是：

可叹英雄冒锋镝，却遭奸计险亡身。

欲知后事如何，请听下回分解。

第三十一回　巧布毒谋伸黑手　惊闻噩耗碎芳心

谷啸风是抱着拼了一死的决心冲出去的，因为他自己伤得甚重，不愿意拖累别人。如果他不是冒险冲出去，奚玉帆和公孙璞一定要分出精神来照顾他。“敌强我弱，他们保护舅舅，只怕也还未必能够突围，我岂能要他们分出人来照料？”谷啸风心想。正因为他想到了任天吾比他伤得更重，因此才决心牺牲自己，但求保得舅舅的平安。

谷啸风骑的那匹“小白龙”是训练有素的名驹，听得主人的啸声便跑过来，可怜谷啸风已是不能纵身上马，幸亏“小白龙”善解人意，屈下膝来就他，谷啸风这才能够跨上马背。

公孙璞大吃一惊，连忙击毙一名蒙古骑兵，正要抢他的坐骑，西门牧野业已赶来，将他拦住。只听得“小白龙”一声长嘶，跳起一丈多高，闪过了几支长矛的钻刺，突围而去。

数名蒙古军官紧追不舍，他们都是从大军之中挑选出来的善于骑射的好手，小白龙虽然是匹骏马，但因谷啸风伤得太重，必须拉紧马缰，方能坐稳，以至小白龙不能放尽脚力。不消多时，四名蒙古军官，已是追上了他。

谷啸风喝道：“挡我者死，让我者生！”一个“镫里藏身”，轻舒猿臂，抓着了两支刺来的长矛，他虽是受了重伤，这两个军官也还敌不住他的内力。随着谷啸风那声大喝，那两个军官同时给他拖下马来。

谷啸风夺了这两支长矛，回过头来，反手一掷，只听得一声惨呼，又一军官给他掷来的长矛从前心穿入，后心穿出，毙于马下。

但另一个军官却挥刀打落了他的长矛，原来这个军官名叫毕鲁花，乃是成吉思汗手下的“金帐武士”，曾跟随成吉思汗转战欧洲，成吉思汗死后，他的第三个儿子窝阔台继任大汗，升任毕鲁花为一等侍卫。这队蒙古骑兵就是由他统领的。

毕鲁花是蒙古军中极有名的神箭手，武功也很不弱，打落了谷啸风的长矛，冷笑喝道：“来而不往非礼也，让你也见识见识我的神箭!”拉开了铁胎弓，弓如满月，箭如流星，嗖嗖嗖发出了三支连珠箭。

谷啸风闪开了第一支，用剑拨落了第二支，气力已经用尽，第三支箭射来，正中他的坐骑，小白龙着了箭伤，跑得更急，谷啸风给抛了起来。此时正跑到一处悬崖之上，谷啸风更像断了线的风筝似的，从半空中坠下深谷。

公孙璞和奚玉帆尚在和蒙古兵混战之中，远远地看见谷啸风中箭落马，这一惊端的是非同小可！此时他们虽已抢到了坐骑，但蒙古兵亦已合围，急切之间他们哪里能够突围而出?

丐帮弟子已是伤亡大半，有几个人不约而同地说道：“留得青山在，不怕没柴烧。无论如何，我们也要有人回去报信!”

伏在奚玉帆背上的任天吾忽地发出几声断断续续的呻吟，声音十分凄惨，好像受伤的野兽号叫一般。

奚玉帆吃了一惊，只道他受了乱箭所伤，连忙问道：“任老前辈，你怎么啦?”任天吾装作上气不接下气的模样，含含糊糊地说了几个字，奚玉帆只隐约听得清楚一个“我”字，却不知道他在说些什么。旁边的一个丐帮弟子告诉他任天吾并没有受到箭伤，奚玉帆这才稍稍放心。

奚玉帆看见谷啸风中箭坠马之时，本来是想拼死冲过去救他的，丐帮弟子的说话和任天吾的呻吟却像当头棒喝，突然提醒了他，令他记起了自己所负的责任。奚玉帆惊魂稍定，心里想道：“我是任老前辈的副手，这一队押运宝藏的丐帮弟子是由我们带领的，如今任老前辈已受重伤，这副担子只能由我独力担承了。那几个丐帮弟子说得不错，留得青山在，不怕没柴烧。第一，是应该有人回去报信；第二，我应该保护受了伤的丐帮弟子突围脱险，决不能令他们全部伤亡，能够多活一个就是一个；第三，更要紧的是保得任老前辈生命安全，他伤得这么重，若不赶快突围，找得安全之所给他医治，即使他不再受伤，也是要耽误了。唉，啸风坠下悬崖，恐怕是难有生还之望了。倘若我只能找到他的尸体又有何用？不错，他是我的妹夫，但我又岂能为他一个人而连累了大家？”

谷啸风刚才突围的方向是朝着紫萝山那边跑的，那条路上如今已是布满了蒙古骑兵。奚玉帆如果要率领丐帮弟子回去报信，那就是走回头路的，和谷啸风坠马之处恰恰是相反的方向了。奚玉帆想到不能因私废公，心意立决，咬牙叫道：“大伙冲回去！”公孙璞击败了朱九穆，挥舞玄铁宝伞，当前夺路。蒙古骑兵因为已劫得宝车，目的已达，也就无心逼使丐帮作死战了。西门牧野虽然想把公孙璞和奚玉帆杀掉，但因他已受了伤，伤得虽然不算很重，自忖没有朱九穆帮手，独自也奈何不了他们，蒙古兵既然无心恋战，他也只好让开条路。奚玉帆率领残余的丐帮弟子，遂得顺利的突围而走。跑了一程，奚玉帆回头一望，后面并无追兵，这才松了口气，把任天吾放了下来。

任天吾装得很像，奚玉帆、公孙璞都以为他当真是受了很重的内伤，一点也不知道他是弄假。奚玉帆给他服下善治内伤的小还丹，公孙璞还用了正宗的内功心法替他推血过宫。

过了一会，任天吾装作复苏的样子，吐了一口带血的浓痰，坐了起来，张口说话。一说话就责备他们：“我叫你们不要管我的，你们为何不听我的说话！啸风呢？他是不是——唉，为了我这几根老骨头，倘若断送了我啸风甥儿的性命，叫我怎好意思活着去见他的母亲啊！”

奚玉帆见任天吾一开口就问起谷啸风，不由得心痛如绞。想道：“任老前辈倘若知道谷兄已遭不幸，只怕更是痛不欲生了。”为了避免任天吾受到刺激，只好隐瞒真相，说道：“任老前辈放心，谷兄，他，他已经脱险了。”

任天吾半信半疑的神气，紧紧追问：“他已经突围走了么，那为什么他又不和你们一起？”

奚玉帆只好继续说谎："他与我们分道扬镳，我们回丐帮报信，他到紫萝山去请救兵。希望得到紫萝山义军的帮助，还可以截回被劫的宝藏。他的坐骑跑得很快，蒙古兵没有追上他。"

任天吾作出松了口气的模样，脸色稍见缓和，但仍摇了摇头，说道："我还是放心不下。他单骑突围，怎保得没有意外？除非你们找着了他，将他带到我的面前，让我亲眼看见了他，我才能放心得下。"

奚玉帆道："我们当然是要去打听消息，不过现在你老人家病体未愈，回丐帮报信之事也是刻不容缓，还是等到你老身子好了，我们再去找他如何？"

任天吾一副无可奈何的神气，叹了口气，说道："都是我几根老骨头误事，累了啸风，也累了你们。你们要赶着回去报信，请你们将我留下来吧。不必再让我拖累你们了。"

奚玉帆道："这怎么可以！"正在一个装模作样，一个苦苦相劝之际，忽见路上尘埃大起，一彪蒙古军马在山上出现，向南奔驰。

奚玉帆初时只道这彪军马是来搜索他们的，慌忙把任天吾扶到密林深处躲藏。待到蒙古兵过尽，不见有人下山，大家方始放心。

公孙璞忽道："不好！"宫锦云道："鞑子兵没有发现我们呀，怎的还不好呢？"

公孙璞道："蒙古大军向南驰奔，只怕洛阳已经失陷了。"

他们出来之时，洛阳已是在危急之中，现在已过了七八天，洛阳失陷也并不是意外之事。众人听得公孙璞这么一说，自是难免担心。

奚玉帆道："这条路已经发现了鞑子的大军，再往前走，风险太大，不如让我先去探听探听消息。"公孙璞道："好，我们会照料任老前辈的，你放心去吧。"

公孙璞、宫锦云和任天吾三人在树林住了一晚，这一晚公孙璞继续以本身真力，助任天吾疗"伤"，任天吾乐得受益。

第二日中午时分，奚玉帆和一个叫化子回来，这叫化子是丐帮洛阳分舵的一个香主。

任天吾急不可待地问道："洛阳怎么样了?"这丐帮弟子垂头丧气地说道："洛阳在三日前已给鞑子攻入。唉，想不到老前辈你也受了伤，这可怎么好呢?"

公孙璞道："陆老帮主和刘舵主呢?"

这丐帮弟子说道："刘舵主不幸在城破之日牺牲了。陆帮主率领本帮弟子突围，准备撤过黄河以南，和绿林盟主柳女侠率领的义军会合。"

刘赶驴性情豪爽，侠义可风，公孙璞与奚玉帆等人虽然和他只是一面之交，听得他不幸战死的消息，人人都是十分难过。

这丐帮弟子继续说道："我奉了陆帮主之命，留下来准备和你老联络，我正想到紫萝山打听消息，想不到在这里遇上了。唉，更想不到——"他不忍再说下去，顿了一顿，问道："任老前辈，你伤得很重吗?"

任天吾道："你不必管我伤得重还是不重，商议大事要紧。如今宝车已经被劫，洛阳又失陷了，你们说该怎样办?"

奚玉帆道："依小侄之见，洛阳已经失陷，我们留在这儿，也是无能为力，不如大伙儿去投奔柳盟主。"

公孙璞和宫锦云想起韩珮瑛曾劝他们投奔绿林盟主柳清瑶之事，齐声说道："不错，除了这条路只怕也没第二条路好走了!"

任天吾冷冷说道："大家都走了，那么谷啸风的死活就不必管了么?"

奚玉帆、公孙璞那日亲眼看见谷啸风中箭坠马，跌下悬崖，都以为他定是有死无生，想不到任天吾有此一问，但又不敢把真相告诉他，一时间不觉呆了。

任天吾道："总得有一个留下来打听消息，你们走吧，我留下来!"原来任天吾是急于去找那两个魔头分赃，巴不得有个借口才能脱身。

奚玉帆道："任老前辈，这个，这个——"任天吾道："什么这个那个?你爽快说罢，是不是怕我老骨头不中用了?"奚玉帆道："老前辈身体要紧，不如由小侄——"任天吾怎肯让奚玉帆留下来替代他?心里想道："这出戏唱到这儿，也应该适可而止了。"

于是哈哈一笑，说道："老弟不必为我担心，我这几根老骨头虽不中用，但多亏公孙璞老弟以内力替我疗伤，现在是死不去的了。西门牧野和朱九穆这两个老魔头给我伤得也很不轻，即使碰上他们，我也可以陪他们打上一架。"说罢，轻轻一推，就把奚玉帆推开。

奚玉帆又惊又喜，说道："任老前辈内功深厚，果然恢复得很快。"任天吾道："这都是公孙璞老弟之功。"公孙璞耗了许多内力真气替他治"伤"，自信已是可以"挽回"他的性命，不过也还没有料到他恢复得这样快，连忙说道："老前辈谬赞了，小侄不过略尽绵力而已，若非老前辈盖世神功，何能臻此？"

任天吾哈哈笑道："那么你们可以放心走了吧？"

奚玉帆道："我的妹妹玉瑾也是去找啸风的，如今未知消息。任老前辈既然执意要留下来，那就拜托任老前辈一并打听她的下落，若是碰上了她，请她到柳盟主那儿。"心想："啸风不幸的消息，固然要瞒住任老先生，也不能让妹妹知道。死者已矣，生者何堪？啸风已死，我不能再失掉一个妹妹了。"

任天吾慨然说道："玉瑾姑娘和我的甥儿正是一对，我早已把她当作外甥媳妇看待，我找啸风，当然也要找寻她的。你放心走吧。"

奚玉帆等人走了之后，任天吾哈哈大笑，自去找那两个魔头分赃不提。

且说奚玉瑾和辛龙生那日下山之后，兼程赶路，追踪丐帮押运的车队，但他们中了余化龙的诡计，走错了路，南辕北辙，当然是追踪不着了。

一路上辛龙生对她极是殷勤体贴，但却没有半句再涉私情。奚玉瑾明白他的心里仍是隐藏爱意，但好在他能以礼自持，奚玉瑾也就放心与他一起了。

两人到了紫萝山，仍然没有见着丐帮的车队。奚玉瑾心知不妙，当下去求见义军的首领蒙厥。

蒙厥问明来意，说道："有这样的事么，我可还未知道呢！"

奚玉瑾屈指一算，说道："丐帮把韩家宝藏运来这儿，这是千真万确的事。那天我听得任天吾的大弟子余化龙和朱九穆亲口说的，当时车队已经出发了两天，算来现在是第八天了。”

蒙厥道：“那么现在应该早就到了呀！”

奚玉瑾道：“任天吾和鞑子勾通，要在路上拦截。”

蒙厥道：“这几天风声紧急，我们都派有细作出去探听的！这条路上可并没有出现过什么车队，也没有鞑子兵出现。”

说话之间，恰巧就有一个细作进来报告：“青龙口昨日发现一队蒙古骑兵，杀声震天，也不知他们是否和官军作战。”

蒙厥恍然大悟，说道：“对了。从青龙口那儿也有条小路到这里来的。不过因为地形十分险峻，平时很少有人行走。任天吾一定是临时改变路线，从这条路来了。”当下叫那细作再去探听。

细作说道：“今早陆续有蒙古大军从那儿经过，路不通行。但知洛阳是已经失陷了。”

蒙厥吃了一惊，要知他是一支义军的首领，当然要提防蒙古大军来攻打他们，当下只好向辛龙生和奚玉瑾说道：“我们必须撤退到森林里去，这件事情只好等鞑子兵过了，局面稍为安静之后，才能去打听了。”

奚玉瑾听得消息，忧心如焚，恨不得插翼拉到青龙口去，当下便即告辞。蒙厥道：“你们要上哪儿?”奚玉瑾道：“我想亲自到出事地点去看一看。”蒙厥大吃一惊道：“鞑子大军正在那条路经过，如何去得?”奚玉瑾道：“我们会小心的。”辛龙生道：“这位奚姑娘的哥哥正是在那车队之中，他是给任天吾拉去帮丐帮押运宝车的。”奚玉瑾道：“我哥哥生死未卜，我若不亲自去看一看，怎得安心?”蒙厥阻拦他们不住，只好让他们去了。

出了紫萝山，奚玉瑾说道：“辛大哥，你陪我到了这儿，我已感激不尽。如今我已获知线索，可以去找我的哥哥了。你还要赶回江南向令师复命，我不愿意再拖累你，你就让我独自去吧。”

辛龙生道：“奚姑娘，我知道你的意思，你是不愿意我陪你冒这个险。”奚玉瑾道：“不错，你有大事在身……”辛龙生道：“奚姑娘多谢你为我着想，但你能够为我着想，我岂能不为你着想？你一个单身女子，无人相助，我又能放心得下吗？为朋友两肋插刀尚且不辞，何况冒这点区区的风险？除非你不把我当朋友看待，否则我无论如何也是要陪你同去的了！”

奚玉瑾给他这一番真挚的说话打动，心中甚为感激，当下含泪点了点头，说道：“辛大哥，你对我这么好，我可是没法报答你呢。”辛龙生笑道：“说到报答二字，那还算得什么朋友？奚姑娘，你这么说，也太小看我了。”他是个绝顶聪明的人，听到奚玉瑾这么说，已知她是另外有了意中人，但心里想道：“只要功夫深，铁杵磨成针。如今我在她的心上也许还敌不过另一个人，但至少她的心上也是有了我了。”

他们早已向义军探明了道路，出了紫萝山，便即向青龙口奔去。他们本来准备会碰上蒙古兵的，结果却出乎他们意料之外，别说蒙古兵，连一个百姓也没碰上。原来蒙古大军，只是过路性质，早已去得远了。

到了青龙口，只见血流成河风，尸骸遍地，奚玉瑾心头卜卜乱跳，忍着尸臭，一具一具去看，却没有发现她的哥哥。

辛龙生道：“咦，那边好像有一个活人。”奚玉瑾侧耳细听，隐隐听得有呻吟之声，赶忙过去，果然在山坳一角的乱草丛中找到一个人，这个人伤得很重，手脚身体都有刀箭之伤，但还在蠕蠕而动，看情形是在尸堆里爬出来想逃下山的，爬到这儿，就爬不动了。

辛龙生给他敷上了金创药，用闭穴止血的手法封闭了他伤口附近的穴道，过了一会，这人清醒过来，说道：“你们是谁？但你们也不必救我了，我是活不成啦！”奚玉瑾道：“我的哥哥是奚玉帆，你不要胡思乱想，歇一歇再说。”

那人说道：“哦，原来是奚姑娘。请你，请你给丐帮报信，宝藏，宝藏已给西门牧野和朱九穆两个魔头劫去，他们是带了鞑子的骑兵来的，我们寡不敌众。任老先生已受了重伤了。”这人断断续续地说来，说得极为吃力。奚玉瑾忍不住打断他的话道：“这些我都知道了，你歇一歇吧。”任天吾假作受伤的把戏，早已在她的意料之中。

那人说道：“好，那我就放心了！”声音越来越弱，说到“放心”二字，眼睛一闭，身子便向后倒。原来他受伤极重，强自支持，

那人说道：“谷少侠不幸，不幸给鞑子射死了。”此言一出，恍如晴天霹雳，震得奚玉瑾摇摇欲坠。

为的就是找一个人把消息送给丐帮，如今目的已达，心无牵挂，那口气一松，登时不省人事。

辛龙生吃了一惊，连忙以掌心按着他背心的“风府穴”把一股真力输送进去，替这人推血过宫，这是急救的法子，但也只可以令受伤者苟延残喘而已，要想起死回生，那就办不到了。

辛龙生道：“奚姑娘，你快问他。”奚玉瑾很不忍心令他多受痛苦，但哥哥和谷啸风的消息，她又必须知道，只好硬着心肠说道：“你知道奚玉帆吗？他怎么样？”

那人道：“奚玉帆……已经脱险，任老先生就是由他背出去的。”

奚玉瑾道：“还有一个谷啸风，你知道吗？他——他——”

那人说道：“谷啸风和一男一女同来，谷少侠不幸、不幸给鞑子射死了。那一男一女则已突围。”原来他只认识谷啸风，却不认识公孙璞和宫锦云。

此言一出，恍似晴天霹雳，登时震得奚玉瑾摇摇欲坠，辛龙生吃了一惊，赶忙将她扶住。奚玉瑾喘着粗气叫道：“真的？”那人说道：“射死谷少侠的那个鞑子名毕鲁花！”毕鲁花是蒙古著名的神箭手，曾与丐帮作过战，故此这人知道。他说了这句话“卜通”便倒了。原来辛龙生要腾出手来扶奚玉瑾，不能继续给那人输送真力，他早已是油尽灯枯，当然支持不住了。

奚玉瑾听他说得有名有姓，不相信也相信了。这霎那间，恍如万箭钻心，奚玉瑾尖叫一声，在辛龙生的怀中晕了过去。

辛龙生又惊又喜，心里想道：“她从来没有和我说过谷啸风这个名字，如今听得这姓谷的不幸消息却伤痛如斯，不用说这姓谷的一定是她的意中人了。”辛龙生本是名门正派的弟子，但因自小受到阴毒险狠的辛十四姑和气量狭窄的孟七娘的影响，是以在他的性格中也有坏的一面。此际，他不知不觉的有了幸灾乐祸的心情。

过了一会，奚玉瑾悠悠醒转，但神智还是未曾完全清醒，她感觉到有一双强有力的手臂抱着她，不觉叫道：“啸风，啸风！”

辛龙生听她接连叫着“啸风”的名字，心中不禁泛起一股酸味。忽地悚然一惊，想道：“谷啸风死在敌人箭下，我竟无哀悼之情，反有妒忌之意，这不成了小人吗？唉，我平生以侠义自居，怎的会有这个念头出现？唉，真是可耻可耻！而且我又何必去妒忌一个死了的人？”心中善恶交战，不知不觉打了一个寒噤，头脑清醒了一些。于是轻轻地拍拍奚玉瑾的香肩，柔声唤道：“奚姑娘，是我。你醒醒，醒醒！”

谷啸风的影子在她眼前消失了，奚玉瑾这才发现是给辛龙生抱在怀中。奚玉瑾心头一阵绞痛，“唉，不是啸风，今生我恐怕是见不着他了。”这个沉重的打击令她伤心之极，已是无力挣扎，当下又羞又急，叫道：“放，放开我！”

辛龙生扶起她倚着大树坐下，说道：“奚姑娘，死者不能复生，咱们还活着的人应该做的是为死者报仇，你、你保重身体要紧。”

奚玉瑾本是个巾帼须眉，而且是个善于处事，性格相当冷静的女子，只因这个意外的打击太大了，她一时间实是经受不起。她张开眼睛，茫然失神，看着辛龙生，过了好一会，方始说道：“你说得对，我是该为他报仇。但这个仇，这个仇我又怎样才能报得了呢？”英雄也有软弱的时刻，奚玉瑾此时正是感到这种孤独的心情。她失去了谷啸风，不知还有何人可以依靠？眼前似只有一个辛龙生是可以信赖的人了，但对他的信赖，毕竟不能同谷啸风的那种信赖相提并论，在对辛龙生的“信赖”之中，她也隐隐感到了几分疑惧。

辛龙生慨然说道：“奚姑娘，多承你把我当朋友看待，你的事情也就是我的事情。这个仇我一定要帮你报的。不过，这不是对一个人的私仇，即使杀掉了那个毕鲁花，也还不能算是报仇的。”

奚玉瑾听他说得义正辞严，不禁点了点头，说道：“不错，咱们的仇人是蒙古鞑子。”

辛龙生道：“当今之计，咱们应该先找个安身之地，徐图复仇大计。”

奚玉瑾听了他的这番说话，对他不由得多了几分信赖，当下叹了口气，说道：“我现在已毫无主意，依你说咱们应该先到何地安身？”

刚说到这里，忽听得蹄声得得，有两骑马正在朝他们跑来。奚玉瑾只道是蒙古兵，也不知哪里来的力量，精神陡振，霍地站了起来，拔剑出鞘，喝道："来得正好，我未得报大仇，且先报小仇！"

那两骑马倏然停下，骑在马上的是两个汉人，这两个人跳了下来，不约而同"咦"了一声叫道："这不是奚姑娘吗？你要报什么仇呀？"

奚玉瑾"啊呀"一声说道："原来是杨叔叔和杜叔叔，我错把你们当作鞑子了。"

原来这两个人乃是绿林盟主柳清瑶手下的两个大头目，一个名叫杨匡，一个名叫杜复。那次谷啸风在百花谷和金刀雷比武之时，就是他们两个及时赶到劝解开的。那次他们替柳清瑶传下绿林箭，把围攻百花谷的一班豪杰连同雷飙在内都召唤了去，是以奚玉瑾认得他们。

辛龙生曾到过蓬莱魔女柳清瑶的山寨，和杨杜二人相识的，当下上前相见，问道："两位怎的会在这时候到洛阳来？"

杨匡说道："辛少侠，你也在这儿，这真是巧遇了。实不相瞒，我们到洛阳的目的之一，就是要找你。"

杜复却道："奚姑娘，原来你和少侠早早就相识的吗？但不知谷啸风却在哪儿，你知道他的消息吗？"

谷啸风为了奚玉瑾以致闹出婚变之事，杨杜二人知道得十分清楚的，杜复这样问她，正是因为感到诧异的缘故。他不解何以和奚玉瑾作伴的竟然会不是谷啸风。

奚玉瑾心头还在滴着鲜血，怎禁得再他给触及创伤？登时"哇"的一声哭了出来，叫道："啸风他，他，他——"辛龙生低声说道："他已经不幸死了！"

杨杜二人大吃一惊，说道："啸风死了？是不是在昨日青龙口之战死的？"原来他们在路上已听到昨日有一队蒙古骑兵在青龙口截劫丐帮之事，是以才特地跑来这里看一看的。

辛龙生叹了口气，作出十分难过的样子说道："这真是意想不到的事，在江湖上一向是德高望重的任天吾竟然会勾结西门牧野和朱九穆那两个魔头，劫了丐帮的宝车，还连累了这位谷少侠。"当下把他从奚玉瑾那儿听来的有关诸事，一一告诉了杨杜二人，奚玉瑾抑住悲伤，也给他作了一些补充。

杨匡愤然说道：“这件事情揭开了任天吾这老贼的真面目，这是坏事，也是好事！这老贼我们是不会饶过他的。但现在咱们暂且把他搁过一边，先说说我们的事吧。”

辛龙生道：“是。我正想请问来意。”

杨匡说道：“我们一来是打听洛阳的消息，想找到韩大维老英雄，和他取得联络的。”

辛龙生虽不知他的姑姑和韩大维后来发生的事情，但料想韩大维逃不脱他姑姑的掌心，本来他应该把这条线索告诉杨杜二人的，但转念一想，韩大维也是形同废人，杨杜二人找到他也没有用，而且也犯不着得罪姑姑，于是瞒住这个消息，只把韩家不幸的遭遇说了出来。

杜复叹道：“想不到韩老英雄亦遭暗算，但愿他吉人天相早日得到平安。好，现在说到你的事了。”

辛龙生道：“不知两位何事找我？”

杜复道：“不是我们有事找你，是令师催你速回江南，叫我们转达。”

辛龙生吃了一惊，说道：“家师叫我们出使之时，并没有限定日期，如今忽然叫我回去，是不是江南方面——”

杨匡道：“不错，现今烽火已经燃及江南！”

辛龙生惊诧无比，说道：“鞑子刚刚攻陷洛阳，怎的会来得那样快呀？”

杜复说道：“不是鞑子的大军已到江南，是一股水寇做鞑子的内应，如今正在长江沿岸骚扰，这股水寇的首领名叫史天泽。”

辛龙生松了口气，说道：“原来是史天泽，这厮，料想成不了什么气候。”

原来史天泽本是太湖的一家寨主，后来因为多行不义，给太湖十三家寨主王宇庭赶出去的。是以辛龙生看不起他。

杨匡正色说道：“史天泽这厮也委实不可小觑，他的武功不在王宇庭之下，近年来他得了鞑子的支持，大肆招兵买马，长江各股水寇，多半听他的号令，势力之大，恐怕还超过了太湖的十三家的总寨主王宇庭呢！

“这次他们趁着蒙古大军入侵中原的机会，正式接受了鞑子的封号，拼凑各路军马，号称十万之众，上个月已经渡过淮河。听说现在正沿着二十年前金主完颜亮侵宋的路线，在采石矶渡江，准备掠夺江南富庶之地。”

杜复接着说道：“蒙古鞑子深谋远虑，早已派出许多人到史天泽的军中，控制他的军队。是以蒙古‘大军’虽然没到江南，但江南业已发现鞑子的足迹了。”

杨匡跟着说道：“南宋西北方的疆界，亦已有鞑子侵入。这一路鞑子是假道陕南，顺汉水而下的。”

原来蒙古伐金之前，假意和南宋联盟，说的是要攻打金属凤翔，派拖雷手下的大将阔瑞假道南宋的陕南，进陕南之后，却深入川北，一路攻占了宋朝的好几个城池，南宋的沔州统制张宣也给杀了。

杨匡继续说道：“南宋朝廷不知蒙古用兵何路是主，何路是从，只恐他佯言灭金，实要灭宋，是以朝廷上下，人心惶惶，已作迁都避难的打算。

“义军方面判断鞑子的这次两面夹攻，还只是试探虚实的性质。以蒙古的国力，按说还不能同时吞金灭宋。但因朝廷步骤已乱，倘若应付不宜，也有亡国之祸。这个保家卫国的重担，也只有义军才能挑起来了。

“令师是江南的武林盟主，江南方面的义军虽然未有统一指挥，但顺理成章，大家也都是唯令师的马首是瞻了。”

辛龙生听了杨杜二人关于江南形势的分析，叹道：“想不到我离开才不过数月，江南局势的变化竟是如此之大！”

杨匡说道：“我们离开山寨之时，恰好令师派来的人到敝寨之时，与柳盟主商量南北同心御敌，相互支援之策。同时也叫我们设法找到你，通知你早日回去。”

辛龙生道：“多谢两位大叔报信，江南局势紧张，小侄当然是要赶回去的。”

杨杜二人还要往紫萝山与蒙厥联络，当下便与辛龙生道别。

杨杜二人走后，辛龙生沉吟半晌，说道：“奚姑娘，你的家是不是住在扬州附近？”

奚玉瑾道：“不错，和采石矶也相去不远呢。”

辛龙生道：“这么说来，史天泽勾结蒙古鞑子，从采石矶渡过长江，你的家乡恐怕也会给战火波及了。”

奚玉瑾忧心忡忡，叹了口气，说道：“鞑子铁蹄所至，当今天下已是难以找到一片净土了。百花谷若给战火所毁，那也是无可奈何之事。”她话虽然如此，但因百花谷是奚家数代经营的地方，无异世外桃源，一旦遭受战火波及，奚玉瑾总是难免有些挂虑。

辛龙生乘机说道：“奚姑娘，令兄不知下落，一时间恐怕很难找到他了。好在他已脱险，你们兄妹总有相逢之日。目前你也没有其他地方去，不如先回家看看，倘若已遭战火所毁，就和我们到江南去吧，打退了鞑子，我再送你回来。你在江南，也正可以为义军尽一份力量啊！”

奚玉瑾其实并非是没有地方可以去的，蓬莱魔女金鸡岭就是她可以去的地方。而且她也知道，倘若是在金鸡岭的话，一定可以更容易打听她哥哥的消息。

但她却有一重顾虑，因为当日围攻百花谷的那班人，如今都在蓬莱魔女那儿。那班人是韩大维的两个老仆邀来围攻百花谷的，这些人对她和谷啸风之恋是不能谅解的。当日围攻百花谷之时，已曾有人向她出言嘲骂的了。如今虽说时过境迁，但奚玉瑾仍是不愿意和这些人朝夕相见。要知她虽然是巾帼须眉，但女儿家的体面，她究竟还是不能十分豁达的放得下啊。

为了这个缘故，同时也是为了对百花谷的挂念，奚玉瑾想了一会，终于说出了一个“好”字，答应了辛龙生的要求了。

奚玉瑾以为谷啸风已死，又觉得辛龙生是个正人君子，是以对他的好感日渐增多，辛龙生在她的心上亦已渐渐代替了谷啸风往日的位置了。

她哪里知道，谷啸风其实并没有死！正是：

一着棋差成大错，鸳鸯从此各分飞。

欲知后事如何，请听下回分解。

第三十二回　贼子妄言欺侠士
书生谈笑戏魔头

谷啸风其实并没有中箭，中箭的是他的马。只因距离甚远，他从悬崖上跌下去，当时在激战中的奚玉帆和丐帮之众，都以为他是中箭坠马，以讹传讹，遂使得奚玉瑾也相信他是已经死了。

且说谷啸风给抛下马背，下面是深不可测的幽谷，他也是自思必死的了。但在生死关头，求生却是一个人的本能。谷啸风在半空中一个鹞子翻身，减慢了坠下的速度，可巧跌下之处，正是谷底的一片沼地。

这时正是深秋九月树木枯黄的季节，沼地上铺满了落叶，就像一面软垫，而“软垫”下面又是烂泥，谷啸风跌下去，下半身陷在泥中，晕了过去，但不久就醒过来，发现身上竟没有受伤。

谷啸风默运玄功，恢复了一些气力，爬出泥沼，侧耳一听，隐隐听得大队车马驰骋之声，渐远渐寂，可以判断那队蒙古骑兵是已离开青龙口了。

谷啸风心中如坠铅块，好生难过，想道：“看来韩伯伯的那批宝藏是已经给鞑子劫去了。唉，但愿舅舅和玉帆大哥能够脱险才好。但听这车辚辚马萧萧之声，似乎是向西去的。鞑子劫得宝藏，为何不回洛阳呢?”

谷啸风爬上山坡，找到了一条清溪，洗了个澡，刮去身上的污泥，洗净了衣服。又在溪中捕了几条鱼，顾不得腥气，先吃个饱。精神气力恢复几分之后，一步步地爬上去。

谷啸风的武功虽然未失，但这百丈峭壁，爬上去也很吃力。爬到了一半，忽听得蹄声得得，听得出是三匹马，正从他的头顶上方的山道上经过。

谷啸风想要出声救援，但不知是敌是友，正在踌躇，忽听得其中一人说道："我说的不错吧，韩家的宝藏早已给鞑子劫去了。唉，我的师父都不知怎么样了呢?"

谷啸风喜出望外，心想这一定是自己人了，吸了口气，正想用"传音入密"的内功叫唤他们，就在此时，只听得另一个人说道："谷啸风不是你师父的外甥吗? 按说他不会下毒手害自己的舅舅的，你不必太过虑了。"

先头那人说道："谷啸风这小子做得出勾结鞑子的勾当，他还会念什么甥舅之情!"

谷啸风听得此言，这一惊非同小可，同时他也知道了，说话的这个人是他的舅父的大弟子余化龙。

"余化龙为何要这样陷害我?"谷啸风疑云大起，登时不敢出声呼唤。片刻间那几个骑马亦已去得远了。

谷啸风知道余化龙是他的舅父任天吾的大弟子，但他们二人却没有见过面。谷啸风暗自思量："余化龙无中生有造出这等恶毒的谣言，显然是有心陷害我的了。好在我刚才没有出声，否则只怕他非但不加援手，而是要反过来投井下石了。奇怪，余化龙与我往日无冤，近日无仇，他根本就不认识我，只知我是他师父的外甥，却为何他要这样陷害我呢?"

谷啸风百思莫得其解，忽地心头一动，想道："宫锦云以她的所见所闻，极力指证舅舅觊觎宝藏，不是好人，甚至怀疑他私通鞑子，如今他这大弟子却颠倒过来诬蔑我和鞑子勾结，这两者之间，难道、难道是有某种关系?"想到这里，眼前浮现出舅舅受伤的"惨状"，登时感到内疚："唉，我怎么可以这样想呢? 舅舅为了保护宝车，奋不顾身，如今连性命也不知能否保存呢! 余化龙诬蔑我，可疑的也只是余化龙一人，与舅舅有甚相干?"

谷啸风怀疑舅舅的念头，只是偶然触发，在心头一闪即过。他不敢深思下去，想不出个所以然来，只好先求自身脱险再说。

好在谷啸风已经恢复了几分气力，终于爬上了悬崖，到了安全之处。

谷啸风吁了口气，凭高望远，已见那三匹坐骑已经到了平地，正在山下的官道向西驰去。凝眸细察，隐约可以分辨得出，那是两男一女。

谷啸风又再想道："和余化龙一起的这两个人不知是什么人物，但他们为了丐帮之事奔波，显然是侠义道的了。我不能让他们上余化龙的当，这件事情我也必须查个水落石出。"

心念未已，忽听得有马嘶之声。只见他的那匹"小白龙"从密林深处走出来，摇头摆尾地走到主人面前，屈下前蹄，和主人挨擦。

原来"小白龙"受的箭伤也不是十分严重，那支箭射着它的臀部，插得根深，却没有伤着骨头。"小白龙"是一匹久经训练的良驹，颇通灵性，它失了主人，并没跑开，却自己跑到树林里躲起来，如今发现主人，又跑出来了。

谷啸风喜出望外，心想："这正是天从人愿，我可以骑上小白龙去追赶他们了。"当下给"小白龙"敷上了金创药，又在倒毙路上的蒙古兵身上找到了一袋干粮，饱餐之后，便即跨马登程。

"小白龙"虽然伤还未愈，跑起来也比普通的坐骑快得多，余化龙骑的是匹骏马，但和他一起的那两个人的坐骑却差得多。谷啸风追赶了一个时辰，将近黄昏的时分，终于追上了他们。

大兵过后，这条路上根本就没有行人，是以前面这三个人看见后面有快马赶来，也是颇为诧异。

谷啸风叫道："前面三位朋友请等一等。"那三个人勒马回头，余化龙道："你是什么人，为何追赶我们？"谷啸风刚才听见他说话的声音，知道是他。

另外的一男一女都是三十岁左右年纪，看情形好像一对夫妇。那女的低声说道："符哥，咱们正要找人打听，看这人的样子，似是经过一场厮杀逃出来的，不妨仔细问他。"谷啸风衣裳破烂，衣上的血污虽经洗涤，也还留有痕迹，而且腰悬长剑，是以任何人看见了他都可以判断是经过了一场厮杀的。

谷啸风道："我是替丐帮押运军饷去送给紫萝山的义军的，不幸中途遇上鞑子，给他们劫去了。我逃出来，想给丐帮送信。”

那男的似乎有点诧异，看了看谷啸风，又看了看余化龙，说道：“余爷，你可认识他？”

原来这对夫妇是中途碰上余化龙的，余化龙也说是从青龙口战役出来的人，他曾经对这对夫妇说过，押运的车队不过三十多人，在这场剧战中业已伤亡殆尽。那么依常理推断，倘若谷啸风说的是真，余化龙没有不认识他的道理，但现在余化龙却问他是谁，故此两夫妇自是不免起了疑心，知道在这两个人中，一定有一个是说谎的了。当然他们是比较相信余化龙的。

余化龙当然也知道这对夫妇是会比较相信他的，当下心里想道：“不管这小子说的是真是假，我且先反咬他一口。”于是一声冷笑，说道：“你说你是替丐帮运饷的，恐怕不大对吧？”

谷啸风道：“有什么不对？”

余化龙道：“你知道我是谁么？”

谷啸风道：“以前不知道，现在知道了。”

余化龙觉得他话中有话，不禁怔了一怔。

那女的道：“你以前不认识他？那么你在车队中竟然是没有见过他么？”

谷啸风道：“没有见过！”

余化龙冷笑道：“那么你说说看，你在车队中认得哪些人？”

谷啸风道：“我认识的人多了，有任天吾，有奚玉帆，有公孙璞，也有谷啸风。”

余化龙“哼”了一声，说道：“你认识谷啸风，好，很好！你这可不打自招了！”话中之意即是向这对夫妇暗示，认识谷啸风的这个小子，当然不是好东西了。

谷啸风装作大惑不解的样子，说道：“这又有什么不对？我正想去找谷啸风呢！你这样说，想必也是认识他的了，你可知道他的下落么？”

余化龙冷笑道：“很好，你要知道他在哪里，我告诉你吧！他串通鞑子，劫去了宝车，如今已随鞑子去了。你到蒙古军营去找他吧！”

谷啸风正是要他说出这个谎言，当下作出不相信的神气，摇了摇头，说道："你是亲眼见到的么？"

余化龙怒道："岂有此理，你这小子竟敢不相信我的说话，我当然是亲眼见到谷啸风投敌的！仲大侠，如今可以不必再盘问了，这小子定然是谷啸风的党羽！"

原来这两个中年男女乃是夫妇，男的名叫仲少符，女的名叫上官宝珠，是江湖上一对著名的夫妻双侠。（注：仲少符与上官宝珠的来历请参看拙作《狂侠天骄魔女》）论本领，论地位，余化龙都是远远不如他们。正是因为碍着有这对夫妻双侠在旁，所以余化龙才不能不和谷啸风"说理论争"（纵然这"说理"乃是强辞夺理，"论争"也只是捏造谎言，含血喷人），否则他早就要杀掉谷啸风灭口了。

谷啸风听了这话，这才慢条斯理地淡淡说道："你刚才问我知不知道你是谁？现在我已知道你是任天吾的大弟子余化龙了。请问你也知道我是谁么？"

余化龙一副不屑的神气，冷笑说道："听你的口气，倒好像是什么江湖上的成名人物。爽快说罢，你是何人？"

谷啸风哈哈一笑，说道："不错，我是个微不足道的无名之辈，但你是应该知道我的。因为我就是你说的那个已经投敌到了蒙古军营的谷啸风！"

话犹未了，只见余化龙面上变色，刷的一声就拔出剑来向谷啸风刺去！

仲少符喝道："且慢！"陡然间只见剑光疾闪，仲少符未曾来得及出手阻拦，只听得余化龙已是一声大叫，斜挂雕鞍，拨转马头跑过一边去了。原来他是骑着马向谷啸风刺的，不料只是一个照面，便给谷啸风刺伤了他的大腿，谷啸风拔剑在后，但却后发先至，出手之快，当真是难以形容。

仲少符吃了一惊，蓦地从马背上跳起来，一招"鹰击长空"，向谷啸风当头刺下。他刚才还喝"且慢"，现在却突然对谷啸风攻击，而且一出手就是狠招，大出谷啸风意料之外！

谷啸风一个"镫里藏身"，说时迟，那时快，对方的利剑已是指到了他的前胸，谷啸风一招“横架金梁”，反手迎击，双剑相交，“当”的一声，火花飞溅，谷啸风经不起那股冲击的力道，滚下马来，仲少符跟着落地。谷啸风一个鲤鱼打挺，跳起来喝道：“你枉称侠义道，讲不讲理?”

仲少符一言不发，刷刷刷又是连环三剑，谷啸风心头火起，把他当成余化龙一伙，便也使出了全副本领还击！

仲少符突然向谷啸风大施攻击，他的妻子上官宝珠也感到有点诧异，叫道：“符哥，问清楚了动手也不迟！”

余化龙却喜出望外，同时叫道：“不错，这小子胡说八道，用不着盘问他了！”他大腿中剑，伤得虽然不算很重，但已是心胆俱寒，自是不敢过来和谷啸风对敌，巴不得仲少符一剑就杀了他。谷啸风气力不加，不敢恋战，心里想道：“他不肯容我分辩，纵然他是同道中人，我也只好伤了他再说了。”激战中一招“北斗七星”，剑尖颤动，抖起了七朵剑花，仲少符喝道：“来得好！”振剑直刺，插入剑光圈中，只听得叮叮之声，不绝于耳。双方使的都是上乘剑法，霎眼之间，两柄长剑已是碰击了十七八下。当真是棋逢对手，将遇良材，谁也没有占到便宜。

仲少符突然反身一跃，倒纵出三丈开外，插剑入鞘，这一下又是大出谷啸风意料之外，心里想道：“他并没有输给我啊，为何就退下了?”要知那谷啸风爬上那百丈悬崖，气力消耗甚大，兀未完全恢复，是以论剑法双方是旗鼓相当，论气力谷啸风则是不如对方甚远，久战下去，谷啸风定必吃亏。

心念未已，只听得仲少符哈哈笑道：“不错，你使的果然是七修剑法！”

上官宝珠又惊又喜，叫道：“这么说他的确是谷啸风了！”

谷啸风这才恍然大悟，原来仲少符是有意试他的剑法，方敢相信他的话的。“七修剑法”是任家的不传之秘，天下会使“七修剑法”的只有三个人，一个是任天吾，一个是谷啸风的母亲，还有一个就是谷啸风自己。由于这本剑谱谷啸风的外公早就给了女儿当作嫁妆（当时谷啸风的母亲尚未与他的父亲私奔），故此这套剑法的变化精微之处，谷啸风比他的舅舅领悟得更多。仲少符是当代的剑术名家之一，虽不会使七修剑法，却是一看便知。

谷啸风获得对方的相信，正自欢喜，忽听得健马嘶鸣，蹄声急骤，原来是余化龙知道大事不妙，难以蒙骗下去，三十六招走为上招，趁着仲少符夫妻尚未注意及他之时候，立即便跑。

余化龙这匹坐骑是西门牧野送给他的一匹蒙古战马，跑得非常之快，谷啸风的“小白龙”若是没有受伤可能追得上它，如今“小白龙”的箭伤未愈，可就难以和它匹敌了。

谷啸风连忙骑上“小白龙”，但见余化龙一人一骑已是绝尘而去，谷啸风知道要追也追不上，不禁叹道：“可惜，可惜，给这奸贼走了！”

仲少符道：“咱们慢慢找他算账。谷少侠，今日有幸相逢，我正想向少侠请教。”

谷啸风道：“不敢。请教阁下高姓大名。”

仲少符说了自己的名字，谷啸风是早就听人说过这一对夫妇双侠的，大为欢喜，说道：“不知贤伉俪欲知何事？”

仲少符迟疑片刻，方始问道：“听说韩大维韩老英雄是谷兄令岳，不知谷兄可曾到过令岳家中？”

谷啸风闹婚变之事早已在江湖上传得沸沸扬扬，仲少符当然是知道的。不过因为谷啸风尚未正式解除婚约，名义上还是韩家女婿，仲少符虽然感到有点尴尬，也只能这样问他了。

谷啸风面上一红，说道：“到过。韩老英雄遭了意外，这件事仲大侠想必是知道的了？”

仲少符道：“我们也曾到过令岳家中，我想问你的就正是这件事。”

谷啸风道：“我只知道韩老英雄的两个对头是西门牧野和朱九穆，至于他现在是否尚在人间，却还未曾打听到确实的消息。不过，也有一点点线索。”当下把所知的告诉了仲少符夫妻。

仲少符叹道：“想不到韩老英雄竟会遭受奸人毒手，可惜我们现在正有紧要的事情要办，只能待这件事情过后，才能到那水帘洞探查了。”

上官宝珠跟着问道：“令岳家中有一批宝藏，谷少侠可知道么?”

谷啸风道:“丐帮押运给紫萝山义军的军饷就正是这批宝藏。”

仲少符夫妻点了点头,说道:“这一点余化龙倒是没有欺骗我们。”

谷啸风问道:“贤伉俪是路过还是特地来访韩老英雄的?”据他所知,韩大维与仲少符虽然彼此闻名,却是从无来往,并没交情的。

仲少符道:“是一位朋友约我在韩老英雄家中相会。不料韩老英雄家破人亡,那位朋友也没见着。”

谷啸风道:“不知仲大侠有何要事,能否见告?”

仲少符想了一想,说道:“这件事是个秘密,不过谷少侠和韩老英雄的关系非比寻常,我是应该告诉你的。你可知道令岳家中这批宝藏的来历么?”

谷啸风只道这批宝藏是韩大维的东西,听得仲少符这么一问,怔了一怔,说道:“我也是前几天才知道韩伯伯家中有这批宝藏,什么来历,我可就不知道了。”

仲少符微微一笑,指了一指上官宝珠说道:“这是她父亲寄存在令岳家中的。”

上官宝珠笑道:“其实也算不得是我爹爹的东西,这批宝藏是许多人的积聚,爹爹是准备委托韩老英雄送给另外一个人的。”

原来上官宝珠的父亲就是上官复。上官复是辽国人,辽国被金所灭,上官复因为是著名的抗金志士,被迫逃至海外,逃避金廷的缉捕。

匆匆过了二十年,蒙古崛起,与金国争霸,金国的统治日趋衰微,上官复从海外归来,图谋复国,因为在故国难以立足,遂投奔成吉思汗,做了蒙古国师尊胜法王副手。当然他的复国企图是不敢让蒙古人知道的。

辽国灭亡之后,故御林军统领耶律勇之子耶律元宜组成了一支义军,以祁连山为根据地,力抗金兵,十多年来金国始终无法将这支义军“袭灭”,但耶律元宜也因兵力不足,接济艰难,始终是局处于祁连山中,难以发展。

上官复托庇在成吉思汗帐下，渐渐和一些辽国的抗金志士有了联络，其中有两个人是辽国从前的大内卫士，辽京失陷之日，他们带了一部分大内宝藏逃出来，交给了上官复。另外，上官复和其他的人也筹集了一笔军饷，换成了珍珠宝石，以便收藏。

上官复本想把这批宝藏送给祁连山的耶律无宜的，但他在成吉思汗帐下，虽然地位很高，究竟因为不是蒙古人，始终没有得到成吉思汗的信任，要想把这批宝藏送到祁连山，谈何容易？

直到成吉思汗死后，上官复才得有一个机会，奉命到洛阳、开封活动，但因他此行是有期限的，也不能私自跑到祁连山去。

上官复和韩大维是少年时候相识的好友，韩大维在洛阳城外隐居，外表不问世事，内里也在进行抗金的活动。但知道的人，却并不多。蒙古的“细作”（侦探）也并不知道在洛阳城外，有这样一位武学宗师。

上官复偷偷来访韩大维，把这批宝藏寄存他的家中，请他设法送到祁连山去，在韩大维家中住了一晚，这就是那次洛阳丐帮分舵的舵主刘赶驴为何要和任天吾私探韩家的原因了。因为刘赶驴只知道上官复是金国的副国师，打听到上官复躲在韩家的风声，只道韩大维也和蒙古鞑子有了勾结。

不幸韩大维在上官复走后，不久就受了朱九穆的修罗阴煞功所伤，半身不遂，举步维艰，他自己不能护送，又找不到适当的人代劳，只好让这批宝藏藏在自己的家中。

另一方面，上官复亦在暗中托人把这消息送到祁连山去，几经辗转，终于让耶律元宜得知了韩家有这批宝藏，但此时已是蒙古大军入侵中原的时候了。

耶律元宜和北五省汉人的绿林盟主蓬莱魔女是有联络的，请蓬莱魔女派人协助，约定在韩大维家中相会。蓬莱魔女知道上官宝珠是上官复的女儿，因此就派了他们夫妇。

谷啸风听了他们所说的原委，方始知道这批宝藏的来历。心道：“怪不得连珮瑛也不知道这个秘密，原来这批宝藏的关系是如此重大，韩伯伯对女儿也不敢说。”

上官宝珠十分苦恼，说道：“如今这批宝藏已经给鞑子劫去了，耶律元宜派来的人又没见着，如何是好？”

谷啸风道：“我看见那两个魔头押着宝车向西而去，车辆载重，必定行得较慢，咱们快马去追，或者还可追上。”心里想到：“那两个魔头已受了伤，以仲少符夫妻的本领和我联手，总可以和他们斗上一斗，即使斗他们不过，知道了他们的行踪，也可以请紫萝山的义军相助。”

仲少符诧道：“蒙古兵攻占洛阳之后，大军是向南走的。这两个魔头劫了宝车，既然不回洛阳，就该去和大军会合，何以向西走呢？”

上官宝珠笑道：“这不更方便咱们夺回宝藏吗，管它是什么原因，快去追吧。”当下三人跨上坐骑，便即向西追赶。但他们却不知道，在他们的前面，也有一个人是去追踪那两个魔头的，这个人就是刚才负伤而逃的任天吾的大弟子余化龙。

余化龙伤得不重，敷上了金创药，不多一会，血就止了，依然可以行动自如。他跑了一程，见谷啸风没有追来，不由得心花怒放，暗自想到：“我虽然未能骗得仲少符夫妻上钩，幸也得平安无事。待我分得了一份宝藏之后，找个地方躲起来，下半世我就可以安享荣华了。”

原来任天吾与西门牧野约好了夺得宝藏之后，他可以分得一份，不过他因为还要继续为蒙古效劳，瞒骗义军，必须仍然以侠义道中的武林前辈身份出现，当然自己不方便去，一切都得由他的大弟子余化龙做他代表。

余化龙快马疾追，第六天中午时分，终于追上了西门牧野和朱九穆。他们和押运宝车的那队蒙古兵正在路旁歇息。这条路是从山边通过的，一边是树林，一边是河流，路旁有间茶铺。那队蒙古兵有的在树林里歇马，有的在茶铺喝茶。

余化龙提出了要求，西门牧野说道：“我不是和你说过吗，这批宝藏是要运回和林（蒙古行都之一），送给国师尊胜法王，然后才由国师提出若干成作为犒赏，咱们才能够三份平分的。”

余化龙低声说道：“我不是贪财，不过我想这批宝藏，国师也不知数目，咱们先拿一小部分私藏起来，多得一些，岂不更好？”

西门牧野哈哈笑道："原来你是打这个小算盘。"余化龙道："这是对大家都有好处的事情，可怜我还为了这批宝藏受了伤呢。"

朱九穆道："对啦，我正想问你，你是怎么受伤的？伤得重吗？"西门牧野笑道："若然伤重，他哪能够这样快就追得上咱们？他不过是找个借口罢了。"

余化龙见他口气松动，知道可以商量，笑道："你老人家明鉴，小人的伤是不碍事的，但若不是我逃得快，却几乎真的就要死在谷啸风的剑下呢！"

西门牧野吃了一惊，说道："什么，你说的是谷啸风，他还没有死吗？"

余化龙道："他伤了我，只怕还不甘心让我跑掉，要追上来哩。"

朱九穆道："所以把你吓得赶快躲到这儿来了。"西门牧野却冷笑道："他敢？"

余化龙道："他并不是一个人，还有一对夫妇和他一起的。"

西门牧野道："那两夫妇又是何人？"

余化龙道："是金鸡岭的人物，丈夫名叫仲少符，妻子名叫上官宝珠，他们虽然不是蓬莱魔女手下的头目，却也是经常在金鸡岭出入，同一帮的，我在途中碰上他们，想要骗他们跟我到这里来，请你老人家将他们拿下，也算得是个小小的功劳，不料却给谷啸风这厮戳穿我的谎言，误了我的大事。"

西门牧野好像听得十分留神，忽地问道："你说的那个妻子名叫什么呢？你再说一遍。"

余化龙道："上官宝珠。"奇怪西门牧野何以要特别问她。

西门牧野道："这两夫妻是因何事而来，你可知道？"

余化龙道："我没有问他们。不过，他们非常关心韩家这批宝藏，恐怕就是为了这批宝藏来的。"

西门牧野突然一拍大腿，叹道："可惜，可惜！"

余化龙诧道："可惜什么？"

西门牧野道："可惜你未能够将他们诱到此地，否则擒了他们，这就不只是一件小功劳，而是大功劳了。"

西门牧野这么一说，余化龙倒是有点不解，心里想道："仲少符夫妇虽然不是无名之辈，但也不是十分重要的人物，这老魔头为何这样重视他们？"

西门牧野道："你不知道，这上官宝珠正是上官复的女儿。"

余化龙只知道上官复是蒙古国师尊胜法王的副手，却不知道内中还有许多复杂的关系，不觉大为诧异，说道："原来她是上官前辈的女儿，这倒是料想不到。但是既然如此，咱们若把这对夫妇拿下，岂不是要得罪了上官先生吗？"

西门牧野"哼"了一声，说道："你不知道的事情多着呢，我也无暇和你说个明白，只想问你，可还有什么方法将她诱捕么？"

原来尊胜法王早已疑心上官复当他的副手是另有企图，上官复把宝藏寄存在韩大维家中之事虽然做得十分秘密，终于也给他打听到了一点风声。这次他叫西门牧野替他查究这件案子，固然也是想掠夺这批宝藏，但更重要的还是要找到上官复的罪证。如今宝藏是已经到手了，但罪证尚未获得。金银珠宝是不会说话的，上官复大可以不承认这是他的东西。

但若是捉到他的女儿就不同了，上官复要救女儿就不能不承认他与上官宝珠的关系。这批宝藏的来历，料想他也不敢不供出来了。

余化龙苦着脸道："我的行藏已经给他们识破，如何还能再去哄骗他们？"

西门牧野望了朱九穆一眼，朱九穆说道："不行。"余化龙听得莫名其妙，问道："什么不行？"

朱九穆道："西门兄，你是不是想要我和余老弟前去把他们拿来？"

西门牧野道："我是在这样考虑。但朱兄既然没有把握，那也只好算了。"

原来朱九穆也有他自己的打算，一来谷啸风的本领不弱，仲少符夫妻的名头朱九穆也是知道的，他确实是没有把握胜得过他们三人。二来他也怕西门牧野吞了他那份应得的宝藏。暗自想道："你精乖我也不笨，你把宝藏押回去领功，却叫我去给你卖命！"是以西门牧野虽然用激将之计，他也丝毫不为所动，淡淡说道："西门兄，你的本领远胜于我，我确实是没有把握，要去只有你去才行。"

西门牧野嗔道："我怎能抽出身来。"想了半晌，忽道："对了，化龙，你不是说他们要追来的吗？咱们可以走慢一些，等他们追上！"

余化龙道："我是这样忖测，不知料得准不准。"

西门牧野道："好，你们多歇息一会！"那班押运宝车的蒙古兵巴不得他这么说，乐得在茶馆里喝茶的喝茶，在树林里躺着打瞌睡的打瞌睡。

西门牧野等了许久，红日渐渐西沉，路上仍然不见人影，正自心焦，想要起程，忽听得一缕箫声，有如黄莺出谷，乍听啼声，听得令人十分舒服。抬头一看，只见一个中年书生吹着一管玉箫，意态潇洒的信步走来。茶馆里是挤满了蒙古兵的，他若无其事的竟然也走进了茶馆，放下了箫，笑道："借光借光，给我让让。"那些蒙古兵瞪着眼看他，西门牧野道："你们也喝得够了，就给这位客人让个座吧。"

西门牧野当然比那些兵士有见识得多，见这书生在刀枪剑戟之下，神色自如地走进茶馆，便知他决不是寻常人物，心里想道："此人双目神光湛然，劲气内敛，恐怕不仅仅是个狂生，还是个武学大有造诣的高手呢。"

书生占了一个座头，向西门牧野拱一拱手，说了"多谢"二字，便坐下来喝茶。喝了几口，赞道："好茶，好茶！"一个蒙古兵笑道："这茶苦得很，有什么好？"书生道："茶经以苦茶为上品，苦尽甘来，方才是好！"

西门牧野心中一动，走过来对那书生说道："先生雅人高致，今日有幸相逢，咱们交个朋友如何？"

书生立即哈哈一笑，说道："好呀。你肯和我做朋友，我正是求之不得了！不瞒你说，我正是阮囊羞涩，身上一个钱也没有，正想找一个可以打秋风的朋友，你就替我付茶钱吧。"对西门牧野伸出来的手却当作看不见，仍然是端着茶杯，并不和他握手。

西门牧野心里想道："这人佯狂诈傻，却想个什么法子试他一试才好?”当下笑说道:“阁下真会说笑话。”书生双眼一翻,道:“你不肯请客么?”西门牧野道:“请,请,得阁下赏面,莫说喝茶,就是‘接风酒’我也是应该摆的。可惜这茶馆里没有酒卖,阁下可肯和我们同行,今晚到城中共谋一醉如何?”书生懒洋洋地说道:“我倒很想叨扰你这一餐,就可惜没有工夫。”

西门牧野道:“这就真是遗憾了。”那书生道:“萍水相逢,缘尽即散,有何遗憾?”西门牧野道:“你的箫吹得好听,今日一别,不知何时得聆雅奏,你可以为我再吹一曲么?”那书生笑道:“对,对,你请我喝茶,我自是不能无功受禄。你既然喜欢这个调调儿,我就给你吹一首好听的曲子吧。”

于是书生又吹起箫来,初起时恍若行云流水,曲调悠扬,忽地箫声一变,便似从百花盛开的春日到了木叶摇落的秋天。如怨如慕,如泣如诉,越来越是令人感得凄苦。箫声再变,竟似把人带到了雪地冰天,吹得那些蒙古士兵不觉都起了思家之意。西门牧野道:“还说是好听的呢,再吹下去,只怕我也要忍不住哭了。”忽地瞿然一省:“不好了,莫非他是要凭这一管玉箫,吹散我的军心。”正想喝他不要再吹,忽然听得蹄声得得,有三骑马在路上出现了。那三个人正是西门牧野所要等待的人。

且说仲少符夫妻和谷啸风三骑马追上来,仲少符远远听得箫声,大喜道:“有位好朋友来,咱们就用不着担心,可以大摇大摆地去和那两个魔头相会了。”上官宝珠也是喜出望外,说道:“想不到和咱们约会在韩老英雄家中相见的人就是他!”

谷啸风本来很是担心打不过这两个魔头的,听他们这么一说,怔了一怔,连忙问道:“吹箫的这人是谁?”仲少符道:“武林天骄!”谷啸风大喜道:“原来是他!这可真是用不着担心了。”

那些蒙古兵给箫声弄得如醉如痴,见谷啸风等人来到,竟似视而不见,听而不闻。朱九穆喝道:“好呀,谷啸风,你这小子端的好大胆,竟然也到这儿来了。”

谷啸风道:“你可以来喝茶,我就不能来么?”三人下了马,不理朱九穆,径自走进茶馆,朱九穆看了西门牧野一眼,西门牧野摆了摆手,却把目光向那吹箫的书生投去,示意有强敌当前,这三个人可以不必理会。

朱九穆正自疑惑，忽听得有几个士兵已是抽抽噎噎地哭出声来。

西门牧野霍地站了起来，大喝道："不要吹了！"喝声打乱箫声，这班蒙古兵方才如梦初醒，不胜羞惭。那书生也不禁心头微凛，想道："这老魔头果然也有几分真实的本领，我不可以太轻敌了。"

书生放下玉箫，淡淡说道："听够了么？"西门牧野打了一个哈哈，说道："原来是檀贝子，我可真是走了眼了。请问檀贝子此来，有何见教？"

原来这个书生名叫檀羽冲，本来是金国的贝子，因为不满金主暴虐，遁迹江湖，成为一位鼎鼎大名的游侠，人称"武林天骄"。（按：武林天骄来历，详见拙著《狂侠天骄魔女》）。

武林天骄的妻子赫连清云和耶律元宜的妻子赫连清霞是姐妹，仲少符猜得不错，武林天骄就是耶律元宜请来要在韩大维家中与他相见的那个人。

武林天骄先到韩家，他也正是因为知道韩家的宝藏已经被劫，故而无暇等待仲少符夫妻来会，便来追踪这两个魔头的。

武林天骄笑道："你不是说要请我喝茶吗？我就是来叨扰你这一顿茶的。"西门牧野愠道："檀贝子一再戏弄，是何用意？"

武林天骄道："我说的是正经话，我不是早就告诉你了，我身上没钱，你要和我做朋友，朋友有通财之义，我只好向你借了。"

西门牧野道："哦，我明白了，原来你是冲着这批宝藏而来！"

武林天骄冷声一笑，说道："一点不错，你明白得还不算迟！"

西门牧野暗暗吃惊，心里想道："武林天骄是和笑傲乾坤齐名的两个武林怪杰，幸好只是他一个人，或许还可以对付得了吧？"不过他虽是吃惊，却也不肯示弱，当下便冷笑道："阁下要想取这批宝藏，似乎也该拿出一点本领来让我瞧瞧吧！"武林天骄笑说道："当然，当然！我不献点玩艺，怎能白要你的东西？好，我就再给你吹个曲子吧！"正是：

亲自入虎穴，谈笑戏魔头。

欲知后事如何，请听下回分解。

第三十三回　紫府神箫寒敌胆
红罗鸳枕系深情

西门牧野怒道："檀贝子一再戏弄，未免太过小觑老朽了。檀贝子，你固然是金国第一高手，老夫也不是无名之辈，今日有幸相逢，咱们就在这里比划比划如何？"

武林天骄笑道："刚才请我吹箫的是你，现在不许我吹箫的又是你，管你爱不爱听，我这支曲是非吹不可。"说罢把玉箫凑到口边，又吹起来，箫声清冷，响遏行云。吹的是唐人王之涣的一首绝句。一面吹箫，一面缓缓地走出茶馆。

王之涣这首七绝题名《出塞》，诗道：

"黄河远上白云间，一片孤城万仞山。羌笛何须怨杨柳，春风不度玉门关。"

清冷激越的箫声，端的是有如"黄河之水天上来"，令人恍似被卷入激流急湍之中，饶是西门牧野那样精纯的内功，也是不禁心神为之一乱！

西门牧野连忙镇慑心神，喝道："你敢藐视于我！"立即使出第八重的"化血刀"功夫，呼的一掌便向武林天骄打去！

武林天骄刚刚吹到这首诗的第二句——"一片孤城万仞山"，当下微微一笑，说道："不敢"，玉箫一挥，登时幻出了千重箫影，西门牧野发出的那股腥风给他吹散，碧森森的箫影反而把西门牧野的身体罩住。

箫声虽歇，余音未绝。西门牧野但觉箫声中似有森森剑气，心神几乎又为之一乱，不知不觉之间，他那第八重的"化血刀"功夫已给武林天骄破了。西门牧野大吃一惊，连忙退出三步，方才稳住了身形，重摄了心神。

原来武林天骄的祖师乃是个文武全材的异人，当年创这套“紫府神箫”的箫法之时，每一记招数都是用一句唐诗为名，出招之时，也都暗合节拍，武林天骄吹这支曲子，倒不是有心轻视西门牧野，而是先行培养自己的感情，待到兴会淋漓之际，再行出招，方能收得上乘武功中“心物合一，意与神会”之妙。

西门牧野毕竟是个武学的大行家，虽慌不乱，喝道：“你这是什么鬼门道，敢与我见个真章么?”喝声中退而复上，双掌齐出，左掌是大擒拿手中的手法，右掌使的仍是“化血刀”的邪派毒功。

武林天骄笑道：“你不懂得这套紫府神箫，却来怪我!”箫声再起，从容的吹了一句曲调，这是诗中的第三句“羌笛何须怨杨柳”，音韵悠扬之中使出了绝妙的轻功，当真是有如柳絮轻飘，惊鸿掠水，箫声身法配合得妙到毫巅，西门牧野的大擒拿手法，连他的衣角都未沾着。

武林天骄缓缓的吹出了最后一句“春风不度玉门关”，这才把玉箫横胸一挡，这是一招绝妙的防御招数，内中暗藏着几个反击的后着。

西门牧野识得厉害，右掌的“化血刀”不敢硬劈过去，连忙变招。武林天骄哈哈一笑，说道：“你要与我见个真章是不是?好，就叫你这老魔头识得我的厉害!”

笑声中箫影纵横，指东打西，指南打北，端的是变幻莫测，奇妙无穷。一支小小的玉箫在他的手中竟然使出了好几种不同的兵器的招数，时而当作五行剑使，时而当作判官笔用，纵横挥舞，指的全是对方的要害穴道。西门牧野的化血刀无法施展，给他攻得只有招架的份儿，不禁倒吸了一口凉气，心里想道：“这檀羽冲果然名不虚传，不愧武林天骄的外号!”

那队蒙古骑兵初时不以为意，如今看西门牧野给这个书生迫得步步后退，显然是处在下风，这才耸然动容，个个吃惊！在树林里睡懒觉的也都围拢来了。

朱九穆当然更是个“识货”的行家，心里暗叫不妙，想道：

“看来我只好不顾身份，和西门牧野联手方能击败这武林天骄了。否则待他胜了西门牧野，我更是孤掌难鸣！”打定了主意，立即喝道：“把这三人拿下！”大喝声中，一跃而出，挥掌偷袭武林天骄。

谷啸风“呸”了一声，骂道：“不要脸！”刷的一剑如影随形的跟着刺出，朱九穆反手一掌，迫退了谷啸风，脚步不停的仍然向前扑去。此时那些蒙古兵已是刀枪并举，围拢杀来。

武林天骄笑道：“少符，你们不取宝藏，还待何时？”仲少符应道：“是！”两夫妻拔出剑来，转眼间刺伤了几个士兵，杀到了谷啸风身边，说道：“两个老魔头虽然厉害，料想不是檀大侠的对手。咱们先夺宝车！”

朱九穆运起第八重的“修罗阴煞功”，呼的一掌向武林天骄背心击下。他这修罗阴煞功能以奇寒之气伤人，武功等闲之辈，莫说给他打中，只须受了他的掌风侵袭，血液也会为之冷凝。

武林天骄待他的掌锋堪堪打到，这才蓦地移形换位，玉箫凑到口边，向他一吹。

朱九穆只觉一股热风迎面吹来，呼吸不舒，就好像从冰窟中走出来突然置身于洪炉的旁边似的！他所发的阴寒之气，非但未能伤及对方，反而似烈日下的冰雪一样，霎时间便给烈日溶化了。

原来武林天骄这支“暖玉箫”乃是一件宝物，武林天骄从“暖玉箫”中吹出的纯阳罡气恰恰是修罗阴煞功的克星。

假如是单打独斗的话，朱九穆早已不是武林天骄的对手，但因有西门牧野的相助，两人合力，这才刚好抵敌得住，打成了平手的局面。

朱九穆的“修罗阴煞功”寒飙卷地，西门牧野的“化血刀”腥气弥漫，武林天骄从“暖玉箫”中吹出的纯阳罡气则是热炎逼人。这三大高手恶斗起来，方圆数丈之内，忽而变作冰窖，忽而好似洪炉，武功稍弱之辈，走近了也会感到呼吸不舒，那班蒙古士兵更是不能插足其间了！

但这班士兵却也是从蒙古大军中精选出来的劲卒，其中且有成吉思汗旧属的“金帐武士”在内，仲少符夫妻与谷啸风三人要杀散这数十名劲卒，夺回宝车，却也是殊非易易。但说也奇怪，激战展开之后，未及半支香的时刻，有一半以上的士兵，忽地感到精神恍惚，气力不加，竟似喝醉了之后的感觉一样。原来他们是因为体质较弱，听了武林天骄的箫声，精神业已涣散，难以在激斗之中支持下去了。

仲少符等三人奋力冲杀，三柄长剑有如蛟龙出海，纵横飞舞，蒙古士兵的伤亡渐渐增加。统率这队蒙古兵的长官正是那日射伤谷啸风坐骑的人，这人名叫毕鲁花，是曾经跟随成吉思汗南征北战的一名“金帐武士”。

毕鲁花见情势不妙，故技重施，跨上战马，拉开了铁胎弓，嗖的一箭向谷啸风射去。此时正有两个蒙古士兵用月牙弯刀向谷啸风斫来，谷啸风猿臂轻舒，擒了一个蒙古兵抛出，迅即又夺了第二个士兵的弯刀。

只听得一声惨呼，毕鲁花射来的那一枝箭，恰恰给谷啸风抛掷出去的那个蒙古兵挡住，利箭贯胸，登时一命呜呼。

毕鲁花大怒，连珠箭发，弓如霹雳，箭似流星，第二枝、第三枝相继射来，谷啸风喝道：“来而不往非礼也！”霍的一个凤点头躲过第二支飞箭，跟着第三支箭也给他挥剑拨落了。谷啸风左手一扬，把夺自蒙古兵的那柄月牙弯刀飞出。这柄飞刀来得太快，毕鲁花只好用铁胎弓抵挡，只听得“咔嚓”一声，毕鲁花手中的铁胎弓竟给这口飞刀劈为两段！

谷啸风跨上了“小白龙”，喝道：“哪里跑！”此时在他周围的蒙古兵已经给仲少符夫妻杀得七零八落，谷啸风飞骑便追，毕鲁花胯下的战马跑不过“小白龙”，不消片刻，便给追上，毕鲁花是蒙古有名的“神箭手”，但本身的武功却是远远不如谷啸风，他失了铁胎弓，如何敌得住谷啸风那狠辣的“七修剑法”？双马盘旋，交手不过几个回合，谷啸风刷的一剑，已是把毕鲁花刺于马下。

毕鲁花一死，群龙无首，这队蒙古士兵士无斗志，登时给杀得四散奔逃。

眼看就可以大功告成，夺回宝车，忽见旌旗招展，又来了一队士兵。谷啸风吃了一惊，心里想道：“若是鞑子援军来到，只怕就要夜长梦多了。”

心念未已，只听得仲少符大叫道：“来的是蒙舵主么？小弟仲少符在此！”此言一出，那支人马登时风驰电击般的向他们这边杀来，为首的一人答道：“不错。杜八哥也来了。”

此时来的这支人马已是到了他们目力所及之处，看得相当清楚了。谷啸风定睛一看，只见为首那人是个虬髯汉子，在他旁边的却是个面目无须貌似儒生的中年人，谷啸风认得这人是金鸡岭的大头目杜复。

谷啸风大喜道：“仲大侠，这位蒙舵主是哪一家寨主？”

仲少符道：“哦，原来你还未认识蒙舵主吗？他是紫萝山的义军首领蒙厥。”

那队蒙古骑兵失了首领，早已无心恋战，一见紫萝山的义军到来，便即四散奔逃，转眼间走得干干净净。

西门牧野与朱九穆联手，兀自胜不了武林天骄，不约而同的俱是想道：“三十六计，走为上计！”两人四掌，同时攻出。

这两大魔头要胜武林天骄固然很难，但他们要走，武林天骄却也阻拦他们不了。武林天骄在那两股掌力冲击之下，只好退了一步，玉箫一挥，使出了“一片孤城万仞山”的防身招数，那两个魔头趁势便从缺口冲了出去。西门牧野连劈两招“化血刀”，朱九穆发出了第九重“修罗阴煞功”掌力，仲少符夫妻功力较弱，给这腥气一冲，抵受不住，也只好让开了。武林天骄道：“穷寇莫追，由他去吧。”仲少符夫妻运气三转，方始消除了胸中的一股烦闷之感，亦是不禁骇然。

蒙厥、杜复这支人马来到，他们都是和武林天骄相识多年的朋友，相见之下，自是不胜欢喜。

杜复道：“我本是和杨四哥（杨匡）一同来的，昨天才到紫萝山找着了蒙大哥，杨四哥有事到别的地方去了，蒙大哥却要我多留两天，帮帮他的忙，想不到今天就碰见了你们。”原来蒙厥听得蒙古的大军已经过境，是以特地赶来青龙口想打听丐帮宝车被劫的消息的。无巧不巧，未到青龙口，就碰上了这场厮杀，夺回了那批宝藏了。

仲少符道：“我给你们介绍一位朋友，这位就是近年来在江湖上声誉鹊起的谷少侠谷啸风。”

杜复笑道：“我和谷少侠是在百花谷见过面的朋友。谷少侠，听说你在青龙口遇难，我一直为你担心呢，恭喜你脱险了啊！”

蒙厥道：“原来这位就是谷少侠，前两天还有两位到过我那儿打听你呢！”

谷啸风诧道：“杜香主，是谁告诉你我在青龙口遇难的？蒙舵主，不知找我的那两位朋友却又是谁？”

蒙厥说道：“是一男一女。男的名叫辛龙生，女的名叫奚玉瑾。”

谷啸风正在挂念奚玉瑾，听说奚玉瑾曾经到过蒙厥那里找他，不觉又惊又喜，啊呀一声，叫了出来。

杜复说道：“正是这位奚姑娘告诉我，说你已经在青龙口遇难的。”

谷啸风怔了一怔，说道：“她怎的以为我已经死了？”

杜复道：“我也没有仔细问她，不过听她说得似乎十分确实，当时她是从青龙口那里出来的，可能是听到了谣传吧？”

谷啸风恍然大悟，说道：“哦，原来她已经到过青龙口了，想必是她碰上了受伤的丐帮弟子告诉她的吧？当时我的坐骑中箭，我堕下悬崖，也怪不得他们以为我已经死掉的。但不知那位姓辛的又是什么人？”

杜复说道：“辛龙生是江南武林盟主文逸凡的掌门大弟子。”

谷啸风颇感诧异，心里想道：“玉瑾从没到过江南，平日也没听说她和江南文大侠的掌门弟子相识，他们怎样会走在一起的？”

杜复因为韩大维是他一向佩服的老英雄，故此对谷啸风的退婚之事，心里其实是很不赞同的，当日在百花谷之时，只因为不便干预别人的私事，故此隐忍不说罢了。此时见谷啸风面有诧异的神色，便忍不住说道：“谷少侠，请你莫怪我交浅言深，在这种乱世，男女离合之事亦是寻常，不值得为一个女子误了自己。我不知你已经向韩家退了婚没有？但听说韩老英雄遭遇意外，如今生死未卜，以你们两家的交情，你似乎也不应袖手旁观。奚姑娘既然另有去处，我以为你也就不必管了。”

杜复虽然没有明言，但话语之中却不啻向谷啸风暗示：奚玉瑾业已移情别恋！谷啸风听了这话，恍如利箭攒心，心里想道：“不会的不会的！玉瑾为了我不惜闹出偌大风波，她岂能移情别恋？”想是这样想，其实内心深处，却已是不能无疑。因为他知道杜复的身份，不会是胡乱说话的人，想必他是有所见而云然的了。

谷啸风默然半晌，说道：“韩伯伯的下落我已经有了线索，我当然是要去查个水落石出的。但不知奚玉瑾是往哪儿，她可有告诉你吗？”

杜复说道：“我曾请她往金鸡岭安身，她不肯去。她也没有告诉我要去哪儿，不过辛龙生是要回江南的，他们是好朋友，奚姑娘不用说是跟辛龙生一同回去的了。”谷啸风道：“好，我就先回去找寻韩伯伯吧。”杜复道：“要不要我帮你的忙？”谷啸风心烦意乱，说道：“不敢劳烦杜香主。”

武林天骄问道：“韩老英雄究竟是落在何人手里？”谷啸风道：“我也未知道得十分清楚，不过，从已知的线索推测，他如今是被囚在一个隐秘的地方，这个地方就在他家不远之处的山上，主人是个来历不明武功奇高的女子！西门牧野与朱九穆这两个老魔头是她的助手。”武林天骄诧道：“有这样的事？”谷啸风将在水帘洞发现孟七娘踪迹的经过说了出来，除了杜复之外，众人都大为诧异。

杜复点了点头，说道：“我也曾听到一点关于韩老英雄的消息，与你说的大致相同，只是没有你说的仔细。”杜复的消息就是从奚玉瑾口中听来的，但他不想在谷啸风面前再提她的名字，是以含糊其辞。

武林天骄道：“奇怪，当今之世，可以列入一流高手的女子寥寥可数，怎的我却从未听过有这样一个女人？”

谷啸风道：“这女人本领很高，但似乎不是一个坏人，说起来她还救过我的性命呢。”当下又把幼年那段往事告诉了大家。武林天骄说道：“如此说来，这个女人倒是用心良善的了，但，却何以她又与这两个魔头勾结，去和韩老英雄为难呢？”谷啸风道：“这我就不知道了。不过如今这两个魔头已经离开了那个地方，我独自去找她，料想她不会加害我的。”

杜复本来也有另外的事情要办，听他说得甚有把握，便道："既然你用不着我的帮忙，那你就赶快回去吧。但愿你找到了韩老英雄，和他一同到金鸡岭来。"

当下众人分道扬镳，武林天骄与仲少符夫妇押运那批宝藏回祁连山，杜复也与蒙厥告辞，赶回金鸡岭向蓬莱魔女复命。按下不表。

且说谷啸风单骑独行，幸好蒙古大军已经西去，洛阳城内只余下少数精兵驻扎，闭关自守，很少出城。谷啸风一路行来，未遇敌骑，平安无事。

路上幸很平安，但谷啸风的心头却是极不宁静！这一日终于回到了韩家。

旧地重游，谷啸风不禁触目神伤，心里想道："这几月的变化真是太大了，我本来是和玉瑾约好了在韩伯伯家中会面的，想不到韩家已是变作一堆瓦砾，而玉瑾又不知去向，唉，难道她真的如杜复所说那样，业已移情别恋，和那个文大侠的掌门弟子去了江南么？不，不，玉瑾岂能如此轻易变心，即使她以为我是死了，也不可能这样快就另外找到了意中人的。"

此时已是天近黄昏时分，谷啸风心里想道："我且住宿一宵，明天再去找韩伯伯吧。"原来在他的内心深处，还抱着一个幻想，幻想奚玉瑾说不定还在韩家等他会面。

韩大维的家给西门牧野放火焚烧，业已毁了十之七八，但也还有几间房间幸未波及，保留完整的，韩珮瑛的卧房就是其中的一间。

谷啸风是个不拘小节的人，他连日赶路，虽然身体强壮，也不免感到有点疲劳，此时到了韩家，于是信步就走入了韩珮瑛的绣房，进去之后，这才发觉。

谷啸风心里想道："玉瑾的消息不知是真是假，但总算有人见到了她，韩珮瑛却不知到了哪里去了。万一她回到家里，见我睡在她的房中，只怕一定要大发娇嗔的了。"踌躇片刻，又再想道："天下哪有这样凑巧的事情，既来之，则安之，我且睡一觉再说。"

谷啸风揭开蚊帐，只觉一股幽香，沁人鼻观，不觉暗自好笑：

"我本来是来退婚的，想不到今晚却会睡在她的床上，若给人知，我可真是无地自容了。"当下随手把枕头放好，目光触处，只见那枕头套颜色鲜艳，上面绣的竟是一对鸳鸯，看得出是新绣未久的。左面上角，还用红绿丝线绣有苏东坡的两句词："但愿人长久，千里共婵娟。"

原来这本是韩珮瑛偷偷绣的枕套，准备做嫁妆的。有一天给丫头看见，笑了她几句，韩珮瑛害臊，就把这枕头留下，没有带去。

谷啸风见了这绣着鸳鸯的枕套，不禁呆了一呆，突然感到内疚于心，想道："珮瑛绣这鸳鸯之时，一针一线，不知织了多少女孩儿家的柔情蜜意，怎会想得到后来我会令她那样难堪？唉，我也真是太对不住珮瑛了。"

谷啸风并不是一个用情不专的人，但因为一来他的确是感到这件事对韩珮瑛不住。二来他与韩珮瑛真正相识之后，发觉她比自己想象的要好得多，这负罪的感情就更加深了。三来他听到了奚玉瑾移情别恋的消息，内心深处，不能无所怀疑，因此也就不自觉的在韩珮瑛的闺房触目生情想念起韩珮瑛来了。

谷啸风却不知道韩珮瑛此时也正在想念着他。她的父亲在辛十四姑家里养伤，父女分手之时，韩大维一再叮嘱，要她去把谷啸风找来。

为了恐怕刺激父亲的病体，韩珮瑛一直未曾将婚变之事告诉父亲，此日下山，心中也是茫然一片，暗自思量："却叫我何处去找啸风，唉，即使我知道他的去处，我也是不愿去找他了。"

可是当真就永远不愿再见谷啸风么？在她的内心深处，恐怕还不敢肯定的说一个"是"字的。

韩珮瑛这一感情变化的经过，说起来恰恰也是和谷啸风一样。

她自小便和谷啸风订了婚，但是小时候的谷啸风在她的眼中只是一个比她大几岁的顽皮孩子而已，根本就谈不上什么认识的。后来她从父亲的口中，听说谷啸风已变成了一个名闻江湖的少年侠客，芳心自是暗暗欢喜。在她脑海中不时浮现出来的影子，也就从顽皮的孩子变成了英姿飒爽的少年了。不过这也只是她从父亲的话中虚构出来的形象，并非是真正认识了谷啸风这个人。因此当她怀着少女的幻想出嫁，到了突然遭受婚变的打击之时，少女的幻想固然是完全破灭，对谷啸风的印象也就突然为之一变了。

谷啸风给了她平生从所未受的难堪，大大损伤了她少女的自尊，尽管她不愿和奚玉瑾争夺丈夫，甚至还尽力帮助了他们，调停了百花谷偌大的一场风波，但无论如何，她总是不能不感到屈辱，也决不是真正的谅解了谷啸风的。当她从百花谷中出来，独自回家的时候，在她心目中的谷啸风，已经再也不是她所佩服的少年侠客，而是一个无情无义的人了。

后来她在自己的家中碰上了朱九穆的袭击，谷啸风来到，拼了性命与她联手打退强敌，又为了她父亲的事情，不辞奔走，要查究真相，追缉凶手，并为她父亲辩冤，种种的表现，都表现出他不愧是个少年侠士，而且也并非不关心她的。至此，她对谷啸风的印象又为之一变，觉得谷啸风并不如她所想象的“无情无义”之人了。

这日她从山上下来，回到自己家中，不觉想起了那日在她家中等候谷啸风回来之事，暗自思量：“他从丐帮回来，不见了我，决不会想到我是给西门牧野骗去，一定以为是我还在恨他，不愿见他而走了。现在隔了这许多天，他当然不会在家中等我的了。爹爹叫我找他，却叫我到何处去找他呢?”蓦地又想起了辛十四姑的丫头侍梅告诉她的那桩事情：“侍梅说奚玉瑾已经和她主人的侄儿订了婚，此事不知是真是假，但从孟七娘见了那枚戒指便突然住手饶了玉瑾的事看来，侍梅的话，也似乎不是空穴来风。唉，倘若这件事是真的，给谷啸风知道，他不知要多伤心了。”

韩珮瑛心事如麻，怅怅惘惘的回到自己的家中，忽见卧房里有灯光明亮，碧纱窗上现出一个人影。原来谷啸风因为见了她所绣的鸳鸯枕套，此时也正是思如潮涌，睡不着觉，独坐窗前。

韩珮瑛大吃一惊，几疑是梦，就在此时，谷啸风已发觉外面有人，跳了出来，两人打了一个照面，不觉都是呆了。谷啸风失声叫道：“咦，是你!”

韩珮瑛定了定神，嗔道：“你还没有走么?却为何躲在我的房中?”

谷啸风满面通红，说道：“我那天回来，找不见你，后来碰上了许多意想不到之事，今日方才回来的。我，我找不着房间睡觉，想，想不到你也突然回来，真是对不住。”

韩珮瑛道：“我也碰到了许多意想不到的事情，你既然来了，咱们光明正大，也用不着避嫌，请进来吧，咱们好好谈谈。”

谷啸风见她并不怪责，方始安心跟她进房。韩珮瑛是因为见他满面通红，不愿令他太过难堪，这才邀他进房坐谈的。进了房中，看见床上那个绣着鸳鸯的枕头，韩珮瑛却是不禁自己也面红起来了。

谷啸风好不尴尬，只好装作不知，咳了一声，说道：“你碰到了什么意外之事，可以对我说么？”

韩珮瑛笑道：“我先问你，你刚才以为我是谁？”

谷啸风不禁又是面上一红，期期艾艾，半晌说不出话来。韩珮瑛笑道：“你以为我是奚玉瑾，对吗？我知道你们是约好了在我家中见面的，是不是？”谷啸风满面通红的点了点头。

韩珮瑛笑道：“这我真令你失望了。不过我却曾见了玉瑾姐姐呢，你要不要知道？”

当下韩珮瑛从自己给西门牧野的弟子诱骗到孟七娘家中，如何在囚房中父女重逢，后来又如何见着了奚玉瑾，与及她的父亲如何喝了奚玉瑾送来的九天琼花回阳酒而中毒，与及后来辛十四姑又怎样和孟七娘联手打败了那两个魔头，现在自己的父亲，正在辛十四姑家养病等等事情，都对谷啸风说了。

谷啸风惊异不已，说道：“想不到有这许多离奇古怪之事，但听你所说的看来，那个孟七娘的确是我童年所碰到的那个救命恩人了。我想她不会害你爹爹的，奚玉瑾更不会害你爹爹，为什么九天琼花回阳酒却变了毒酒呢？”

韩珮瑛道：“我当然信得过玉瑾姐姐，所以这件事，我也觉得莫名其妙。”

蓦地心头一动，说道：“听你的口气，你是不是有点怀疑那个辛十四姑？”

谷啸风道：“我没有见过她，也不知她的为人，不过，听你所说的情形加以推敲，似乎还是以辛十四姑的嫌疑最大。”韩珮瑛道："但她却又的确是救了我的爹爹，而且对我爹爹很是细心照料。为何她又要害他，又要救他？"

谷啸风道："人心难测，我也只是一个推测而已。好在明天我就可以和你去找那个辛十四姑，弄个明白了。"说到此处，忽地想起一事，问道："你说那个辛十四姑有个侄儿，她这个侄儿，是不是名叫辛龙生？"

韩珮瑛吃了一惊，说道："不错，你怎么知道？"

谷啸风看了看她那掩饰不住的惊惶脸色，不由得心里一凉，想道："杜复说的那些话只怕是真的了。"迟疑半晌，问道："珮瑛，你不要瞒我，玉瑾她，她是不是和这个辛龙生要好？"

韩珮瑛的确是想瞒着谷啸风的，所以她一直没有将侍梅所说的辛奚二人已经订婚之事告诉谷啸风。想不到谷啸风先自知道，钉着她问，韩珮瑛无可奈何，只好支吾以应，说道："啸风，你从哪里听来的闲话？玉瑾姐姐对你这样好，你可不要瞎猜疑！"

谷啸风甚为苦恼，说道："这可不是我的瞎猜疑，说这个话的人是我信得过的一位武林豪杰。"当下将他在青龙口脱险之后碰见杜复，杜复又如何向他暗示奚玉瑾已经移情别恋等事情告诉了韩珮瑛。

韩珮瑛呆了半晌，想道："如此说来，只怕侍梅告诉我的这件事情是真的了。"

但是韩珮瑛却仍不能不为奚玉瑾辩护，因为以她曾经是过谷啸风的未婚妻的身份，任何对于奚玉瑾不利的谣言（或者不是谣言）都是不该由她来证实的。

谷啸风道："你不知道他们是否要好，那么他们是不是一道走的，你总应该知道了吧？"

韩珮瑛不惯说谎，谷啸风问到了这一点，她只能据实回答了："那晚玉瑾姐姐逃出了孟七娘那座堡垒，据说是和这个辛龙生一同下山去了。"

谷啸风叹了口气，说道："世事变化，往往出人意料之外。但这也怪不得玉瑾，因为她一定是以为我已经死了。"他说出了这样的话，显然是相信了奚玉瑾业已移情别恋了。而且他口里说是原谅奚玉瑾，其实心里却是不大原谅的。“即使她当我真的死了，也不该这样快就忘记了以往的山盟海誓，另找新人啊！”谷啸风心想。

韩珮瑛道：“玉瑾姐姐和他同行，不见得就是移情别恋。我看你不必先自猜疑，还是找到了玉瑾姐姐再说吧。”

谷啸风听得她一再为奚玉瑾辩护，不觉对她更为钦佩，想道：“她不恨玉瑾抢了她的丈夫，反而为她辩护，当真是令人可敬！”

韩珮瑛见他呆呆的望着自己若有所思，不禁面上一红，就也不再说话。

静寂中忽听得外面似乎有人说话的声音，不过片刻，脚步声亦已听得清楚了。

谷啸风吃了一惊，说道：“来的是蒙古鞑子！他们好像是来捉什么人的。”原来谷啸风稍为懂得一点蒙古话。

当下谷啸风连忙把灯吹熄，从窗口望出去，只见有四个蒙古武士已经进了院子。正是：

乱世情缘多变化，悲欢离合亦寻常。

欲知后事如何，请听下回分解。

第三十四回　图劫藏珍情可鄙
心怀故国志堪哀

为首的一个武士朗声说道："上官复，请出来吧！只要你和我们回去，面见法王，说个清楚，我们决不敢难为你的。"这个武士说的汉语，说得甚为流利。

谷啸风这才知道这四个蒙古武士乃是追捕上官复的，并非为自己而来，心想："一定是因为藏宝之事已经败露，上官复恐防追究，不能不逃出和林（蒙古行都）。追兵追到这儿，我们却适逢其会了。"

四个武士在院里交头接耳商议了一会，刚才那个武士又喝道："上官复，你也算得是一位武学宗师，我们已经发现你了，为何还要躲躲藏藏，这不太有失你的身份吗？"

韩珮瑛不知不觉靠近了谷啸风，在他耳旁静声说道："咱们冲出去如何？"

那个武士不见回音，说道："这房间里有呼吸的气息，一定是上官复躲在里面，咱们进去搜吧！"

谷啸风吃了一惊，心想："这人的武功倒是委实不弱，我已经屏住呼吸，居然还给他听了出来。"但想好在对方只有四人，自己和韩珮瑛联手，未必就会败在他们手里，与其坐以待捕，何如冒险突围。

谷啸风握一握韩珮瑛的玉手，说道："我先出去，你跟着来！"当下倏地推开窗子，舞起宝剑，一招"夜战八方"，便窜出去。

窗外一个蒙古武士忽见剑光如电，耀眼生缬，一条黑影扑出来，急切间看不清楚是谁，倒是不禁吃了一惊，连忙退了数步，横刀护身。谷啸风一剑刺去，只听得“当”的一声，剑尖竟然给他震歪。谷啸风心头一凛，颇感诧异：“这人本领决不在我之下，何以他却好似怯战?”谷啸风有所不知，原来这个武士以为窜出来的是上官复，上官复的武功仅次于蒙古的国师尊胜法王，这几个人对上官复当然是极为忌惮。

见面一招之后，这武士方始看清楚了窜出来的是少年，大怒喝道：“好个大胆的小子你躲在这里干什么?”追上去刷刷两刀，但谷啸风已是从他身旁掠过去了。

屋顶一个武士喝道：“待我擒他!”倏然间便似一头兀鹰，凌空扑下，恰恰挡着谷啸风的去路。

谷啸风长剑一指，一招“举火燎天”搠这小武士小腹，不料这武士更为了得，身子悬空，竟然一抓就向谷啸风的天灵盖抓下来，谷啸风也是个武学行家，识得这大力鹰爪功，焉能让他抓中，当下把头一偏，可是这么一来，刺出的一剑也失了准头。这个武士穿的是鞋头镶有铁片的马靴，谷啸风的长剑给他一踢就踢歪了。这武士身形落地，立即一个反手擒拿，要与谷啸风扭打。

谷啸风深知蒙古武士擅长“摔角”之技，当下避敌之长，攻敌之短，不与他近身缠斗，先退三步，这才以长剑刺他穴道。

谷啸风的“七修剑法”能够在一招之内刺对方七处穴道，这个蒙古武士从未见过这样古怪的剑法，饶他武艺高强，也是不禁吃了一惊，心里想道：“我知道蒙古武士无敌天下，却不知中土亦是处处皆有能人。这小子年纪轻轻，剑法竟然这么厉害。”当下不敢贪功，双掌一个盘旋，护着门户，谷啸风一剑刺去，给对方的掌力一震，就似碰上了一堵无形的墙壁，虽然没有反弹回来，剑势却已受到阻滞。谷啸风知对方功力远在自己之上，这一惊非同小可。那武士化解了谷啸风的攻势，这才步步为营，反扑过来。

刚才使刀的那个武士见谷啸风已经给同伴所困，不愿失了自己金帐武士的身份，是以便即止步不前。韩珮瑛跟着出来，这武士听得金刃劈风之声，回身招架，韩珮瑛已是翩如飞鸟般的从他头顶掠过。

韩珮瑛急于为谷啸风解围，是以无暇对付这使刀的武士，身形未落，便即朝着这个以大擒拿手与谷啸风剧斗的武士刺去。韩珮瑛的真实本领不及这个武士，但轻功超卓却是在他之上。这一凌空刺下，比他刚才从屋顶跳下扑击谷啸风的姿势还更美妙，她这一剑刺向对方后脑，也正是一招攻敌之所必救的杀手剑招！

院子里的两个蒙古武士一个叫着："乌蒙小心！"一个却是情不自禁的为韩珮瑛这一美妙的姿势喝起彩来。

乌蒙霍的一个"凤点头"，长臂疾伸，来抓韩珮瑛的足踝，韩珮瑛前脚一踢，乌蒙抓了个空，韩珮瑛身形落地，挥剑便刺。乌蒙的本领稍胜于谷啸风，更胜过韩珮瑛，但却不是他们二人之敌，给他们联剑一攻，抵挡不住，只好后退。

刚才喝彩的那个武士叫道："大师兄请退下，这一男一女交给小弟好了。"

乌蒙深知这个师弟之能，果然听他的话退了下去，但却瞪了他一眼，说道："化及，你是不是看上了这个雌儿？"心里很不满意刚才那声喝彩。

原来来的这四个武士，其中二人是蒙古国师尊胜法王的弟子，乌蒙是大师兄，喝彩的是他的三师弟，名叫宇文化及。宇文化及虽然位居第三，但本领之高，在一众同门之中却是无人能及。师兄弟都知道师父属意他做掌门弟子，故此乌蒙是大师兄也不能不听他的话。

这次尊胜法王派了四个人来捉拿上官复，也是以他为首领的。另外的两个武士，使刀的那个叫鲁莫，站在院子里的那个名叫思罕的都是"金帐武士"的身份。

宇文化及哈哈一笑，说道："小弟不敢说是有怜香惜玉之心，但这雌儿长得如此美貌，拿回去献给大汗，只怕也不输于一车珠宝呢。不过，更重要的人还是上官复，咱们可不要中了他的调虎离山之计！"

乌蒙瞿然一省，说道："原来你把我替下，是要我们进去搜查？"

宇文化及说道："不错，这两人一定是他的党羽，替他打掩护的。若不赶快搜查，上官复是可以从容逃走了。”

乌蒙心想：“你把难的差事交给我做，倒是聪明。”但转念一想，合三人之力，即使打不赢上官复，至少也可以抵挡到百招开外，那时宇文化及应该早已把这一男一女活擒了。而且宇文化及独自对付两个敌人，也对得住他们了。因此乌蒙虽然仍是对上官复有所忌惮，也只好听从宇文化及的指挥，和鲁莫、思罕二人一同进去搜查。

幸亏宇文化及怀疑上官复在里面，把伙伴都调进去搜查，谷啸风和韩珮瑛才不至于立即遭险。

宇文化及也是轻敌太甚，一上前便伸手向韩珮瑛抓去，连兵器都没有拿出来。

韩珮瑛恨他口齿轻薄，刷的一剑刺他胸口的“璇玑穴”。韩家的惊神剑法是天下第一等的刺穴剑法，当年朱九穆也曾伤在她这剑法之下，其厉害可想而知。宇文化及是个识货的人，陡然间看见剑光指到胸前，便知不是空手入白刃的功夫可以对付得了，他的变招也真迅速，陡地一个吞胸吸腹，身形平空挪后两寸，高手比斗，只差毫黍，韩珮瑛的剑尖刺着他的胸衣之际，劲道已是减弱几分，宇文化及双掌为指，“铮”的一声，把韩珮瑛的长剑弹开！拿捏时候，真个是恰到好处！韩珮瑛虎口隐隐作痛，也是不禁暗暗吃惊！

可是，谷啸风也没闲着，他的“七修剑法”纵然不能说是比韩珮瑛的“惊神剑法”更为高明，但因他功力较高，出手却当然比韩珮瑛厉害。宇文化及刚刚躲过韩珮瑛的剑招，谷啸风的长剑已是抖起了七朵剑花，当头罩下，一招之内，遍袭他的七处穴道。

宇文化及空手不敢抵挡，急中生智，突然自己倒下，伸脚勾韩珮瑛纤足，韩珮瑛焉能着他暗算。身形跃起，一剑便刺下去，可是宇文化及已是在地上一个“懒驴打滚”，滚出了数丈开外了。但他虽然逃脱了性命，以他的身份，这样的打法，已是几近无赖了。

韩珮瑛一剑没刺着宇文化及，反而阻碍了谷啸风“七修剑法”的施展，谷啸风只好暂且收剑，“呸”了一声，骂道：“好个不要脸的下流打法！”当下两人齐上，向宇文化及追击。

宇文化及一念轻敌，败得狼狈如斯，又羞又怒，“嗖”的一个

“鲤鱼打挺”跳起身来，喝道：“叫你们知道我的厉害!”大喝声中，反手一掌。

谷韩二人堪堪追上，陡然间只觉一股巨力推来，谷啸风一掌打去，两股劈空掌力碰个正着，发出郁雷也似的声响。谷啸风连退三步，胸口竟是如受锤击，气血翻涌。韩珮瑛幸而及早避开，没有伤着，但亦已不由身形连晃。

原来宇文化及练有混元一炁功，这是和佛门的金刚掌具有同等威力的一种邪派功夫。刚才因为是近身搏斗，混元一炁功不易发挥，而且宇文化及又是想把韩珮瑛生擒的，他以为凭着大擒拿手法已是可以取胜，因此才没有使出这门功夫。如今他受了挫折，已知对方不是易与之辈，自己倘若不是把全副本领都拿出来决难取胜，也就只好不顾韩珮瑛的死活了。

不过，谷啸风虽是功力不及对方，但他也是练有少阳神功的。少阳神功是奥妙无穷的正派内功，虽不及混元一炁功的霸道，但纯厚和平，功能护体，却是混元一炁功所不能相比的。是以谷啸风和他硬拼了一掌，虽然表面是吃了亏，宇文化及却也伤他不得。而且宇文化及所耗的元气比他更大。

宇文化及使出了混元一炁功，仍然击不倒谷啸风，当下便取出了兵器，喝道：“好，咱们在兵器上决个雌雄。”

宇文化及用的是一对日月轮，擅能锁拿刀剑，在兵器上先占了便宜。自以为胜券在握，心里想道：“在乌蒙他们回来之前，我非把这二人袭败不可。否则可真是要丢尽面子了。”

宇文化及急求于胜，当下立即猛攻。他这对日月轮使开，委实也是非同小可，使到急处，只见两团银光，盘旋飞舞，隐隐发出风雷之声。谷韩二人的身形，已是笼罩在银光之下!

不料谷韩二人的剑法也是精妙非常，在宇文化及强攻之下，初时虽还不免稍处下风，但宇文化及的日月轮也克制他们不住。他们各有各的打法，谷啸风不惧对方混元一炁功，敢于正面交锋的韩珮瑛则尽量发挥自己的轻功之长，四方游走，柔如柳絮，翩若惊鸿，一发现对方有隙可乘，便立即欺身进剑，给宇文化及的威胁也是很大。

宇文化及久战不下，暗暗叫苦。谷啸风开始抢得了先手攻势，此时要摆脱他已非难事了。谷啸风向韩珮瑛使了个眼色，示意叫她不可恋战，早走为妙。不料正在他们要走的时候，乌蒙、鲁莫、思罕三人又已回来！

乌蒙见他们尚在酣斗，觉得有点出乎意料之外，说道："前前后后都搜遍了，没见上官复。咦，你怎的还没有将这两个小辈'拾掇'（江湖术语，收拾而带有生擒之意）下来？"

宇文化及哼了一声说道："要打发这两个小辈还不容易，我不过是想瞧一瞧韩家的剑法罢了。我听说韩大维有个女儿，这个雌儿不是上官复的党羽，就一定是韩大维的女儿了。"这一猜倒是猜得不错。

乌蒙知道师弟好胜，心里暗暗好笑，说道："若在平时，和他们玩玩也不打紧，但咱们可还要追踪上官复呢，还是赶快将他们打发了的好，免得耽误大事。"说罢便即加入战团，挥拳向韩珮瑛击去。

乌蒙的本领不及师弟，但却在韩珮瑛之上，韩珮瑛给他拳掌兼施，一口气攻击了十多招，渐渐便有点感到应付不了。

韩珮瑛给乌蒙的攻势所困，无法腾出手来向宇文化及袭击，宇文化及去了掣肘，单独对付谷啸风自是绰绰有余，攻势登时大盛。

鲁莫、思罕二人抽出兵器，堵住大门，防备敌人逃走，宇文化及即将可以取胜，得意洋洋地说道："这小子决计逃不出我的掌心，你们待在这里作甚，还是出去看看吧，莫要给上官复来了也不知道。"须知宇文化及最忌惮的还是上官复。

话犹未了，忽听得一声长啸，有人接声说道："上官复早已来了，不必你们费神找我啦！"声到人到，只见一个三绺长须的老者业已越过墙头，进了这个院子，可不正是上官复是谁！

宇文化及这一惊非同小可，忙把双轮一振，将谷啸风迫退，自己也急忙退下去靠着墙壁，防备上官复向他突施杀手。乌蒙也不敢恋战，连忙放松了韩珮瑛，横掌护胸，紧紧盯着上官复。

韩珮瑛喜出望外，叫道："上官伯伯，你来得正好！爹爹有话要和你说呢，我正愁不知如何才能见得着你。"

上官复道："是么？我也正是要来找你爹爹的呢。不过，咱们不忙说话，且让我先了结这重公案吧。"当下跨上一步，把眼望着宇文化及，冷冷说道："你们从和林追到这儿，也当真是十分辛苦了。好，现在我自己来了，省得你们再奔波劳累，你们意欲如何，说吧？"

宇文化及喘了一口气，说道："上官先生，国师请你回去，请你别要令我们为难。"

上官复冷笑道："我不回去又怎么样？"宇文化及铁青着脸，一时间却是不敢说话。

原来宇文化及本是准备合四人之力来对付上官复的，但想不到却在韩家碰上了谷啸风与韩珮瑛二人。这两人的本领虽不及他，亦殊不弱，这么一来，变成了四敌三，就只怕是胜少败多了。

可是他在上官复紧紧追问下，情知一场恶战，决计避免不了，只好硬着头皮说道："上官先生，我们奉了国师之命，是一定要请你回去的，你若固执不从，我们只好，只好……"

上官复冷笑道："只好对我不客气了，是不是？"

宇文化及道："不敢！"说是不敢，意思却是"也只好如此了"。

上官复冷冷说道："好吧，你们两人是尊胜法王最得意的弟子，只要你们抵挡得住我的十招，我就跟你们回去。"

宇文化及听了这话，登时又燃起了希望，心里想道："你这老儿也未免太摄大了，我们二人纵然敌不过你，难道不能抵挡你的十招？"于是立即说道："君子一言，快马一鞭，上官先生既然要伸量我们，请恕我们冒犯了。"

韩珮瑛曾听得父亲说过，说是上官复的本领足以列入当世十大高手之内，决不在他之下，但也还是不免暗暗为上官复担心，心想："十招转瞬即过，这两人的本领甚是高强，上官伯伯只限定十招，这岂不是自加束缚？万一十招之内胜他们不了，如何是好？"但上官复已经这么说了，她虽是担心，也只好和谷啸风退下去了。

上官复笼手袖中，好像闲庭信步的神气，淡淡说道："我说的话当然算数，动手吧！"

宇文化及气往上冲，心想："你忒也蔑视我了。"当下立即说道："好，恭敬不如从命，第一招来了！"

双轮左右一分，一招"雷轰电闪"，便向上官复砸去。乌蒙也在同时出手，单掌划了一道圆弧，抓向上官复右肩的琵琶骨。

这两师兄弟的招数本来是配合得十分得宜的，哪知上官复却有令他们意想不到的化解方法。

乌蒙是从他的背后来攻的，他的背后竟好像长有眼睛似的，突然反手一拂，乌蒙只感到一股柔和的力道将他轻轻一带，便身不由己的向前扑去，而上官复却已从背腹受敌之中逃出身来。

乌蒙向前一扑，宇文化及的双轮刚好碰到，乌蒙吓得魂飞魄散，失声叫道："师弟，住手！"

幸亏宇文化及的武功也是差不多到了收发随心之境，在这最紧张的霎那及时把双轮改了方向，斜砸出去。

韩珮瑛数道："第一招。"声音清脆，宛若银铃。

宇文化及也真不愧是个武学高手，身形未稳，脚下已是踏出了"醉八仙"的步法，双轮一个交叉，好像醉汉一般，歪歪斜斜的向上官复攻去。看似不成章法，暗里却藏杀手。

乌蒙领了一次教训，这次学得乖了，刚才他给上官复用借力打力的手法，把他牵引过去，险些碰上了宇文化及的双轮，这次就暂缓出手，以免对方有可乘之机。待对方全神应付他的师弟攻击之时，他才暗中偷袭。这样改变一个方式配合，攻势虽不若两人同时出手之强，但却可以减少风险。

但上官复是个比他更为高明的武学大行家，岂能着他所算？他的打法改变，上官复的打法相应改变，一变而变成了以快打慢。

掌风轮影之中，只觉得"当"的一声，宇文化及风车也似地转了一圈，从上官复身旁掠过，原来是给上官复的衣袖轻轻一拂，双轮互相碰击，他是给本身所发的力道反撞回来，以致几乎跌倒的。

韩珮瑛数道："第二招。"刚说到一个"招"字，只见上官复倏地回身，刚好迎上了乌蒙从他背后劈来的一掌，上官复轻轻一推，把他推出了数步开外，笑道："韩姑娘，你数得太快了些，现在才是第二招。”原来他是因为同时对付二人，故此所限定的招数也必须是要等到对方两个人的招数都发了之后才能算数的。

韩珮瑛笑道：“不错，是我心急了点儿。上官伯伯，你快点将他们打发吧。”她见上官复轻描淡写的破解了对方两招狠辣的攻势，心里想道：“怪不得爹爹那样称赞上官伯伯，果然是名不虚传。可笑我刚才还替他担心呢。看来只怕用不着十招，上官伯伯就可以大获全胜了。”

韩珮瑛却有所不知，上官复那两招看似举重若轻，毫不费力，其实已是耗了许多心血，使出了平生本事，这才能够从容化解了那两招的。原来上官复早已料到总有一天要与蒙古国师尊胜法王作对，尊胜法王的武功深不可测，上官复自知也没有胜他的把握，故此平日对他的功夫遂特别留心，积了十余年的揣摩钻研之功，这才收到了知己知彼的效果。这套功夫本来是要用来对付尊胜法王的，如今用出对付他的两个弟子，自是可以应付裕如了。

但尊胜法王这两个弟子的武功也还是有点出他意料之外，尤其是宇文化及更为了得，给他以借力打力的功夫反击回去，居然没有跌倒。试了两招之后，上官复也不由得心里想道：“幸亏咱早有准备，要不然只怕最少在三十招之外才能将他们打败。如今，我要在十招之内取胜，也还得多用一点心思呢！”

宇文化及的心思也真灵敏，接连吃了两次亏之后，眉头一皱，计上心来，说道：“师兄，咱们做小辈的不可对长辈无礼，还是请上官先生好好指点吧。”乌蒙登时会意，当下与宇文化及并肩而立，完全采取守势，双掌双轮，互相配合，严密封闭门户。表面看来，这是对上官复表示尊敬，其实却是想要拖延时刻，不求胜但求避免速败的打法。要知上官复是限定十招的，现在只剩下八招，倘若只求在八招内不给击败，以他们的武功造诣而言，确实亦非奢望。

上官复猜到了他们的用心，“嘿”的一声冷笑，突然欺身进招，平地拔起三尺，出指如电，向宇文化及的面门戳去。这一招本来是平平无奇的“二龙抢珠”，通常来说，是在双方都不用武器的情形底下，才能伸出指头挖对方的眼珠的。但因上官复的本领高出宇文化及甚多，是以才敢轻冒此险！

虽然是任何武师都会使用的平平无奇的招数，但在上官复这样的高手使来，却是非同小可！宇文化及如何敢给他挖掉面上双眼，当下迫得连忙出招招架，蹲下了身子，双轮盘头一舞，明知碰不着上官复，而是但求保命了。他的身材本是相当高大的，突然矮了半截，活像一只蛤蟆，形状甚是滑稽。韩珮瑛噗嗤一笑，数道："第——三——招。"故意拖长声调，一字一顿的数出来。

说时迟，那时快，上官复已是倏地变招，化指为掌，反手一掌，就向乌蒙打去。原来这正是他声东击西的巧妙打法，叫宇文化及腾不出手来援助乌蒙，才好各个击破。乌蒙双掌平推，只听得"蓬"的一声，脚尖刚刚沾地好似尚未曾站稳的上官复纹丝不动，倒是乌蒙给他一掌之力震退了三步。此时韩珮瑛恰好数到了第三个"招"字。

上官复一掌没有击倒乌蒙，心想："这厮是尊胜法王的大弟子，内功造诣，倒也不弱。好，且看他能接我几招。"当下加了几分内力，又是一个依样画葫芦的声东击西，掠步飘身，左手骈指如戟，虚点宇文化及胁下的"气愈穴"，右掌划上一道圆弧，却以七成的功力击向乌蒙。乌蒙急忙闪躲，但这劈空掌力已是震得他胸中血气翻涌，身形摇摇欲坠。

上官复再加一掌，乌蒙哇的一口鲜血吐了出来。韩珮瑛说道："第五招！"

上官复冷笑道："你们还想挨到十招吗？"宇文化及打了一个胡哨，上官复忽觉背后金刃劈风之声，原来是鲁莫、思罕二人同时从他背后袭来，宇文化及吹的那声口哨，乃是暗号。

谷啸风是一直监视着他们的，但却没想到他们出手如此之快。

只听得"嗤"的一声，上官复反手一拂，挥袖荡开了从背后攻来的两股兵器，但因是猝出不意，内力未能用足，他的衣袖也给鲁莫的月牙弯刀削去了一幅，宇文化及的双轮乘机猛地向他胸口推压过来，上官复喝道："不要脸！"腾地飞起一脚，宇文化及左手的日月轮飞上了半空。上官复这一脚刚好踢着轮子的轴心，没有给边缘的锯齿伤着。

说时迟，那时快，谷啸风与韩珮瑛已是双剑齐出，赶了到来，刺向鲁、思二人的后心要穴。鲁莫的月牙弯刀不用转身就把他的长剑挡住，思罕则身形斜窜，待到韩珮瑛的青钢剑堪堪刺到之际，他身似陀螺一拧，两支判官笔一招“横架金梁”，恰好及时把青钢剑架住。

这两人身为成吉思汗的“金帐武士”，武功确也非同凡俗，但比之谷啸风却还稍逊一筹，谷啸风闪电般的连击三招，这三招都是“七修剑法”中的精妙招数，每出一招，便是同时刺向对方的七处穴道。鲁莫挡到了第三招，只听得“噗”的一声轻响，肩头已是给剑尖刺着。幸而刺得不深，只是伤着皮肉。

宇文化及给踢飞了一只月轮，如何还敢恋战？只恨爹娘少生了两条腿，连忙转身就跑，连那只轮子也顾不得拾了。乌蒙已受了内伤，情知逃跑不了，吓得颤声叫道：“上官先生饶命，饶命！我是受师父差遣来的，身不由己，身不由己。”

鲁莫、思罕二人偷袭不成，此时也吓得慌了。宇文化及一跑，他们当然也跟着逃跑，可是却不敢从上官复身边跑过，两人分开逃跑，想要跳过短墙。

谷啸风冷笑道：“还想跑么？”如影随形，跟着鲁莫背后，正要一剑刺去，上官复忽道：“由得他们去吧！”谷啸风愕然收剑，说道：“为什么？”

上官复道：“我在蒙古十多年，和他们的师父多少有点宾主之情，看在这点情分，饶他们这次。”

乌蒙大喜拜谢，当下便与鲁莫、思罕两人，躬身退出院子的月牙拱门，一跛一拐而去。

韩珮瑛笑道：“上官伯伯，你这一架打得真是精彩绝伦，令我大开眼界。我才刚刚数到第六招呢。今日幸亏碰上伯伯，否则我们真是不堪设想。”

上官复道：“我也幸亏多得你们帮忙，否则纵然未必输给他们，也是难保没有危险了。”韩珮瑛道：“上官伯伯，你真会说笑话。”

上官复笑道：“我不是说笑话，更不是和你们客气。说实在的，我是摸透了乌蒙和宇文化及二人的武功底细才赢得了他们。倘若多了鲁莫、思罕这两个人……咱们别谈武功啦，你爹爹呢?”

韩珮瑛道：“说来话长，请上官伯伯到书房一坐，容侄女禀告。”那间书房当日虽给火势波及，却幸只是烧焦一角，未曾焚毁。

上官复说了一个“好”字，回过头来，向谷啸风问道：“这位可是谷世兄么?”谷啸风道：“晚辈正是扬州谷啸风。”上官复哈哈笑道：“原来你们已经成了亲了，我却双手空空，未曾携来贺礼呢。谷世兄，你虽然未见过我，但我与令岳却是多年知交，想必你的新娘子也早已对你说了。”

原来上官复因为僻处蒙古，谷、韩婚变之事虽然在江湖上闹得沸沸扬扬，他却并未知闻。他只知道谷啸风是韩大维的女婿，如今在三更半夜看见他们从韩珮瑛的绣房出来，当然是以为他们业已成亲的了。

韩珮瑛满面通红，说道：“上官伯伯，这，这……”上官复笑道：“怎么做了新娘子还要这样害羞?”韩珮瑛不知如何解释才好，面红直透耳根。谷啸风讷讷说道：“我们，我们尚未成亲。”他与上官复初次见面，当然也是不便细说原由。韩珮瑛听他说的是“尚未成亲”，这“尚未”二字，言者无心，听者有意，韩珮瑛的一颗芳心更是禁不住卜卜乱跳了。

上官复心道：“原来他们是未曾成亲，先有私情。”不觉有点尴尬，当下笑道：“反正你们迟早是要成亲的。我说错了话，想必你们不会见怪。”谷啸风方始发觉自己用语不当，不由得也是满面通红。

此时已是东方大白的时分，韩珮瑛带领他们走进书房，上官复看见四壁萧条，有点惊诧，说道：“我记得这间书房里是挂满了字画，这些字画也失去了么?”尊胜法王派人来劫夺他寄存在韩家的宝藏之事，他是知道的，心里想道：“鞑子要的只是宝藏，难道他们也懂风雅?莫非是给他们毁了?唉，莫要因我寄存的财物，以致连累韩大哥失掉他心爱的字画，这就更可惜了。”

韩珮瑛道：“上官伯伯放心，字画没有失掉，那批宝藏也没失掉。”当下把他们父女的遭遇一一告诉了上官复。

上官复大为惊讶，说道：“原来你的爹爹现在是在辛十四姑家里养伤。”

韩珮瑛道：“是呀，这位辛十四姑似乎是家父的好友，不过我却从没听家父说过。那些字画就是她取了去，替家父保存的。据她说，她最初因为不愿得罪孟七娘，又恐怕打不过那两个魔头，故而当家父遭难之时，她不能拔刀相助，只能设法保全家父的宝贝的字画了。至于那批宝藏，现在已经由檀大侠取去，送往祁连山了。啸风曾见过檀大侠，其中详情，等下让他说吧。”

在韩珮瑛说及孟七娘和辛十四姑之时，上官复不觉变了面色，尤其当他听说韩大维是在辛十四姑家中养伤的时候，更是掩饰不住他那惊异的神情。谷啸风看在眼中，心头一动，问道：“上官先生见多识广，可知这两人的来历？”

上官复说道：“知道得不太多，因为她们在江湖上不过是昙花一现，没有多久就销声匿迹了。但虽是昙花一现，当年也曾在江湖上掀起了波涛，不知震惊了多少英雄豪杰！

“三十年前，这两个女子联袂行走江湖，辛柔荑是表姐，孟天香是表妹，表姐妹都是本领高强，花容月貌，因此她们一出现就轰动了江湖，令得许多人为之倾倒！

“可是谁也没有想到两个绝色美人竟是心狠手辣的女魔头，谁惹上了她们，谁就遭殃！”

韩珮瑛笑道：“江湖上尽多好色之徒，也该受一受她们惩戒。”

上官复道：“那些邪派妖人，以及行为不端之辈，碰上她们就如飞蛾扑火，自取灭亡，但也有几个正派门下，诚心诚意向她们求婚的也同样遭了殃。孟天香还好一些，她不答应婚事只是把对方斥责一顿，对方倘若恼羞成怒，她则出手伤人。辛柔荑则更厉害了，不管是向她求婚的或是想和她攀交情的，她一定要挖掉对方的眼睛，割掉对方的舌头！说是为了要惩戒对方有眼无珠，说话污耳！”

韩珮瑛听得毛骨悚然，说道：“这则未免太过分了。但何以她们对我爹爹却似乎很不错呢？例如孟七娘，她虽然捉了我的爹爹，但却也不许那两个魔头加害。”

上官复道：“这我就不知道了。不过据谷世兄所说，她们住在你家附近，少说也有十多年了。平日不与你爹爹来往，现在却都以你爹爹好友自居，这就不能不令人无疑了。何况以她们过去的行事而论，她们都是讨厌男子，却为何对你爹爹又这样好呢？”

谷啸风比较深于世故，从上官复的说话神情语气之中，隐隐感觉得到，上官复是并没有把他所知道的都说出来，但已是向韩珮瑛暗示：不可完全相信这两个女人。

韩珮瑛亦似有所觉，问道：“她们表姐妹在从前是很要好的吗？”

上官复道：“最初几年她们是联袂行走江湖的，后来不知怎的就分开了。”

韩珮瑛心里想道：“看来她们恐怕是同时爱上了我的爹爹，因此才闹得不和的。妈妈也一定是因为遭了她们的妒忌，给她们之中的一个害死的。但只不知是孟七娘还是辛十四姑罢了。”

韩珮瑛道：“辛十四姑所住的幽篁里就在后山，离此不远。不知上官伯伯能否抽出空来，去见一见我的爹爹？”

上官复道：“我正是来找令尊的，如今既然知道了他的下落，当然应该去拜访他。”接着说道：“西门牧野这老魔头意欲在中原开宗立派，称霸武林，但又怕自己的力量不够，故而不惜卑躬屈节，巴结蒙古的国师尊胜法王，求得他的撑腰。这次尊胜法王叫他来对付令尊，本来是瞒着我的，幸而给我打听出来。我想尊胜法王决不会无缘无故要害你的爹爹，必定是那批宝藏的秘密已经给他知道。我生怕连累了你的爹爹，故而冒险逃出和林，想不到还是来迟了一步。更想不到的是西门牧野这老魔头居然神通广大，不但把朱九穆这老魔头找了来做他帮手，甚至连孟天香和辛柔荑这两个早已消声匿迹了二三十年的女魔头，竟然也参与其事，和那两个老魔头联手对付你的爹爹！”

韩珮瑛道：“但孟七娘和辛十四姑毕竟也和那两个老魔头闹翻了。那批宝藏，现在是失而复得。家父虽遭灾难，如今也得辛十四姑替他悉心疗伤，大难不死，也算得是不幸中之幸了。”又道：“孟七娘的确是曾参与其事，但辛十四姑却是并未曾和他们联手的，她起初是置身事外，后来则积极营救我的爹爹。想必她不会存有不利于我的爹爹之心吧?”韩珮瑛本来是个聪明女子,听得上官复把辛十四姑与孟七娘等人相提并论,竟似把她也当作一丘之貉,心中不觉起了一点怀疑。但因她亲眼见到辛十四姑替她爹爹解毒,对她爹爹又是那样细心体贴,故而对辛十四姑仍是颇有好感,为她辩解。

上官复道:“但愿如此。但只怕辛十四姑不愿见我。不过,我也顾不了那么多了,即使她闭门不纳,我也非闯进去见着你的爹爹不可。”

韩珮瑛道:“伯伯何以认为她不肯见你呢?”

上官复道:“此人脾气怪僻,无可理喻。她又最讨厌陌生男子。”

韩珮瑛道:“但爹爹叫我把啸风找来见他,这是当着辛十四姑面说的,她也没有反对呢。”

上官复道:“啸风是你的夫婿,当然和我不同。”

韩珮瑛面上一红,说道:“她少年之时是个女魔头,或许现在性情变了也说不定。见到她时待我先说,但愿能够避免和她冲突最好。”当下抬头一望天色,只见天边已露出了鱼肚白。

韩珮瑛道:“我到厨房看看,看看还留有什么可吃的东西没有。上官伯伯,真对不住,你来了连一杯茶都没有得喝。”

上官复觉得有点奇怪,说道:“侄女不必客气。但你们是刚刚回来的吗?”

韩珮瑛道:“我是昨晚才赶回家中的,啸风比我先来一会。我们见面不久,那几个蒙古武士就来了。”

上官复笑道:“原来如此,怪不得你未有空暇烧茶。”方始知道他们二人并非早已同居的。

韩珮瑛道:“啸风,你把那批宝藏的事情告诉上官伯伯,我去弄点东西出来吃。不是客气,我也着实是有点饿了。”

韩珮瑛出去之后,谷啸风把那两个魔头如何带领了蒙古兵来中途截劫,自己如何死里逃生,后来又如何碰上了仲少符、上官宝珠夫妇,联骑追踪,后来又如何恰巧遇着了武林天骄,把那批宝藏夺回来等等事情,一一说给上官复知道。

上官复喜出望外,说道:“原来你不但见着了檀大侠,还见着了我的女儿女婿。”

谷啸风道：“他们现在已得紫萝山义军协助，将那批宝藏运到祁连山了。”

上官复道：“如此我就安心了。见了你的岳父之后，我准备去祁连山与他们见面。你和珮瑛也跟我同去好不好？”

谷啸风道：“待见过了韩伯伯再说吧。或许我要先往金鸡岭拜会蓬莱魔女。”心想：“我和珮瑛闹得这样尴尬，如何还能与她万里同行？等下去见她的父亲，我已是觉得不好意思了。”

上官复不知就里，说道：“蓬莱魔女是北五省的绿林盟主，你们先去见一见她也好。待见到了令岳，咱们再商量商量。”

此时日光已经射进窗户，韩珮瑛到厨房去已是差不多有半个时辰了，谷啸风道：“咦，她怎么还未回来，待我去看看，她弄些什么东西？”

且说韩珮瑛到厨房里，只见有一炉炭火，尚未熄灭，火炉上安置一个茶壶，揭开壶盖一看，只见水已烧得沸了。

韩珮瑛惊疑不定：“是谁烧这一壶水的？”要知她的家人早已全都被害，除非是另外有人躲在她的家里，否则怎会有人烧茶？

再仔细一看，纱厨里有半只烧鸡，还有一盆吃剩的饭菜。韩珮瑛疑惑不定，心想：“不知是小贼还是另有用心的对头在我家卧底的？我一出声，定然把他吓跑，且待我先去找找。”韩家地方甚大，房虽遭焚毁，但留下的残砖剩瓦，败枝颓墙，也还是处处可以藏人，不能一览无遗的。韩珮瑛巡视一遍，不见有人，正要到地窟去查，忽见一条黑影，翩如飞鸟般的从园子的短墙跳出去。

韩珮瑛觉得这个人的背影好似是在哪里见过似的，只因这人的身法太快，没有看到他的正面，一时间想不起这是何人。当下便施展轻功，飞过墙头，追踪出去。

那人叫道：“韩姑娘，我不过在你家拾了一点零碎，并没有到手什么财香，你又何必苦苦追我。”

这人一出声，韩珮瑛登时就知道了，原来就是上次她回家的时候，在后园所发现的那个被埋在土里的神偷包灵。

包灵的轻功在韩珮瑛之上，口中说话，脚步不停，转瞬间已是去得远了。韩珮瑛心里想道："想必是那日他在我家，看到我把那批宝藏送给丐帮，以为我的家里或许还藏有宝物未曾送出的，故而又来偷盗。反正家里已没有什么值得他偷的东西，失掉了也不足惜，也就不必小题大做了。"于是就不去惊动上官复与谷啸风，悄悄又再回家。

韩珮瑛回到厨房，加上炭火，就地取材，把那盆饭菜弄热，沏了一壶茶，便用托盘端进书房。谷啸风看了一看，笑道："我以为你弄些什么山珍海味，去了这许多时候。"上官复道："在这个时候，能够找到吃的东西，已经是难得的了。"谷啸风说道："我是和韩姑娘说笑的，说真的我倒是害怕你出事呢。你若再不回来，我就要去找你去了。"这还是谷啸风第一次和韩珮瑛说笑，韩珮瑛面上一红，说道："我倒是碰上了一个人。"

谷啸风诧道："什么人藏在你的家中？"

韩珮瑛道："就是咱们那日在后园发现的那个小偷。"

谷啸风吃了一惊，说道："丐帮的陆帮主告诉我，那人是江湖上大名鼎鼎的神偷包灵呀，那日他本来是和我一同去了丐帮的洛阳分舵的，怎的又独自回到你的家中，还偷偷的藏起来？"

韩珮瑛道："我知道他是神偷包灵。不过家里只剩下一些破烂，也不用怕他偷。"当下把碰见包灵的情形说了出来。

上官复道："且慢吃这些东西。"拿出了一支通天犀角，插进饭菜和那壶茶中试了一试，通天犀是蒙古所产的一种犀牛，犀角可以用来试探毒性，食物中倘若是有毒药的话，黑色的犀角就会变红，毒性愈烈，色泽愈深。

上官复一看犀角没有变色，方始放心，说道："这神偷包灵的名头，据我所知，他虽然没有到蒙古，但和蒙古的国师，却是暗通消息的。"韩珮瑛吃了一惊，说道："如此说来，丐帮的陆帮主也给他骗了。"

谷啸风忽地一拍大腿，叫起来道："原来如此，我明白啦！"

韩珮瑛诧道："你明白了什么？"正是：

暗室偷藏图不轨，鬼蜮伎俩最难防。

欲知后事如何，请听下回分解。

第三十五回　绣楼深闺谈往事
茶亭陌路遇奸徒

谷啸风道："有一件事情，我始终弄不明白：包灵为什么要捏造谎言，陷害你的爹爹？现在我方才懂了！"

韩珮瑛吃惊道："哦，有这样的事情！他捏造谎言？"

谷啸风道："你还记得吗，那天咱们在鲁大叔手上发现了半张信笺，上面写的是蒙古文字。这半张信笺，当时是我拿了去的。"

谷啸风所说的"鲁大叔"乃是韩大维的管家老仆，曾奉了韩大维之命，偷往和林，给上官复送信的。

上官复问道："这位鲁大叔又怎么样了？"

谷啸风道："他给西门牧野的毒掌击毙，我们发现他的时候，他捏紧拳头，手心里捏着的就是那半张信笺。"

韩珮瑛道："上官伯伯，我正想问你，那封信可是你写给爹爹的么？"

上官复道："不错，我是写有一封回信交给鲁大叔带给你的爹爹，但那封信是用汉文写的！"说至此处，上官复也是甚为诧异。

谷啸风道："丐帮中有懂得蒙古文字之人，是蒙古国师写给你爹爹的一封密信。"

韩珮瑛怒道："爹爹岂会与蒙古国师私自有书信往来？"

谷啸风道："不用说，这当然是包灵和西门牧野这一班人串通了来陷害你爹爹的了。幕后的主使则是蒙古国师。"

上官复道："信上说的什么？"

谷啸风道："说的是要请韩伯伯做内应，事成之后，蒙古大汗许他自立为王。”

韩珮瑛道：“当真是胡说八道！但不知陆帮主是否相信?”

谷啸风道：“包灵捏造谎言，把事情说成是鲁大叔劝谏你爹爹，你爹爹恼羞成怒，将他击毙的。陆帮主听说是包灵亲眼见到的，不由得不相信几分。是以他一直猜疑你家所遭遇的事情，是你的爹爹故弄玄虚，欺骗他们，以便和鞑子勾结的。”

韩珮瑛又气又恨，说道：“可叹我爹爹一生正直，竟遭这等不白之冤，连帮主也信不过他，那包灵真是可恨，早知他是这样的人，我刚才实是不应将他轻易放过!”

谷啸风道：“当然是不能放过他的，咱们将来慢慢找他算账!现在且先去找你爹爹再说吧。”

他们哪里料想得到，这屋子里藏的还不仅是一个包灵。

他们三人离开之后，韩珮瑛卧室前面的院子的瓦砾堆中有一个人钻了出来。

这个人不是别人，正是谷啸风的舅父任天吾。

原来任天吾躲在韩家已有好几天了，他是在这里等候他的大弟子余化龙回来的。韩家有原来用作藏宝的窟窖，里面还贮有食粮，任天吾曾经来查探过，知道这个秘密。

包灵和他是同谋的伙伴，两人早已约定事成之后在韩家见面，然后等余化龙回来分赃的。

不过他们却料想不到，谷啸风、韩珮瑛、上官复三人会在同一天晚上，不约而同地来到韩家。

任天吾当然不敢让他的外甥发现，更不敢和上官复交手，是以当韩珮瑛四处搜索之时，他想出了一条妙计，叫包灵出去引开韩珮瑛，免得她查到地窟来。韩珮瑛果然中计，包灵跑了之后，她就没有再查了。

地窟有一个出口正是在韩珮瑛卧房前面的那个院子，故此上官复和谷韩二人在房中说的话，任天吾都听见了。

任天吾钻了出来，抹了一额冷汗，又是吃惊，又是欢喜。心里想道：“想不到那批宝藏又给武林天骄夺了回去，我这次是枉用心机了。不过算是不幸中之万幸，他们没有发觉我私通蒙古的秘密。

奚玉瑾这丫头也跟辛龙生跑了，只要她和啸风、珮瑛二人见不着面，我的这个秘密，就更不容易被人识破啦。”当下发出了几声冷笑，便也离开韩家，去找包灵，准备进行另一个阴谋。暂且按下不表。

且说谷啸风与韩珮瑛去找她的爹爹，心中也是忐忑不安。

钻过了水帘洞，韩珮瑛说道：“孟七娘所建的那座堡垒在左面的一座山峰上，辛十四姑所住的幽篁里则在右面的一处竹林之中，咱们先去幽篁里，回头再找孟七娘，务必查个水落石出，好么？”

上官复道：“不错，当然是应该先去会见你的爹爹。”

谷啸风暗自思量：“不知珮瑛已经把我们的事情告诉了她的爹爹没有？唉，若然韩伯伯问起我来，我可不知与他怎样说才好了？”

本来他最初来韩家准备提出退婚的时候，是充满了勇气，拼着受韩大维的一顿责骂甚至毒打的，但此际因为知道奚玉瑾已是另有新欢，又感到韩珮瑛比他想象的更好，越发觉得对韩珮瑛不住，那股勇气就不知不觉的消失了。两条腿跟着韩珮瑛走，一颗心却是越来越惶恐不安。

正自心乱如麻，忽听得韩珮瑛说道：“幽篁里到了。”

只见修竹成林，苍松迎客，藤萝绕屋，草色侵阶。端的是景色幽美，令人俗念顿消。上官复叹道：“此地无殊世外桃源，辛柔荑倒是会享清福。”韩珮瑛道：“辛十四姑琴棋诗画样样精通，也只有她这样的雅人才配住在这个地方。”上官复道：“辛柔荑外号辣手仙姝，不知道她底细的人见到了她，恐怕谁都会把她当作不食人间烟火的仙子。”上官复所说的“不知她底细的人”，这些人中，不言而喻，是包括韩珮瑛在内的了。韩珮瑛半信半疑，心里想道：“难道辛十四姑当真是像上官伯伯所说的这样一个心狠手辣的女魔头？”

谷啸风心乱如麻，不住在想：“见了韩伯伯，我怎样说才好呢？”不知不觉已是到了辛十四姑的住处了。

只见竹门虚掩，静悄悄的听不到半点声息。上官复道：“咦，里面好像没人。”

韩珮瑛不敢无礼，当下便即叩门求见，里面没有回声。韩珮瑛道："侍梅姐姐，我是珮瑛，我回来啦，请你开门。"仍然没有回答。韩珮瑛也不觉惊诧起来，说道："她那贴身丫头也不在里面，看来是当真没有人了。"

上官复道："既然来了，总得探个明白。"扬声说道："辛女侠，请恕我无礼，没人开门，我们只好自己进来了。"显然他对辛十四姑也是颇有顾忌，即使明知她不在里面，也要把说话先行交代。

推开了竹门，里面仍是毫无声息。韩珮瑛心头如鹿撞，一面走一面叫道："爹爹，爹爹！"搜遍了几间房间，都是室内空空，莫说是人，连挂满墙壁的字画也是一张不见！

韩珮瑛呆了半晌，说道："她说爹爹的病最少也得在她这里静养半年的，怎的才不过几天，就不见人了。难道——"

上官复道："辛柔荑料想是不会害你爹爹的，多半是搬走了。"

韩珮瑛道："她说爹爹的病体不宜移动，所以那天才坚持要我爹爹在她家里养伤。"

上官复道："她说这话乃是哄骗你们，你现在还这样相信她么？"

韩珮瑛道："无论如何，我总得知道爹爹的下落，咱们过孟七娘那边看看。"

上官复点了点头，说道："不错，孟七娘性情爽直一些，她若有所知，一定会说真话的。"

不料到了孟七娘的居处，只见那座堡垒式的建筑，只剩下断壁颓垣，满地瓦砾，烧焦的木头还有烟味，似乎是不久之前才给焚毁的。

韩珮瑛大为诧异，心想："以孟七娘的武功，谁能焚毁她的房屋？莫非放这一把火的也是辛十四姑？"

心念未已，忽见烧毁的半堵墙壁后面，有个少女的影子闪了一闪。

韩珮瑛又惊又喜，叫道："是侍梅姐姐吗？"

那少女走了出来，也是惊喜交集的样子道："韩姑娘你回来啦！"果然是辛十四姑的贴身婢女侍梅。

韩珮瑛看了看她，但见她颜容憔悴，好像病过了一场似的。韩珮瑛惊疑不定，问道："侍梅姐姐，你身子不舒服吗？你家的主人哪里去了？为何你不在幽篁里却在这儿？"

侍梅道："说来话长。这两位是——"

韩珮瑛道："这位上官先生是我爹爹的老朋友，这位谷世兄是，是——"

侍梅微微一笑，说道："原来是谷少侠，韩老先生十分盼望他来，在我们那儿住的几天，每天都提起他的。韩姑娘，恭喜你啊，令尊还担忧你找不着他呢。"

韩珮瑛知道她已知晓谷啸风的身份，粉脸轻红，低下了头，说道："这两位都不是外人，有话不妨在他们面前说的。"

侍梅说道："好的，咱们一道回幽篁里，一面走一面说吧。"

侍梅走起路来似是有气没力的样子，韩珮瑛拉着她的手与她并肩同行，只觉她的脉微弱而且不大调和，韩珮瑛吃了一惊，问道："你是受了内伤吗？"

侍梅道："不是。过几天就会好的。"韩珮瑛道："那是什么病？"侍梅道："也不是病。是我的主人用重手法点了我的穴道。今天已过二十四个时辰，方才解开的。"

韩珮瑛大为惊诧，说道："辛十四姑为何要用重手法点你的穴道？"

侍梅说道："我家主人已经走了，她怪我不听她的话，不要我了。她是在临走时，用重手法点穴来惩罚我的。"

韩珮瑛道："她不是一向疼爱你的吗？即使你犯了一点过错，也不该对你下得这等辣手，把你抛弃呀！"

侍梅道："你不知道我主人的脾气，她这样惩罚我，已经是最轻的了。"

韩珮瑛道："你犯了什么过错？"

侍梅道："还不是为了那位奚姑娘。"

谷啸风道："是奚玉瑾？"

侍梅道："不错，你也认识她么？"

谷啸风道："何以你因她而受惩罚？"

侍梅道："是这样的。那天奚姑娘来到我们家里，主人替她设计，叫她冒充新买回来的丫头，送给孟七娘。是我陪她去的。"

谷啸风道："这件事我已经知道了。但你何以奉了主人之命陪她前往反而受罚呢?"

侍梅道："这就要说到我们的侄少爷了。因为我们那位侄少爷看上了奚姑娘。"

谷啸风吸了一口凉气，想道："杜复告诉我的那个消息果然不是空穴来风。"冷意直透心头，脸上却装出笑容说道："你们的侄少爷看上了奚姑娘，与你有何相干?"

侍梅说道："主人叫奚姑娘冒充丫头到孟七娘那里去盗取九天琼花回阳酒，好营救韩大侠。这件事是瞒着她侄儿的。那天晚上，她叫我在辛公子的卧房点了黑酣香，待奚姑娘走了之后，方始将他叫醒。我却没有完全依从主人之命，故意把黑酣香的分量减少，而且又把这个秘密告诉了辛公子。第二天一早，辛公子赶出来相送，和奚姑娘订了婚约。"

谷啸风道："你亲眼看见了辛公子向她求婚，而且她又答应了么?"

侍梅说道："辛公子点了我的穴道，把我放在花树丛中，他才和奚姑娘躲得我远远的说话。但我虽然没有听见他是怎样向奚姑娘求婚，却看见了他把一枚戒指送给了奚姑娘。这枚戒指正是孟七娘给他，说是待他有了意中人之时，就可以用这枚戒指做订婚的信物。因为孟七娘是他的表姑，一向也是十分疼爱他的。我认得这枚戒指。后来孟七娘的丫头告诉我，奚姑娘幸亏有这枚戒指，孟七娘发觉她是冒充的丫头之后，才不杀她。"

这些事情，韩珮瑛是早已听说了的，孟七娘放走奚玉瑾那一幕好戏，她且还在场，亲自目击。但谷啸风则是刚刚知道，心中不由得一片惘然，想道："如此说来，此事果然是千真万确的了。真想不到奚玉瑾会变得这样快!"

谷啸风再三向她盘问有关奚玉瑾的事，侍梅也觉得有点奇怪，但仍是往下说道："我将奚姑娘送到孟七娘家里，回来之后，主人的面色就很难看，但却没有说我。直到前天晚上，她临走之时，才和我算这笔账，责怪我不该不听她的话。”

谷啸风道：“你的主人不喜欢奚姑娘么？她配你们的侄少爷也很登对呀。”

侍梅道：“谁说不是呀？可是我们的主人就是为了此事生气。或许也并非不喜欢奚姑娘，而只是不满侄儿不该瞒着她私自订婚，更不满我这个做丫头的不听她的吩咐。”

她说这番话的时候，显然是含有妒意。因为谷啸风说只有奚玉瑾才配得上辛公子，说者无心，听者有意，她自是难免感到自尊心受到损害了。

韩珮瑛道：“别是尽说那位奚姑娘了，我是来找爹爹的，你家主人走了，我的爹爹呢？”

侍梅道：“令尊当然是和我家主人一同走了。”韩珮瑛道：“他不是不能走动的么？”

侍梅又道：“主人是驾了一辆骡车载他出去的。后山有一条秘密的通道可以出去，无须经过前山的水帘洞。”

韩珮瑛道：“孟七娘家里的这一把火又是谁放的？”

侍梅道：“这我就不知道了。昨天晚上，我看见这边起火，但我的穴道未解，不能够赶过来看。我是刚刚才到的，和你们见的情景一样，这儿已是变成瓦砾场了。”

上官复道：“依我看来，这把火只怕就是辛十四姑放的。孟七娘也是给她迫走了的。”韩珮瑛亦有同感，点了点头。

侍梅说道：“韩小姐，你可知道奚姑娘和我们的侄少爷去了哪里吗？没有听到任何有关他们的消息？”

韩珮瑛道：“听说辛公子已回转江南。”侍梅道：“奚姑娘当然是和他同行的了？”韩珮瑛道：“这我就知道得不太清楚了。”

谷啸风愤然道：“你何必替他们掩饰，奚姑娘当然是跟他走的，这还用得着说么？”

侍梅抬头望向远方，半晌，叹了口气说道：“江南，那可是个很远的地方啊！是吗？”

韩珮瑛想起一事，说道：“侍梅姐姐，你托我把那个绣荷包交给辛公子，但我恐怕是不会到江南去的，这个绣荷包交还给你，好吗?”

侍梅掩饰不住自己的伤心，接过了绣荷包，又叹了口气，冷幽幽地说道：“不错，现在这绣荷包再也不用送给他了。”

韩珮瑛道：“侍梅姐姐，你作什么打算，和我们一同出去，好吗?”

侍梅道：“多谢你的好意。但我们做丫头的还能有什么打算?我也不知道主人是否会回来，但我还是要留下替主人看守这座房子的。”此时他们已回到幽篁里了。

侍梅道：“韩小姐，你要不要进来再坐一会?”韩珮瑛道：“天色已晚，我们也该走了。”心里想道：“侍梅虽然是个丫头，文才武艺，都很不错。可是却也是红颜命薄，无所归依。”目送她的背影独自走入竹林，不禁暗暗为她叹息。

三人一同下山，谷啸风道：“想不到咱们空自来了一场，毫无结果。”不过，他虽然很是挂念韩大维的安全，却也有点如释重负的感觉。他本来以为今天是可能碰上一个难堪的场面，现在总算是避过了。

上官复道：“我现在要到祁连山去，一路之上，我会留心打听的，你们是不是要到金鸡岭见柳女侠?”韩珮瑛望了谷啸风一眼，说道：“我有几位世交叔伯在那里，我现在恐怕也是只能往金鸡岭了。”

上官复道：“柳女侠是绿林盟主，消息灵通，她一定可以帮忙你找到爹爹的。”韩珮瑛道：“但愿如此。”上官复又道：“你们见了柳女侠，请代我向她致谢，谢她对小女多年来照顾之恩。我若得有令尊的消息，会叫人送到金鸡岭去，你们那边倘有所知，也请给我捎个信儿。反正金鸡岭和祁连山是时常有人来往的。”

谷韩二人和上官复分手之后，韩珮瑛道：“啸风，你要回扬州吧，咱们也该分手了。”

谷啸风道：“谁说我要回家?上官前辈刚才问我行踪何往，你不是已经替我回答了吗，怎的现在又有此问?”

韩珮瑛道：“我只是说我自己要去金鸡岭，并没有将你包括在内。”谷啸风说道：“他的问话可是问的‘我们’啊。”韩珮瑛粉面微红，说道："难道你要我说出、说出——他倘若知道咱们的事情，一定又要问长问短的了，我可不知如何向他解释。"

谷啸风作了一个长揖，说道："珮瑛，以往都是我的糊涂，我，我做错了事，对不住你，请你原谅。"

这是谷啸风第一次正式向韩珮瑛赔罪，韩珮瑛的自尊心得到满足，积郁多时的闷气也随之发泄了，心中感到一股甜意，但却是端起脸孔冷冷说道："过去的事情，请你别再提起。终身大事，本该由自己作主，你并没有做错，也没有对不住我，谈不上什么原谅不原谅！"

谷啸风道："难得你胸襟如此广阔，但我总是问心有愧。"

韩珮瑛板起脸孔道："咱们还是说正经事儿吧，你不回家，你往哪儿？"

谷啸风道："我当然和你一同去金鸡岭了，还用问么？"

韩珮瑛问他是否回家，其实也含有一点试探的心意，要知谷啸风家住扬州，和奚玉瑾所住的百花谷相距不远，谷啸风若是对她尚未忘情，应该到百花谷探听她的消息。因为即使她是真的跟了辛龙生去江南的话，扬州是必经之地，想来她也会回家一看的。而且也说不定她的哥哥业已回家，谷啸风见着她的哥哥，也可以得知确实的消息。

谷啸风诚恳说道："珮瑛，让我和你作伴吧。过去种种，比如昨日死。咱们、咱们可以重新开始。"

韩珮瑛道："你这是什么意思？"

谷啸风见她凛若冰霜，自觉内疚于心，不敢造次，怔了一怔，讷讷说道："我只是想陪你到金鸡岭去，路上有两人同行，也好一些。"

韩珮瑛道："金鸡岭上有金刀雷飙和淮阳左臂王管昆吾等人，你不怕和他们相见么？"

韩珮瑛所说的这些人都是围攻百花谷的重要人物，曾经和谷啸风交过手的。尤其是金刀雷飙，更是韩大维的好友，当时因为听得韩家两个老仆的投诉，说是谷啸风遗弃他家小姐，悔婚另娶，便即气冲冲的赶到百花谷来，向谷啸风兴师问罪，结果迫得谷啸风要和他比武。倘若当时没有蓬莱魔女的使者及时赶到，谷啸风几乎落不了台。这些人现在都在金鸡岭上。

谷啸风心想见了这些人自是难免尴尬，但为了重获芳心，那也是顾不了这么多的了。当下笑道："雷老英雄当日向我兴师问罪，乃是为你打抱不平。他若见到了我们双双到来，知道了我们重归于好，欢喜还来不及呢！怎会再与我为难？"

韩珮瑛道："谁和你重归于好？"

谷啸风又再深深一揖说道："我已经向你道歉过了，你还不能原谅我么？珮瑛，咱们是不是可以重新开始？"

韩珮瑛道："我也早就对你说过了，我并不认为你是做错了事，你也无须我的原谅！你要和我同行那也可以，但我必须和你说个清楚，你我之间，现在已经没有任何名分！"

谷啸风道："珮瑛，咱们往日的夫妻名分，凭的乃是父母之命，媒妁之言，现在我亲自向你——"

"求婚"二字尚未出口，韩珮瑛已是截断了他的话，正容说道："啸风，我并不是一个招之即来挥之即去的女子，婚姻二字，从今之后，休再提起！"

其实在韩珮瑛的心里，早已是对谷啸风原谅的了，可是出于少女的矜持，她又岂能在谷啸风声言是到她家退婚之后，又再接受谷啸风的求婚？虽然他的退婚，尚未对她爹爹正式提出。

还有一层，谷啸风此际向她求婚乃是在知道了奚玉瑾已和辛龙生同往江南之后，韩珮瑛自是难免要这样想了："玉瑾姐姐不要你，你才回过头来要我！"若然马上答应，岂不也伤了她的少女自尊？

谷啸风与韩珮瑛相处了一些日子，已知她是个很有几分傲气的女子，心里想道："错在我不该曾令她太过难堪，也怪不得她现在不肯答应。"

当下不敢强求，说道："珮瑛你实在值得我的尊敬。你说什么，我都依你好了。不过咱们两家总是世交，即使当年他们两位老人家没有结成亲家，他们也是情如兄弟的。我想，你不会反对这个说法的，是吗？"

韩珮瑛道："这又怎样?"

谷啸风道："那么，在咱们之间，即使没有任何名分，是不是也可以结为兄妹呢?"

韩珮瑛见他说得诚恳，便即答道："谷大哥，这两个月来你帮了我不少忙，我也是很感激你的。撇开咱们两人的私事不谈，你的侠义襟怀，我亦极为佩服。我愿意有你这样一个哥哥。"

谷啸风闻言大喜，当下两人就在道旁撮土为香，结为兄妹。

蒙古大军已从洛阳西进，留守在洛阳城中的不过是一小部分骑兵，闭城自守，很少外出骚扰。谷韩二人扮作农家的一对小夫妻，渡过黄河，走出了沦陷的地区，一路平安，未遭意外。

起初几天，两人相处还是有点不大自然，渐渐也就消除芥蒂了。两人互相敬重，彼此关怀，在芥蒂消除之后，一路上说说笑笑，果然就像兄妹一般。

这日他们踏进了河南与山东的交界地区，已经是金国统治的区域了。到了中午时分，谷啸风看见路旁有个茶馆，便对韩珮瑛说道："走了半天，咱们也该歇一歇了，不知这茶馆有什么可吃的东西没有，咱们去问一问。"北方的路旁茶馆多数是兼有酒菜出卖的。

两人走进那个路旁的小茶馆，只见里面只有两个客人，各自占据一张桌子，一个是年约四旬的中年汉子，另一个却是和尚。这个和尚约莫也有四十来岁年纪，体格魁梧，桌子旁边插着一根精钢禅杖。

谷啸风不认得这个和尚，但却认得那个中年汉子。

那个中年汉子不是别人，正是他舅父任天吾的大弟子余化龙。

谷啸风受过余化龙的陷害，想不到在此处陌路相逢，自是又惊又喜。

余化龙突然看见谷啸风大踏步走来，这一惊更是非同小可。他本来想和那和尚说话的，看见谷啸风进来，登时怔住了。

说时迟，那时快，谷啸风已是走到他的面前，韩珮瑛守在门口，防他逃跑。

茶馆主人有点奇怪，上来招呼道："两位客官是相识的么，坐在一起好吗?这位姑娘和你同来，想必都是相识的吧，请进来坐呀。”

谷啸风道：“你别忙，我有几句话要和这个人说。茶嘛，慢慢再喝。”

茶馆主人也是个老江湖，见他这副神色已知来意不善，便道：“对，对，你们既然是彼此相识，有话好好商量，别在小店闹事。”

谷啸风道：“你放心，我并不想打架，但若迫不得已打起来，打破了东西，赔你就是。”说罢，大马金刀的坐在余化龙的对面。

谷啸风大马金刀的坐了下来，冷笑说道：“余化龙，你想不到这样巧吧？这可真是叫做人生何处不相逢了！”

余化龙暗自想道：“这个和尚不知是否就是神偷包灵所说的那个少林寺逃出来的僧人？若是那人，我就不用害怕谷啸风了。”斜眼偷窥，只见那和尚只顾大口大口的喝酒，对他们这边的事情竟似视而不见，听而不闻。

余化龙拿不准这个和尚是否就是包灵所说的那个僧人。不禁有点心虚胆怯，只好赔着笑脸，讨好谷啸风道：“是呀，想不到在这里有幸相逢，不知谷少侠可有令舅的消息？我正要找寻家师呢。”

谷啸风冷笑道：“你当然是料想不到的了，你不是说我在蒙古军营的么？怎想得到你却会在蒙古军中给我发现？那天侥幸给你逃了出来，但现在却又给我撞上了。”

余化龙道：“谷少侠，你误会了。我是给蒙古兵俘虏的。”谷啸风冷笑道：“俘虏？我可亲眼看见你和那两个魔头坐在一起，亲热得很哪！”

余化龙道：“冤枉，冤枉，那两个魔头因为知道我是你舅舅的大弟子，当时正在问我的口供呢。他们要骗取我的口供，自是不能不稍假辞色。谷少侠，你可不要误会才好。”

谷啸风不由得怒从心起，猛地一拍桌子，喝道：“余化龙，你休在我面前胡扯！你若不说实话，可休怪我不客气了。”

余化龙苦着脸道：“你要我说什么实话？”

谷啸风道：“你为什么要陷害我？”

余化龙道：“我是误听谣言，请谷少侠恕罪。”

谷啸风道：“谁人造谣？”

谷啸风大怒之下，一掌推开桌子，喝道：“往哪里跑！”

余化龙道："这个，这个……嗯，是一个我不认识的丐帮弟子说的。"

谷啸风道："胡说八道。这个造谣的人分明就是你。我劝你别耍花枪了，实话实说！第一，你是因何缘故要造我的谣言。第二，你私通鞑子，我的舅舅知不知情？"

余化龙道："你不相信我也该相信你的舅舅呀！你的舅舅任天吾德高望重，江湖上谁不敬他三分，怎的你这个做外甥的反而不相信他了。"

余化龙特地说出任天吾的名字，正是要说给那和尚听的。果然那和尚在听了任天吾这个名字之后，忽地念了一声"阿弥陀佛"，说道："凡事以和为贵，出家人可不愿意看见有人吵架打架！"

谷啸风道："大师你不知道这个人是私通蒙古的奸贼，小事情我可以原谅他，这样的大事我是决不能放过他的。"

那和尚放下酒杯，说道："这么说你是不肯听我劝了。"

谷啸风道："兹事体大，请恕小可不能从命。"

那和尚道："好，你既然嫌我多管闲事，我就任由你们怎样闹吧。"

余化龙大失所望，心里想道："若然他是包灵所说的那个少林寺僧，决不会害怕谷啸风的，难道当真是我走了眼了？但若不是，他又何必多说这番话？"

谷啸风道："余化龙，你还想打什么鬼主意？快点实话实说！"

余化龙道："此地不是说话之所，请到外面去说。"站起身来，突然把桌子一掀，立即拔剑出鞘，便跳出去。

谷啸风曾经打败过余化龙，料想他逃不出自己的掌心，是以在他要求出去外面说话的时候，他还丝毫不以为意，说了一个"好"字。想不到余化龙居然这样大胆，大出他的意料之外。

谷啸风冷不及防，虽没有给桌子压着，也给茶水泼了满身。谷啸风大怒之下，一掌推开桌子，喝道："往哪里跑！"

韩珮瑛守在门口，见余化龙冲了出来，拔剑便刺。同时也在喝道："往哪里跑！"

谷啸风推开的那张桌子，跌翻在那个和尚的身旁，茶水也溅湿了他的袈裟。和尚怒道："岂有此理，你们打架，打到我的身上来了！"一掌拍出，把那张桌子打得裂成八块，碎木纷飞。

谷啸风眉头一皱，心想："不过是弄湿了你的袈裟，怎说是打到你的身上？"此时他已看出几分，知道这个和尚是偏袒余化龙的了，但因错在自己，只好赔礼说道："对不住，弄污了大师的袈裟，还请大师原谅。"

余化龙的七修剑法虽然练得不够精纯，造诣亦已不弱，他是拼着孤注一掷，要引那和尚出手的，但不知自己料得准是不准，故此一出手便是狠辣之极的绝招。希望能够冲得过韩珮瑛这一关，和尚若然帮他固然最好，若然不如所料，他能够制服韩珮瑛也可以用来挟制谷啸风。

韩珮瑛本领本来胜过余化龙一筹，但在余化龙拼命之下，竟然拦他不住。不过余化龙想要将她制服，却也不能。拼命三招，冲是冲出去了，衣袖却给削了一幅，不是他跑得快，一条手臂险些就要和身体分家。

谷啸风给那和尚阻了一阻，余化龙已经跑了出去。谷啸风无暇再理会那个和尚，拔步便追，他的轻功远在余化龙之上，转眼之间，便即追上。

余化龙听了和尚刚才的那番说话，情知所料不差，精神陡振，看见谷啸风追到，反手便是一招"七星聚会"，说道："谷啸风，你也未免欺人太甚了，你可知道强中还有强中手么？"正是：

多行不义必自毙，相逢陌路不轻饶。

欲知后事如何，请听下回分解。

第三十六回　兴波怪客来中土
破壁魔僧叛少林

谷啸风冷笑道："你的七修剑法还得再练十年！"剑锋一颤，依样画葫芦的还了一招"七星聚会"，抖起了七朵剑花。余化龙只觉寒光耀眼，冷气侵肌，慌忙倒纵出一丈开外。谷啸风淡淡说道："你身上多了些什么东西，你自己看看。"余化龙低头一看，只见衣裳上穿开了七个小孔，不用说是给谷啸风的剑尖刺穿的了。

余化龙心胆俱寒，暗自想道："这小子这一招七星聚会，使得如此出神入化，竟似比我的师父还要强，若然他真想要取我性命的话，我的身上已经添了七个窟窿了。唉，但盼那大和尚是我的救星。"

谷啸风喝道："你想要性命，就快实话实说！"

余化龙踌躇未决，谷啸风也感到有点诧异，心想："他刚才说什么强中还有强中手，莫非就是指那和尚，他恃着有强援在后，才敢对我顽抗？"谷啸风早已看出那和尚是个高手，但想以自己的七修剑法足以制服余化龙有余，那和尚未必能在他的快剑之下救人，自己也未必打不过那个和尚，何况还有一个韩珮瑛呢。是以谷啸风虽然看出那和尚是个高手，却也并不怎样在意。

谷啸风喝道："还不快说！"刷的又是一剑向余化龙刺去。余化龙吓得魂飞魄散，颤声叫道："我，我说，说……"说字刚刚出口，谷啸风的剑尖也刚要指到他的咽喉，忽见一片红霞突然在面前涌现，卷将过来，原来是那个和尚脱下了身上的袈裟，倏然来到，插在他们二人之间。

一片嗤嗤声响，谷啸风的剑尖刺在袈裟之上，只觉得好像碰到了一面软墙，只见袈裟上也穿了七个小孔。

和尚冷笑道："你恃着七修剑法，就以为可以欺人了吗？嘿，嘿，洒家正要见识你的七修剑法！哼，哼，你的七修剑法虽然不错，只怕也奈何不了洒家！"

余化龙见这和尚出手，知道自己猜得果然不差，这一喜就像一个沉在水里快将灭顶的人忽然有人抛给他一块救生木板一样。余化龙立即抓着那和尚的话头，说道："对，大师你教训一下这个狂妄小子！"那和尚说道："这小子犯了我，我当然要教训他的，还用得着你来说吗？好，现在没有你的事了，你给我闪过一边吧！"

原来这和尚名叫沙衍流，本来是少林寺的俗家弟子，只因贪图富贵，误入歧途，二十年前，和公孙奇这大魔头结纳，曾经在武林中掀起极大的风波，干出了许多坏事。

后来在群雄大破桑家堡之时，沙衍流给师伯捉了回去，罚他面壁十年，沙衍流装作悔改，十年中勤修苦练，武功大大增进。十年过后，少林寺的方丈仍然要他留寺察看，他也奉命唯谨，并且表示忏悔，自愿削发为僧。（按：沙衍流事迹见拙著《狂侠天骄魔女》）

少林寺的方丈也以为他真的已是诚心悔改，过了十几年，对他的看管不免松了下来，岂知他恶性未改，半年前又偷偷地逃出了少林寺。逃出了少林寺之后，他第一个所见的旧日党羽，就是神偷包灵。

包灵乘机游说他投奔蒙古，沙衍流一想，当今之世也只有蒙古国师尊胜法王能庇护他不受少林寺的惩罚，于是便即欣然答允，请求包灵为他引见，包灵和他约好在韩大维的家里见面。

那晚包灵和任天吾躲在韩家，给韩珮瑛发现，任天吾要他把韩珮瑛引走，包灵逃脱之后，不敢再回韩家。

余化龙回来找寻师父，他的师父早已走了。不过余化龙虽然没见着师父，却在路上见着了包灵。有关沙衍流的事情，就是包灵告诉他的。

沙衍流和余化龙的师父任天吾乃是旧时相识，任天吾私通蒙古之事，包灵亦已告诉他了，是以当他知道了余化龙就是任天吾的弟子之后，当然是不能袖手旁观的了。

且说谷啸风见沙衍流出头拦阻，无事生非，有意挑衅，不由得也是心头怒起，但仍按照武林规矩，先礼后兵的和他说道："大师，你还没有分清皂白，怎能就说是我恃势欺人？至于你说我冒犯了你，也不过是弄污你的袈裟而已，我已经向你赔过罪了。"

沙衍流昂首向天，冷冷说道："我的袈裟是一件宝物，你说一声对不住就可以了么？"谷啸风道："那么大师你待如何？"沙衍流道："我要你赔！"谷啸风道："这个容易，我给你缝一件新的就是。"

沙衍流冷笑道："说得这么容易！我的袈裟是件宝物，岂是你随便缝一件新的就可代替？"谷啸风强忍怒气，说道："那你要我如何赔偿？"沙衍流道："把你这柄宝剑赔给我，另外还加上三个响头。"

谷啸风不由得怒火勃发，喝道："大师，你既然定要无理取闹，我只能任由你画出道儿来了！"

沙衍流道："好！只要你能胜得过我这根禅杖，我就不要你赔！"

谷啸风叫道："珮瑛，你对付余化龙，让我向这位大师领教！"

沙衍流喝道："不许你们动他分毫！"呼的一杖就向谷啸风扫去，格住了谷啸风的宝剑，杖身向前一送，杖尾起处，又指到了韩珮瑛面前。

韩珮瑛凌空一跃，禅杖呼的一声从脚底扫过，说时迟，那时快，谷啸风已是快剑攻来，重复一招"七星聚会"，剑花朵朵，耀眼生缬，沙衍流的七处穴道，都在他这一招的威胁之下。

沙衍流喝道："米粒之珠，也放光华？"口里这样说，心里可还着实不敢轻敌。当下禅杖一挑，也使出一招极为狠辣的招数。

这一招名为"毒蛇寻穴"，虽然不及"七修剑法"可以在一招之内同时刺七处穴道的精妙，但他杖重力沉，若然给他戳着穴道，却不是闭穴的功夫所能抵御的。而且他的杖尖闪烁不定，谷啸风上盘的好几处要害，也都在他的一招威胁之下。

双方以攻对攻，力强者胜，谷啸风知己知彼，情知不可力敌，当下急速变招，剑走轻灵，变为“玄鸟画沙”，侧袭沙衍流的“风府穴”，沙衍流杖尾一翻，叮当一声，将谷啸风的宝剑格开。幸而这一剑使得轻灵，所受的反击力道不大，但手臂亦已微感酸麻了。

双方兔起鹘落，这几下的动作快如电光石火。韩珮瑛轻功十分了得，在这霎那之间，已是在半空中一个倒翻，落在地上，剑随身走，追上了余化龙。

余化龙的“七修剑法”因为造诣远不及谷啸风，故而一交手就给谷啸风所制，但用来对付韩珮瑛，尚不至于相差太远，两人再度交锋，韩珮瑛在急切之间，竟是攻他不下。

沙衍流曾夸下海口，要保护余化龙，不许对方伤他毫毛的，此时给谷啸风堵住，不由得勃然大怒，喝道：“小子，叫你知道洒家的厉害！”抡起禅杖，立即便是狂风暴雨般的向谷啸风猛击！

韩珮瑛与谷啸风痛痒相关，见他的长剑给禅杖压住，剑法好似已不大施展得开，不禁暗暗吃惊，不知是要转回去帮谷啸风好还是先把余化龙制服的好。

沙衍流占了上风，得意之极，又再喝道：“那丫头听着，你若敢伤了余化龙的一根毫毛，我就要这小子的性命，让你一辈子做寡妇。”他从包灵口中已知谷韩二人是未婚夫妻，但却不知他们私下解除了婚约。

谷啸风叫道：“瑛妹，不必怕他恫吓，快把那奸贼拿下！”

沙衍流冷笑道：“好，且看谁更快？”他在少林寺曾经面壁十年，内功的深厚远非谷啸风所能相比，抡起禅杖，呼呼轰轰，但见四面八方都是一片杖影，真是排山倒海之势，风雷夹击之威，倘若换了一个本领稍差的人，莫说给他的禅杖打中，只是在他的杖风震荡之下，也只怕也要五脏俱伤。谷啸风仗着上乘的轻功，精妙的剑法，亦是只有招架之功，毫无反攻之力。

另一边却是韩珮瑛占了绝对优势，余化龙给她的惊神剑法杀得手忙脚乱，沙衍流骂道：“蠢材，躲过我这边来！”余化龙暗暗叫苦：“我若能逃得出她的剑光圈子，难道我自己还不会跑么？”原来他已是在韩珮瑛的剑光笼罩之下！

激战之中谷啸风使出了一招“六出祁山”，冒险进攻。这一招剑法繁复之极，名为“六出祁山”，实则是一招七式，六个剑式攻向敌人，最后一个剑式则用来防御，本是一招攻守咸宜的上乘剑法，但用来对付沙衍流，仍是丝毫也占不了便宜。

沙衍流喝道：“来得好！”禅杖打出，使的是一招“铁锁横江”，招式非常简单，只是把禅杖横打出去，可是由于他有深湛的内功配合，这一招非常简单的横挡，却正好克制了谷啸风那一招十分繁复的剑法。

只听得一片断金戛玉之声，震得众人耳鼓嗡嗡作响，谷啸风本人在激战之中，还不觉得怎么，韩珮瑛听在心里，这一惊却是非同小可，百忙中抽眼看去，只见谷啸风正在给沙衍流迫得连连后退，但却又是脱不出神杖笼罩的范围，这情形恰巧就像余化龙逃不出她的剑光笼罩一样。

韩珮瑛见谷啸风形势危急，岂能不救？当下连人带剑，化作了一道白光，立即飞掠过去，人未落地，已是一招“鹰击长空”，朝着沙衍流的天灵盖径刺下去。

这一招是攻敌之所必救，但也是十分冒险的一招，沙衍流狞笑道：“好呀，你这黄毛丫头也要来送死么？”禅杖倏地一挑，使出了伏魔杖法中“举火燎天”的杀手，杖尖指向韩珮瑛的小腹“血海穴”。韩珮瑛人在半空，正要落地，眼看已是无法逃得过沙衍流这招杀手。

谷啸风给沙衍流迫退，抢救已来不及，禁不住失声惊呼。哪知韩珮瑛就在这生死俄顷、性命呼吸之间，显出了超卓的轻功，非凡的剑术。只见她的剑尖在杖头上轻轻一点按，借着沙衍流那股猛力，整个身子反弹起来，一个“细胸巧翻云”，倒翻出数丈开外，斜斜落下。沙衍流的禅杖刚一收回，她已是从侧面攻来，与谷啸风双剑齐出，互相配合了。谷啸风暗暗喝彩，心道：“瑛妹的轻功原来这般了得，倒把我吓了一跳。”韩珮瑛与他联手之后，方始发觉他虽是额头见汗，但出剑仍然挥洒自如，并不是自己所想象的那样气衰力竭，心里也在想道：“谷大哥的功力果然是比我深厚得多，倘若换了我和这凶僧单打独斗，我决不能在正面挡他十招。”

两人联手之后，各展所长，这才与沙衍流恰恰打成平手。但谷啸风固然脱出困境，余化龙也躲了被擒之灾了。

其实韩珮瑛刚才若是稍为大胆的话，先把余化龙制服，再来援助谷啸风也还不迟，谷啸风暗暗叫了一声“可惜”，心想：“瑛妹失了这个机会，只怕又要给奸贼逃走了。”但在内心深处，却也不禁暗暗感激韩珮瑛对他的关心。

余化龙心里暗暗叫了一声“侥幸”。不过他却没有逃走，而是站得远远的观战。此时他已知道沙衍流就是包灵所说的那个少林寺僧人，看见沙衍流力敌二人，仍然占了七分攻势，心中想道：“包灵说他的武功已是差不多可以比得少林寺的方丈，如今得见。看来谷啸风这臭小子和韩珮瑛这野丫头定然不是他的对手，我乐得袖手旁观，万一他打不过的话，我立即见机而逃，也还不迟。”

余化龙以为沙衍流已操胜算，殊不知沙衍流正在暗暗叫苦，原来他虽然占了七分攻势，但想要胜得谷韩二人，却也不易。这两人都是身法轻灵，剑招狠辣，倘若稍一疏神，只怕反而要伤在他们的剑下。他之所以要采取强攻，也正是为了恐防他们两人有反攻机会的缘故，是以必须要把他们迫得喘不过气来。

沙衍流有面壁十年之功力，内力毕竟是比他们深厚得多，时间一长，谷啸风还可以支持得住，韩珮瑛却是渐渐感到气力不支了。

沙衍流看到了胜利的希望，正在欢喜，但仍不敢有丝毫松懈。就在此时，忽听得有一个陌生的苍老声音说道：“好功夫，好剑法！我十年未到中原，想不到中原又多了这许多能人了。”

沙衍流抬头看时，只见一个青袍老者站在他的对面，距离不过三丈左右，意态优闲的背着手，好像欣赏一台精彩的好戏一样，口中发出“啧啧”的赞叹之声。

沙衍流这一惊端的是非同小可，试想他是何等武功，如今竟给这青袍老人来到了面前，还未曾发现，焉得不惊？但听这老人的口气，似乎是两不相助的，沙衍流方始放下了心上的一块大石。

谷啸风全神应敌，不敢有丝毫分心，因此虽也知道有人来了却是视而不见，听而不闻。

青袍老者看了片刻，忽地自言自语地说道：“伏魔杖法使得如此迅猛，这和尚的易筋经大约也有十年左右的功力了！”

青袍老者轻描淡写地说了两句，沙衍流不禁又是大吃一惊，要知他面壁十年，苦练的正是易筋经的上乘内功，易筋经是少林寺不传之秘，如今竟给这青袍老者一眼就看了出来！

青袍老者看了一会，又道："这两个娃娃的剑法也很不错。唔，女的似乎是惊神剑法，男的却又是什么剑法呢？我从来没有见过，这可真是叫我大开眼界了。喂，我问你，你使的是什么剑法，可以告诉我吗？"

谷啸风正在全神应敌，对周围的一切，恍若视而不见，听而不闻，焉能回答他的问话？

青袍老者怫然说道："天下竟有敢于不理睬我的人，这倒奇了！"忽地踏上一步，"哦"了一声，说道："我明白了，你是给这大和尚迫得透不过气来，是不是？好，我来替你，你歇一会，再回答我！"

谷啸风和韩珮瑛同时感到一股力道向他们推来，这股力道柔和之极，碰着了他们的身体，他们丝毫也没有痛楚的感觉。但说来奇怪，他们二人本能的运功相抗，却竟然抵抗不了这股柔和的力道，两人都给那个老者推出了一丈开外。

沙衍流吃了一惊，说道："老丈何人？我与你风马牛不相及，你因何也要来趁这趟浑水？"

青袍老者冷冷说道："我做事从来只凭好恶，不讲理由的。你不知道么？哼，你不知道我是谁，就该吃我一掌！"

沙衍流自恃有面壁十年之功，对这老者虽然有点忌惮，但听了他这样不客气的说话，却也不禁勃然大怒，喝道："好呀，我还未曾见过这样蛮不讲理的人，好，且看你的肉掌厉害，还是我的铁杖厉害！"

话犹未了，只见眼前青影晃动，那青衣老者已是突然欺到他的身前，一掌拍来，掌势飘忽之极！

沙衍流的禅杖利于远攻，不利近战，百忙中一个移形换位，闪开几步，只听得"嗤"的一声，身上的袈裟已给这老者撕去了一幅。

沙衍流冷不防的吃了这个亏，大怒之下，立即便施杀手！他的武功也当真了得，一闪到了适当的距离，禅杖便是一招“乌龙摆尾”反打回来，拿捏时候，恰到好处！

青袍老者如影随形的向前追击，禅杖反打回来，眼看他是无论如何也避不开的了，却不知怎的，仍然是给他避开了正面，突然一把抓着杖头，横掌就击下去。

少林寺的“伏魔杖法”是天下第一等的刚猛杖法，虽说不是从正面捣来，这股力道仍是非同小可的。沙衍流做梦也想不到这青衣老者竟敢用肉掌硬击他的禅杖。

只听得“当”的一声，肉掌击着禅杖，宛如金属碰撞，发出了震耳欲聋的声音。沙衍流虎口发热，忙再后退。那老者身形晃了一晃，冷笑说道：“你的禅杖厉害还是我的肉掌厉害？”

沙衍流此时已经知道青衣老者的功力远远在他之上，但还有令他更吃惊的是，虎口发热过后，他忽然觉到掌心有麻痒痒的感觉。

沙衍流是个武学的大行家，不由得心头一震，暗自想道：“莫非这就是隔物传功的本领，这老家伙练的是邪门毒掌，用隔物传功的本领要令我中毒！”

沙衍流曾经是桑家堡的上客，在二十年前和桑家堡的主人公孙奇也算得是颇有交情的朋友，他知道“隔物传功”乃是公孙奇的独门武学，如今见这老者使出了这门功夫，不由得又是吃惊，又是诧异。

青袍老者冷笑道：“你还不肯服输么！那就再接我一掌！”挥掌画了一道圆弧，沙衍流闻到了一股腐臭的腥气，定神看去，只见他的掌心浓黑如墨！

沙衍流连忙叫道：“别打，别打，大水冲倒龙王庙，咱们都是自家人！”

青袍老者道：“你是什么人，也来和我攀交？”

沙衍流道：“我是沙衍流，二十年前，桑家堡的堡主公孙奇和我也是朋友！”他见这青袍老者会使“隔物传功”，料想他和公孙奇必定大有渊源。

青袍老者怔了一怔，说道：“沙衍流？这名字我倒似乎听人说过，但那姓沙的可并不是和尚呀！”

沙衍流道："我本来是少林寺的俗家弟子，就因为给桑家堡的事情连累，被师伯捉回去面壁十年，不得已才做了和尚的。"

青袍老者道："哦，那么这十多年来你都是躲在少林寺的了？"沙衍流道："不错。"青袍老者道："那么桑家堡和公孙奇后来的事情你是不知道的了？"沙衍流道："我是刚从少林寺逃出来的，这十多年来外间之事，我是毫无所知！"

青袍老者忽地一声冷笑，说道："你什么也不知道，凭什么和我攀亲故？给我滚开！"

沙衍流见他说得好好的突然反面，当真是莫名其妙，正想再问，青袍老者已是挥袖一拂，喝道："别在这里误我的事，我是看在你曾经住过桑家堡的份上，方始放你走的。你若还不知趣，可休怪我不客气了！"

他这一拂用的是上乘柔功，用意不在伤人，故此力道柔和之极，但却大得出奇。刚才他推开谷啸风和韩珮瑛，用的就是这种柔功。沙衍流有面壁十年之功，功力当然比谷韩二人深厚得多，但也经不起他这么一拂。沙衍流连退三步，心头大震，只好连忙逃跑！

余化龙初时听得沙衍流和这老者论交，心里暗暗欢喜，不料他们越说越僵，余化龙猛的想起他的师父曾经和他说过的一个人来，这个人的武功脾气和眼前这个青袍老者符合，余化龙想起这人，吓得魂飞魄散，在沙衍流未跑之前他就跑了。

谷啸风焉能容他跑掉，拔步便追。此时沙衍流刚刚跑开，青袍老者回过头来，说道："别忙理会这人，我有话问你！"话犹未了，"铮"的弹出了一枚铜钱。

这枚铜钱刚好打中余化龙后心的"风府穴"，只听得"哎哟"一声，余化龙便倒下去了。他是正在飞跑中的，和那青袍老者的距离差不多已有百步之遥，不料仍是给这一枚铜钱打中他的穴道！这老者的手劲之强，认穴之准，令得谷啸风也是不禁大吃一惊。

这青袍老者要谷啸风回来听他问话，谷啸风的心里本来是不大舒服的，但见青袍老者已经替他出手制服了余化龙，心想："这位老前辈的脾气虽然古怪一些，但他今日帮了我的大忙，我听他的吩咐，那也是应该的。"

青袍老者说道："这位姑娘的令尊想必是洛阳韩大维吧？"

韩珮瑛知道他是从自己的惊神剑法上看出来的，心想："此人想必是爸爸的朋友。"便点了点头，说道："正是家父。老前辈可是和家父相识的么？"

青袍老者淡淡说道："令尊的大名我是久仰的了，实不相瞒，我听说令尊号称剑掌双绝，很想找他领教领教，可惜我到了洛阳，却找不着他。不过现在见了姑娘的剑术，我是用不着再向令尊请教了。惊神剑法果然是精妙无比，令我大开眼界。或者我不会输给令尊，但要胜他，自问亦是没有把握了。"

韩珮瑛听了他这番说话，心里甚感惊奇，暗自想道："原来他不是爹爹的朋友，但听他的口气，似乎也不是爹爹的敌人。大约他是妒忌爹爹在武林中的声名，想要和爹爹争胜吧？但不管他是什么人，我当他是一位老前辈，以老前辈之礼待他，总不会错。"

青袍老者又向谷啸风问道："你呢？你又是谁家的孩子？剑法，是家传的吗？"

谷啸风道："先父是扬州谷若虚，剑法却是外祖父所传。"

青袍老者说道："啊，我想起来了。二十多年之前，我和你的爹爹曾见过一面，那时他刚成婚未久，我记得他是任家女婿，你刚才所使的想必就是任家所创的七修剑法了。"

谷啸风道："晚辈的剑法粗浅得很，只怕难入法眼。"

青袍老者哈哈笑道："不，不，你这七修剑法精妙得很啊，老实说已是大出我意料之外了。不过说到这里，我倒有个疑问了，我知道任家的七修剑法，是历代守秘，不肯轻易示人的，有一年我找到了任家的任天吾，这人想必是你的舅父吧？我迫得他比武，他使出来的剑法和你所使却不相同，远不及你所变化的精妙，他是用假的剑法骗我呢，还是真的不会？按说他那时给我迫得极紧，若有家传绝学，他是不会不施展的。难道任家的剑法，竟不传子而传婿么？"事实正是这样，谷啸风的外祖父因为早看出儿子不肖，因此把家传的七修剑法当作嫁妆留给女儿的。

谷啸风因为不知这青袍老者的来历，自是不愿把家庭的秘密告诉外人，说道："这我就不知道了。我出生得晚，外祖父早已去世了。”

青袍老者好像有点失望，但随即笑道：“老夫嗜武成癖，只顾和你们谈论武学，几乎忘了正经事，有一件事情，我还是要问你们的。”

韩珮瑛道：“尚未请教老前辈高姓大名？”

青袍老者道：“韩姑娘，你是不是有个朋友名叫宫锦云？”

韩珮瑛道：“正是，不知老丈……”

青袍老者道：“宫锦云正是小女。老夫是黑风岛的宫昭文。”

韩珮瑛大吃一惊，这才知道这青袍老者原来就是江湖上闻名丧胆的黑风岛主。

宫昭文说道：“上个月我见到黄河五霸中的洪帮主洪析，听他说你和小女曾经在禹城的仪醪楼与西门牧野的大弟子濮阳坚打过一架，有这事么？”原来宫昭文正是因为得到了这个线索，才跑来找韩珮瑛的。

韩珮瑛道：“那次多亏得令嫒相助。”

宫昭文道：“小女顽皮得很，她瞒着我逃出来，我现在正要找她回去。韩姑娘你可知道她的下落？”

韩珮瑛道：“我和令嫒出了禹城，不久就分手了，直到现在，尚未见到她。不过，令嫒的下落，这位谷大哥倒是知道的。”

宫昭文看了谷啸风一眼，见他长得英俊，心里想道：“难道我的女儿看上了他？若然真是那样，我倒是要把韩大维的这个女儿杀了才行。”当下问道：“谷兄，你是怎么知道的？”

谷啸风道：“我和令嫒一道替丐帮办事，不幸遇上了鞑子大军，在乱军中失散了。不过，据我推测，她可能是会到金鸡岭去的。我们现在也正是要去金鸡岭。”

宫昭文突然面色一沉，说道：“金鸡岭？金鸡岭不是蓬莱魔女的山寨所在之地吗？”

谷啸风道：“不错，正是柳盟主所在之地。”

宫昭文道：“是小女说的她要去见蓬莱魔女？”

谷啸风道：“是我猜想的。因为还有一位和她在一起的朋友，这位朋友是要去金鸡岭的。”

宫昭文道："哦，还有一位朋友？这人是谁？"

谷啸风道："他名叫公孙璞。"

宫昭文又惊又喜，说道："公孙璞？对了，对了，我早就应该想到是他了。洪圻曾经对我说过：'当日在仪醪楼上，除了韩姑娘之外，还有一个少年，打败濮阳坚，就是全凭这少年之力'，想必这少年就是公孙璞吧？"

韩珮瑛喜道："一点不错，老前辈原来你认得公孙大哥？"

宫昭文道："他小时候我曾经抱过他。"韩珮瑛喜道："那么宫老前辈和我们一起到金鸡岭去吗？"心想："锦云和公孙璞正好是一对，难得他们又是世交，我这个媒大约是做得成功的了。"

原来韩珮瑛与宫锦云相识之时，两人都是女扮男装的，但韩珮瑛不久就知道宫锦云是个女子，而宫锦云却看不出她的乔装，直至到了韩家，见了谷啸风之后，方始知道她和自己一样是个女人的。在她们相处的那几天，宫锦云对她十分爱慕，曾经向她吐露过许托终身之意。当时韩珮瑛因为不愿泄漏自己的秘密，故此没有立即向宫锦云说明真相，但心里已有"李代桃僵"的打算，想给她和公孙璞撮合的了。

韩珮瑛哪里知道，宫锦云本来就是公孙璞的未婚妻，他们二人乃是指腹为婚的。而蓬莱魔女却正是宫锦云父亲的仇人。

宫昭文冷冷说道："我去金鸡岭作甚？"

韩珮瑛怔了一怔，说道："宫老前辈不是要找令嫒么？令嫒和公孙璞多半是在金鸡岭的，老前辈和我们一道去，不是就可以见着他们吗？"

宫昭文面色一沉，说道："小女是一定不会到金鸡岭的，公孙璞也不应该去。除非，除非，哼……"

韩珮瑛说道："除非什么？"

宫昭文蓦地一省，心想："韩大维的女儿尚未知我的来历，她是要到金鸡岭的，我又何必要告诉她？"当下淡淡说道："韩姑娘，你问得太多了！"

韩珮瑛几曾受过人家如此抢白，不由得满面通红，大是尴尬。谷啸风心里有气，说道："老前辈要找令嫒，我们不过是就我们所知，告诉老前辈而已。既然老前辈不喜欢到金鸡岭去，那就请恕我们乱出主意吧。咱们就此别过。”

宫昭文心里想道：“除非公孙璞不知道自己的身世，否则他焉能去找蓬莱魔女？但锦云却是知道我痛恨那个魔女的，她又怎肯和公孙璞去呢？如果他们真的是要去金鸡岭的话，我倒是非立即赶去阻拦他们不可了。”跟着又想：“我的行踪是不能让蓬莱魔女知道的，这两个人我杀他们呢还是不杀？”片刻间宫昭文转了几次念头，终于决定了主意：“锦儿和他们是好朋友，我杀了他们，锦儿一定会怪我的。我叫这个姓谷的小病一场，令他们去不成金鸡岭也就是了。”

谷啸风虽然对宫昭文不满，但念他有拔刀相助之恩，还是恭恭敬敬的以小辈身份向他施礼道别。宫昭文道：“不必客气，我也应该感激你把小女的消息告诉我呢。”当下伸出手来与他相握。

本来以握手为礼乃是平辈之间才通行的，因为宫昭文和他说了一通感谢的话，这才伸出手与他相握，故此谷啸风不疑有他，也就坦然地伸出手来与他相握了。

一握之后，宫昭文淡淡道：“谷老弟，你的气色似乎不大好，请你善自珍重。”这话突如其来，谷啸风不禁为之一愣，转眼间宫昭文已是去得远了。

谷啸风道：“多谢前辈叮嘱。”待他说出此话之时，宫昭文的背影早已不见。他说这一句话乃是用“传音入密”的内功说的。

韩珮瑛见他能够运用内功，这才放下了心上的石头，说道：“刚才倒是把我吓了一跳，我以为他会暗算你呢。”

谷啸风笑道：“江湖上用握手来较考对方的武功，那也是常有之事。但这老前辈明知我的武功与他相差太远，自是不必如此相试。至于暗算，那是更不会了。你瞧我现在不是好好的吗?”他哪里知道，其实他已是受了宫昭文的暗算。只因宫昭文的“七煞掌”早已练到了出神入化的地步，可令对方毫无知觉，一天之后，方始发作。

韩珮瑛道：“你没有受到暗算就好。咱们现在应该审问余化龙了。”

谷啸风道：“不错，我正是有满腹疑团要他解答。”

余化龙给宫昭文用一枚铜钱打中后心的穴道，谷啸风将他从草丛里拉出来，试了好几次，方才能够解开他的穴道。谷啸风叹道："这位老前辈的打穴手法真是奇妙无比。"韩珮瑛笑道："你能够解开他的重手法打穴，也是委实不错了。我听爹爹说过，这位黑风岛主的点穴功夫亦是武林一绝呢。"

过了好一会，余化龙的面色方始恢复正常，谷啸风喝道："余化龙，你别和我再耍花枪了，快说实话！"

余化龙道："你要知道什么？"

谷啸风道："这样快你就忘记了么？好，我再说一遍，第一，你是因何缘故要造我的谣言？第二，你私通鞑子，我的舅舅知不知情？先回答我这两个问题！"

余化龙汗滴如雨，蓦地一咬牙根，说道："我如今已是落在你的手中，也不怕和你说了。你这两个问题其实只是一个问题。"

谷啸风喝道："那就快说吧！"

余化龙缓缓说道："这都是你的舅舅指使的！"

谷啸风虽然对自己的舅舅亦是早已有点怀疑，但听了这话，仍是不禁大吃一惊，几乎不敢相信自己的耳朵，半晌才说道："你这话当真？"

余化龙冷笑道："当然是真，半点不假！"

余化龙接着说道："你的舅舅岂只仅知情而已，和那两个魔头串通了来劫夺韩家宝藏的也是他，我不过是替他奔走的人罢了。"

谷啸风半信半疑，说道："那日我们运宝遇劫，我的舅舅也曾受了伤，这是我亲眼见到的。"

余化龙冷笑道："你亲自验过他的伤势吗？这是假的！"

谷啸风道："你不在场，你又怎么知道？"

余化龙道："这都是我们预先商量好的。好，我索性都告诉你吧，他是要借口受伤留下，等我回来和他分赃的。"

韩珮瑛道："你和他约好了在哪里分赃？"

余化龙道："就在你的家里。可是因为恰巧那天碰到上官复和你们都来到这儿，这才把他吓跑了。"

韩珮瑛道："原来你已经见过包灵了？"

余化龙道："不错，正是包灵告诉我的。包灵现在也正要找他呢！"

谷啸风更为惊骇，说道："这么说，包灵和他也是同党了？"

余化龙道："一点不错。包灵就是给他联络的人！包灵是暗中受雇于蒙古的国师尊胜法王的。"

谷啸风究明真相之后，不由得呆若木鸡，想不到人心竟是如此难测！像他舅舅这样"道貌岸然"的人，却是个私通蒙古的奸细！

余化龙只求自己免罪，不惜把一切供了出来，于是继续说道："你的舅舅本来是想斩草除根，假那两个魔头之手，将你也杀掉的。总算是你吉人天相，命不该绝，但你要追究元凶祸首，却应该向你的舅舅算账才是。我造你的谣言，自知不合，但我只不过秉承师父的意思做的。现在我已把我所知道的都告诉你了，请你高抬贵手，饶了我吧！"

谷啸风恢复了冷静，说道："看在你只是一个从犯，我不杀你。但死罪可免，活罪难饶！"说罢一掌拍下，用分筋错骨的手法捏碎了余化龙的琵琶骨，说道："我废了你的武功，免得你恃以为恶，说不定对你还大有好处呢！"琵琶骨捏碎，余化龙大叫一声，晕了过去。

韩珮瑛道："你的舅舅与我爹爹不和，我以前还只道是意气之争，谁知他早已是包藏祸心，甘为虎伥！"

谷啸风道："我真是惭愧，有这样的舅舅。为今之计，只有赶快到金鸡岭去见柳盟主，揭露他的真相，免得江湖上的侠义道再受他的欺骗。"

不料事与愿违，他们恨不得插翼飞到金鸡岭，却想不到第二天谷啸风在路上病倒了。

初时谷啸风还是毫无异状的，行走之间，突然觉得胸口隐隐作痛！正是：

客路英雄遭暗算，殷勤却幸有红颜。

欲知后事如何，请听下回分解。

第三十七回　忍病逞强怜蜜意
装聋作哑显雄风

韩珮瑛见他脚步踉跄，满头大汗，不禁吃了一惊，说道："大哥，你的面色好像有点不对，歇一歇吧。"

谷啸风初时犹自逞强，说道："没什么，只不过胸口有点作闷，或许是我刚才喝冷水喝得太多的缘故，过一会儿就没事了。天色未晚，咱们还可以赶一段路程。"

不料越来越是不对，一会儿发起高烧，一会儿又冷得牙关禁不住打战。他以为是患了疟疾，当下便试运真气。他是练有少阳神功的，以为只要把病毒发散出来，就可以好了。哪知不运功犹自好些，一运玄功，只觉得浑身如受针刺，痛得竟然不能走路。谷啸风这才不敢逞强，说道："看来我是真的生病了，但这病来得好奇怪呀！"

韩珮瑛吓得慌了，失声说道："莫非你是中了毒？"谷啸风道："不像是中毒的模样，你别疑心。"他知韩珮瑛是怀疑他受了黑风岛主的暗算，此时其实他自己也是有点疑心的了。不过一来的确是没有中毒的迹象，二来他也不愿意韩珮瑛过多的为他忧心。原来黑风岛主宫昭文的七煞掌神妙莫测，既可以用来施展毒功，也可以不令对方中毒只是生病的。

有病的人当然不能露宿，韩珮瑛只好扶他去找人家投宿。

他们所在的地方是在黄河南岸，北岸就驻扎有蒙古军队。村庄里的人十有八九逃难去了，留在这个村子里的只有三户人家。

韩珮瑛先找两家房子较好的人家投宿，那两家人家见她一个少女带着一个病人，都是怕惹麻烦，不敢收留。

最后那一家人家只有一个老头，偏偏却是又聋又哑的。韩珮瑛和他打了半天手势，他方始明白她的来意。这老头倒是十分和善，愿意收留，呀呀呀呀的指点韩珮瑛帮忙他收拾一间房间，腾出来让谷啸风养病。

村子里找不到郎中，那聋哑老头找了一些草药煎给谷啸风喝，他的药倒颇有功效，过了几天，谷啸风虽然每日里还是寒热交作，但病情已是渐见减轻。

这几天里韩珮瑛衣不解带的服侍谷啸风，谷啸风又是感激，又是惭愧，一日握着韩珮瑛的手道："我对不住你，你却对我这么好！"

韩珮瑛道："你又忘记了，咱们约好了不提旧事的。你是我的哥哥，我不该服侍你吗？"谷啸风甜丝丝的，但却也有一点失望，想道："她只是愿意和我做兄妹，做夫妻却是休想了。但能够有这样一个妹妹我又夫复何求？"

谷啸风道："现在我似乎可以运气了，但真气仍然未能凝聚，你可以帮帮我的忙吗？"

韩珮瑛喜道："你能够运气，这就好了。但不知你要我如何帮忙？"

谷啸风道："我把少阳神功的运功口诀背给你听，你听不懂的问我。然后请你如法施为，助我打通经脉，凝聚真气。"

原来谷啸风是借这个题目把少阳神功传给韩珮瑛的。要知武林中的规矩，本派的功夫固然是不肯轻易传给外人，稍有身份的人也不肯偷学别派的功夫的。是以他们二人的关系虽然不寻常，谷啸风也不能无缘无故的就把少阳神功传授给她。

不过虽然这是一个借口，但若要使谷啸风凝聚真气，早点恢复功力，却也的确需要韩珮瑛懂得少阳神功的运功方法，方能助他。否则若以别派内功助他打通经脉，那就无益反而有损了。

韩珮瑛心里想道："啸风知道我曾受过修罗阴煞功的伤，而少阳神功则正是可以克制修罗阴煞功的，虽然喝了九天琼花回阳酒，所受的寒毒业已祛除，但也恐防会有后患。啸风也想必是为了这个缘故，怕我不肯接受，故而用这个办法，把少阳神功传授给我，叫我不可推辞。”她懂得了谷啸风的用心，不由得暗暗感激。

一来他们为了要揭露任天吾的缘故，必须尽快的赶到金鸡岭去见蓬莱魔女；二来韩珮瑛当然也希望谷啸风早日恢复健康，方能走动。是以她就不说破他的用心，接受他的传功。

韩珮瑛懂得了运功的方法之后，两人各以掌心相抵，韩珮瑛把本身真力从谷啸风的掌心输送进去，助他打通经脉。

以上乘的内功助别人打通经脉，这是一件相当危险的事情，因为必须全力施为，决不能突然中断，因此倘若有敌人来犯，他们二人都是无法抵抗的。运功到了紧要关头，那就更是一点都不能分心，甚至连话都不能说的。

不知不觉到了三更时分，正在紧要关头，忽听得有车马的声音，越来越近，到了这家人的门前，方才停下。

跟着便听到拍门之声，那个聋哑的老头子开门出去，来人问道：“我的朋友生了病，想借宿一宵，不知老丈可肯应承？”

韩珮瑛本来是不该分心的，但听了这个人说话的声音，却是不禁吃了一惊，想道：“此人声音好熟，他是谁呢？他也有一个生病的朋友，这可真是无独有偶了！”

来人最初可能不知道主人是又聋又哑的，见他摇头，又再求道：“敝友病得很重，请老丈做件好事，我必定报答老丈。”

这次因为韩珮瑛比较用心来听，听出来了，原来这人不是别人，正是曾经护送过她的那个虎威镖局的总镖头孟霆。

韩珮瑛想起孟霆保护自己前往扬州完婚之事，当时自己也是有病在身的人，不觉暗暗好笑，心里想道：“这位总镖头专保怪镖，生病的那位朋友想必又是他这次所保的‘镖’了，却不知是谁？”

此时孟霆已经知道屋主是个聋哑老头，似乎正在猜测他的手势，说道：“你是没有空余的房间，都住了人么？不要紧，我们只须借你的院子避一避就行了，看这天色，恐怕会有风雨。我还要服侍病人吃药，也得向你老人家借几根柴火。”他是一面大声说话，一面用手势配合的。

农家房屋简陋兼且失修，韩珮瑛住的这间房板上就开有裂缝，但韩珮瑛正在以全力相助谷啸风运功，可不敢分出太多的心神从板缝张望。不过从孟霆的口气听来，那聋哑老人一定是继续在打手势，表示拒绝。

孟霆道："哦，你是说你的屋里也有病人，是两个病人，一男一女？不许别人骚扰？唉，你一定不愿收留我们，那也只好罢了。"说到这里，似乎他已经揭开了车幔，探望病人。只听得他接着便问那病人道："奚相公，你感觉好一点么？咱们走吧。"那病人发出几声呻吟，却听不清楚他说些什么。

韩珮瑛听得一个"奚"字，不觉吃了一惊，心里颇为着急。她想向屋主人求情，允许孟霆进来，可是运功正在到了紧要关头，她是不能张口说话的。

就在孟霆想要驾车离去的时候，忽听得远处隐隐似有马蹄得得之声。屋子里的韩珮瑛也听见了。

孟霆大惊之下，不顾那聋哑老头的阻止，抱起了病人，便跑进他的院子来。院子里有一堆禾杆草，高逾人头，孟霆说道："这位朋友借你的地方躲一躲，请你帮帮忙，不要泄漏秘密。"他是总镖头的身份，做事必须有个交代，这已经成为他的习惯，故此明知这聋哑老人听不见他的说话，还是把话说了。

韩珮瑛知道孟霆已经抱着病人，进了院子，无论如何也按捺不下她的好奇心，当下扭转了头，便向板缝偷望出去。

这晚正是农历十五的晚上，月亮明亮，从板壁偷望出去，虽然还不能看得十分清楚，但亦已可以辨认得出那个病人是谁了。

这病人不是别人，正是奚玉瑾的哥哥奚玉帆！

韩珮瑛这一惊非同小可，几乎要失声惊呼！蓦地觉得谷啸风掌心一凉，脉息也似乎有散乱之象，韩珮瑛只好忙再镇摄心神，不敢出声。

这真是意想不到的事，奚玉帆竟然如此凑巧也到了这家人家！

孟霆把奚玉帆藏在禾草堆中，说道："你老人家不必惊慌，关上门吧。"聋哑老人倒是看得懂他这个关门手势，孟霆出去之后，他果然就把门关上了。

韩珮瑛自从离开百花谷之后，就没有和奚玉帆再见过面。在百花谷之时，奚玉帆颇曾向她献过殷勤，她也知道奚玉瑾有意帮她哥哥撮合。

韩珮瑛对奚玉帆是颇有好感的，但也只是“好感”而已，压根儿她就不曾想到“婚事”上面，更谈不上对奚玉帆有什么爱意。

不过奚玉帆总是她的好朋友的哥哥，如今奚玉帆受了伤，就躲在与她一板之隔的外面，她当然也不能不为他着想，为他担心的。看孟霆刚才那慌张的神气，不用说来的定是甚为厉害的敌人了。

谷啸风正在到了紧要关头，本来是应该做到“视而不见，听而不闻”的，但他的修为可还没有达到如此炉火纯青的境界，当他知道了孟霆抱进来的病人是奚玉帆之后，吃惊得比韩珮瑛还要厉害，心头也禁不住为之一震。

这一震不打紧，业已凝聚了的真气却又涣散了，韩珮瑛紧紧捏着他的手心，摇了摇头，示意叫他切莫在这紧要关头乱了心神！

谷啸风心里想道：“不错，只有待我恢复了功力，方能助他！”当下强摄心神，把涣散的真气再行凝聚。

虽然如此，究竟还是不能无所不关心，因此他们一面在加紧运功，一面还是免不了要稍稍分神，听听外间的动静。

快马的奔驰的蹄声越来越近，终于在这家人家的门前戛然而止。

只听得一个冷冷的声音说道：“孟大镖头，咱们又碰上了，你想不到吧？嘿嘿，你这一向在哪里发财啊？”

韩珮瑛听了这个人的声音，不觉又是一惊。原来这人就是给她刺瞎了一只眼睛的“野狐”安达。那次在淮右平原伙同了程氏“五狼”中途截劫孟霆的“镖”，要抢她作新娘子的那个人。

韩珮瑛心里想道：“这个采花淫贼居然还敢如此胡作非为，可惜我现在不能出去料理他。”这个“野狐”安达的本领虽然比不上她，在江湖上也算得是二流角色的，韩珮瑛又不禁暗暗为孟霆担心了：“只这一个野狐，已是足够孟霆对付，听马蹄的声音，来的一共是四个人，但盼谷大哥快点打开经脉，恢复武功，否则孟霆只怕要糟！”

孟霆亦是自知不妙，但他毕竟是个惯经阵仗的人，丝毫也没露出慌张的神色，听了安达的话，便打了个哈哈说道："我的镖局早已关门了，哪里还能发财啊？"

安达哈哈一笑，说道："不对吧，我倒是听说孟大镖头接了一位大财神呢！"

孟霆吃了一惊，却淡淡说道："安舵主说笑了，在这种兵荒马乱的年头，哪里还有大财神光顾我的小镖局？"

安达说道："孟大镖头过谦了，谁不知道虎威镖局是洛阳鼎鼎有名的大镖局？"

孟霆道："可惜虎威镖局的招牌早已给你老兄和程老狼他们斫了，谁还肯光顾失过事倒了霉的镖局，所以我早把它关了。这样的事是瞒不过人的，不信，你们可以到洛阳去看。但我想各位都是耳目灵通的人，不用看也早就应该知道。"

和安达同来的人说道："我知道，贵镖局是因为蒙古大军来了，这才歇业的。这笔账似乎不能算在安大哥身上。"

另一个道："虎威镖局虽然卸下招牌，孟大镖头的威名还在，就凭孟大镖头一人就可以保得了镖，哪愁没有财神光顾？"

孟霆道："我这辆破烂的车子就在这儿，各位不信，可以搜搜。"

安达笑道："也不用这样着忙，孟大镖头，我和你商量一件事情，谈谈正事之前，先给你介绍几位朋友，这位是金狮谷的金舵主……"

安达话未说完，孟霆已是接下去说道："那么这位想是饮马川的娄舵主了。两位舵主孟某虽未曾会过，但也叫过小局的镖师拿了孟某的拜帖拜过山的，说来也总算是有了交情的了。"

原来在江湖上吃得开的镖局，不能只靠镖师的武艺高强，最要紧的还是各方面都要有"面子"，要有面子，那就得对黑白道的稍为有名的人物都送人情了。这就是孟霆曾差遣手下的镖师到过金狮谷和饮马川送拜帖拜山的缘故。

金狮谷的舵主叫金发，饮马川的舵主名叫娄人俊，两人的山寨距离不远，一向交情也好，经常联袂行走江湖的。故此孟霆一听其中一人是金狮谷的金舵主，便知道另一个是饮马川娄人俊了。

娄人俊哈哈笑道："不是孟大镖头提起，我几乎忘了。"

金发却道："我就是看在和贵局有过交情的份上，所以才邀了安大哥和孟镖头好好商量、商量，免得伤了和气。"

第四个人约莫是个五十岁的汉子，跟着也哈哈笑道："孟大镖头的确交游广阔，但你可知道我是谁么？"

孟霆留心一看，发现那人的衣角绣有一条奇形怪状的鱼，孟霆心头一动，说道："阁下可是长鲸帮的楚帮主？"孟霆的镖局是只走陆地的，和水道的帮会人物并无交情，也没有见过鲸鱼。但他这一猜却猜对了。

韩珮瑛心里想道："原来黄河五霸中的楚大鹏也来了。那两个什么金狮谷和饮马川的舵主本领如何不得而知，这人的本领却是不在安达之下。"楚大鹏就是韩珮瑛那次在禹城仪醪楼上所遇见的人，当时他把韩珮瑛误认作黑风岛主的女儿，还曾请她吃了一桌仪醪楼有名的酒席。

楚大鹏哈哈笑道："孟大镖头端的是好眼力，佩服，佩服！"

安达朗声说道："好了，现在大家都相识了，咱们该说正经事啦。孟大镖头，你做的是保镖生意，我们干的却是没本钱的买卖，所以有时难免结点梁子，但这乃是各为本行所结的梁子，并非深仇大恨，你说对吗？"

孟霆道："不错。安舵主有何见教，请明说吧！"

安达说道："好，打开天窗说亮话，我们想与你商量一桩交易，百花谷的少谷主奚玉帆是不是请你做保镖？"

孟霆说道："你老哥说笑话了。奚少谷主是剑术名家，本领远胜于我，何须要我保镖？"

安达冷冷说道："你不是也曾给韩大维的女儿做过保镖么？那臭丫头的本领似乎也比你高明得多呀，嘿，嘿，真人面前不说假话，据我们所知，奚玉帆是因为受了重伤，才要你保他回百花谷的，他给你多少镖银？"

孟霆淡淡说道："现在暂且不管有没有这桩事情，我倒是想劝你们一劝。安舵主，你以前抢韩姑娘乃是你因为不知道她是韩大维的女儿，以致吃了大亏，但也犹可说，如今你是明知奚玉帆是百花谷的少谷主，何以还要打他的主意？百花谷奚家和洛阳韩家都是同样不好惹的呀！这种冤仇我劝你们还是不要结吧！”

安达面色一沉，但想了一想，仍然是勉强抑下怒气，说道：“百花谷奚家吓不倒我们，不过，这是我们的事，用不着孟大镖头你替我们操心！”

孟霆道：“好，那就请说，你们和我做怎样的一桩交易？”

安达说道：“这次我们不是想分你的镖银，恰恰相反，是送一炷财香给你。只要你把奚玉帆交出来。”

孟霆颇感诧异，说道：“你们要奚玉帆有何用处，可以告诉我吗？”

安达说：“咱们既然要做交易，我也不妨说给你听。不是我们要他，是蒙古的元帅要他。你交了出来，愿意做官就有官做，愿意发财就有财发。你若想在洛阳重开镖局，他们也可以给你便利。这样对你有利的交易千载难逢，你做不做？”

孟霆勃然大怒，冷笑说道：“原来你们几位都已改了行替蒙古人做事了，失敬，失敬！但请恕我不识抬举，孟某人一不想做官，二不想发财，更不想在蒙古人手下讨饭吃，蒙古人在洛阳一天，虎威镖局的招牌就不会再挂！莫说奚玉帆在什么地方我并不知道，就是知道，也决不会和你们做这桩辱没祖宗的买卖！”

安达变了面色，喝道：“那你是敬酒不吃，定要吃罚酒啦！”

楚大鹏却做好做歹的劝道：“孟大镖头，俗话说识时务者为俊杰，蒙古大军所至，战无不胜，攻无不克，吞金灭宋，指顾间事。如今难得蒙古元帅给你这样大的一个面子，你还不领情？再说，你不答应，我们也会自己拿人的。那时动起手来，恐怕就顾不了交情了！”

原来镇守洛阳的蒙古元帅因为孟霆是洛阳有名的人物，是以要拉拢他回去以利于统治，故此安达等人才一劝再劝，不想硬来。

安达哼了一声道：“也不用说这么多话了！你若顺从，就有功名富贵；否则，就是自取杀身之祸！孟大镖头，你选哪样？”

孟霆亢声说道：“大丈夫死得其所，又何足惧？”

安达大怒，独门兵器，折铁扇一张，就想动手。楚大鹏道：“先把奚玉帆搜了出来再说，谅这位大镖头也跑不了。”

安达道："好！孟霆，我们对你可说是容忍之极，你再不知趣，可休怪我不客气了！"

说话之时，金发和娄人俊已经动手搜孟霆那辆骡车，说道："奇怪，真的没有人！"

安达说道："没什么奇怪，想必是藏在这间屋子里，咱们进去搜！"

孟霆道："我并没有这支'镖'，你们不信，尽可把我拿下，杀剐听便，何必骚扰民居？"

孟霆起初不知来的是这四个人，以为自己可以应付得了，如今却是有点害怕连累屋中那聋哑老头了。

安达喝道："站过一边。"乓的一脚就踢开了农家的板门。楚大鹏和娄人俊二人，一左一右站在孟霆旁边。

孟霆是拼着豁出性命的，可是不想连累屋主人，心里想道："且博一博彩数，待他们搜出了人，再与他们拼命不迟。"当下跟安达他们走进这家人家。

那聋哑老头满面惊惶之色，安达问他，他喉咙咕咕作响，连连摇手，孟霆说道："他是个又聋又哑的可怜人，请你们别吓他了！"

孟霆固然吃惊，躲在房间里的韩珮瑛比他吃惊更甚！

谷啸风脉息已经没有初时那样凌乱，渐渐恢复正常了，但奇经八脉尚未打通，危险关头尚未渡过，韩珮瑛又惊又急，暗自想道："倘若他们硬闯进来，只怕是要功亏一篑了！"

那聋哑老头站在院子当中，满脸愤怒的神情，咿咿呀呀的喊叫，看来他虽然又聋又哑，亦已知道闯进来的是一班强盗了。不过，他的表情只是愤怒，却似乎并不慌张。

安达看见院子中高逾人头的稻草，说道："先搜这堆稻草！"金狮谷的舵主金发应声而上。

孟霆"哼"的一声，一掌便向金发打去，可是在他旁边的楚大鹏出手比他更快，孟霆肩头一动，楚大鹏立即便是一招"鹰爪"的"大擒拿"手法向他琵琶骨抓下来，喝道："孟大镖头，我劝你还是不要乱动的好！"

孟霆擅长的是一套铁牌功夫，擒拿缠斗的功夫却是比不上楚大鹏。不过他身为虎威镖局的总镖头，这门功夫虽非所长，他还可以应付，双掌相交，“啪”的一声响，楚大鹏身形一晃，孟霆连退三步，只觉手腕火辣辣作痛。不过楚大鹏想抓碎他的琵琶骨却也不能，安达“嗖”的张开了折扇，挡在孟霆面前，喝道：“孟大镖头，你再一动，可休怪我不讲情面!”

孟霆正想不顾一切和他们拼命，不料忽有一件出乎他意料之外的事情发生。

金发弯下腰刚要搜那一堆稻草，忽觉腰眼一麻，竟是不由自主的立足不稳，朝天跌了个仰八叉。他是给那聋哑老头推跌的。

金发的武功虽然算不得第一流高手，在江湖上也总是有数的人物了，虽然他没有防备，但给一个聋哑老头一推便倒，这件事情却是不能不令安达等人大大吃惊了。

安达身法快极，一个移形换步，立即到了聋哑老头身边，折扇指着他的穴道喝道：“你是谁?”

孟霆大喜过望，心想：“不料这聋哑老头竟是武林高手，我和他联手，说不定可以抵敌得过对方四人。即使不敌，至少也有了希望。”当下笑道：“他又不会说话，你问他也没有用，咱们干脆动手吧!”

娄人俊扶起了金发，跟着也走上前来。他打量了聋哑老头一眼，忽然失声叫道：“你不是乔松年么?嘿，嘿，我找了你许多年，你却躲在这里!真人面前，你还要装聋作哑么?”

那“聋哑”老头蓦地发出一声长笑，说道：“我并不是为了躲避你的，不过既然是碰上了，咱们就顺便算一算旧账也好!”话犹未了，娄人俊和金发已是双双扑上。

乔松年随手在稻草堆旁边拿起一把禾叉，喝道：“来得好!”禾叉划成半道弧形，使出了“拨草寻蛇”的招数，拨开娄人俊的长剑，叉尖直指金发的喉咙。金发用的是一柄大斫刀，重达三十多斤，当胸一立，护着咽喉，只听得“当”的一声响，大斫刀竟给他禾叉拨开了。金发虎口隐隐作痛。原来这并不是一把寻常的禾叉，而是百炼金钢打的。重量和金发的那柄大斫刀也差不多。

娄人俊一个移形换位，剑随身走，喝道：“今日暂报你一掌之仇!”剑光如练刷的便向乔松年胁下的“气愈穴”刺来。原来约在十年之前，娄人俊在冀北截劫一伙客商，商队的保镖敌他不住，正在危险万分之际，恰值乔松年路过，路见不平，拔刀相助，娄人俊给他重重打了一掌，打落了两颗门牙。这十年来娄人俊苦练一套八仙剑法，为的就是报这一掌之仇。

乔松年见他剑法不俗，心道：“这厮果然是今非昔比了。”当下不敢轻敌，禾叉一抖，径搠过来，喝道：“来而不往非礼也，让你也见识见识我的点穴功夫!”禾叉的三股叉尖都对准了娄人俊的穴道。

禾叉是一件沉重的武器，乔松年竟然能用它来点穴，使得比判官笔还要轻灵，娄人俊是个识货的行家，这一惊非同小可，连忙收剑换招，乔松年迫退了娄人俊，倏地把招数由虚化实，禾叉当作棍棒来使，一招泰山压顶，硬劈下来，金发的大斫刀挡它不住，登登的退了几步，叫道：“安大哥，这老头儿甚是扎手!”

当乔松年和金娄二人动手的时候，孟霆也拔出了紫金刀，和安达、楚大鹏展开了恶斗。

孟霆倘若和对方单打独斗，或许还可以打个平手，如今以一敌二，却是难免处在下风了。

安达那次劫“镖”给韩珮瑛刺瞎了一只眼睛，虽说不是孟霆所为，但却是因劫孟霆所送的“镖”而起。是以安达一来恼孟霆“不识抬举”，二来又因瞎了眼睛迁怒于孟霆，是以一占上风，就“得理不饶人”，招招都是杀手。

楚大鹏倒是想把孟霆生擒回去献功，听得金发呼援，便道：“安兄，你去帮一帮他们的忙，这位大镖头我谅还可以对付得了。”金娄二人是安达请来的，安达自是不便袖手旁观，心里想道：“待我把那糟老头点了穴道，回来收拾这姓孟的也不迟，谅他也跑不掉。”

楚大鹏练有铁砂掌的功夫，又精于大擒拿手法，满以为有把握可以胜得孟霆，哪知孟霆亦非易与之辈。

交手数招，楚大鹏使出狠辣的分筋错骨手法，一招“铁锁横江”，欺身直进，硬抢孟霆的金刀。孟霆的招数业已使老，刀锋不着力，若不撒手，手腕就非给他拗断不可！

好个孟霆，在这生死关头，当机立断，身子突向后一倒，翻出数丈开外。楚大鹏跟踪急上，孟霆喝道："看刀！"呼的一声，竟然把手中的紫金刀飞出。

楚大鹏本来是要抢他的刀的，但这口刀挟着劲风飞来，楚大鹏却是不敢硬接了。待他避开之时，只见孟霆已经爬了起来，手上多了两股兵器，左手是一面铁牌，右手是一柄短剑。

那柄紫金刀从楚大鹏头顶飞过，安达举起折扇轻轻一拨，金刀转了方向，"当"的一声，落在地上。安达叫道："楚大哥小心！"说时迟，那时快，孟霆已是挥牌舞剑，扑将上来，与楚大鹏再度交手。楚大鹏耸声笑道："大镖头还不肯认输么？我要看看你有几条'蛇儿'可弄？安大哥放心，楚某谅还对付得了这位大镖头的。"

江湖上的俚语把兵器比做叫化子手上的蛇，叫化子死了蛇就没得"弄"了，楚大鹏那句话是嘲笑孟霆已经失了刀的意思。他哪里知道孟霆乃是十八般武艺件件皆能，刀法固然擅长，铁牌挟剑的三十六路盘打功夫更是他的绝技，安达曾经领教过他的这套功夫，深知厉害，是以出言提醒楚大鹏。

楚大鹏猱身扑上，孟霆微一偏头，一甩右手剑，"拨草寻蛇"，转身向对方膝盖削下。楚大鹏一撤右腿，使个"怪蟒翻身"的身法，反踢孟霆膝盖的"环跳穴"。孟霆喝道："来得好！"左手铁牌以泰山压顶之势硬砸下去。楚大鹏腿上的功夫也是十分了得，连环飞腿，疾发如风，这一招有个名堂，叫作"巧踹金灯"，可虚可实。倘若对方的力道不如自己，这一脚踹实，就可以重伤对方。倘若是自己力道不如对方，也可以用"巧踹"之法，借力倒纵，避过敌人的攻击。

只听得"当"的一声，楚大鹏一脚踢着铁牌，身形倒纵出去，低头一看，只见衣襟的下摆已经短了一截，原来是给孟霆的短剑削去的。

楚大鹏这才知道厉害，当下加了几分小心，凝神应付。擒拿手法大战铁牌，双方各展绝技，打得个难分难解。孟霆稍微占了一点上风。

安达加入战团，与娄人俊、金发二人合战乔松年，交手数招，这才知道乔松年的确是个强手。他本以为可以在二三十招之内点着对方的穴道，如今反而要提防乔松年的禾叉刺穴了。

但他们三人联手，毕竟是较为有利，乔松年仗着功力较深，叉法奇特，在开头数十招之内，尚还有攻有守，未现败象，数十招后，渐渐感到气力不加，只有招架之功了。

房间里韩珮瑛听得外面高呼酣斗之声，当真是声声刺耳，不由得胆战心惊。忽见谷啸风额角的汗珠一颗颗似黄豆般大小滴下来，呼吸也渐渐粗重。喘气的声音就像拉扯风箱一样。这是他的气达重关，经脉将通的现象，只要把这危险的关头一过，他的功力就可以恢复了。

韩珮瑛知道紧要，当下用破布塞住耳朵，强摄心神，加强运功，助谷啸风打通奇经八脉。

安达眼看四面，耳听八方，此时已经听见屋子里谷啸风喘气的声音，再留神一看，那间房的板壁是有裂缝的，隐隐可以察见里面有两个人影。

安达只道是奚玉帆藏在里面，他只知奚玉帆是受了伤，却不知他伤得如何的，心里想道："原来这屋子里还有他的伙伴，若是替他裹好了伤，这奚玉帆纵然武功未能恢复，亦是一个扎手的人物，不如趁他正在治伤的时候，先把他料理了再说。"主意打定，便向乔松年猛攻三招，将他迫退。说道："娄、金二兄，你们暂且缠着这个糟老头儿，稍待片刻，我去就来。"乔松年已是气喘吁吁，打得筋疲力倦，安达料想娄人俊和金发联手战他，纵不能胜，至少也不会在半个时辰之内败落。而在这个时间之内，他自忖已是足够他用来"料理"业已受伤的奚玉帆了。

安达"乓"的一脚踢开板门，便闯进去。忽听得一个清脆的声音冷笑说道："你这野狐，瞎了一只眼睛还嫌不够是不是?"

安达这一惊非同小可，他做梦也想不到，在房间里的竟然不是奚玉帆，而是刺瞎了他眼睛的韩珮瑛！安达吃过韩珮瑛的大亏，焉能不慌，听得她的冷笑之声，不自禁的便连忙后退。

可是他毕竟是个武学的行家，退了几步之后，心神稍定，已看清楚了韩珮瑛和谷啸风乃是盘膝而坐，正在运功的。安达登时放下心上一块石头，喜出望外，想道："原来这臭丫头正在助她情郎恢复功力，哈哈，这可不正是天赐给我报仇良机么?"

安达抹了抹冷汗，哈哈大笑，再走进去，说道："韩姑娘，我可不想刺瞎你的眼睛，只想你做我的新娘子!"当下举起折扇，便向韩珮瑛后心穴道点去。

韩珮瑛给他气得七窍生烟，却还能勉强抑制怒火，以免影响谷啸风的运功。安达扇子点来，她亦拔剑出鞘，反手一剑将安达的扇子拨开。

本来韩珮瑛的武功是胜过安达的，但此际她只能单臂应敌，另一只手还要帮忙谷啸风运功，而且她又不能起立，仍然要保持盘膝而坐的姿势，这样一来，当然是极难应付了。

安达那次给韩珮瑛用银簪刺瞎眼睛，固然是由于他的技不如人，但另外一个更重要的原因，则是他当时尚是丝毫未知韩珮瑛的底细，只知她是个荏弱可欺的女子，故此冷不防就吃了大亏，否则以他的本领，至少可以与韩珮瑛周旋三五十招。

但也正因为他吃过韩珮瑛的大亏，此际形势对他极为有利，他的心中也是不免有点怯意，不敢放胆进攻，这就给了韩珮瑛一个喘息的机会了。

韩珮瑛一掌运功，一剑应敌，头也不回，只凭对方折扇打来的风声，便即发招抵挡，她的剑法精妙无比，居然在斗室之内，人未起立，一样挥洒自如。

激战中，韩珮瑛听风辨器，觅得一个破绽，刷的反手一剑，径刺安达的小腹，这一剑来得迅如闪电，安达想要后退已来不及，只听得"嗤"的一声响，安达外衣给剑尖挑破，剑尖恰好刺着他束腰的皮带。此时安达业已退开一步，低头一看，只见皮带上只是有个小小的裂口，却还未曾割断。

韩珮瑛一剑未能刺伤敌人，心里暗暗叫了一声"可惜!"安达抹了一下汗之后，却是瞿然一省，喜出望外，因为韩珮瑛这一剑割不断他的皮带，已经露了"底"了。

安达喜出望外，心里想道："我真是糊涂，这臭丫头如今正在助她的情郎运功，焉能全力与我周旋，我怕她作甚？但我必须速战速决，否则迟必生变。”

安达解了怯意，全力进攻，数招之后，便即抓着一个机会，韩珮瑛长剑画了半道弧形，横削出去，这是寓守于攻的剑招，安达看出她的功力不足，折扇便硬按下去，搭着剑身。这是硬拼内力的打法，力强者胜，力弱者败，绝无侥幸可能。

韩珮瑛内功本来是在安达之上，但此际她以真力助谷啸风运功，倘若多用几分力来对付安达，只怕谷啸风就有走火入魔之险，她又怎能冒这个险？

眼看手中的长剑已是给安达那把折扇压得一寸一寸下沉，韩珮瑛正道要糟，忽觉一股热气传入掌心，霎时遍流全身，韩珮瑛精神陡振，“当”的一声响，长剑削断了对方的折扇，剑尖顺手一伸，刺进安达的眼眶，把安达那只未刺瞎的左眼也刺瞎了！安达血流满面，一声惨叫，掩面飞逃，谷啸风却站了起来，笑道：“瑛妹，多谢你啦！”原来他在这最紧要的关头，奇经八脉蓦地打通，功力恢复之后，以真力输送给韩珮瑛，助她克敌制胜了。

韩珮瑛大喜道：“可惜给这只野狐逃了。咱们赶快去助孟霆一臂之力吧！”正是：

深情不自觉，患难共扶持。

欲知后事如何，请听下回分解。

第三十八回　暗室运功惊恶斗　明珠虚掷说英雄

谷啸风道："不错，还有这屋主人咱们也应该多谢他呢。"

院子里孟霆和楚大鹏正在恶斗之中，一时尚自难分胜负，乔松年以一敌二，却已占了上风，即将可以取胜了。

乔松年的功力本来远在娄人俊和金发之上，是以去了一个安达之后，他便能够好整以暇的调匀气息，在最初三二十招之内，采取只守不攻的战术，恢复疲劳，三二十招过后，乔松年的气力已经恢复了六七成，精神一振，登时反守为攻。

娄人俊练成了一套八仙剑法，本以为可以报得了乔松年的一掌之仇，哪知他和金发两人联手，兀是感到抵敌不住，他的剑法竟然给乔松年的一杆禾叉迫得施展不开，金发的大斫刀，更是不敢和乔松年的禾叉硬碰。碰上了就是"当"的一声震耳欲聋的金铁交鸣，金发的虎口就是一阵火辣辣的作疼。

娄人俊心里不由得暗暗发慌，只盼安达赶快出来，但听得屋子里也是一片金铁交鸣之声，似乎安达亦已碰上了强敌。

娄人俊正自发慌，忽见安达满面流血，飞跑出来。金发大吃一惊，叫道："不好了，安大哥的两只眼睛都瞎了！"

安达轻功甚好，眼睛虽瞎，轻功仍在，他生怕韩珮瑛追出来，凭着"听风辨器"之术，避免走近斗场，跑到墙边，飞身一跃，跳过墙头，这才松了口气，在墙外叫道："风紧，扯呼！"声犹未了，谷韩二人亦已出来了。

娄金二人吓得魂飞魄散，陡听得乔松年喝道："兵刃留下，给我滚吧!”禾叉一振，当当两声，把娄人俊的长剑和金发的大刀一齐打落，左手抓起了娄人俊，右手抓起了金发，就像提起两只小鸡似的，作了一个盘旋急舞，双臂一甩，登时把这两个人抛出墙外!

娄人俊和金发跌在地上，却并不觉如何疼痛，竟似是给人轻轻提起，又给人轻轻放下似的。原来乔松年不愿与他们更结深仇，是以从轻发落，有意放过他们的。娄金二人喜出望外，爬起身来，一溜烟地跑了。

楚大鹏也想跟着逃，可是他却没有娄金二人幸运了。韩珮瑛叫道:“你这老狐狸最可恶，不能让他跑了。”

楚大鹏刚刚猛扑三招，迫退了孟霆，跑到门口，只听得“呼”的一声，一条人影先自越墙而出，抢在他的前头，站在门口等着他了。

这人是业已恢复了功力的谷啸风。谷啸风的七修剑法何等厉害，不过数招，刷的一剑，便刺着了他的穴道。这一招刺穴的剑法当真是妙到毫巅，封住了他的穴道，只是令他丝毫不能动弹，但一滴血也没有流出来，谷啸风飞起一脚，将他踢进院子。

韩珮瑛道:“咱们现在无暇审问这厮，把他搁过一边，待救了奚大哥再理会他。”

孟霆哈哈笑道:“韩姑娘，想不到这次又是你保了我的‘镖’。谷少侠，更想不到你也来了。好，咱们现在就给他们调换一个位置吧。”说罢，把楚大鹏塞进稻草堆中，却把奚玉帆扶了出来。

只见奚玉帆双目紧闭，面如金纸，原来他在稻草堆中藏了多时，呼吸不舒，晕了过去。

乔松年替他把了脉，说道:“不要紧，只是一时气闷晕过去的。谷少侠，你给他推血过宫好吗?”乔松年是个武学的大行家，而且颇通医术，他早已看出谷啸风是内家高手，内功的造诣在他之上，是以要谷啸风给奚玉帆推血过宫。

谷啸风不觉一阵茫然，心里想道:“奚大哥倒是给我见着了，奚玉瑾却不知道在哪儿?是不是真的和那个姓辛的到了江南呢?奚大哥知不知道他的妹妹的消息呢?倘若不知，我又要不要告诉他呢?但现在也不能想这么多了，先把奚大哥救活了再说吧。”要知谷啸风虽然因为听到奚玉瑾与辛龙生订婚的消息而深受打击，奚玉瑾在他心上的位置亦已渐渐给韩珮瑛所代替，但毕竟有过几年十分甜蜜的恋情，无论如何，谷啸风还是不能将她忘记的。

谷啸风默运少阳神功，替奚玉帆推血过宫，不消半支香的时刻，奚玉帆果然悠悠醒转。一睁开眼睛，第一眼看见了谷啸风，第二眼跟着就看到了站在谷啸风身旁的韩珮瑛，奚玉帆又是吃惊，又是诧异，就像谷啸风刚刚发现他的时候一样，心中也是一片茫然了。

孟霆喜道："好了，好了，奚公子，多亏谷少侠救了你，你听得见我说话吗？"

奚玉帆点了点头，说道："啸风，多谢你啦！韩姑娘，你们两人终于见着了面，我很高兴。但不知你们可知道玉瑾在哪儿吗？"他虽然能够说话，但声音仍是微弱，显然是说得十分吃力。

谷啸风道："奚大哥，你先歇歇，咱们慢慢再说。"

乔松年道："现在用得着老朽了。"轻轻地握着奚玉帆双手搓揉，不过片刻，只见奚玉帆又再慢慢阖上眼睛，如像熟睡一般。原来乔松年有一门特别的本领，可以用按摩的方法令人入睡，不致伤害对方身体。

乔松年把他抱进谷啸风那间房间，放在炕上，说道："他这一睡，大约要三个时辰之后方能醒来。我还有一支老山人参，待他醒来，正好煎了参汤给他喝下。"

奚玉帆已然熟睡，众人自是不便在房间里打扰他，于是走出院子，席地而坐，这时也才有空暇叙话。

谷啸风先向乔松年致谢，说道："我们真是有眼无珠，这几天多蒙老伯庇护，却不知老伯是位武林前辈。"韩珮瑛说道："但不知乔老前辈身怀绝技，何以甘愿装聋作哑，遁迹荒村？"

乔松年叹了口气道："我得罪了一个大魔头的手下，自知决计不是他的对手，只好装聋作哑，以求免祸。这实是无可奈何！但今晚发生了这件事情，只怕要避也避不开了！"

谷啸风只道他是怕因此露了行藏，说道："我们不会和外人说的，但不知这大魔头却是何人？"

乔松年道：“这大魔头很少在中原露面，说来你们也未必知道，不说也罢。”

韩珮瑛心中一动，忽道：“老伯说的这个魔头，恐怕是已经来到中原，而且曾在附近这一带出现了！”

乔松年吃了一惊，说道：“原来韩姑娘早已知道此人。但你说他在附近出现，可是曾碰见过他吗？”

谷啸风诧道：“咦，珮瑛，你怎么知道？你们说的究竟是谁？”

韩珮瑛道：“我正想向老伯请教，适才我见奚公子掌心有股黑气，不知他受的是什么伤？”

谷啸风登时恍然大悟，说道：“敢情奚大哥受的是七煞掌之伤？你们说的那个大魔头就是黑风岛主宫昭文！”谷啸风是受过宫昭文的暗算的，此时一想，自己病发之时，掌心也有一股黑气，不过不如奚玉帆色泽之深。心道：“依此看来，奚大哥的伤是比我重得多了。这位乔老前辈医好了我，如今又帮忙救治奚大哥，怪不得他怕泄露了行藏。”

乔松年道：“你们已经知道，我也不怕和你们说了。也是我不合多管闲事，前年在鲁西道上碰见一个黑风岛的人欺压武林同道，我出手打伤了他，后来才知道他是黑风岛主的手下。这黑风岛主心狠手辣，最是护短，谁得罪了他的手下，必招杀身之祸！”

韩珮瑛道：“乔老前辈不用害怕，我可以设法替你解开这梁子。”心想黑风岛主是宫锦云的父亲，若请宫锦云说情，想必可以化解。

谷啸风道：“孟大镖头，你又是在哪里碰上奚大哥，给他做保镖的？”

孟霆道：“我是昨天在路上碰见他和一位姑娘在一起的。那时他已经受了伤，走不动了，但还认得我。那位姑娘就要找我送他回家。”

谷啸风道：“这位姑娘姓甚名谁，她可曾告诉你么？”心想：“该不会是奚玉瑾吧？”

孟霆苦笑道：“她没有告诉我。但这位姑娘可真是霸道得很呢！”

谷啸风道："如何霸道？"

孟霆说道："这位姑娘拿出一串明珠要我估量，当时我是莫名其妙，只道她要拿来变卖，便说若在太平盛世，这串明珠可值黄金千两，但在这兵荒马乱的年头，恐怕难以找到买主。找得到也必定会给人家压价的。我的意思是劝她不要变卖，若有急需，些少银子，我可以资助她。哪知她听了之后，说道：'我知道你们做镖行的和珠宝商常有来往，别人卖不出去，你一定可以卖得出去。即使人家压价，至少五百两金子总是少不了的吧？'我说不错，但价值黄金千两的明珠，半价出售，未免太不值得，我也没工夫替你做这一宗买卖。

"说至此处，这位姑娘方始表明真意。她哈哈一笑，说道：'这串明珠是我给你作镖银的，你先拿去，只要你把奚公子平安送回家里，这串明珠就是你的了。但倘若你有甚闪失，保不了奚公子的平安的话，那可就休怪我手下无情，我要杀了你替他偿命！'说罢也不理我答不答应，便把那串明珠便抛过来，刚好挂在我的颈项！"

韩珮瑛是知道孟霆的功夫的，心里想道："孟霆虽然算不得是顶儿尖儿的角色，在江湖上也是一流好手了。接暗器的功夫自必不弱。这位姑娘居然能够把明珠套上他的颈子，这手暗器的功夫委实惊人，怪不得她敢说那样的大话。"此时她已隐隐猜到那位姑娘是谁，想一想孟霆当时的狼狈情形，险些忍不住失笑。

孟霆苦笑说道："其实我和奚公子也是相识的朋友，没有镖银，护送之责我也是义不容辞的。但那位姑娘不肯听我多说一句，掷上明珠，便自走了。我追她不上，只听得她远远的传音说道：'我知道你曾经护送一位韩姑娘，得过黄金千两，你若嫌我给你的镖银太少，你变卖了明珠之后，不足之数，我给你补够。但你若途中失事，我可就没有韩家那样大量肯饶你了。非但镖银收回，我还要取你项上人头！'你说这位姑娘霸不霸道？"

谷啸风心里想道："孟霆或许不认识奚玉瑾，但奚玉瑾却也不是这样的脾气。"

韩珮瑛道："这位姑娘是不是瓜子脸儿，大约比我小一两岁的年纪？”孟霆点头道：“正是。”

谷啸风蓦然一省，叫起来道：“不错，一定是宫锦云了。我真糊涂，一直猜不到是她。”

其实也怪不得谷啸风不敢想到宫锦云的身上，因为宫锦云是和公孙璞在一起的。而且如今已知道了打伤奚玉帆的人是宫锦云的父亲，当时宫锦云若是在旁，又如何能够让她的父亲打伤奚玉帆呢？

韩珮瑛笑道：“宫锦云正是这个脾气。不过这件事却也把我弄糊涂了。”

谷啸风笑道：“好在这个闷葫芦不久就可以打破，咱们也不必急在一时。”

韩珮瑛点了点头，说道：“不错，待奚大哥醒过来，咱们就可以向他问个明白。”奚玉帆是给乔松年用按摩的手法催眠的。此时已经睡了将近两个时辰，估计再过一个时辰，他就可以醒来了。

韩珮瑛接着说道：“咱们现在闲着没有事可做，倒是可以审那老匹夫了。”

谷啸风把楚大鹏从稻草堆中拉出来，解开他的穴道。楚大鹏哭丧着脸说道：“韩姑娘，请念在咱们有过宾主之情，高抬贵手吧。”

谷啸风诧道：“他怎么和你有过宾主之情？”

韩珮瑛笑道：“上次我回家的时候，路经禹城，黄河五霸把我当作了宫锦云，千方百计的巴结我。这个楚大鹏是他们的代表，曾经在仪醪楼，做过我的东道主。”

仪醪楼这件事情，谷啸风是早已知道了的，不过不知当日出面的是谁而已。当下笑道：“原来如此。但这老匹夫只不过请你吃了一顿，就想你饶他一命，一席酒菜换一条命，未免太奢望了吧。”

楚大鹏吓得面青唇白，忙分辩道：“我做错了事，自知不合。但这一念之差，却都是由于仪醪楼那日的事情而起。”

韩珮瑛道：“此话怎说？”

楚大鹏说道：“那日濮阳坚用‘化血刀’伤了洪帮主洪圻，幸得贵友公孙璞之助替他解了毒。但黄河五个帮会的首脑人物，也都是着了他的‘化血刀’的，当时没有在场，却未曾得到救治。

“后来我们也曾找过贵友，却只见宫锦云姑娘，宫姑娘答应代我们向公孙少侠求情，但不知是因为她后来没见着公孙少侠还是公孙少侠不肯答应，公孙少侠一直没有再来。

“这‘化血刀’之毒是在一年之后，就要毒发不治的，除非我们甘愿做西门牧野、濮阳坚师徒的奴仆，任他驱使，否则他们决不会替我们解毒。

“到了上一个月，一年之期将届，不由得我们不急。哪料福无双至，祸不单行，宫姑娘的父亲黑风岛主宫昭文又找上门来，说是要着落在我的身上，把他的女儿找回来给他，否则就要我的性命。

“我无法可想，只、只好……”

韩珮瑛听到这里，已然明白，说道：“所以你只好去找西门牧野，甘愿受他的驱使了。是么？”

楚人鹏满面通红，讷讷说道：“我，我这叫做无可奈何。只有他可以给我们五个帮会的弟兄解毒，也只有他才不怕黑风岛主，敢庇护我。”

谷啸风冷笑说道：“西门牧野是蒙古鞑子的奴才，你去投靠他，那是做了奴才的奴才。饿死事小，失节事大，你听过这句话没有？大丈夫死则死耳，岂能做奴才的奴才？”

楚大鹏吓得面如土色，顿首说道：“是，是，谷少侠教训得是，我，我这是一念之差。”他口里是这么说，心里却是不以为然。

韩珮瑛想道：“要一个人视死如归，这只有侠义道可以做得到。像楚大鹏这种人焉能盼他如此？非其人不可与言，谷大哥也未免犯了陈义过高的毛病了。”再又想道：“黄河五大帮会若给西门牧野所用，祸患非小，我该给他们想个办法才好。”

韩珮瑛想了半晌，说道：“你不忍你们帮会中的兄弟束手待毙，也算有点义气。不过，你走上了叛国投敌的这一条路，却是大大的不对了。其实，能够解救化血刀之毒的，也并非只有西门牧野！”

楚大鹏听得韩珮瑛的口气缓和得多，连忙说道：“请姑娘指点一条明路，只要有一条路可走，我楚某人又岂甘做鞑子的奴才？”

韩珮瑛道：“现在距离一年之期，也还有两个月左右，是吗？”楚大鹏点点头道：“不错。”

韩珮瑛道："那么有两个月的时间，也足够用了。"

楚大鹏道："不知谁能解化血刀之毒？"

韩珮瑛道："就是你曾经想找而找不着的公孙璞。他现在已经去了金鸡岭，你到金鸡岭一定可以见着他。"

谷啸风本来是个聪明人，刚才只因一时气愤不过，痛斥了楚大鹏一顿，此时冷静下来，登时领悟了韩珮瑛的用意，于是便接着说道："我们正是要去金鸡岭的，你可以和我们同去。只要你们黄河五个帮会从今以后，听从绿林盟主柳女侠的号令，我可以担保公孙璞一定会帮忙你们。"

楚大鹏喜出望外，自是忙不迭的满口应承。

谷啸风处理了楚大鹏这件事之后，说道："奚大哥就要醒来了，咱们进去看看他吧。"留下乔松年和楚大鹏作伴，他和韩珮瑛、孟霆三人便即进去。

奚玉帆刚好醒来，韩珮瑛将那碗煎好的参汤端给他喝，奚玉帆喝了韩珮瑛递过来的参汤，又看一看她，又看了看她身边的谷啸风，心中百感交集。

韩珮瑛不愿引起他的伤感，微微一笑道："奚大哥，想不到咱们在这里见面。我的事慢慢再说，请你先说说你的遭遇，好吗？是什么人伤了你呢？"

奚玉帆道："是一个青袍老者。"

不出韩珮瑛所料，打伤奚玉帆的果然是黑风岛主宫昭文。

韩珮瑛道："那青袍老人因何伤你？"谷啸风亦是大为惊诧，问道："公孙璞与宫锦云不是和你同在一起吗？"心里想道："公孙璞武功高强，又有玄铁宝伞，他若在场，和奚大哥联手，足可以抵御当世任何一位高手，黑风岛主纵然厉害，也是决计伤不了奚大哥的。"韩珮瑛则是想道："不知宫锦云何以肯让她的爹爹伤了奚玉帆？"

奚玉帆道："我本来是和他们在青龙峡一同突围的，一路上也是同在一起。前天在一个小镇投宿，那青袍老者来的时候，他们却恰巧都出去了，只我一人在客店留守。至于那青袍老者因何伤我，我也是莫名其妙。"

韩珮瑛诧道："难道他无缘无故的就动手打你？"

奚玉帆道："他是曾和我说过一些话，但我仍是莫名其妙。"当下便将那日的遭遇原原本本的说了出来，请谷韩二人代为参详。

他们三人联袂同往金鸡岭，那日在一个名叫固河的小镇投宿。由于蒙古大军南侵，附近战区的百姓差不多都逃跑了，他们走了这许多天，那一天才是第一次踏进一个比较繁荣的市镇。

爱漂亮是女孩子的天性，宫锦云从前虽然曾经扮过一个肮脏的小厮戏弄韩珮瑛，那也只是一时的贪玩而已，并非她就不喜修饰，不爱新衣的。

好不容易到了一个有一百几十间商店的小市镇，找了客栈之后，宫锦云第一件要做的事情就是出去买东西。要买的东西包括衣裳、水粉、针线、梳镜，一路上蓬首垢面，如今她可要好好的打扮一番了。

公孙璞、奚玉帆也需要买几件替换的衣裳，奚玉帆和他们一路同行，早已看出了宫锦云对公孙璞颇有情意，于是便自愿在客店留守，让公孙璞陪宫锦云出去。他的身材和公孙璞相差不大，他所需要的衣裳也可以请公孙璞代买。

这天是个风和日丽的晴天，公孙璞陪宫锦云出去买物逛街，自是不便带他那把笨重的玄铁宝伞，以免引人注目。奚玉帆在客店留守，不知不觉已是白日消逝，黑夜降临，仍然不见他们二人回来。奚玉帆心里暗暗好笑："他们二人难得有机会单独相处，想必是玩得高兴，忘记了我，也忘记了回来。"

奚玉帆独自无聊，随手拿起了公孙璞那把玄铁宝伞把玩，他早已知道这是一件宝物，但拿到手中，那种沉重的感觉仍是颇出他意料之外。

奚玉帆正在啧啧称奇，忽听得"嗤"的一声，窗外飞进来一颗石子，正好打着玄铁宝伞。

暗器飞来，奚玉帆本能的把玄铁宝伞一挥，只听得"叮"一声，那颗石子变成粉碎。可是奚玉帆的虎口也给震得火辣辣的作痛，"蓬"的一声，玄铁宝伞脱手落地。

一块玄铁要比普通一块同样体积的铁重十倍有多，石子碰着玄铁宝伞变成粉碎，这是意料中事。但一枚小小的石子居然能把奚玉帆手中那把沉重异常的玄铁宝伞打落，这却是大大出乎他的意料之外了。

奚玉帆大吃一惊，连忙拔剑出鞘，只听得一个苍老的声音赞道："好一把玄铁宝伞！"声音细而清，好像就在他耳边说话似的。奚玉帆识得这是功夫已到炉火纯青之境的"传音入密"功夫。

那个苍老的声音接着说道："你不用害怕，我要伤你，早就可以伤你了。"奚玉帆定了定神，知道对方说的绝非夸大之辞，不由得脸上一红，当下纳剑入鞘，压低了声音说道："不知是哪位前辈？此来何事？"那人说道："你不必问我是谁，你敢跟我去么？找一个方便的地方说话去。"显然这人是不想在客店之中和他说话，免得给人知晓。

奚玉帆心想："这人说得不错，他若对我有不利之心，早就可以伤我。"奚玉帆一来是怀着好奇之心，要想知道这人是谁，二来也是相信此人对他并无恶意，于是便施展轻功，穿窗而出，跳上屋顶。

淡淡的月光之下，只见西北角隐隐有个人影，奚玉帆提一口气，使出"八步赶蝉"的轻功，如飞追去。

他使的轻功名为"八步赶蝉"，但却赶不上那个人。八十步过去了，一百步过去了，仍然是赶不上，只见前面一团青影，俨若流星疾驶。

不消半支香的时刻，奚玉帆追赶这个老者，已经是到了郊外，到了四面没有人家的荒野了。

前面那人这才停下脚步，奚玉帆定睛一瞧，只见是个青袍老者。

奚玉帆行了个礼，说道："老前辈有何赐教，现在可说了吧？"

青袍老者仔细打量了一眼，心里想道："他和公孙奇的相貌长得却不相似，看来倒是像他母亲多些。"原来这位黑风岛主宫昭文，错把奚玉帆当作了公孙奇的儿子公孙璞。

宫昭文道："有一位宫锦云姑娘是不是和你一起的？"

奚玉帆说道："不错。老前辈是想找她的吗？"宫昭文道："现在见着了你，我倒不必忙着找她了。有件事情，我想先问一问你。”

奚玉帆道：“老丈请说。”

宫昭文道：“你们是不是准备到金鸡岭去的？”

奚玉帆不知他是宫锦云的父亲，只道他也是侠义中人，告诉他又有何妨？于是说道：“不错，我们正要到金鸡岭去拜谒柳盟主的。”

宫昭文听他说的是“拜谒”二字，不觉蹙眉说道：“原来你是要去拜谒蓬莱魔女的。你很佩服她吗？”

奚主帆有点诧异，说道：“柳女侠是女中豪杰，胜过须眉。天下英雄有哪个不佩服她的呢？否则她也不会当上绿林盟主了。”

宫昭文暗自想道：“这小子对蓬莱魔女佩服得五体投地，我如何还能认他做女婿？不但不能认他，连真相也不能和他说明了。”又想：“听说这小子已经拜了耿照为师，耿照夫妻和蓬莱魔女关系密切，怪不得他要去投奔金鸡岭了。蓬莱魔女和耿照都是我的仇人，这小子居然一心向着他们，留下了他，异日必为祸患。”想至此处，陡起杀机。

宫昭文之所以要寻访公孙璞，为女儿的婚事还在其次，最主要的还是在于要得桑家的毒功秘笈。不过他只有一个女儿，对女儿的终身也不能不有所顾虑。想了片刻，忽地问道：“最后一个问题，请你老实告诉我，你能否答应？”

奚玉帆怫然说道：“晚辈从来不说谎话！”

宫昭文道：“好，那你就说实话吧，你喜不喜欢那位宫姑娘？是不是真心愿意娶她为妻？”

奚玉帆怔了一怔，心道：“这话从哪里说起？”但因他答应过要回答这个问题的，只好说道：“老丈，你这个问题，我连想也没有想过。我和宫姑娘只是一个普通朋友，说不到什么喜不喜欢，更谈不上婚嫁之事！”

本来，如果他把宫锦云和公孙璞相恋之事和盘托出，这误会就可以免除了，但正因为他是个老实人，生性不喜欢讲人家的私事，何况宫锦云和公孙璞相恋也并没有和他说过，只是他的猜测而已，他又岂能向一个陌生人谈论此事。

宫昭文听得他这样回答，登时去了顾忌，心想："既然他不爱我的女儿，我还留他作甚?"

奚玉帆见他神色有异，吃了一惊，说道："老丈还有什么要问的吗?"

宫昭文冷冷说道："没什么好说的了。你接我这一掌吧!"呼的一掌就向奚玉帆拍下。

奚玉帆这一惊非同小可，但还只道宫昭文是在试他本领，来不及拔剑，只好双掌齐出，接他这招。奚玉帆的内功虽然不错，却怎抵敌得了宫昭文数十年功力的七煞掌，双掌一交，登时就倒了下来，晕过去了。正是：

皂白未分施毒手，张冠李戴误遭殃。

欲知后事如何，请听下回分解。

第三十九回　聊把酒杯浇块垒
愿凭宝伞护佳人

宫昭文一掌击倒了奚玉帆，倒是不觉有点诧异，因为在交手之后，他立即就发觉奚玉帆根本不会桑家的两大毒功。而一个学武的人在遭到致命的攻击之时，是一定会把自己的“看家本领”拿出来应付的。如今奚玉帆用来应付他的却是一种纯阳的内功，和桑家的两大毒功不仅没有丝毫相似之处，而且恰恰相反。

“难道桑家的毒功秘笈乃是落在别人之手？或者这小子根本就不是公孙璞?”宫昭文心想。遍搜了奚玉帆全身，没有发现片纸只字，宫昭文更禁不住大起怀疑了。

宫昭文之所以要杀公孙璞，最主要的原因当然是因为公孙璞投向蓬莱魔女，但还有一个原因也很重要，乃是他恐留下后患，如果公孙璞得到桑家的毒功秘笈的话，练成功了这两大毒功，他日就是他的克星了。

因此他在发觉奚玉帆不懂桑家的两大毒功，甚或可能根本就不是公孙璞的时候，他倒是打消了非杀奚玉帆不可的念头了。

就在此时，忽听得远处隐隐有一缕箫声随风飘来，接着是一声长啸起自另一方，与箫声相和。

宫昭文凝神一听，听见了箫声与啸声远远相和，禁不住大吃一惊，暗自想道：“我可不能让这两个克星碰见。”原来他从箫声与啸声听得出那两个人都是具有深厚的内功的，心知吹箫的必定是武林天骄檀羽冲，长啸的必定是“笑傲乾坤”华谷涵。

“笑傲乾坤”华谷涵是“蓬莱魔女”柳清瑶的丈夫，武功还在妻子之上。“武林天骄”檀羽冲则是金国的第一高手，武功和笑傲乾坤也是不相伯仲的。

这两个人正是宫昭文最为忌惮的人，他自忖单打独斗只怕也不是他们的对手，何况他们二人联袂而来？

宫昭文本来就不是非杀奚玉帆不可的，此际发现了他最忌惮的两个人就在附近，他当然是赶忙溜走，无暇再去细察奚玉帆是否已经死了。

这些事情奚玉帆当然是不知道的，他说完了与“青袍老者”遭遇的这段事情之后，便指着孟霆，跟着说道：“我给那青袍老者一掌击昏，也不知过了多久，睁开眼睛，就看见宫锦云在我旁边了。看情形，她正在为着不知如何救治我而着急。再过一会，孟大镖头就来了。以后的事情，孟大镖头都已经知道，也不用我说了。”

韩珮瑛听了奚玉帆所说的经过，心中正是雪亮，笑道：“宫锦云的爹爹一定是认错了人，他把你当作了公孙璞。”

奚玉帆道：“不错，他来的时候，刚好见着我拿着公孙璞那把玄铁宝伞，也怪不得他有此误会。”

但奚玉帆却是仍有疑团，未能明白，接着说道：“可是他为什么要杀公孙璞呢？”

韩珮瑛道：“这我就不知道了。不过，前两天我们也曾碰上这个魔头，他对公孙璞查根问底，我们说公孙璞和宫锦云前往金鸡岭，他也不相信。听他的口气，似乎对蓬莱魔女颇有不满，谷大哥也曾受了他的暗算呢。”

奚玉帆听得韩珮瑛称呼谷啸风为“谷大哥”，心里想道：“不过一年之前，他们才闹婚变，掀起了偌大风波，现在却又这般亲热，世事真是难料。”心中不无感慨，看了韩珮瑛一眼，讷讷说道：“我的事情已经说完了，现在该我问问你们啦。不知你们可知道玉瑾的下落？”

谷啸风甚感为难，暗自思量：“要不要把真相告诉他呢？”终于说道：“我们没有碰上她，只是听到一点消息。”

奚玉帆道：“什么消息？”

谷啸风道：“听杜四叔（杜复）说，她似乎是到江南去了。”

谷啸风不愿说出奚玉瑾和辛龙生的事情，免得刺激奚玉帆。心想在他病好之后，那时杜复想必也回到金鸡岭了。他可以自己去问杜复。

奚玉帆诧道："舍妹曾和我说过是要回家的，她何以会去江南。我们兄妹在江南并无亲戚，亦无朋友。"

谷啸风微喟说道："世事往往有许多猜想不到的，令妹前往江南，想必也有她的原因。"

谷啸风的感喟乃是由衷而发，但他却不知奚玉帆也正是有同样的感慨。

此时已是东方大白的时候，谷啸风道："奚大哥，你可以动身了吗？咱们大伙儿到金鸡岭去。"在他的想法，奚玉帆本来就是要去金鸡岭的，如今伤还未愈，到金鸡岭治伤，正是最好不过。

哪知奚玉帆却道："不，我还是想先回家一趟好些。请恕我不能和你们结伴了。"

谷啸风诧道："从这里到金鸡岭路途较近，奚大哥纵然思家心切，但在金鸡岭养好了伤再回去，不更好吗？"

奚玉帆道："舍妹若是当真前往江南，想来她也会顺道回家一转的。我先回去，说不定还可以碰上她，好在我的伤如今已好了六七分，并不紧要了。"

韩珮瑛隐隐猜到奚玉帆的心意，当下说道："既然这样，我们也就不勉强奚大哥了。奚大哥回家之后，再来金鸡岭也是一样。"奚玉帆道："我一定会来的。不过世事难料，什么时候能来，我却是不敢预定。"

原来奚玉帆是不愿和谷韩二人同在一起，因而想避开他们的。韩珮瑛也知道奚玉帆在暗恋着她。不知的只是谷啸风一人而已。

奚玉帆站起身来，试试活动手足，果然已是能够走路，大伙儿便一同出去。此时乔松年陪那楚大鹏吃早餐，也已经吃过了。

谷啸风道："乔老前辈，这次我们连累了你，此地你是不能安身的了。黑风岛主是宫锦云姑娘的父亲，这位宫姑娘不仅和我们相识，和珮瑛更是情如姐妹，她现在已经到金鸡岭去了。乔老前辈，你不如也和我们一起到金鸡岭去暂且安身，好吗？你与黑风岛主的过节，可以求那位宫姑娘代为化解。"

乔松年笑道："柳盟主和她的丈夫笑傲乾坤华大侠的英名，老朽是久仰的了，只恨无缘相识。如今有这个好机会，老朽自是求之不得了！莫说可以请宫姑娘代为化解过节，即使那位宫姑娘不在金鸡岭上，金鸡岭也是可以让老朽避难的一个最好不过的地方！"

谷啸风笑道："不错，有笑傲乾坤华大侠夫妻在金鸡岭上，再多两个黑风岛主，也是不敢去惹他们。至于那位宫姑娘，她是和公孙璞在一起的，他们先我动身，此时一定已经到了金鸡岭了。你也一定可以见着他们。"

当下，众人分道扬镳，孟霆护送奚玉帆回他的百花谷老家，其余的人，便都一同往金鸡岭了。

正是世事往往难测，谷啸风以为公孙璞和宫锦云一定是已经到了金鸡岭，哪知结果却是大谬不然，就在奚玉帆出事那天，他们二人也都各遭意外，此刻宫锦云正在找寻公孙璞呢。

宫锦云和公孙璞相识之初，本来是不大喜欢他的，相处久了，觉得他虽然看来有点呆头呆脑，不解情趣，但他的朴实木讷，却也自有令她感到可喜之处。而且公孙璞在武功上天资过人，一点也不笨。宫锦云和他相处日久，渐渐也为他的这种大智若愚的厚重性格所吸引了。

正如奚玉帆所猜测的那样，宫锦云请公孙璞陪她去买东西，是想找个单独相处的机会和他说话的。

宫锦云买了她所需要的东西，又在一家成衣店里，恰好找到了两套合身的新衣裳，便在店里换了新衣，店主人是个老婆婆，她借店主人的卧室换了新衣走出来的时候，这老婆婆笑道："好漂亮的小姐，换了这套新衣，真是像个新娘子了。"她是特地奉承宫锦云，希望讨个好价钱的，宫锦云听了，却是不禁心中一动，粉面通红，暗自想道："我和公孙大哥本是有婚姻之约的，但他直至如今还未知道我是他的未婚妻子，要不要想个法子告诉他呢？"

宫锦云佯嗔道："老婆婆说话好没正经！"口里这么说，心里却是不禁欢喜，她在家里逃出来的时候，是带了一把金豆准备在路上换钱使的，此时就随手给了老婆婆一颗金豆当作衣价，这颗金豆足可购买十套这样的新衣，老婆婆自是大喜过望，忙不迭的道谢。

小镇上有一间临江的酒楼，规模不大，建筑倒颇雅致。二人从楼下经过，酒香阵阵飘来，宫锦云笑道："这半个月来，嘴里嚼的都是粗糙的干粮，今儿可以解解馋了。咱们上去喝两杯如何？"

公孙璞笑道："不好吧，留下奚大哥一人在客店里。"

宫锦云道："把好吃的带一盒子回去，也对得住他了。店里总得有个人看守，若是回去再请他来，把你那宝伞和大小包袱带了来，这可不好看相（瞧着不雅之意）。"

公孙璞拗不过宫锦云，笑道："好，依你，依你，但你可不要喝醉才好。"

两人要了一个靠窗的座位，叫了几样小菜，一壶绍酒，喝了几杯，宫锦云道："这家酒楼的酒菜，好像比仪醪楼还要好呢！"公孙璞笑道："饿了这许多天，什么东西，当然也都是好的了。"宫锦云哈哈笑道："对，这叫做饥不择食。"

宋代最重礼法，大户人家的女子，足迹不出闺门，北方的男女之防，虽然远不及南方的注重，但一个年轻的姑娘，在酒楼上如此放肆，毕竟也还是罕见的。其他客人，不免都向宫锦云投目注视，宫锦云也不放在心上，倒是公孙璞颇感尴尬了。

宫锦云喝了几杯，微有酒意，颊晕轻红，便把话题挑了起来，说道："公孙大哥，听说你的爹爹早逝，令堂则还健在，是么？"

公孙璞道："不错，家母和几位前辈女侠寄寓在光明寺里。"

宫锦云道："不知令堂可曾和你说过你幼年之事？"

公孙璞因为父亲是个无恶不作的大魔头，童年的事情，对他只是痛苦的回忆。听了宫锦云的话，不觉皱起眉头，说道："家母从来没有和我说过，我也不忍问她。"

宫锦云道："为什么？"

公孙璞把酒杯一顿，说道："往日伤心之事，何必重提！"

宫锦云怔了一怔，说道："伤心之事。哦，对了，你是不愿再想起、想起你的——"她毕竟是个七窍玲珑的女子，一懂得了公孙璞的心思之后，这"爹爹"二字也就避免出口了。

公孙璞道："你既然知道，那就更不必提了。"

宫锦云笑道："但我说的可是另一件事情。"

公孙璞道："哪一类的事情？"

宫锦云道："这个、这个，嗯，比如说一些有趣的事情。"

公孙璞不觉有点诧异，心里想道："宫姑娘一向爽快，为什么她现在和我说话，却是这般吞吞吐吐？"

公孙璞把盏沉吟，宫锦云说笑道："想不起来么？"

公孙璞道："不知你的意思，哪一些事情才算有趣？"

宫锦云道："比如、比如说，你小时候有没有什么表姐表妹表兄表弟，或者比表姐表妹和你更亲的亲人，你都忘记了他们了，你的母亲没和你提起来？"

宫锦云煞费苦心，兜了一个大圈子说话，无非是想探问他知不知道他有个未婚妻子，这个未婚妻子是他的父母从小就给他定下来的。未婚妻子当然是比什么表姐表妹都亲了。

可惜公孙璞却是莫名其妙，心想："宫姑娘一定是喝酒多了，简直不知所云。"当下笑道："什么表姐表妹我都没有。从我懂得人事的时候起，我们就是两母子相依为命，再也别无亲人了。"说此至处，不觉伤心起来，笑得极是凄凉。

宫锦云暗暗叹了口气，心里想道："看来他是当真不知了。"

公孙璞道："奚大哥在酒店里一定等得心焦了，咱们走吧。"

宫锦云道："我还没有喝够呢，你怕我就喝醉了么？"

说到这里，忽听有人叫道："抓小偷，抓小偷！"原来是酒楼上的一个客人给小偷扒去了他的荷包，这小偷的手法太不高明，给他当场发觉了。此时那小偷正在逃跑。

登时有几个客人追了下去，那小偷把荷包一摔，叫道："还给你就是，请你们别为难我啦！"

宫锦云忽地把一颗金豆放在桌下，说道："公孙大哥，请你结账，先回客店等我，我去去就来。"

那个失窃的客人拾回荷包，打开一看，一个钱也没有缺少，说道："饶了他吧。"可是宫锦云已追下楼去。

酒楼上的客人看见一个少女跑去追贼，而且跑得那么快，都是大为诧异。

公孙璞当然是更为诧异，不解宫锦云何必如此爱管闲事，心里颇有一点担忧她酒醉闹事，但他又不能马上追去，结了账再去找宫锦云，已经找不见了。

公孙璞想道："想来她不至于醉得不知回客店吧？且回去见了奚大哥再说。"只好独自回到那间客店，不料进房一看，奚玉帆也不见了，客店的老板满面紧张的神色跟着进来。

公孙璞道："掌柜先生，我正要找你，我那位朋友哪里去了？"

店主人道："我也正想问你，你们究竟是什么人？"

公孙璞道："我不是告诉过你么，我们是走难的，从洛阳出来到南边投亲的。"

店主人道："但你那位姓奚的朋友可是会飞檐走壁的啊！他有这样大的本领，也要走难吗？"

公孙璞大感诧异，心里想道："奚大哥为何要在客店里炫露轻功？"心里惊异，脸上可不敢表现出来，当下笑道："我那位朋友是在虎威镖局当伙计的，是会一点登高的功夫。蒙古鞑子的大军来了，莫说镖局的伙计，总镖头也要走难的。他是从屋顶出去的么？"

洛阳的虎威镖局远近知名，店主人说道："原来你们是虎威镖局的，失敬了。贵友刚才追赶一个人，好像两只飞鸟似的，从屋顶'飞'过，可是也看不清楚那人是老是少，是男是女？我、我还以为——嘿嘿，现在已经知道贵友的身份，那也不必说了。"原来店主人以为奚玉帆是"飞贼"，黑风岛主是来招呼他出去做案的同党。

公孙璞从来不说谎话，这次为了不想给店主人起疑，替奚玉帆捏造了一个镖局伙计的身份，果然骗得店主人的相信，心里暗暗叫了一声"惭愧"，说道："我这位朋友也真是的，他不知碰到了什么人，要这么赶忙的追出去，也不留下一句话？"店主人倒是替他解释道："或许那人是小偷，给贵友发觉，是以追贼去了。"公孙璞点了点头，道："反正他总要回来的，待他回来，就可以明白了。"

店主人走后，公孙璞关上房门，一看玄铁宝伞还在房中，但伞面却有一道白痕，地上有许多白色的粉末，一看就知道是一颗石子给玄铁宝伞打碎的。公孙璞惊疑不定，暗自想道："看来奚大哥是和那人交过手了，这人当然决不会是寻常的小偷！今天的两件事情都很奇怪，锦云无端端的追一个小偷，如今奚大哥又不知给什么人引了出去？我只好在客店内等他们回来了。”

且说宫锦云追赶那个小偷，追到了江边，四顾无人，宫锦云喝道：“张弓，你还不给我站住！”

那小偷回过头，笑嘻嘻地说道：“小姐恕罪。”

宫锦云道：“张弓，你怎的如此没有出息，干起小偷来了？”原来张弓乃是她父亲的一个得力仆人。

张弓笑道：“不是如此，怎能引得小姐出来？”

宫锦云道：“你引我出来做什么？可是我爹爹来了？”

张弓说道：“正是岛主来了。”

宫锦云又惊又喜，说道：“爹爹现在哪儿，你带我去见他。”

张弓道：“小姐，和你喝酒的那个少年是谁？”

宫锦云道：“你管他是谁！”

张弓道：“他是公孙璞姑爷吧！小姐，你不知道，岛主正是要找他的。”

宫锦云粉面通红，说道：“他还未知我是谁呢。你别姑爷姑爷的乱叫乱嚷。但爹爹已经知道我和他在一起的么，他又为什么不和你一同到酒楼来呢？”

张弓笑道：“岛主怎知你们是在酒楼喝酒，他叫我到大街小巷去找你们，他自己则到镇上的几间客店寻找。”

宫锦云道：“好，我回客店等他。”

张弓道：“小姐，且慢！”

宫锦云道：“有话快说，有屁快放。”

张弓道：“岛主是在黄河五霸那儿，知道你们已经遇上了的。但他又不知道是在哪里听来的消息，听说姑爷和小姐要去金鸡岭投奔蓬莱魔女，他一路上面色很不好看，和我说过，倘若真是如此，只怕、只怕——”

宫锦云道：“只怕爹爹要对公孙璞有所不利，是么？”

张弓点了点头，说道：“只怕小姐也不免要受一顿责骂。所以我特来告诉小姐，可别和姑爷一同回去。或者看他怎样处置姑爷之后，再去见他不迟。”

宫锦云吃了一惊，说道：“好，多谢你了。但我还是要回去的。”说罢，不理张弓的劝阻，赶忙回那客店。因为她怕公孙璞回去，刚好遇上她的父亲。

公孙璞正自等得心焦，看见宫锦云回来，大为欢喜，笑道：“你这个爱管闲事的姑娘，可捉到了那个小偷么？”

宫锦云道：“你暂且不必管那个小偷的事情，你回来可有没有碰见什么人？”

公孙璞道：“没有呀。只是奚大哥却碰上了一个不知什么人，追那个人去了。你看看这把玄铁宝伞，看来是给那个人用石子打了一下呢。”

宫锦云心中明白，想道：“这个人一定是爹爹了，他没有见过璞哥，却把奚大哥认错了。”

宫锦云不便和公孙璞说明个中原委，便道：“好，你继续在客店看守，我出去找奚大哥回来。”

公孙璞道：“我和你一起去吧。”

宫锦云连忙摇手道：“不，不！我一个人去找就是，你，你千万不可和我出去！”

公孙璞莫名其妙，但宫锦云既然坚决不让他跟着同去，他也只好在客店等候了。

从小镇出去只有一条大路，宫锦云并不怎么费力，就找到了躺在路边的奚玉帆。

宫锦云这一惊非同小可，连忙将他扶了起来，问道：“奚大哥，你怎么啦？是谁伤了你的？”

奚玉帆受了七煞掌之伤，正在迷迷糊糊之中，听得有人说话，张开了眼睛，依稀认得是宫锦云。可是他的知觉虽未全失，却还未能开口说话。

宫锦云其实无须动问，亦已知道他是受了七煞掌之伤的了。受了七煞掌之伤，眉心必有一股黑气，一看就知。宫锦云所以问他，不过希望他伤得不重，能够回答而已。

宫锦云看出奚玉帆伤得极重，不由得心中卜卜的跳，想道：“果然不错，爹爹是把奚大哥错当了璞哥了，怎么办呢？”她虽然也练过七煞掌，但功力与她父亲差得太远，可不能替奚玉帆解毒疗伤。

宫锦云不但为奚玉帆着急，更要为公孙璞担忧了。她一直在忧虑着一个问题："爹爹将怎样对待璞哥？"如今这个谜底已经揭开了，果然是如张弓所说，她的爹爹要杀公孙璞！

怎么办呢？她要赶回去告诉公孙璞，叫他赶快离开客店，避开她的爹爹。她怕爹爹知道杀错了人，又会回来。

可是奚玉帆伤得这么重，她又怎能将他抛下不理。

她摸了摸奚玉帆的胸口，只有胸口还是温暖的。气息虽然微弱，但也还有呼吸。

宫锦云稍稍透了口气，心道："幸亏奚大哥内功深厚，遭了爹爹的杀手，居然还能禁受得起。若然调理得宜，或许可以保全他这条性命。"

可是谁来照顾奚玉帆？没有人照顾奚玉帆，她怎能转身回去？

就在此际，一骑白马从路上飞驰而过，骑在马上的是个女子，宫锦云抬头一看，觉得这女子似曾相识，但此时她正心烦意乱，一时之间，却想不起是在什么地方曾经见过这个女子的了。而且那个女子快马疾驰，也已经看不见了。

宫锦云正自为着求助无人苦恼，忽地又见有一骑快马驰来，骑者是个虬髯汉子，这个人见了他们，突然下马，啊呀一声叫了出来："这不是奚公子吗？"

奚玉帆点了点头，宫锦云大喜过望，问明了这汉子是虎威镖局的总镖头孟霆之后，就掷下一串珍珠，当作镖银，要他护送奚玉帆回家。她自己无暇多说，就匆匆忙忙的回到那家客店。

且说公孙璞正自在客店等得心焦，忽听得有人轻轻拍门，公孙璞喜道："锦云，你回来了？"开门一看，只见一个陌生女子走了进来。正是：

心中悬疑难自决，望穿秋水候伊人。

欲知后事如何，请听下回分解。

第四十回　竹马青梅怀旧友
明霞荒岛忆前情

公孙璞蓦地发觉是个陌生女子，不觉怔了一怔，说道："你是谁?"

那女子微微一笑，说道："你不必管我是谁，你是不是公孙璞?"

公孙璞道："不错。请问姑娘有何指教?"

那女子道："你既然是公孙璞，那你赶快走吧！不必问长问短了!"

公孙璞莫名其妙，虽然这女子不许他"问长问短"，他却怎能忍得住不问?

那女子眉头一皱，带点不耐烦的神气说道："为什么？为什么？难道你还不知道你的岳父要杀你吗?"

公孙璞吃了一惊，大为诧异，说道："我哪里来的岳父?"

这次轮到那个女子不胜诧异了，她打量了公孙璞一眼，说道："刚才你以为来的是宫锦云，那么你当然是和她在一起的了？你正在这里等她回来是不是?"

公孙璞道："不错。这又怎样?"

那女子笑了一笑，说道："你和宫姑娘的关系我早已知道，你也不必瞒着我了。"

公孙璞很不高兴，说道："什么关系？姑娘，请你不要节外生枝，有话说个明白!"

那女子"哼"了一声道："你还在装蒜。宫锦云是你的未婚妻不是?”

公孙璞正色说道:“姑娘,这种玩笑不是随便可以乱开的,锦云只是我的朋友。如果你是要找她的,那就请你过一会儿再来。”心想:“这个女子疯疯癫癫,若非有病,就一定是和宫锦云相熟的闺中密友,见我和锦云在一起,发生了误会了。”

那女子哈哈一笑,说道:“现在我明白了,原来宫锦云还没有将真相告诉你。”

公孙璞道:“什么真相?”

那女子道:“你们的父亲是好朋友,你们是自小订了婚的。那时你刚周岁,锦云刚生下来。后来经过桑家堡的一场大变,你的岳父逃到海外,想必这许多年来,你们是失掉了联络,所以你不知道。”

公孙璞哪肯相信,说道:“姑娘,我与你素昧平生,你怎知道我的私事?”

那女子道:“说来话长,我没工夫和你说了。你现在必须马上逃走,否则就来不及了!”

公孙璞道:“好,就算你说的是真,那么我的岳父为什么要杀掉我呢?”

那女子道:“你不相信我的话,你到了金鸡岭问蓬莱魔女自然明白!锦云恐怕不会回来了,你也千万不可和她同走了,我实在无暇多说,你快走吧!”说罢,不再理睬公孙璞,转身就走。

公孙璞道:“且慢。宫锦云的爹爹叫什么名字?”

那女子格格笑道:“敢情你还不相信我,要考问我么?你的岳父是黑风岛主宫昭文,他的绝技是七煞掌和弹指神通。你满意了吧?”说到“满意”二字,声音已是远远传来,原来这女子乃是一面走一面说的。公孙璞叫她“且慢”,她可并没有听公孙璞的话。

笑声未了,那女子又继续说道:“你不走只是等死,我可不想陪你送命!嗯,有一件事情忘记提醒你,你切不可走大路去金鸡岭,黑风岛主就是因为你要去金鸡岭才起了要杀你之心的,他一定在前面截你!”

说到最后的两句话时,那女子的声音已在半里开外,但仍是相当清楚。她用的是“传音入密”的功夫。

公孙璞是练过“听声辨器”的功夫的，估计声音的远近，大致不会错误。这女子的声音从半里开外传来，又不是大声说话，居然还能够听得这样清楚，饶是公孙璞武学深湛，也不禁暗暗佩服，心里想道：“这位姑娘的年纪看来也不过和宫锦云差不多，轻功和内功的造诣却恁地了得！”

他本来是不相信这女子的话的，此时却不禁有点半信半疑了，因为她所说的有关宫锦云的事情都说得不错，桑家堡之变她也知道。

公孙璞心想：“奇怪，她怎么知道我和锦云是要去金鸡岭，她说得这样有根有据，恐怕不会是开玩笑的吧？我和她素不相识，她也没理由和一个陌生的朋友开这样的玩笑。”

走呢还是不走？公孙璞正自踌躇不决，忽听得一缕箫声远远传来，接着是一声长啸从另一个方向传来，隐隐与箫声相和，啸声箫声，大约都在数里开外。

公孙璞听得啸声箫声，不由得精神陡振，大喜过望，心道：“原来华叔叔和檀叔叔都已来到这儿，我用不着到金鸡岭就可以知道那女子说的是真是假了。”

笑傲乾坤华谷涵和武林天骄檀羽冲都是常到光明寺作客的，公孙璞当然和他们很熟，他想这两人是他的世叔，而且笑傲乾坤还是蓬莱魔女的丈夫，一定会知道他的家事。见不着蓬莱魔女问他们也是一样。

当下公孙璞拿起玄铁宝伞，立即施展轻功，飞奔出去。那店主人好生惊骇，心里想道：“好在他们的房饭钱都已预先付了，我可没有吃亏。”

公孙璞出了客店，这才用“传音入密”的功夫扬声说道：“我的朋友倘若回来，请你叫他们径自到要去的地方，我在那里等他。”店主人望上屋顶，只闻其声，不见其人，更为惊骇，心道：“难道他是鬼不成？怎能跑得这样快！”公孙璞循声觅迹，果然在野外见着了笑傲乾坤和武林天骄。

华檀二人见了公孙璞都是大为欢喜，笑傲乾坤华谷涵说道：

“听说你给义军押运军饷，中途失事，我正为你担忧呢，怎的你却在这儿？”

公孙璞笑道：“华叔叔，你到过洛阳了？”

笑傲乾坤道：“本来我要去找丐帮的陆帮主的，洛阳失陷，丐帮分舵业已搬迁，我也无谓冒险再去洛阳了。我在紫萝山碰见义军的首领蒙厥，你们中途遭遇鞑子拦劫之事，是他告诉我的。”

武林天骄檀羽冲说道：“我正是替祁连山义军来取宝藏的人，那批宝藏我们已经夺了回来，送往祁连山了。那日夺宝之时，恰巧碰上了你的一个朋友谷啸风，他说你准备前往金鸡岭，对不对？”

公孙璞听说谷啸风已经脱险，甚是高兴，说道：“不错，两位叔叔可是回金鸡岭么？”

笑傲乾坤道：“我是奉命来接应你的檀叔叔的，哪知他无须我的帮忙，已经把事情办妥了。我是在蒙厥那儿得到他的消息，特地一路来找寻他的，今天方才遇上。你的檀叔叔邀我到祁连山去，恐怕要半年之后方能回转金鸡岭。你见了你的姑姑，可替我说一声。”笑傲乾坤的妻子柳清瑶是公孙璞爷爷公孙隐的义女，公孙璞一向叫她姑姑的。

武林天骄道：“对啦，听谷啸风说，百花谷的少谷主奚玉帆是和你同时突围的，他是不是也在那里？”

公孙璞道：“本来是和我同住一间客房的，现在却不见了。”

武林天骄诧道：“怎的不见了呢？”

笑傲乾坤察觉公孙璞有点神魂不定的模样，笑道：“你碰上了什么事情，不妨和我们说呀。”

公孙璞讷讷说道：“我正是碰上一件怪事，请问两位叔叔，黑风岛主宫昭文是什么人？”

笑傲乾坤怔了一怔，说道：“你问黑风岛主干吗？”

公孙璞道：“有一个人说，说——”

笑傲乾坤道：“说什么？”

公孙璞面上一红，讷讷说道：“那人说黑风岛主是，是——和我有点关系，我想知道真相。”

武林天骄想了一想，说道：“你的母亲本来不想让你知道这件事情，现在既然有人告诉了你，我们不说，你一定更为惶惑，好，我就告诉你吧，黑风岛主宫昭文是你的岳父。”

公孙璞大吃一惊，说道：“妈为什么一直没有告诉我？”

武林天骄道：“黑风岛主是个坏人，这门婚事是你父亲在你周岁之时给你定下的。你的母亲可并不想结这门亲事，因此也就不想给你知道了。”

公孙璞呆了半晌，想起了宫锦云的许多言行可疑之处，这才明白过来。心想：“怪不得锦云几次三番和我提起她的爹爹，刚才在酒楼上又和我说那番话，原来都是试探我的。试探我知不知道有和她自小订婚的这桩事情。”又想：“那个女子说的果然都是真的，但却不知她为什么要跑来告诉我？”

心念未已，笑傲乾坤已是向他问道：“什么人告诉你的？”

公孙璞道：“是一个我不认识的年轻姑娘。”当下将那个女子的说话和盘托出。

笑傲乾坤道：“老一辈的武林人物我们二人十九知道，这位姑娘我可是猜不出她的来历了。不过，听你说来，她对你倒是一番好意呢。”

武林天骄道：“她说黑风岛主已经来到这儿，要取你的性命。此事宁可信其有，不可信其无。你跟我们一同走吧。”

公孙璞道：“奚大哥下落不明，小侄怎好置之不理？”

笑傲乾坤道：“奚玉帆恐怕是碰上了黑风岛主了。檀兄，黑风岛主既然是在这个地方，咱们正好出手将他除了。”

公孙璞心头一跳，想道：“锦云可是一位好姑娘，对我也很不错，倘若杀了她的父亲，我可是不好见她了。”当下说道：“黑风岛主二十年来遁迹海外，过去纵有恶行，似乎可饶他一命？”

笑傲乾坤哈哈一笑，说道：“你要替你岳父说情吗？”忽地收了笑容，正色说道：“你妈不愿意你结这门亲事，你大可不必把黑风岛主作岳父。”

公孙璞满面通红，说道：“叔叔取笑了。侄儿不过就事论事而已。”

武林天骄点了点头，说道：“与人为善，原也应该，好吧，待我们找着了黑风岛主，看他是否仍是怙恶不悛，那时再行定夺杀不杀他吧。”

于是三人展开轻功，在这小镇周围的十里之内搜索一遍。黑风岛主早已走了，当然是找他不着。

不过虽然找不着黑风岛主，却探出了奚玉帆的下落。孟霆是在附近一家农家买了一辆骡车乘载奚玉帆的，那家农家说是虎威镖局的镖头买他的骡车安顿病人，又说出了那两个人的形貌，华谷二人一听就知道那个镖头乃是孟霆，公孙璞也知道那个病人是奚玉帆了。

笑傲乾坤道：“奚玉帆有孟霆护送回家，你可以放心了。你现在是想往金鸡岭呢还是和我们同走?”

公孙璞懂得他的意思，和他们同走，那就不用害怕黑风岛主。但公孙璞却道：“我和奚大哥约好在金鸡岭见面的。请恕我不能跟两位叔叔了。”

笑傲乾坤点了点头，说道：“武林中人讲究的是义气两字，既然如此，我也不勉强你了。”

武林天骄道：“少年人不经磨练，不遭风险，亦是难成大器。不过黑风岛主的本领实在厉害，听说他遁迹海外二十年，已经练成了七煞掌绝技，伤人立死。我和你的叔叔倘若是和他单打单斗，只怕也未必准能赢得了他。你自幼得当世的三位武学大师授以正宗的内功心法，黑风岛主的七煞掌未必取得你的性命，不过，你一定是打不过他的，受伤恐怕是难免了。因此我以为若非万不得已，还是避开了他的好。他既然知道了你是要去金鸡岭，想必会在路上截你。你别走大路，兜个圈子，找小路走吧。”这个意见和那个女子说的正好相同。

笑傲乾坤、武林天骄走后，公孙璞不由得心乱如麻了。

原来公孙璞之所以要坚持去金鸡岭，表面上的理由是为奚玉帆，其实更主要的却是为了宫锦云的缘故。奚玉帆已经有孟霆护送回家，他可以放心得下，但他却约好了宫锦云等他的，他怎能失信于她?

公孙璞心里想道：“妈的一生受了爹爹之害，对爹爹的那些臭味相投的朋友，自是恨之入骨，理所当然。可是锦云却是个好姑娘，怎可把她和她的父亲相比？”又再想道：“可是妈不愿意我结这门亲事，我又怎可违背妈的意思？”

公孙璞心乱如麻，极为苦恼，忽地想道：“我的父亲生前不也是一个大魔头吗？倘若别人因此而歧视我，我又怎样？己所不欲勿施于人！”

想至此处，公孙璞终于下了决心，心里想道：“这门亲事我可以不结，但至少我应该把锦云当作一个朋友。我不能失约于她！”

公孙璞是约好了宫锦云在大路上等他的，但武林天骄的嘱咐则是要他舍大路而走小路，公孙璞不想失约于宫锦云，想到了一个两全之法，走到了通往金鸡岭的大路上，在路口等宫锦云，心想待会合之后，再走小路不迟，哪知等到天亮，仍然不见宫锦云的踪迹。

原来宫锦云在他和华檀二人会面的时候，已经到了那家客店了。现在她早已从那客店出来，但走的却是小路。这里面有个缘故。

且说宫锦云把奚玉帆交给孟霆，立即匆匆忙忙赶回客店，店主人见了她，说道：“你那位朋友已经走了，他留有话给你，叫你到原来要去的地方，他在那里等你。”

“原来要去的地方”，那当然是金鸡岭了，宫锦云得到公孙璞的留话，稍稍放心，但仍是不禁思疑不定，问道：“为什么他要先走，他可曾说吗？”

店主人望了宫锦云一眼，迟疑半晌，说道：“你这个贵友可没有说。”

宫锦云察觉店主人面色有异，取出一锭元宝，在掌心搓了一搓，递给他说道：“你一定知道其中缘故，你说，他是因何走的？你告诉我，这锭元宝就是你的了。”

店主人接过元宝一看，不觉大吃一惊，原来这锭元宝给宫锦云搓了几搓，两头翘起的圆形元宝已经给她搓成扁平，变成了一块长方形的“银饼”了。

店主人在宫锦云威胁利诱之下，只好如实地告诉宫锦云道：“实不相瞒，你那位朋友是和一个女子出去的。”

宫锦云诧道："什么样的女子？"

店主人道："他们跑得很快，我可没有看得清楚。"

宫锦云心念一动，说道："虽然看不清楚，也总见了一面吧？这女子是否瓜子脸儿，身材很是苗条的？"

店主人想了一想，说道："不错，她大约也是你的朋友吧？"

宫锦云道："不错，我认识她。多谢你了。"立即离开那家客店。

宫锦云听说的那个女子，也正就是她刚才救护奚玉帆之时，所碰见的这个骑马路过的女子。

当时宫锦云不过觉得"似曾相识"而已，如今在心情恢复平静之后，仔细想想，终于想起了她是谁了。

"一定是金霞岛的厉姐姐。"宫锦云心想。

原来金霞岛是孤悬东海的一个小岛，和黑风岛相距甚远，但岛主厉擒龙却是黑风岛主宫昭文的好朋友。

宫锦云曾听得父亲说过，金霞岛主厉擒龙的武功深不可测，他的七煞掌之所以练得成功，也曾得过厉擒龙的好些帮忙。

厉擒龙有个女儿，名叫厉赛英。像黑风岛主一样，他也是只此一女，十分疼爱的。给女儿取这个名字，大约就是希望女儿赛过英豪的意思。

厉擒龙曾到过黑风岛几次，但只有一次是和他的女儿同来的。那已经是五年前的事情了。宫锦云和他的女儿同年，那年都只是十五岁，相处不过三天，是以宫锦云在路上匆匆一瞥，竟然认不出她。

宫锦云想起了是厉赛英之后，暗自思量："厉姐姐定是知道我的爹爹来到此间，跑来叫公孙大哥逃跑的。她是个聪明人，也一定会叫公孙大哥走小路别走大路。"

宫锦云猜得不错，但只有一样她猜不出来的是厉赛英为什么不下马见她？"难道她也认不出我吗？"

公孙璞留下的话是说在金鸡岭等她，可没有说明白是要她走大路还是走小路，小宫锦云自作聪明，以为厉赛英一定要叫他从小路走的，于是立即离开客店，从小路追踪而去。

且说公孙璞在路口等到天亮，不见宫锦云的踪影，不无忧虑，心里想道："难道她是遭遇了什么意外？还是早已走了？"为了求得解答，公孙璞又再回到那家客店打听。

店主人道："你那位朋友昨晚回来，早已走了。"公孙璞听得他这么说，这才放下了心。

公孙璞问道："她是昨晚什么时候回来的？可留下什么说话？"

店主人道："你走了不到一个时辰，她就回来了，我都未曾睡呢。我把你的话告诉她，她立即就走，什么话也没说。"店主是个老于世故的人，他怕公孙璞怪他多嘴，不应说出他是去追赶一个女子的事情，是以隐瞒了他和宫锦云的那些说话。

公孙璞也是自作聪明，心里想道："我和她说好了是在往金鸡岭的路上等她，她当然是走大路的了。"

公孙璞算算时间，宫锦云是在他会见笑傲乾坤与武林天骄的时候，便已离开这间客店的，亦即是说比他早走两个更次，公孙璞生怕追她不上，出了市镇，便即施展轻功，跑得飞也似的快，路上行人的惊诧和注视，他也只当看不见听不到，顾不得那许多了。

一口气跑了将近两个时辰，一路之上，始终没有发现宫锦云的踪迹，饶是公孙璞的内功深厚，亦已跑得满头大汗，感到有点儿累了。

正在急跑之间，忽然看见路旁的林子里有个女子一晃，公孙璞怔了一怔，不知不觉的停了下来。

原来这个女子正是昨晚跑来客店叫他逃走的那个厉赛英。

公孙璞看清楚之后，不觉"啊呀"一声叫了出来，说道："咦，原来是你，你怎么还在这儿？"

厉赛英从树林里钻出来，噗嗤一笑，也是用同样的口吻说道："咦，原来是你，你为何不听我的说话？"

公孙璞道："你走这条路，可见着宫姑娘没有？"

厉赛英道："她知道爹爹来了，要嘛就是跟她爹爹回去，要嘛就是找个地方躲开，怎的会走这条路？"

公孙璞道："她和我约好的，她是个胆大的姑娘，一定是在这条路上等我。"

厉赛英笑道："所以你就赶得满头大汗了。看不出你倒是个有情有义的汉子哩！"

公孙璞满面通红，频频揩汗，掩饰窘态。厉赛英笑道："瞧在你这样着急的份上我就告诉你吧。我是曾经看见过你的那位宫姑娘，不过不在这条路上。"

公孙璞连忙问道："她走的是哪条路？"

厉赛英又笑道："我看见她的时候，她并不是走着路的，她停留在路边，有个男子躺在地上，看样子受伤很重，她正在给她的朋友治伤。"

公孙璞道："是什么时候的事情？"

厉赛英道："是昨晚日头刚刚落山的时分。后来我就进市镇找你了。"

公孙璞好生失望，因为厉赛英说的这个消息，对他找寻宫锦云，毫无帮助。

奚玉帆受伤的消息他早已知道，公孙璞心里想道："想必是锦云发现了奚大哥受伤，后来她把奚大哥托给了孟霆就回来找我的。"厉赛英看见宫锦云的时候，天还未黑，宫锦云后来回到那间客店，则已是将近三更的时分。公孙璞要知道的是宫锦云在三更之后，出了市镇走向何方，而并不是要知道日落之前，宫锦云曾在何处。

厉赛英道："那个受伤的男子是谁？"

公孙璞道："是我一位姓奚的朋友。"

厉赛英道："他是不是和你们同住一家客店的？"公孙璞道："不错。"

厉赛英点了点头，说道："这就对了。"公孙璞怔了怔，道："什么对了？"

厉赛英道："想必是黑风岛主把你这位姓奚的朋友当作是你，这才施展杀手的。"

厉赛英的这个判断和华檀二人的判断相同，公孙璞也早已想到了。不过，厉赛英用的是"施展杀手"四字，公孙璞听了，却是不禁大吃一惊。心里想道："我只道奚大哥只是受了点伤，有孟霆护送回家，自可放心得下。若然有性命之危，那就糟了！"

公孙璞想至此处，不禁冷汗直流，连忙问道：“他的伤势怎样，你可曾瞧见么？”

厉赛英道：“我没有走近去瞧，不过也不用仔细的瞧了，我一看就知道是中了七煞掌。”

公孙璞是曾经听得武林天骄说过“七煞掌”的厉害，大惊之下，问道：“那么，依你看来，可有性命之危？”

厉赛英道：“除非你这位朋友的内功可以和黑风岛主抗衡，否则只怕他这条小命是保不住的了。”这话其实即是等于直说奚玉帆难逃一死，因为如果他的内功是和黑风岛主不相伯仲的话，他也不会轻易的着了黑风岛主的七煞掌了。

公孙璞吓得变了面色，说道：“想不到我连累了奚大哥，这怎么办呢？”

厉赛英笑道：“你还是别忙着替别人担忧吧，你不赶快逃，只怕你的小命也将不保！”

公孙璞道：“多谢你的好意，不过——”

厉赛英笑道：“不过你还是痴心不息，要在这条路上等你那位锦云姐姐，是么？”

公孙璞道：“姑娘休得取笑。”他只是请求厉赛英别开玩笑，可并没有否认。厉赛英道：“那么你为了锦云姐姐的缘故，也该避开她的爹爹才是。否则你若是给她的爹爹打死，锦云姐姐岂不是伤心一世？”

公孙璞心道：“黑风岛主也未必就能一掌打死了我。”说道：“生死有命，他若是一定要找我的晦气，避也避不开的。对啦，我还没有请教姑娘你的高姓大名呢。你和锦云想必是要好的朋友吧？”

厉赛英说了自己的姓名，接着说道：“我也不知道怎样才算得是好朋友，好多年前，我曾经做过锦云姐姐的客人，和她一起玩得很是开心。”

公孙璞心念一动，说道：“这我就有点不明白了。”厉赛英道：“不明白什么？”公孙璞道：“你和锦云既然是青梅竹马之交，刚才你在路上看见她，为何不下马与她相见？”还有一个问题，他想问而没有问的是：“你那匹马呢，为何也不见了？”

厉赛英噗嗤一笑，说道：“锦云姐姐很是聪明，你却似乎就没有她那样聪明了，这你还猜想不到？”公孙璞面上一红，说道：“我本来就是一个笨人。”

厉赛英笑道：“你猜想不到，我就告诉你吧，这都是为了你的缘故。”

公孙璞怔了一怔，道：“为了我的缘故？”蓦地恍然大悟，说道：“啊，对了，我明白啦，你是因为看见黑风岛主伤了我那位朋友，恐怕他随后就要来对付我，因此无暇与锦云聚话了。”

厉赛英道：“还有一个原因，你就猜不着了。不过，这个原因，你猜不着也不能算是你的糊涂。”

公孙璞诧异道：“还有什么另外的原因？”

厉赛英道：“我想和锦云姐姐玩玩捉迷藏的游戏。以前我和她玩捉迷藏，老是输给她，这次非赢她不可。实不相瞒，我那匹坐骑，我也已经叫人送给她了。”

这个“理由”公孙璞当真是怎也料想不到，不觉给她逗得笑了起来，心里想道：“我只道锦云已是够顽皮，够精灵了，哪知这位姑娘的刁钻还在锦云之上。”

公孙璞问道：“你为什么把坐骑送给锦云，你既然不知她走的哪一条路，那个人又能找着她吗？”

厉赛英笑道：“你问得太多了，不过也不妨告诉你，那个人是锦云的老家人，也就是她昨天追赶的那个‘小偷’。”

公孙璞这才明白，心里想道：“原来如此，怪不得锦云昨天匆匆忙忙就跑下酒楼去追赶那个小偷。”

厉赛英接着说道：“至于我为什么要送给锦云坐骑，那是我有意让她占点便宜，这样一来，我和她玩‘捉迷藏’的游戏，她输了也输得心服口服。”

公孙璞笑了起来。厉赛英笑道：“你笑什么，笑我孩子脾气？”公孙璞不会遮瞒，坦率地点了点头，说道：“不错。你和锦云一样，都是孩子脾气。”但还有一点他没有告诉厉赛英的是：他一方面觉得厉赛英是“孩子脾气”，另一方面，他又觉得厉赛英像“谜”一样难解。

厉赛英忽地面色一端，说道："好，现在和你说正经话了，黑风岛主是从来没有见过你的，周岁以前，他见过你不算。对么?"

公孙璞笑道："不错，这又怎样?"

厉赛英道："好，把你的玄铁宝伞给我!"

公孙璞愣了一愣，说道："为什么?"

厉赛英道："他不认得你，但却知道你有一把玄铁宝伞。你给了我，就是碰上了他，也无妨了。"

公孙璞道："对不住，我不能给你。"

厉赛英道："你怕我要了你的?你舍不得!"

公孙璞摇了摇头，说道："不是这个缘故。我若是怕他认出玄铁宝伞动手杀我，我岂不是胆小如鼠了?"

厉赛英笑道："哦，原来你是怕人说你胆小鬼。好，现在我说你是大英雄、大豪杰，请你把玄铁宝伞给我成不成?"

公孙璞道："这两顶高帽我也戴不起。"

厉赛英道："呀，你这人真麻烦，这也不行，那也不行。那么这可是你说过的，你说的并非舍不得玄铁宝伞，现在就请你把我当作一个朋友，把你的玄铁宝伞送给我。若是碰上黑风岛主，你就空手和他打架，这样就更没人笑你胆怯了。这样，行了吧?"

公孙璞拙于言辞，一时间想不出如何回答，厉赛英又已说道："大丈夫言而有信，除非你不把我当作朋友!"

公孙璞给她一激，说道："好，玄铁宝伞就送给你。"

厉赛英接了过来，笑道："多谢了。"就在此时，忽地隐隐听得有好像拐杖点地的声音，远远传来。

厉赛英忽道："我现在要和锦云的爹爹玩捉迷藏了，我躲着不出来，你一个人对付他。"公孙璞只道她是害怕黑风岛主，说道："好，那你就躲起来吧。"

厉赛英钻入林子，说道："记住，对付黑风岛主，不可用那两大毒功。"这两句话她是用传音入密的功夫说的。说了不久，果然就有一个青袍老者来了。正是：

假作真时真作假，要逃毒手必须瞒。

欲知后事如何，请听下回分解。

第四十一回　宿怨未消多险阻
私心竟欲夺良缘

公孙璞心里明白，这个青袍老者，就是宫锦云的父亲，亦即是江湖上闻名丧胆的大魔头黑风岛主宫昭文了。

这霎那间公孙璞不由得心乱如麻，想道："奚大哥伤在他的手下，死生未卜，偏生他又是锦云的父亲，却叫我如何对付他才是？"

心念未已，这青袍老者已经站在他的面前，直上直下的向他打量，冷森森的目光，瞧得公孙璞也不禁有点心里发毛。

问题已不在于公孙璞要如何对付他，而是他要对付公孙璞了。

公孙璞给他寒冰利剪般的目光瞧得心里着慌，却不知黑风岛主接触到他的目光，也是不由得心头一震。

公孙璞的目光精华内蕴，黑风岛主是个武学的大行家，一看就知道这个少年身具上乘的内功。

黑风岛主不觉吃了一惊："这少年年纪轻轻，内功的根底倒似甚为深厚，他不会就是公孙璞吧？"

公孙璞沉住了气，说道："老丈有何指教？"

黑风岛主道："你的功夫很不错啊，尊师是哪一位？"

公孙璞道："晚辈练的不过是庄稼汉的把式，三脚猫的功夫。说出来没的辱没了家师的名字。"

黑风岛主"哼"了一声，说道："你是何人？"

公孙璞诈傻扮懵，说道："我是个过路的人。老丈，你呢？"

黑风岛主冷笑道："我是勾魂使者，谁碰上我谁就倒霉！"

公孙璞道："我有一位姓奚的朋友，不知你老曾否碰上？"

黑风岛主道："碰上了，他已经给我一掌打死了啦!"

公孙璞不觉咬了咬牙，忍不住说道："黑风岛主，你与他无冤无仇，因何下此毒手?"

黑风岛主哈哈大笑："老夫杀人，从来不问因由！嘿，嘿，哼，哼！你知我是谁人，却还故意问我，这就是死罪一条！快把你的姓名来历报上，或许老夫还可网开一面，法外施恩!"

公孙璞冷笑道："你好好的问我，或许我还会说给你听。大丈夫死则死耳，岂能任人欺侮!"

黑风岛主面色一变，说道："你不告诉我，难道我就没法知道了吗？看掌!"声出掌发，突然就是一掌向公孙璞打下来!

公孙璞早有准备，一招"大衍八式"，挥掌还击，招数是桑家的"大衍八式"，用的却是明明大师所授的内功心法。

只听得"篷"的一声，公孙璞倒退三步，黑风岛主也不禁身形一晃!

黑风岛主抬眼一看，只见公孙璞面色如常，并无中毒的迹象，不由得骇然暗惊，茫然莫解。

黑风岛主自视极高，对付一个后生小子，当然不会一上来便即使用全力，但虽然没有使用全力，他那一掌亦已是用了八成功力再加上毒功的。因为他看出了公孙璞内功颇有根底的缘故。

在黑风岛主一掌向公孙璞打下去的时候，他定以为公孙璞不死亦必重伤，哪知双掌相交，对方非但不死不伤，连跤也没有摔!

非但如此，他自己反而给公孙璞的掌力震得晃了一晃，而且连对方的家数也未看得出来!

黑风岛主在海外苦练了二十年，自信功力足可与当世的一流高手如笑傲乾坤、武林天骄、蓬莱魔女等人抗衡，不料如今和一个不知来历的少年对掌，竟然给他震得晃了一晃，虽然只是晃了一晃，他这一惊已是非同小可了!

而更令得他惶惑的是：他竟然连对方的家数也未看得出来!

要知黑风岛主见多识广，各家各派的武功，他只须看上一眼，便知来历。但如今他却不知公孙璞使的哪一门武功。

原来公孙璞的"大衍八式"，乃是桑家的不传之秘，是公孙璞的外祖父桑见田生前刻在石室之中的。这套大衍八式只有公孙璞的母亲桑青虹知道，桑青虹传给了他的师父耿照（事详《狂侠·天骄·魔女》），此外就没有第三个人知道了。

黑风岛主和公孙璞的父亲公孙奇虽然是好朋友，但公孙奇却不知道，他当然是更不知道这套“大衍八式”的来历了。

而公孙璞所用的内功，乃是明明大师所授的佛门内功心法。明明大师练成了内功心法之后，从未曾在江湖上用过，黑风岛主当然也不知道。

黑风岛主茫然不解，一怔之后，心里想道：“莫非我又走了眼了？这小子不是公孙璞?”随即又想：“这小子年纪轻轻，竟有如此本领，用不着再过十年，只怕他的武功就要远胜于我！管他是不是公孙璞，杀了他再说!”

杀机一起，黑风岛主喝道：“好小子，再接我的一招!”

身形疾掠，兔起鹘落，黑风岛主扑上前来，话犹未了，手上的青竹杖已是向公孙璞点去!

黑风岛主的独门点穴手法也是厉害无比的，他能够在一招之间，点对方的七处穴道，而且能伤对方的奇经八脉!

公孙璞喝道：“好狠的点穴功夫!”避过杖头，一掌便击下去!

原来公孙璞自幼得三位当世的武学大师传授武功，在点穴方面，是蓬莱魔女的父亲柳元宗传给他的“惊神指法”，这套指法，是当世至高无上的点穴功夫。一理能，百理融，故此黑风岛主的独门点穴手法虽然厉害，却也奈何不了他。他一看就知道了对方是要点他哪几处穴道了。

不过，公孙璞却没有用点穴功夫还击，他一避开杖尖，便即一掌击下，使的仍然是明明大师所授的佛门内功。

可是他这样应招却难免吃亏了，黑风岛主的功力远胜于他，这一次已是用上了全力，公孙璞一掌击下，黑风岛主竹杖一挑，登时就把公孙璞摔了一个筋斗!

但公孙璞虽是吃亏，却也有个好处，因为如果他用柳元宗所授的“惊神指法”的话，难免给黑风岛主识破。如今他仍然用明明大师秘传的内功心法，黑风岛主无法猜出他的来历。

黑风岛主的那根青竹杖是件宝物，可是虽没给公孙璞打断，却也裂开少许，因而黑风岛主本人也不禁心头一震。

黑风岛主冷笑道：“好小子，看你还跑得了吗？”

公孙璞跌倒地上，正自一个“鲤鱼打挺”，要跳起来，黑风岛主已然赶到，眼看手起杖落，公孙璞性命即将不保！

忽听得一个清脆的声音叫道：“宫伯伯，住手！”

厉赛英笑嘻嘻的从树林里钻了出来。

黑风岛主吃了一惊，说道：“厉姑娘，你怎么也在这儿？他是谁？”

厉赛英道：“宫伯伯，你怎么打起我的朋友来了，我就是和他一道来此的呀！”

黑风岛主道：“哦，他是你的朋友？那你刚才躲在哪儿，为何不和我说？”

厉赛英笑道：“我是想看看他的功夫呀！宫伯伯，他的功夫不错吧？”

黑风岛主“哼”了一声，说道：“不错，很不错！他叫什么名字？”

厉赛英道：“他叫耿除奸，宫伯伯，他可没有得罪你呀，你为什么要杀他呢？”

公孙璞听得厉赛英胡乱给他捏造一个名字，心里好笑，却也只好默认。忽地心念一动，想道：“我的小名叫做去恶，这是我妈给我起的，外人决不会知道。这个厉姑娘给我捏造的名字叫做‘除奸’，‘除奸’和‘去恶’刚好相对，难道她不是胡乱捏造，而是颇有深意的吗？”

黑风岛主眉头一皱，说道：“你这个朋友的名字好古怪！看在你的份上，我可以不杀他，但你们必须和我说个清楚！”

厉赛英撅着小嘴儿道：“什么事呀，宫伯伯你这样凶？好，请问吧！”

黑风岛主指着公孙璞和厉赛英说道：“我昨日打伤了一个人，他说这个人是他朋友，你知道吗？”

厉赛英道：“知道什么？”

黑风岛主道："他说的是真是假？这个人又是什么人？"

公孙璞怫然道："是我的朋友就是我的朋友，我为什么要说谎话？"

厉赛英却笑道："知道。这个人是百花谷的少谷主奚玉帆。说得确切一点，这位奚少谷主本来是我的朋友。不过，既然是我的朋友——那也就当然是他的朋友了。"

话中之意，即是说她与奚玉帆认识在前，公孙璞只是由于她的关系，方始和奚玉帆交上朋友的。这话一方面给公孙璞开脱，一方面又显示了她与公孙璞的关系非比寻常。

厉赛英一口说出了奚玉帆的来历，公孙璞也觉得有点惊异，心想："这位姑娘年纪轻轻，江湖上的事情和人物，她倒是知得不少。"心里虽然不高兴厉赛英为他说谎，但却也是当然不便揭破她了。

黑风岛主道："好！这位姓奚的既然是你的朋友，那我就必须问个明白了。这人曾经亲口对我说过，他是和小女同住在一家客店的，你们可也是住在那家客店？"

厉赛英抢着答道："这倒不是，我们有我们一对，他们有他们一对，各自走的。"说话之际，双颊微红，说完之后，羞涩一笑。公孙璞眉头一皱，心里想道："这小姑娘也未免太会装模作样啦。如此一来，没的却叫这黑风岛主胡乱猜疑了。"

黑风岛主果然起了猜疑，心里想道："莫非我这宝贝女儿喜欢的不是公孙璞，却正巧就是给我打伤了的那个奚玉帆么？不过，我也暂且不管这些，先得知道云儿的下落。"

于是黑风岛主便接着问道："虽然你们不是住在一家客店，但你既然知道小女是在此地，想必也知道她的去处吧？"

厉赛英毫不踌躇，马上笑道："当然知道。锦云姐姐是要往金鸡岭去的。而且我知道她走的哪一条路呢！"

黑风岛主大喜道："快告诉我，哪一条路？"

厉赛英用手一指方向，说道："就是西边的这条小路，你快去找她吧。"

黑风岛主道："你当真没有骗我？"

厉赛英道："你不相信，那就算了。你的家人张弓也正在这条路上呢，你大可以去看一看，用不到一个时辰，就可以见着他了。他会证实我的说话的。"

黑风岛主回过了身，厉赛英巴不得他早走，心里正自欢喜，不料黑风岛主忽又站着，回过头来。

厉赛英吃了一惊，只听得黑风岛主说道："对啦，我忘了问你，你和这姓耿的小子又是什么样的朋友?"

厉赛英刚才给公孙璞捏造了一个"耿除奸"的名字，黑风岛主口中所说的"这姓耿的小子"当然就是指公孙璞了。

厉赛英双颊晕红嗔道："宫伯伯，你查根问底干吗?难道你还不明白?"

黑风岛主正色说道："我不是和你开玩笑的，非查根问底不可!"原来他的心里是在想："若然这小子和她仅是朋友，那我还是非把这小子杀掉不可!"

厉赛英佯嗔说道："你一定要问，我只能这样对你说了。我、我也不知道和他是什么样的朋友，爹爹叫我将他带回明霞岛去和他见面，你要知道，你回去问我爹爹吧。"

黑风岛主吃了一惊，暗自想道："如此说来，这小子竟是明霞岛主看中的女婿了。当真如此，我倒是不能动他了。"

黑风岛主"哼"了一声，沉声说道："我打伤了你们的朋友奚玉帆，刚才耿老弟好像要找我算账，因此我还是要问个清楚，耿老弟，你还打算不打算给你这位朋友报仇?"

厉赛英连忙摇手示意，公孙璞却是忍不住气，说道："你若是打死了我的朋友，现在报不了仇，将来也还是要报仇。"

黑风岛主冷笑道："他伤在我的七煞掌下焉能活命?好，那么，咱们这个仇是结定的了!"

厉赛英却忽地噗嗤一笑，黑风岛主道："你笑什么?"厉赛英道："宫伯伯，你也未免太自负了，我不信你那一掌就真的打死了他，你是见他当场毙命之后才走的么?"

黑风岛主道："他倒是没有当场毙命，不过他受了我的七煞掌，即使还能苟延残喘，也决不能再活一个月!"

厉赛英佯嗔说道：“宫伯伯你还不明白，是爹爹叫我带他回去的。”

厉赛英笑道："你忘了我爹爹能解你的七煞掌之毒吗？侄女虽然学不到家，料想也还可以救得奚少谷主一命！"

黑风岛主登时明白了她的意思，哈哈笑道："很好，你救活了他，耿老弟也用不着向我报仇了。咱们这段梁子算是解了。"

黑风岛主走了之后，公孙璞满腹疑团，说道："厉姑娘，有两件事情，我要问你，请你和我说实话。"

厉赛英笑道："你怀疑我哪两件事情说谎了？"

公孙璞道："你指那一条路给黑风岛主，这是不是骗他的？"

厉赛英道："不是。"公孙璞吃了一惊，说道："锦云真是走那一条路，那你告诉了她的爹爹，这，这——"

厉赛英"噗嗤"一笑，说道："你急什么？你忘记了我那匹坐骑，我已经交给了张弓，叫他拿去送给你的锦云姐姐么？"

公孙璞瞿然一省，说道："不错，锦云骑着马走，她的爹爹想必是追不上她的了！"

厉赛英笑道："我这匹坐骑乃是日行千里的骏马，黑风岛主轻功再好，也是望尘莫及。所以你现在也不必着急了，黑风岛主追不上她，你亦同样追不上她，到了金鸡岭，你们自然就可见着。"

公孙璞道："锦云没有危险，我自是无须急于见她。我、我——"

厉赛英道："你怎么样？对啦，你只说了一件事情，还有一件又是什么？"

公孙璞道："你说你能治七煞掌之伤，这可是真的？"

厉赛英道："当然是真的。你以为我是骗黑风岛主的吗？"

公孙璞喜道："厉姑娘，你可不可以帮我一个忙？"

厉赛英道："你是要请我去救治你的朋友——百花谷的奚少谷主？"

公孙璞道："正是，你不是说他本来也是你的朋友吗？"

厉赛英道："怎么你又不怀疑我是说谎了呢？"

公孙璞怔了一怔，说道："原来你并非认识奚玉帆的？"

厉赛英道："对啦。不过，我也不是完全说谎，我认识他的妹妹，前几天我还碰见过她呢！"

公孙璞又惊又喜，说道："你认识奚玉瑾？我听得玉帆说过，他们兄妹二人是在洛阳韩家出来之后分手的，他的妹妹说是要回家去，可是玉帆却怀疑妹妹未必真的回家。你是在哪儿碰上她的？"

厉赛英道："前几天在前面的柳河镇上碰上她，她和一个少年男子在一起。"

公孙璞道："柳河镇？这倒是前往江南必经之路。可是那男子又是谁呢？"心想："谷啸风是和我在一起押运宝车的时候出事的，该不会是谷啸风吧？"

厉赛英道："是江南武林盟主文逸凡的掌门弟子辛龙生。告诉你实话吧，我只认识辛龙生，是见了辛龙生，才认识奚玉瑾的。"

公孙璞诧道："这就奇怪，她为什么和姓辛的在一起？"

厉赛英笑道："你也太好管闲事了，她为什么不能和辛龙生一起？这关你什么事？"

公孙璞不想谈论别人私事，说道："好，咱们还是说正经的吧，你肯帮我这个忙，治好奚玉帆的伤么？"

厉赛英笑道："你对朋友倒很热心，不过——"

公孙璞急忙问道："不过什么？"

厉赛英笑道："我并不是一个爱管闲事的人，这次我帮忙你免遭黑风岛主的毒手，都是为了锦云姐姐的缘故。"

公孙璞道："救人一命，胜造七级浮屠。请你再帮我一个忙好不好？"

厉赛英道："帮忙可以，你怎样报答我？"

这一问倒把公孙璞问住了，他是个忠厚老实人，可从没想过帮忙朋友要望报答的。

公孙璞想了一想，说道："日后，你若有什么要我帮忙的话，我舍了这条性命，也必定给你做到。"

厉赛英道："我用不着你这样报答。我也不会有什么要你舍命帮忙的事情。"

公孙璞呆了一呆，说道："那么你的意思是想要我怎样报答？"

厉赛英道："我只要你答应我一件事情。"

公孙璞道："什么事情？"

厉赛英笑道："我现在还没有想起，待我想起了再和你说。"

公孙璞迟疑半晌，讷讷说道："这个，万一我是做不到的呢？"

厉赛英道："你大可不必顾虑，第一、我不会要你做违背于侠义道的事情；第二、这件事情，一定是你力之能及的。"

公孙璞所顾虑的正是这两个问题，厉赛英识穿他的心事，一开口就解除了他的顾虑。公孙璞喜道："好，既是这样，我当然可以答应你。"

厉赛英道："好，那么现在咱们可以去百花谷了。不过这样一来，你就要迟些时候才能见到锦云姐姐了，你愿意吗？"

公孙璞面上一红，说道："厉姑娘休要取笑，我当然是应该陪你往百花谷。"心想："锦云到了金鸡岭，不见我来，当然是难免等得心焦，但到她明白之时，想必她也不会怪我失约。"

厉赛英钻进林子，把那玄铁宝伞取了出来，说道："好，那就走吧。"一面说话，一面把这把玄铁宝伞递给公孙璞。

公孙璞道："这把伞我是已经送给了你的。"

厉赛英"噗嗤"一笑，说道："傻子，你以为我是当真要你的宝物吗？我只是为了不让黑风岛主知道你是公孙璞罢了。"

走了一程，厉赛英忽又笑道："我刚才和黑风岛主所说的话，许多地方你都怀疑我是说谎，但有一句话，你却还没有问我是真是假呢？"

公孙璞怔了一怔，说道："哪一句话？"

厉赛英道："我说要把你带回家去见我的爹爹。"

公孙璞笑道："这句话我不用问你，也知道你是有意骗黑风岛主的了。"

厉赛英侧目斜睨，淡淡说道："是吗？但或许是真的呢？"

公孙璞笑道："厉姑娘，你真会开玩笑！"厉赛英道："为什么你以为我开玩笑？"公孙璞道："令尊又不认识我，甚至恐怕根本就不知道有我这个人，怎会要你带我去见他呢？"

厉赛英道："那你猜我为何出来的？"

公孙璞道："我猜多半是和锦云一样，私自逃跑出来的。"心想："她们都是一样的淘气，想必我没有猜错。"

厉赛英道：“如果我说，我是爹爹特地差遣出来，要我找着你这个人，把你带回去的，你信不信?”

公孙璞忍不住哈哈大笑，说道：“哪有这个道理！厉姑娘，请你别再老是和我开玩笑啦。”

公孙璞哪想得到，厉赛英这次说的句句是真，一点也不是和他开玩笑的。

厉赛英微感失望，暗自思量：“他以为我是和他开玩笑，他的心里当然是不愿意跟我回去的了。我纵然可以叫他遵守诺言，跟我回去，但这又有什么意思?”想至此着，心中不觉苦笑：“看来这一次我又是输给锦云的了。”

五年前的往事重现心头，那年厉赛英和父亲到黑风岛作客，宫锦云天天陪着她玩，两人一般年纪，甚是投机。

但也正因为她们都是十四五岁的小姑娘，又是同样给父母娇纵惯的，因此有时也就难免发生彼此各不相让、爱强斗胜的事情。

有一次宫锦云笑她不会打扮，像个乡下姑娘。宫锦云是曾经跟随父亲到过陆上的，厉赛英却从未离开过明霞岛，不知道“乡下姑娘”是怎样的人，只是从宫锦云的神情语气之中，懂得这是轻视她的意思。

宫锦云一张小嘴甚为刻薄，知道她不懂，指着小溪里游水的一只鸭子给她看，说道：“乡下姑娘就是像一只丑小鸭一般，这你懂了吧?”气得厉赛英哭了一场。

又有一次，宫锦云和她比试功夫，厉赛英输了给她，宫锦云大为得意，厉赛英也是一个好胜的小姑娘，忍不住就说：“你爹爹练成了七煞掌都亏得我爹爹的帮忙，你神气什么?”这件事后来给宫昭文知道了，把女儿责骂一顿，气得宫锦云也哭了一场。但厉赛英因为比什么都输了给她，心里当然也是十分不舒服。

当然小孩子是不会记恨的，这些小事也并没有影响她们的友谊，不过，厉赛英虽没记恨，这两件事情她却是忘不了的，总想着有一天要胜过宫锦云。

女儿的心事总是瞒不过父母的，有一天她跟父亲练一套金霞掌法，练得没精打采，她的父亲皱了皱眉，接着笑道：“你不是想胜过锦云姐姐么？这也并不难啊，只要你练成功这套金霞掌法，就可以胜过她了。不过你可得多用点心才行。”

厉赛英仍是闷闷不乐，说道：“招数上胜过她也没用。爹，我是不是生得很丑？”明霞岛主笑道：“谁说我的女儿长得丑？”厉赛英道：“宫锦云说的，她说我是丑小鸭！”明霞岛主哈哈笑道：“你自己都不知你长得多美呢！不但美过她，我见过的女孩子没有一个比得上你的好看。”

厉赛英道：“我不相信，除了锦云姐姐，我又没有见过第二个女孩子。”明霞岛主哄她道：“好，只要你练成了武功，我就让你到中原去开开眼界，那时你就知道我不是骗你的了。”

一晃几年，厉赛英几乎都忘记这件事了，有一天她的父亲和她说道：“赛英，你今年十九岁了，是不是？”厉赛英道：“是又怎样？”忽然想起昨晚爹娘闲话家常，她无意间听到的几句话，母亲说：“赛英今年十九岁了啊，你做爹爹的为什么老是不放在心上？也该给她找个婆家了呢！”父亲说：“我正是在为着此事伤神呢，不知谁配得咱们的女儿？总不能让一朵鲜花插在牛粪上。”

母亲笑道：“你是老王卖瓜，自赞自夸。”父亲哈哈笑道：“什么自赞自夸，咱们的女儿，你不是也有一份的吗？”

厉赛英想起昨晚偷听到的这几句话，不禁面上一红，心道：“莫非爹爹是要给我找婆家了？”她对外面的事情毫无所知，但一个女儿家长大了就要嫁给男人，这却是不用父母说她就知道的，隐隐觉得这是一件可羞之事。

岂知她的父亲说出话来，却并不是她想的这回事。明霞岛主说道：“你十九岁了，算得是成人了。你的功夫虽没大成，但也总可以比得上你的锦云姐姐了。你不是想胜过她吗？要不要试一试？”

厉赛英笑了起来，说道：“爹，亏你还记着这件事。我和她现在都是长大了，怎还好意思找她打架。”

明霞岛主笑道：“我不是要你和她打架。我给一个难题与你，你做得到就是压倒了你的锦云姐姐了。很好玩的，你干不干？”

明霞岛主行事怪僻，不过做女儿的是不知道父亲不同于常人的。她只觉爹爹像她一样的“孩子气”，很是好玩，便兴致勃勃地说道："好呀，爹爹，你说说看。"

明霞岛主说道："锦云有个未婚夫名叫公孙璞，不过他们是未见过面的，现在你的宫叔叔正在要他的女儿去找这个人呢。"

其实宫锦云乃是瞒着父亲私逃，明霞岛主厉擒龙以为她是黑风岛主叫她去的，这只是他的猜测而已。

厉赛英听了父亲的话，莫名其妙，说道："锦云姐姐有了婆家，那很好呀。可是这和咱们又有何干？"

明霞岛主说道："我要你和她暗中赌赛。"厉赛英道："赌赛什么？"明霞岛主道："你记得吗，我答应你在功夫练成之后，就让你到中原去开开眼界的。现在你可以去啦，我希望你找着那个公孙璞，将他带回来见我。这样，宫锦云想做而不成功的事，给你做到了，你不是赢了她吗？"

厉赛英摇了摇头，说道："爹，你是要我抢锦云姐姐的丈夫，我不干！"

明霞岛主笑道："你可以当作是开玩笑呀，谁要你抢她的丈夫？不过，如果将来你当真喜欢上那个小伙子的话，要嫁给他我也可以给你作主。谅黑风岛主也不敢奈何你的。"

厉赛英心想："我受过她的气，和她开开玩笑，气气她也好。"于是说道："好，那么说好了我只是开玩笑的。可是我又不认识那个公孙璞，怎能引他回家。"

明霞岛主说道："我早已打听得清楚了，我所知道的事情，黑风岛主都还未知道呢。"当下将他所打听到的，关于公孙璞的一切事情，原原本本、详详细细的都告诉了女儿。

厉赛英虽然不懂人情世故，但人却是十分聪明的，不觉起了疑心，说道："爹，为什么你对这个公孙璞如此留心？不会仅仅是为了帮忙我和宫锦云姐姐开玩笑吧？你不告诉我真正的原因，我也不开这个玩笑了。"

明霞岛主这才把真话说了出来，道："英儿，你只知道我帮忙过宫叔叔练七煞掌，却不知道他也帮忙我练过内功。我和他的内功是同一路子，并非正宗内功，练到了最高境界之时，只怕难免有走火入魔的危险！公孙璞曾得到当代的三位武学大师传授正宗的内功心法，我是要得到他的内功心法，并不是要他这个人。当然，如果你要他的话，那又另当别论。这件事于你于我都有好处，所以真正说来，你还不能当它是开玩笑的啊！”

此际，在公孙璞以为厉赛英是和他开玩笑之时，厉赛英不禁微感失望，心里想道：“他是念念不忘锦云姐姐，当然我可以叫他遵守诺言，跟我回去，但我总不能拆散他们，将来他们见了面，说起这件事情，我岂不是更难为情？”厉赛英独自在江湖上行走已是半年有多，不似从前那样丝毫不通人情世故了，因此也就难免有所踌躇了。

可是，正如她父亲所说那样，这并不是一件开玩笑的事，是要帮忙她的父亲解除走火入魔的危险的，鱼儿已经上了钩，又要放走吗？正是：

忍把深情当儿戏，莫教悔恨到红妆。

欲知后事如何，请听下回分解。

第四十二回　解救灾危来玉女
虚张声势慑魔头

厉赛英又再想道："他答应过我：将来倘若我是有事需要他帮忙，只要这件事情无背于侠义之道，他一定给我做到。他是个诚信笃实的君子，那么如果我求他传我内功心法，想必他也不会推辞？但这话叫我如何说得出口？"

要知一派的内功心法乃是不传之秘，厉赛英虽然不通世务，这个武林禁忌，她却是知道的。她父亲也曾郑重吩咐过她，叫她在把公孙璞带回家中之前，决不能向他露出是要取得他的内功心法的口风。

而且厉赛英又是个心高气傲的姑娘，她自己也不愿意无端接受人家的恩惠，何况这个人又只是她初相识的朋友！"虽然我也曾帮了他一点忙，但因此就要取得他的内功心法，这不等于是做本小利大的生意吗？我说出来，或者他会答应，心里却一定是难免轻视我了！"又再想道："若是我不知道他和锦云姐姐的关系那犹自可，如今我已经知道了他是锦云姐姐的未婚夫了，做这件事不嫌难为情么？内功心法不是一朝一夕就可以学到手的，必须找个僻静的地方，最少也得和他相处十天半月。锦云姐姐知道了，她会怎样想呢？只怕我向她解释，也是难以洗脱嫌疑。"不错，厉赛英是曾想过要和宫锦云开玩笑，气气她的。但当她在江湖上历练一些时日之后，已经不再是以前那样的孩子气了。此际，她平心静气一想，把公孙璞带回家去，这个"玩笑"也实在是有点过分的。

"但是如果放过了他，爹爹将来可能遭受的走火入魔之险又请谁来解救？”厉赛英不禁踌躇难决了。

公孙璞哪知她的心事，他一心一意只是想快点到百花谷去，医好奚玉帆的伤，好早日回来与宫锦云见面，他见厉赛英踌躇不前，不知她在想些什么，便即说道：“太阳尚未落山，咱们还可以赶一段路，快点走吧。到了百花谷，咱们还得再去金鸡岭呢。对啦，你是锦云的好朋友，当然也是想见见她的，咱们再一同去金鸡岭，好不好？”

厉赛英忽地微微一笑，说道：“百花谷你不用去了。”

公孙璞怔了一怔，道：“为什么？”

厉赛英道：“奚玉帆的伤我会给他治好的，若是治不好，你去了也帮不上忙。锦云姐姐等着你，你还是先往金鸡岭见她的好。但望你一路小心，不要给黑风岛主碰上。”

公孙璞听她说得有理，他的心里其实也是想早日见到宫锦云的，当下喜出望外的谢了厉赛英，两人便即分道扬镳，各走各的路了。

厉赛英望着他的背影渐渐消失，叹了口气，心里想道：“他心上只有一个锦云姐姐，我是应该成全他的。爹爹的走火入魔之险乃是将来的事，说不定将来还有机缘可以助他脱此灾难。”

厉赛英兼程赶路，一路平安无事，终于到了扬州。百花谷是扬州的一个名胜之地，一向路人打听，便即有人告诉她是怎样走法了。

江南山水清丽，天下闻名，厉赛英初到江南，放目浏览，但见田亩纵横，港汊交错，波光云影，浅山如黛，处处显出江南水乡的情调。此时正是早春二月，进了百花谷，杂花生树，群莺乱飞，更是如同身在图画，厉赛英不由得欢喜赞叹，心里想道：“奚家兄妹也真会享福，住在这里，无殊世外桃源。”

可是厉赛英却也忐忑不安，暗自思量：“那奚玉帆受了七煞掌之伤，如今已是将近一月，不知他死了没有？如果死了，我可是白走这趟了。”又想：“即使他侥幸未死，想必也是病得很重的了。他不认识我，我突然跑来服侍他，不知他会把我当作什么人？”厉赛英想到要服侍一个陌生的男子，不觉感到有点尴尬，但也觉得这件事很是有趣。心道："但愿他还活在世上。谷中风景如此幽美，我就是在这里多住几天，纵然每天面对病人，大概也不会觉得讨厌的。"

在厉赛英的想法，以为奚玉帆纵然不死，亦必是卧病在床，动弹不得。因此，她但求到了奚家，能够见着奚玉帆已属幸运。哪知她在想象中动弹不得的奚玉帆，此际正在花园之中练剑呢。

且说奚玉帆回家之后，日渐痊愈，护送他回家的孟霆放下了心，在他家中住了几天，便告辞了。

这日奚玉帆试行运功，运气三转，真气已是通行无阻，试出内功业已恢复了七八成了。奚玉帆甚为欢喜，心里想道："我已有将近一个月没有练剑了，今天天气很好，也该练练，免得生疏了。"

奚玉帆在花树丛中练了一会，剑法渐渐纯熟，只是因功力未曾完全恢复，跳跃不如平日的灵活。奚家的剑法是以轻灵迅捷见长的，使到急处，剑气纵横，嗤嗤作响，一片片的桃花，在剑光缭绕之中落下。他这套剑法名为"落英剑法"，练到最高的境界，可以剑削花瓣，树枝毫不动摇。奚玉帆因在重伤之后，轻功受了影响，有一招使得较急，咔嚓一声，把一枝小指头般大小的树枝削断了。奚玉帆叹了口气，心道："俗语说曲不离口，拳不离手，这话当真说得不错。我只不过病了一个月，功力就搁下来了。"

他感到有点丧气，哪知却忽地听得有人赞道："好剑法！"

奚玉帆吃了一惊，抬头看时，只见有三个人不知什么时候进来的，突然间在花树丛中出现。给他喝彩的那个人是个大约五十岁左右的道士。

另外两个人，一个是年约三旬的瘦长汉子，一个却是状貌粗豪的少年。这三个人奚玉帆都不认识。

道士喝彩之后，紧跟在他后面的那个瘦长汉子接着就龇牙一笑，向奚玉帆阴阳怪气地问道："你的好妹子在家么？"

奚玉帆愕然收剑，说道："你们是哪条线上的朋友？"这人见面就问他的妹妹，说话的腔调活像个"二流子"，奚玉帆禁不住心里暗暗嘀咕，想道："瑾妹虽然在外面的时候比我更多，但决不至于交上这样一个下流朋友。"

那瘦长汉子缓缓的举起右掌，冷冷说道："你不认得我，也应当识得我这'化血刀'吧？"

奚玉帆定睛一看，只见这人的掌心渐渐由黑变红，随着他手掌的摇动，发出一股微带血腥味的掌风。

奚玉帆吃了一惊，喝道："西门牧野这老魔头是你何人？"

那瘦长汉子哈哈笑道："算你眼力不错，看出了我的来历了。西门牧野是我师父，濮阳坚是我师兄。"

原来这个瘦长汉子乃是西门牧野的二弟子郑友宝。奚玉帆曾经见过他的师父师兄，但和他则是初次见面。

那粗豪少年拔刀出鞘，虚劈一刀，说道："久仰百花谷奚家是武学世家，奚家子弟，见闻广博，想必你也该认得我这把刀吧？"

这把刀长五尺有多，刀上有一排锯齿，奚玉帆瞧了一眼，说道："大名府祝家庄的锯齿刀号称江湖第一，你老兄想必是祝家庄的少庄主了？"

这粗豪少年很是得意，说道："看在你认得我这把刀的来历，我可以给你一个人情，把你的妹子叫出来吧，省得我们进去搜查，免不了就要和你动粗了。"

奚玉帆心头火起，但他是个颇有涵养的老实人，虽然发怒，也不会破口大骂，说道："你们找我的妹妹，有何贵干？"心想："听说祝家庄的老庄主有个师弟，是出了家的道士，名叫陷空，想必就是这个道人了。"

郑友宝道："你的妹妹带了一个野汉子回来，这野汉子叫辛龙生对吗？辛龙生这个小子和我们有仇，你的妹妹仗着这小子撑腰，又把我濮阳师兄的'化血刀'破了。老实对你说吧，我们是报仇来的！对你的妹妹，我们或者可以从轻发落，辛龙生这小子我们决不轻饶！你叫他们滚出来见我！"

原来郑祝二人在孟七娘家里吃了辛龙生的大亏，因而请出祝大由的师叔，一路跟踪南来。却不知辛龙生和奚玉瑾早已渡过长江，到了江南了。

奚玉帆听了这番言语，倒是不觉怔了一怔，心里想道："瑾妹从来没有和我说过有一个姓辛的朋友，怎的会带回家里来呢？想必又是这小子胡说八道的了。”要知奚玉帆只知道妹妹是和谷啸风相爱，他根本就不知道有辛龙生这个人，当然是不会相信郑友宝的话了。岂知奚玉瑾虽然没有回家，但郑友宝所说的她与辛龙生万里同行的事情，却也并非假话。

因为郑友宝的话说得太难听，饶是奚玉帆涵养功深，也不禁勃然大怒，喝道："你们这些下流胚子给我滚出去！"

郑友宝冷笑道："我们却偏要进去，你怎么样？"

奚玉帆喝道："那就休怪我不客气了！"刷的一剑，指到郑友宝的后心。

郑友宝反手一掌，避招还招，奚玉帆闻得一股淡淡的血腥气味，心头一凛，想道："这厮的'化血刀'似乎比他的师兄濮阳坚还要高明。"一个侧身，"盘龙绕步"，剑锋斜削，刺肩截腕。

郑友宝想不到奚玉帆的剑术如此变化莫测，急切之间，收掌已来不及，正要扑上去拼个两败俱伤，忽觉一股力道推来，陷空道人喝道："退下！"

奚玉帆一剑刺出，剑尖竟给陷空道人的掌力震得歪过一边。奚玉帆立即变招，依势就势，削他膝盖。

陷空道人心道："这小子的功力倒也不弱，不过，祝师侄和郑友宝联手，谅也不会输给他。"

当下"腾"的飞起一脚，他的鞋尖是嵌着铁片的，奚玉帆的剑给他踢个正着，几乎脱手飞去，幸而收剑得快，这才没有着了道儿。陷空道人的鸳鸯连环腿是拳脚兼施的，但跟着而来的一拳一掌两飞腿，却是都落空了。

祝大由赶上了郑友宝，两人要进去搜人，陷空道人忽地喝道："回来！"

陷空道人说道："你们两人缠着这个小子，待我进去！"

郑友宝瞿然一省，说道："不错，还是令师叔进去的好。"

原来陷空道人试出了奚玉帆的功夫深浅之后，暗自思忖："我要胜这小子不难，不过，只怕也得在三五十招开外。他们二人却一定不是辛龙生的对手。"

郑友宝和祝大由都是曾经吃过辛龙生的亏的，仅辛龙生一人，他们已难应付，何况他们还以为奚玉瑾是和辛龙生都在里面的呢？

他们二人本来是倚着陷空道人作为靠山，才敢来追踪辛龙生和奚玉瑾的，此时他们也看出了陷空道人在急切之间胜不了奚玉帆，经他一提醒，这两人当然是不敢轻进的了。

陷空道人一招“羚羊挂角”，右掌向外一扬，左拳翻起，拳出如风，恶狠狠的向奚玉帆面门打来，奚玉帆的剑尖给他的掌力拨过一边，急切间以回剑抵挡，只好仗着轻功闪避，一个“风飐落花”的身法，斜退数步。祝大由和郑友宝双双来到，陷空道人道：“你们看牢这个小子，待我出来。”他估计祝郑二人联手，大概可以略占一点上风，和奚玉帆打成平手。

奚玉帆固然胜不了他们，他们要想打败奚玉帆恐怕也不容易。是以他用的是“看牢”二字，而不是叫他们把奚玉帆拿下。

祝大由是个欠缺“知人之明”的莽汉，听了师叔的话，有点不大舒服，说道：“师叔，你放心，这小子跑不了。你先进去，我们‘料理’了他，跟着就来。”话犹未了，他已提起锯齿刀，朝奚玉帆劈下去。

陷空道人眉头一皱，心想：“大由如此鲁莽，只怕会吃亏。”但他不便灭自己人的威风，又想到郑友宝是个比较稳重的人，有他做师侄的帮手，数十招之内总不至于出什么问题，于是他就不再说什么，便进去了。

锯齿刀擅于锁拿刀剑，祝大由一刀劈下，奚玉帆还了一招“反臂刺扎”，只用剑尖之力，好似漫不经意的迎着刀口刺来，祝大由心头一喜，想道：“好，且叫你着了我的道儿！”

祝大由振臂挥刀，长刀一个盘旋，只待奚玉帆的剑刺来，刀上的锯齿，便可将他的剑尖锁住。哪知奚玉帆这招似实还虚，剑走轻灵，俨如蜻蜓点水，倏然掠过，竟然避开了他的锯齿刀的锁拿，剑锋却几乎是贴着他的刀背似的削了上去。

若是换了别人，奚玉帆这一招奇诡莫测的剑招削实，就可削掉对方的手指。祝大由毕竟是锯齿刀的衣钵传人，虽然轻敌鲁莽，但到了紧急的关头，应变的功夫却也颇是老到，在那间不容发之际，迅速使出“凤凰夺窝”的招数，身随刀走，居然给他恰恰的避过了这一招险招。不过也吓出了一身冷汗了。

说时迟，那时快，郑友宝掌挟腥风，亦已从侧翼攻上，腥风触鼻，中人欲呕，奚玉帆心头一凛："他的毒掌怎的好像比刚才厉害了？"连忙使出闪电般的剑法，一口气疾攻十数招，把郑友宝逼得不能近身，减轻了他那毒掌的威力。

原来不是郑友宝的毒掌比刚才厉害，而是因为奚玉帆大病初愈，内功未曾完全恢复，在打斗了一些时间之后，抵抗力逐渐削弱之故。

郑友宝叫道："祝兄，咱们并肩齐上，沉住气，不可轻敌！"

祝大由暗暗叫了一声"惭愧！"口头上却是不肯认输，说道："这小子的剑术是有点邪门，但谅他也只是苟延残喘而已！"

祝大由本来是知己知彼之明两皆欠缺，但这一次却给他说中了。因为奚玉帆气力不足的弱点，在刚才对付他的那一招中业已暴露无遗，他亲身经受，自是瞧到了几分。

郑友宝留心观察，过了数招之后，只见奚玉帆脸上渐渐转色，黄豆般大小的汗珠从额角一颗颗滴下。郑友宝大喜道："祝兄，你说得不错。但困兽之斗，咱们不必忙于取他性命，困死他！"

奚玉帆强抑怒气，蓦地一声冷笑，剑走轻灵，刷的一招，从郑友宝意想不到的方位疾刺过去。郑友宝狡猾异常，见剑光一闪，忙即后退，只听得一片断金戛玉之声，震得耳鼓嗡嗡作响，奚玉帆的连环七招，都给祝大由的锯齿刀挡住。祝大由此次是只守不攻，把大刀舞得风雨不透，奚玉帆轻灵翔动的剑术，竟是难奈他何，却也把他刀上的锯齿，削去两支。

郑友宝使出"化血刀"的功夫，在离身一丈之外，以游斗的打法发掌远攻。奚玉帆气力不加，只觉那股血腥味越来越浓，激斗之中，忽地感到一阵晕眩。

奚玉帆大吃一惊，连忙强摄心神，默运玄功，把吸进的毒气，化为汗水，发散出去。

郑友宝看见奚玉帆大汗淋漓，头顶上空发散着热腾腾的蒸汽，心中大喜，哈哈笑道："差不多了！"

祝大由眼看胜算在操，不知不觉之间，他那急躁好胜的老毛病又发作了，想道："待我把这小子擒下，待会儿交给师叔，也好在他面前博个光彩。"

奚玉帆身随剑转，"叮"的一声，剑尖在锯齿刀上轻轻一点，本来是想用借力打力的功夫化解对方的刚猛招数的，但气力不加，一个"卸"字口诀就不能运用如意，反而给祝大由的一股大力将他推得踉踉跄跄的连退数步。

祝大由以为时机已到，不假思索的便追上去，喝道："好小子，给我躺下吧！"横转刀背，一刀向奚玉帆的右肩拍下。这一下若然给他拍中，奚玉帆的琵琶骨不碎也断，那就是多好的武功也要变成废人了。

哪知奚玉帆乃是存心诱敌，他使的是"醉八仙"的步法，看似摇摇欲坠，内中却藏着精妙的反击后招。不错，奚玉帆是业已到了强弩之末，但还不是像祝大由所想象的那样不济。

刀光剑影之中，只听得祝大由大叫一声，手背给剑尖划开了一道三寸多长的伤口！

奚玉帆那醉汉般的步伐本来是装出来的，但在他狠狠地刺了祝大由一剑之后，筋疲力竭，却是弄假成真地摔在地上了。

郑友宝看见同伴受伤，跟着又见奚玉帆倒在地上，不由得有点思疑不定，心里想道："莫非他是诱我上当？"幸亏他这么迟疑了一下，没有立即施展杀手，奚玉帆方得死里逃生。

奚玉帆在迷迷糊糊之中还有几分清醒，在这生死关头，连忙吸了口气，一个"鲤鱼打挺"就从地上跳了起来。他是练有少阳神功的，虽然力竭筋疲，也还可以勉强支持。当下一咬指头，那疼痛的感觉，登时使他清醒过来。奚玉帆喝道："好，现在咱们是一个对一个，你来吧！"

祝大由的手背给他刺了一剑，伤得不轻，此时正在包扎伤口。

郑友宝倒是有点给他吓住，不敢马上过去。远远的发了两记劈空掌。

祝大由裹好伤口，怒发如狂，喝道："好，我与你这小子拼了！"他正要冲上前去，忽觉膝盖好像给蚂蚁叮了一下似的，膝盖一麻，险些跌倒，坐在地上。

郑友宝此时已看出奚玉帆气力不支，可是祝大由却在这个时候坐在地上，也不知是受了什么伤。一时之间，郑友宝不知是救友的好，还是攻敌的好。

奚玉帆心道："此时不走，更待何时？"心念方动，忽听得有人喝道："你们这两个没用的东西，给我滚开！哼，姓奚的小子，你想跑吗？还有我呢！"

原来是祝大由的师叔陷空道人业已出来。他搜遍了奚家，并没有找到辛龙生和奚玉瑾，正自一肚皮怒气，要找人发泄。

不料他话犹未了，忽地又有个银铃似的声音说道："你这牛鼻子臭道士好不要脸，三个人欺负一个受了伤的人，哼，这里还有我呢！"

花树丛中现出一个少女，正是来找奚玉帆的那个厉赛英。

在厉赛英的想象中本来以为奚玉帆是卧病在床不能动弹的，不料来到之时，却正好看见他恶斗祝郑二人的一幕，厉赛英不由得又惊又喜。暗自想道："这个奚玉帆一定也是懂得正宗的内功心法，否则他焉能在宫伯伯的七煞掌之下受了伤，非但没有死掉，还能够生龙活虎似的和这两个恶汉打斗？"

厉赛英突然出现，陷空道人自也不免吃了一惊，但当他看清楚了是个少女之后，却就不放在心上了，当下冷冷说道："郑友宝，你替我把这丫头拿下，一个黄毛丫头，你总能应付得了吧？"

祝大由忍着痛站了起来，喝道："臭丫头，是你暗算我不是？吃我一刀！"

原来祝大由膝盖的环跳穴，给射进一枚小小的梅花针，幸亏这梅花针是没有毒的，因此除了跳跃不灵之外，并无其他影响。厉赛英刚一现身，祝大由就中了梅花针，这枚梅花针当然是她所发的了。

梅花针虽然没有在祝大由的身上造成了不起的伤害，但因梅花针已经深入穴道，却是麻烦得很，以后每逢阴天，他的膝头就会发疼。祝大由是个武学行家，中了梅花针的后果，他是懂得的。

祝大由性情本来就很暴躁，吃了这样的亏焉得不怒？是以站了起来，就挥刀上前，要把厉赛英生擒了。

陷空道人给厉赛英一顿排揎（嘲骂），倒是有点讪讪的觉得不好意思。要知道他是武林前辈的身份，奚玉帆打败了他的师侄和郑友宝，身上受了伤，若无外人在旁，他可以无须顾忌，上去对付奚玉帆。如今给厉赛英揭破，他却是不便动手了。

陷空道人心里想道："这小子已经受了伤，谅他也跑不了。"于是逼得装出前辈应有的气度，冷冷说道："奚玉帆，等会儿我有话要问你，只要你不跑，我不会为难你的。大由贤侄！这女娃儿虽然可恶，你也不必把她伤了，一并擒下，待我盘问她吧。"祝大由应了声"是"，喝道："臭丫头，便宜了你，你乖乖的束手就擒吧。"

奚玉帆道："多谢姑娘援手，但这是我的事情，我可不愿连累姑娘。"正要上前与祝大由交锋，陷空道人喝道："叫你不要动，你就别动！"随手拾起一枚石子，双指一弹，石子飞出，也是正中奚玉帆膝盖的"环跳穴"。奚玉帆也像祝大由刚才那样的站立不稳，不由得不坐在地上。陷空道人显露这手功夫，乃是有意显给厉赛英看的。厉赛英冷笑道："欺侮一个受了伤的人，你这牛鼻子臭道士倒是好威风啊！"

祝大由怒道："你这臭丫头胆敢辱骂我的师叔？谁叫这小子不听我师叔的话，受点教训也是活该！哼，你不听话，我也一样要教训你！我叫你束手就擒，你听见了没有？"

厉赛英冷冷道："你有点什么本领，要我就擒？哼，你手里拿的是锯齿刀，想必是大名府祝家庄的人吧？祝家的锯齿刀法听说颇是有点门道，你砍下来呀，看看能不能伤我？"

祝大由见她貌美如花，倒是不忍将她一刀伤了，怒道："师叔念你年少无知，叫我对你手下留情，你却偏要自讨苦吃么？我这一刀砍下，你就不能活啦，你以为是当耍的吗？"

厉赛英"噗嗤"一声笑道："一点不错，我就是要戏耍你。你这刀伤得了别人，伤不了我。嘿，你不信么？你不动手，我可要动手了。"

厉赛英声出掌发，此时日正当中，她一掌打出，阳光下只见淡淡的金色光芒一闪，陷空道人吃了一惊，叫道："大由，小心！"

祝大由也觉得有金色的光芒耀眼生缬，但却不见有暗器打来，当下横刀一立，喝道："这是你自讨苦吃，撞在我的刀上，可别怪我！"

话犹未了，只觉手腕一麻，厉赛英竟然一掌拨开他的锯齿刀，也不知是使了一招什么擒拿手法，祝大由莫名其妙的就给她劈手将锯齿刀夺去。

厉赛英以掌拨刀，手掌居然没有受伤，这一下，令得陷空道人更是吃惊，蓦地想起一个人来，心想："莫非这丫头竟是那人的女儿？"

厉赛英格格笑道："你这锯齿刀伤不了我，要来何用？"将刀掷在地上，祝大由给她吓呆了！

说时迟，那时快，郑友宝已是跑来，喝道："小妖女，吃我一掌！"郑友宝虽然看出厉赛英有点"邪"门，但自忖自己的"化血刀"当可对付得了。而且，他知道陷空道人不便出手，他若能够把厉赛英擒下，也好讨好陷空道人。当然，他也想到如果他万一对付不了厉赛英的话，陷空道人自是不能坐视。因此他是有恃无恐。

厉赛英又是"噗嗤"一笑，说道："你练的是'化血刀'，想必是西门牧野这老儿的徒弟了？哼，你知不知道，你的师父见了我也不敢无礼，你是什么东西，胆敢在我跟前口出大言？谅你这'化血刀'练得还未到家，焉能伤我？"原来厉赛英虽然从未到过中原，但中原各大武学名家的来历和擅长的功夫，她却是听得父亲说过的。二十年前，西门牧野就曾经有一次败在她父亲的手下。

郑友宝怎会相信她的说话，冷笑道："不错，我的化血刀是练得还未到家，但要伤你，谅也不难，你可不要后悔！"

郑友宝口中说话，已是和厉赛英动起手来。只听得"啪"的一声，双掌相交，厉赛英神色自如，郑友宝却是不禁身形一晃，斜退两步。

厉赛英道："来而不往非礼也，让你也见识见识我的掌法！"双掌盘旋飞舞，穿花蝴蝶般的在郑友宝身前身后身左身右着着抢攻。

郑友宝的武功本来不弱，但一来他因为"化血刀"伤不了厉赛英，心里先自着慌；二来厉赛英的掌法变化奇幻，也从未见过这样奇幻的掌法，不知如何对付，更奇怪的是厉赛英的双掌在阳光下竟会反射出金色的光芒，配合上她那轻灵的身法，令得郑友宝眼花缭乱！

不过十数招，“卜”的一声，右肩就给厉赛英打了一掌。

原来厉赛英戴的一对手套乃是宝物，是用白金丝线织成的，颜色和肉色一样，戴在手上，旁人若不是留心观察的话，就看不出来。这对手套能御刀剑，当然也不怕和郑友宝的毒掌接触了。

郑友宝肩头着了一掌，着处正是接近琵琶骨的地方，琵琶骨虽没打碎，亦已痛彻心肺，郑友宝大叫一声，倒在地上，顾不得狼狈，就在地上接连打滚，滚出了数丈开外，生怕厉赛英追来！

厉赛英轻描淡写的打败了祝大由和郑友宝二人，甚是得意，说道：“你们就是会欺负受伤的人。你这牛鼻子臭道士是不是也要和我比试比试？”

陷空道人哼了一声，在地上拾起一块鹅卵般大小的石头，合在掌中，搓了几搓，双掌一摊，石屑纷落如雨！当下冷冷说道：“小姑娘你莫逞能，你的武功是很不错，但要想胜我，恐怕至少还得再练几年吧？你莫以为我是不敢和你动手，不过我看你似乎有点来历，你老实告诉我，明霞岛主厉擒龙是你的什么人？”

原来陷空道人在多年之前是曾经见过厉擒龙的，他认得厉赛英所戴的这对手套是明霞岛主之物，而且她的掌法和中原各派的掌法都不相同，陷空道人依稀记得似乎是他所曾见过的明霞岛主的落英掌法。

厉赛英见了陷空道人炫露的这手内功，亦是不禁有点吃惊，心里想道：“这牛鼻子倒也不是吹牛，我想要胜他，只怕是很难的了。听他的口气，他似乎很是害怕爹爹。”当下便即傲然说道：“明霞岛主是我的爹爹，怎么样？”

陷空道人吃了一惊，说道：“令尊也来了么？”

厉赛英道：“爹爹托黑风岛主宫伯伯带我出来游玩中原，他随后就到，你是不是要想见他？”

黑风岛主重现江湖，厉赛英料想西门牧野和朱九穆这些魔头一定会得到消息，这陷空道人既然是他们一党，想必亦已知道，是以她灵机一动，就编出了这套半真半假的谎言。

其实陷空道人知道她是明霞岛主的女儿已是不敢得罪她了，再加上一个黑风岛主，他如何还敢妄动？心里想道：“这女娃儿是明霞岛主的女儿决计无疑，黑风岛主重履中原亦非假话。哎，黑风岛主心狠手辣，他若来了，这女娃儿要随便说我几句坏话，我可就要吃不了兜着走了。”

想至此处，陷空道人已是心里着慌，巴不得早走了，说道：“恕我不知奚少谷主是姑娘的朋友，请姑娘包涵。令尊与宫岛主跟前，亦请姑娘代小道问候。”说罢接着喝道：“你们两个有眼无珠，还不与我快走！”正是：

巧摆空城计，吓走恃强人。

欲知后事如何，请听下回分解。

第四十三回　轻舟浪逐寻蓬岛
骷髅旗悬遇盗船

祝大由与郑友宝知道闯了祸，哪里还敢再说一句，就像夹了尾巴的两条狗一样，跟着陷空道人灰溜溜地走了。

厉赛英暗暗叫了一声“好险!”当下就走过去察看奚玉帆所受的伤。

只见奚玉帆面如土色，大汗淋漓，头顶还在发散着白濛濛的蒸汽。厉赛英暗暗吃惊，心道：“他受的伤可是很不轻啊!”但虽是吃亏，却也佩服奚玉帆的内功了得，想道：“他受了宫伯伯的七煞掌之伤，才不过一个月，如今又受了化血刀的伤，居然还能够熬得住。倘若换了是我，只怕也是不能。”

奚玉帆挣扎着站起来，说道：“多谢姑娘拔刀相助之恩，大恩不敢言报……”他强自支持，说得十分吃力，喘息之声，厉赛英都听到了。

厉赛英噗嗤一笑，按住了他，让他坐下，说道：“现在不是说客气话的时候，让我给你治伤。”

厉赛英给他把了把脉，只觉他的脉息倒还没有零乱，暗自思忖：“幸亏他的内功深厚，短期内大概可以没有性命之忧，不过化血刀之伤应该如何治法，爹爹可没有教过我，我在公孙璞面前夸下海口，说是定能将他治好的，这怎么办呢?”

奚玉帆看出她面有难色，喘了口气，说道：“我书房里有一坛九天琼花回阳酒，请、请你——”九天琼花回阳酒并不是化血刀的对症解药，但可以祛除阴寒之毒，对他的伤多少有点好处，是以奚玉帆想叫厉赛英扶他进去取酒，但一想到对方是个少女，话到口边，却是不便出口。

厉赛英道："好，我扶你进去。不过，恐怕九天琼花回阳酒也不能治本吧。"

奚玉帆见她双手来扶，身子贴近，香泽可闻，不觉面上一红，讷讷说道："我、我可以自己走。"

厉赛英道："唉，你这人怎的如此迂腐，让我扶你又有什么打紧？好，你不要我扶，你就告诉我书房在哪里吧！"心里却在想道："这人倒是个诚朴君子，在这性命关头，他也还要避嫌。"

厉赛英找到了那坛九天琼花回阳酒，拿了出来，只见奚玉帆已经晕倒地上，叫他不醒，不过呼吸虽然微弱，却未断绝。

"怎么办呢？我在这里等他醒来，不知要等到什么时候？我听爹爹说过九天琼花回阳酒的功用，这酒只是能治修罗阴煞功之伤的，即使等到他醒来，我也不知要服侍他多久才能脱身，而且还没有医好的希望。我怎能长年累月的对着一个病人？但若撒手不管，在公孙璞面前可是不好交代。"厉赛英是个要面子的姑娘，不觉有点左右为难，踌躇莫决了。

厉赛英心烦意乱，想道："九天琼花回阳酒虽然不是对症解药，也有培元益气之功。且灌他喝几口药酒再说。"

酒香扑鼻，厉赛英忽地心念一动，想起父亲和她说过的有关"走火入魔"的知识，"走火入魔"初起之时，有时是寒毒发作，有时是热毒发作，到了症状更深的时候，那就寒毒热毒都可能同时并发了。她又记得父亲说过"九天琼花回阳酒"是治疗寒毒的无以上之上的妙药。厉赛英暗自思量："这九天琼花回阳酒虽然不能除走火入魔之灾，但可以助爹爹驱除寒毒，也是不无好处。奚玉帆练的是正宗内功，从今日的情形看来，他的内功造诣还当真不错呢！爹爹想要的内功心法，恐怕他也是知道的。"

刚刚想至此处，忽见有两个人匆匆跑来，一个叫道："少谷主，你怎么啦？"一个喝道："兀这女子是谁？"

原来这两个人，一个是奚家的管家，一个是奚玉帆的老仆，他们都是不懂武功的，刚才听得园中厮杀之声，吓得躲了起来，待到声沉响寂，这才敢从里面出来。

厉赛英道：“我是你们少谷主的朋友，他刚刚受了伤，我正在给他医治。”

那老仆人道：“公子伤得重吗？要多少时候才能医好？”

厉赛英道：“伤得不轻。要医好嘛，恐怕最少也得一年半载了。”

老仆人大惊道：“一年半载，这怎么办呢？”

厉赛英皱了皱眉，心里想道：“能医好已是万幸，你们还计较时间？”

那管家的说道：“小姐，你是刚从外地来的吧？你不知道，长江的水寇头子史天泽已经接受了蒙古的册封，自立为王，目前正在骚扰长江沿岸呢。战火恐怕会延到此地。公子若是要一年半载才能医好，这可危险得很哪！”

那老仆人道：“我们本来有几十个家人的，公子都叫他们过江投军去了，只剩下我们两个不懂武功的人，强盗来了，我们可是毫无办法抗挡的，小姐，你可以留在这里吗？”

厉赛英听了他们的说话，登时得了一个主意，原来她早就想过要把奚玉帆带回明霞岛的，但一直踌躇未决，此时不由得想道：“反正他不能在家医治，我带他回明霞岛去是救他一命，他决不能说我不顾廉耻。”她找到了这个“理由”，自觉心安理得，于是说道：“我是你们公子和小姐的好朋友，你们若果信得过我，我可以带他到另一个地方医治。你们就留在这里给他看守门户吧。”

管家和老仆平日是见惯了奚玉帆兄妹和江湖上的人物来往的，是以听了厉赛英的话，并不觉得奇怪，两人都是欢天喜地的答应了。

且说奚玉帆昏迷过去，也不知过了多久，方始渐渐有了知觉。迷迷糊糊之中，只觉得好像在云里雾里一般，随风飘荡，摇呀摇呀，一会儿高升，一会儿降低。

耳边忽听得一个圆润娇甜的悦耳声音说道：“奚公子，好了，你醒来了！”

奚玉帆张开双眼，只见一个少女坐在他的身旁，似曾相识。

奚玉帆怔了一怔，道："你是谁？"

那少女噗嗤一笑，道："这样快你就忘记我了？"

一阵海风吹来，奚玉帆呼吸了一口新鲜的空气，神智渐渐清醒，蓦地想了起来，失声叫道："原来你就是那天救我的那位姑娘，我还没有向你道谢呢。陷空贼道那一伙人呢，给你打败了么？"

厉赛英道："他们给我吓跑了。也难怪你想不起我是谁，你已经睡了三天三夜了！"

奚玉帆吃了一惊，说道："三天三夜？这里是什么地方？好像是在船上似的？"

厉赛英笑道："一点不错，是在船上。"

原来厉赛英置了一条相当大的船，这条船本来是扬州的一个盐商所有，用作游艇的，只因逃避战火，是以把多余的游艇贱价而沽。船中一切布置，甚为华丽。厉赛英把船舱间开，给奚玉帆做卧房。四面油漆屏风，珠帘半卷，就像一间雅致的绣房一样。若不是因为海中有风浪，奚玉帆刚刚醒来，就不会感觉得是在船上了。

奚玉帆恍如置身梦中，说道："怎的我会到了船上？我的家人呢？"

厉赛英道："你的家人告诉我，长江水寇史天泽与蒙古鞑子勾通，兴兵作乱，战火恐将波及扬州。是以我和他们商量之后，决定将你带到一个地方医治。你的伤恐怕没有一年半载，难以痊愈。只有到一个安全的地方，才能让你安心养伤。"

史天泽骚扰长江沿岸的事情奚玉帆是知道的，当下叹了口气，说道："我给你添了太多的麻烦了，真不知要如何感激你才好？但你为什么要对我这样好呢？"

厉赛英道："实不相瞒，我是受了你的一位朋友之托，来照顾你的。他知道你受了黑风岛主的七煞掌之伤，要我无论如何将你医好。"

奚玉帆道："那位朋友是谁？"

厉赛英道："是公孙璞。和他在一起的那位宫姑娘和我是姐妹之交。"

奚玉帆道："原来如此。"心里想道："如果是公孙璞在这儿，我现在所受的化血刀之伤倒是不用担忧了。不过他和宫锦云要赶往金鸡岭，他们又焉能知道我会碰上这件意外之事？”

厉赛英好像知道他的心意，说道：“你不用担忧，化血刀的伤我虽然不会医治，但我的爹爹一定能够替你医好。”

奚玉帆道：“对啦，我还没有请教姑娘你的高姓大名呢？不知令尊是哪位武林前辈？”

厉赛英报了自己的名字，接着说道：“家父厉擒龙。我们家住在东海的明霞岛上。”

奚玉帆不知道厉擒龙是何等人物，心里想道：“这位厉姑娘本领如此了得，她的父亲自必是一位海外高人了。”问道：“这么说，你是要和我到明霞岛你的家了？”

厉赛英道：“正是。明霞岛的风景很美，你会喜欢它的。你刚刚醒来，不宜说太多话。今天就说到这里为止，你不要胡思乱想，好好睡吧。”

奚玉帆想到在这一年之内，要与中原的朋友隔开，却是不禁有点黯然神伤了。

奚玉帆练有少阳神功，又有九天琼花回阳酒这种功能补气培元的妙药，是以过了几天之后，他的伤虽然未好，但精神却已恢复了几分，可以走出船头观赏海景了。

奚玉帆生长在长江边，但从未见过大海，厉赛英陪着他，说一些海上的风光给他解闷。海洋中的生物五花八门，无奇不有。厉赛英说给他听，那像伞子一样，在海面漂浮的叫做水母；尾巴像一条细长而坚韧的带子，牙齿伸开像山鸡嘴巴的叫做“塘鹅大嘴鱼”，它永远张开嘴巴，就像一张鱼网，可以以逸待劳的等待一些小鱼自投罗网；那一张嘴便吐出一大团漆黑的墨水，接着就在烟幕中逃得无影无踪的叫做墨鱼；还有一种长了翅膀的飞鱼，在海面上像海燕似的敏捷起舞，晃眼间它又在海水里自由自在的游泳了。奚玉帆目不暇接，一面听厉赛英给他解说，听得津津有味。

厉赛英忽地“咦”了一声，停了说话。奚玉帆跟着她的目光注视的方向望去，只见远处有一条大船，船头似乎悬挂有一面黑旗。

奚玉帆道："这是什么船？"厉赛英道："船头挂的一面骷髅旗，是条盗船，咱们避开它。"

也不知那条盗船是没有发现这条小船还是觉得这条小船不值一劫，盗船乘风破浪，转眼间就去得远了。厉赛英方始松了口气。

奚玉帆道："厉姑娘，以你的本领，海盗若然碰上了你，那就是碰上灾星了。不过，只恨我拖累了你。"

厉赛英苦笑道："多谢你给我脸上贴金，其实我的本领很是有限，那艘盗船若然当真来找咱们麻烦的话，只怕我还应付不了呢。"

原来在这艘船上面的并不是普通的海盗。

那是一帮横行海上的大盗，首领名叫乔拓疆，武功十分了得。这帮海盗人数不多，除了乔拓疆之外，只有五个头目，分别掌管三艘盗船，手下一总也不过二三百人。但这帮海盗人数虽然不多，案子却是做得最大，他们是专劫与中国贸易的外洋商船的，这些商船大都有武装保护，寻常的海盗决计不敢打他们的主意。

厉赛英曾听得父亲说过，有一年这帮海盗想登陆明霞岛，要把明霞岛"借"作他们的一个巢穴，她的父亲不肯答应，结果动起手来，乔拓疆输了一招，从此不敢在明霞岛周围的五十里海域之内经过。那一年厉赛英才只周岁，算起来已是将近二十年之事了。

厉赛英暗暗叫了一声"侥幸"，心里想道："不知乔拓疆在不在这条船上？他若然知道我是明霞岛主的女儿，一定不会将我放过的。"要知乔拓疆那次败给明霞岛主，是在过了百招之后，方始输了一招的，当时明霞岛主正在盛年，武功比现在还强。乔拓疆的本领也就可想而知了。厉赛英还没有得到父亲的一半功夫，自问当然不是他的对手了。

奚玉帆不知这艘盗船的来历，自是不以为意，而且盗船也已去得远了，更不会放在心上。

此时正是将近黄昏的时分，云彩金黄，海波明亮，奚玉帆看得心旷神怡，说道："原来海上日落的景色，竟是这般好看！"

厉赛英笑道："日出的景色还要好看呢，明天你起个早，我和你看！"忽见奚玉帆紧锁双眉，愉快的神情突然变了。

厉赛英道："咦，好端端的你又想起了什么心事来了？"

奚玉帆道："可惜我不能和朋友们在一起。"

厉赛英道："你这样重于友谊，真是难得。怪不得你的朋友也是对你这么好了。可叹我出生以来，从来没有一个知心的朋友。"

奚玉帆道："你不是说和宫锦云姑娘情如姐妹吗？"

厉赛英道："那是小时候的事情，交情虽然不错，但知心二字，却还是说不上的。"

奚玉帆默然不语，半晌说道："我还有一个妹妹，现在也不知道哪里去了。"

厉赛英道："你很想念她？"

奚玉帆道："兄妹之情，焉能不惹我牵挂她呢？我们是在洛阳危急的时候分手的，我以为她会回家，直到现在，却还是得不着她的半点消息。"

厉赛英叹口气道："我若有你这样一个关心妹妹的哥哥就好了。但你不必担心，我知道你妹妹的下落。"

奚玉帆又惊又喜，说道："此话当真，你见过她？"

厉赛英道："不错，我是在黄河南岸离风陵不远之处碰见令妹的。前几天你的精神尚未恢复，我想慢慢和你再说。一搁下来，就忘记说了。"

奚玉帆道："你以前并不认识她，却又怎知她是我的妹妹？"

厉赛英道："我认识和她同在一起的那个男子……"

话犹未了，奚玉帆已是又惊又喜的叫起来道："原来她已经找着谷啸风了！你认识谷啸风？"

这次轮到厉赛英大为诧异了，说道："你说的是谁？我可不认识什么姓谷姓麦的！"

奚玉帆诧道："和舍妹在一起的不是谷啸风么？那又是谁？"

厉赛英道："是江南大侠文逸凡的掌门弟子辛龙生。"

"辛龙生？"奚玉帆觉得这名字好熟，想了一想，记起了就是郑友宝那天所说的人。那天陷空道人和祝大由、郑友宝三人跑到他们的家里来，要他交出奚玉瑾和那"姓辛的小子"。郑友宝的话说得极为难听，他把辛龙生说成是奚玉瑾带回家里的"野汉子"。当时奚玉帆就是因为听了这句话之后，才发起怒来，和他动手的。

奚玉帆吃了一惊，心里想道："空穴来风，其来自有。这样说来，郑友宝的话倒也不是完全捏造的了。"当下问道："他们要往何处，你可知道？"

厉赛英道："辛龙生是文逸凡的掌门弟子，文逸凡是江南的武林盟主，辛龙生奉了师父之命到北方来走一趟，此刻当然是和令妹回转江南了。"

奚玉帆道："这是他们和你说的？"

厉赛英道："不错，这是辛龙生和我说的。但我与他也并非很熟的朋友，在路上说了几句话之后，就分手了。"接着又补充道："文逸凡曾经和辛龙生到过明霞岛，不过只住了一晚就走了。当时我年纪还小，也没有陪他们游玩，因此我和辛龙生只是相识，而非相熟。"

奚玉帆惊疑不定，暗自想道："瑾妹一向比我精明干练，怎的这次做事却是有欠思量了！她和这姓辛的男子万里同行，难道不怕谷啸风发生误会？"

厉赛英接着笑道："辛龙生想必是你的妹婿吧？我见他们二人的态度亲热得很呢。好了，现在你可以放心了吧？"

奚玉帆心中苦恼，却是说不出来，只能如此答道："你猜错了。不过我好坏算是知道了舍妹的下落，也多少可以放下一点心了。"

厉赛英不知就里，却是忍俊不禁，"噗嗤"的笑了起来。

奚玉帆道："你笑什么？"

厉赛英笑道："笑你不懂女儿家的心事，还说我猜错了。试想令妹若无以身相许之意，怎肯与那位辛公子同走长途？又无第三个人作伴。这位辛公子即使现在还不是你的妹婿，也是你的准妹婿了。"

话出了口，忽地觉得不妥，想道："那么我和他单独相处，一路同行，难道、难道——嗯，他只怕要'误会'我的意思了。"她心里在问自己："难道我也有以身相许之意？"她从来没有这样想过的，此刻，突然想到了这层，不由得杏脸飞红。

奚玉帆正自苦恼，可没有留意她的神色，讷讷说道："厉姑娘，请你、你不要开我妹妹的玩笑。”

厉赛英心道：“男大当婚，女大当嫁，辛龙生和你的妹妹才貌相当，你的妹妹爱上了他，那也是情理中事，怎是开玩笑呢？”但因她已有心病，怕惹“嫌疑”，于是讪讪说道：“好，那么咱们就说正经的吧，你看，天上的云动也不动。”

奚玉帆怔了一怔，说道：“这又怎样？”

厉赛英道：“这是大风将起的朕兆，若有一股顺风，再过两天，咱们就可以回到明霞岛了。”

果然不到半支香的时刻，天上就刮起了大风，大风扬波，浪涛像一个个山峰般的冲来，幸而厉赛英长在海上，精通水性，掌稳了舵，小船随波上下，操纵自如，胜于奔马。奚玉帆披襟迎风，叫道：“快哉，快哉！”一个浪头打来，船头歪过一边，险些跌倒。厉赛英笑道：“你还是回房间躺着吧，别招了凉。”奚玉帆叹道：“可惜我帮不了你的忙，辛苦你了。”厉赛英笑道：“有什么辛苦，你这可是说外行话了。乖乖听话，回房躺下吧！”厉赛英的年纪比奚玉帆小五六岁，此刻说话却像个大姐姐一般，奚玉帆听了，不觉也是面上一红了。但脸上虽然发烧，心里可是甜丝丝的，果然像个小弟弟一样，听了厉赛英的话，便回舱房卧听涛声了。

风帆疾驶，过了两天，只见一片青绿，已是出现眼前，海风吹来，花香如酒。

厉赛英十分欢喜，说道：“回到家了，比我预料快了几天，爹爹见我回来，不知道该多欢喜呢！奚大哥，你走得动吗？”

奚玉帆道：“我觉得气力已长了许多了，走一点路，是应该走得动的。”

两人舍舟登陆，奚玉帆纵目四览，只见绿荫覆岛，花开树上，灿如云霞。他所住的百花谷本来是什么花都有的，但这岛上的许多奇花异草，他却是连名字也说不上来。

厉赛英笑道：“这里比你的百花谷如何？”

奚玉帆禁不住欢喜赞叹，说道：“这里无殊世外桃源，比百花谷还美！”

厉赛英轻掠云鬓，浅笑说道：“是么，那么你可以安心在这里养病了。”

厉赛英走在前面带路，带着奚玉帆在花中小径穿过，走了一程，忽地好像突然想到了什么似的，“咦”了一声。

奚玉帆正自陶醉在美景之中，给她吓了一跳，说道：“你怎么啦？这岛上有毒蛇吗？”他还以为厉赛英是发现有蛇。

厉赛英道：“这岛上是没有蛇的，不过，我有点害怕是来了鳄鱼。”

奚玉帆诧道：“我虽然没有住过海岛，但也知道鳄鱼是在水里的，它会登陆的吗？”

厉赛英道：“我说的是那天遇上的盗船。”

奚玉帆道：“你爹爹的本领那么了得，还会害怕海盗？”厉赛英道：“爹爹的手下虽然不多，也有百数十人，咱们上了岸已有半支香的时刻了，尚未见有人迎接，我觉得有点奇怪！咦，你可听见了？”

奚玉帆凝神静听，一阵海风吹来，隐隐听得西北角上似有声音。

厉赛英拉着奚玉帆往西北方奔去，走进一个林子，一个苍头走了出来，又惊又喜地说道：“小姐，你回来了，这位相公是——”厉赛英道：“他是我的朋友，我正要和他拜见爹爹，爹爹呢？”

那老苍头道：“小姐，你回来得正好。岛上来了强敌，岛主正在应付他们。”

厉赛英道：“是乔拓疆那一伙吗？”

那老苍头道：“正是，他们就在前面那个草坪。岛主不许我们走近。”

厉赛英道：“这位奚相公交给你照料，他身上有病，你小心保护他。奚大哥，我过去看看就来。”

那老苍头好生失望，他本以为小姐带回来的这个少年是个好帮手的，却不料是个病人。

厉赛英走进林子，只见树木丛中，乱石堆里，埋伏有她的家丁。原来这些人对明霞岛主甚是忠心，岛主虽然不许他们走近，他们却也不敢远远躲开。

只听得一个粗亢的声音说道："厉岛主，乔某当年多谢你的厚赐，赏了我一掌，今日乔某幸有寸进，特来报德！"

厉擒龙冷笑道："你不要说反话了，你意欲如何，划出道儿来吧！"

乔拓疆道："我们兄弟六人，练了一套功夫，不知管不管用，特地请教岛主的高招。我们无意以众凌寡，不过我们练的这套功夫是必须六人同上的，因此，请岛主也选出六位高手，咱们印证印证如何？"

明霞岛主的家丁个个都会武功，但却不过是一些粗浅的功夫，用之对付普通的海盗有余，用来与一流高手过招，那就定是不堪一击了。是以乔拓疆提出六对六，听来好似公平，实是分明以众凌寡。

厉擒龙心头火起，纵声笑道："你们既然是冲着我厉某而来，我接你们的高招便是！是胜是败，都和明霞岛其他的人无关！"

厉赛英吃了一惊，心里想道："他们有备而来，爹爹只凭一双空手对付他们，恐怕未免是有点轻敌了。"

心念未已，只听得乔拓疆冷笑说道："这么说，你是单独一人斗我们六个了？"

明霞岛主道："不错，我倒要看看你们练了一套什么了不起的功夫？"乔拓疆竖起拇指说道："好，看在你这点豪气份上，我们只和你作个了结，决不伤害你的手下就是！"

明霞岛主冷笑道："你们要想伤我，只怕也没有那么容易吧？闲话少说，看掌！"冷笑声中，身形一晃，倏然间已是一掌劈到了乔拓疆的面门！

乔拓疆"嘿"的一声叫道："好快！"吐气开掌，还了一招大摔碑手，大摔碑手用的是刚猛无伦的掌力，乔拓疆自忖功力与明霞岛主相差不远，只须与他硬拼数招，阵势即可合围，那就稳操胜算了。

明霞岛主焉能容得他们从容布置？一出手便是以快打慢的手法，乔拓疆一掌拍出，陡然间只见明霞岛主的影子已在他的面前消失，乔拓疆一掌击空，叫道："二弟，小心！"说时迟，那时快，明霞岛主已是身移步换，到了一个虬髯汉子的面前。

这虬髯汉子名叫钟无霸，在他们这帮人中，武功仅次于乔拓疆，用的是一个独脚铜人。

钟无霸喝道："姓厉的休得逞能，别人怕你，我不怕你！"他尚未知道明霞岛主的厉害，是以听了乔拓疆叫他"小心"的说话，心里却是老大的不服气！

明霞岛主淡淡说道："谁要你害怕啊！"声到人到，一掌拍向他的面门，钟无霸一个"大弯腰，斜插柳"，身似蛇蝌疾拧，独脚铜人已是卷地扫来，铜人手上的中指，指向明霞岛主膝盖的"环跳穴"。

明霞岛主心头一凛："这人能用铜人点穴，实是不可小觑！"左掌斜掠，用了一个"四两拨千斤"的"卸"字诀，只听得"当"的一声，钟无霸的独脚铜人竟然给他一掌拨开，明霞岛主左掌迅即拍下，饶是钟无霸躲闪得快，肩头也着了一掌，登登登的接连退出了六七步。明霞岛主暗暗叫了一声"可惜！"可惜没有打碎他的琵琶骨。

这两招兔起鹘落，快如闪电！乔拓疆刚刚抢上，只觉微风飒然，明霞岛主已是抢快一步，从他侧面袭来了。

乔拓疆骈指如戟，疾点明霞岛主掌心的"劳宫穴"。明霞岛主喝声"着！"身形一转，登时幻出了千重掌影，乔拓疆眼花缭乱，只觉四面八方都是明霞岛主的掌影向他打来！

厉赛英看得心花怒放，想道："爹爹的落英掌法使得如此神妙，不知我什么时候才能学得到爹爹这样的功夫？乔拓疆想必不是爹爹的敌手了。"

乔拓疆暗叫"不妙"，百忙中双掌一圈，使出了一招"森严壁垒"，全力防守，拚着与明霞岛主两败俱伤！

明霞岛主正要施展杀手，忽觉背后金刃劈风之声，原来是钟无霸和那四个头目都已一拥而上。

明霞岛主脚尖点地，平地拔起，那一掌仍然向前打去，只听得"嗤"的一声，乔拓疆的衣裳给他撕去了一幅。由于明霞岛主要分心防敌，而乔拓疆的武功委实不弱，是以明霞岛主这一掌虽然碰着了他的身体，却只能撕毁他的衣裳，未能伤及他的皮肉。

厉赛英暗暗叫了一声“可惜!”抬眼看时，只见场中的形势与刚才已是大大不同。

明霞岛主身形斜落，一掌向左侧攻来的两名头目打去，那两人拳掌齐出，接了一招，右侧的两名头目迅即接上，明霞岛主以大擒拿手法把他们迫退，钟无霸与乔拓疆又已攻上来了。

明霞岛主暗暗吃惊：“他帮中的头目竟也这么了得，今日只怕我是难逃此困的了。”

其实这四个头目的功夫和明霞岛主相差颇远，但因他们所练的这套功夫乃是六个人彼此呼应的，功力最高的乔拓疆主持阵势，较次的钟无霸从旁协助，策应各方，这四个人则分为两对，左右夹击，只要他们能抵挡得明霞岛主的一招，立即便有人接上，明霞岛主也就无法破得这个阵势了。这四个头目也是江湖上的一流好手，虽然与明霞岛主相差尚远，但抵挡一招却是能够的。

明霞岛主的武功比乔拓疆仅胜一筹，乔拓疆和钟无霸联手，配合得宜的话，明霞岛主已是要落在下风，如今是六人齐上，阵法森严，明霞岛主当然是更难应付了。

乔拓疆占了上风，哈哈笑道：“我们这套功夫没什么了不起，但你明霞岛主要想突围而出，只怕也是不容易的了!”这话正是针对明霞岛主刚才的话说的，把明霞岛主气得七窍生烟!

明霞岛主喝道：“好，我拼着性命不要，杀一个够本，杀两个就有利钱!”虎目圆睁，招招都是重手。本领较强的那四个头目，不觉为之心怯。

乔拓疆喝道：“沉住气，不可乱了阵法，困着他!”正是：

海外桃源腾杀气，双雄比掌决雌雄。

欲知后事如何，请听下回分解。

第四十四回　柔情暗自缠佳士
恶阵安能困孽龙

乔拓疆与钟无霸抵挡正面，采取以逸待劳的打法，那四个头目轮番上来骚扰，亦有牵制之功。明霞岛主的落英掌法本以轻灵飘逸见长，用重手法打了几十招，伤不着敌人，不觉已是额头见汗，有点力不从心了。

厉赛英大为着急，不理那老仆的阻拦，倏地就跳了出去，叫道："爹爹，接剑！"

厉赛英用的这口宝剑是父亲传给她的，有断金截铁之能，出手化作了一道青虹，飞进了那个正在激斗的圈子。

乔拓疆跃起抢剑，明霞岛主一掌拍出，喝道："有本领你就接下给我看看！"

那口宝剑给明霞岛主的劈空掌力一逼，笔直的向乔拓疆射去，乔拓疆吃了一惊，不敢硬接，连忙侧身闪躲，只听得"当"的一声，那口宝剑撞着了钟无霸的独脚铜人，反弹回来，恰好给明霞岛主接在手中。

明霞岛主得了宝剑，神威大震，登时暴风骤雨般的向敌人杀去。钟无霸舞起独脚铜人，只听得叮当之声不绝于耳，铜屑纷飞，转眼之间，铜人身上已是伤痕斑驳。

可惜明霞岛主毕竟是寡不敌众，仗着宝剑，开始的时候，抢了上风，没有多久，又给对方反夺先手，那六合阵也越围越紧了。

厉赛英明知敌人比自己强得多，但怎忍见父亲独受围攻？父亲既然不能取胜，她银牙一咬，也就不顾一切地跑上去了。

明霞岛主叫道："英儿，你给我远远地走开！"

厉赛英叫道："爹爹，是生是死，咱们父女都在一起！"

明霞岛主怒道："你这丫头，胆敢不听我的话了！"心神一分，险些给乔拓疆打着。

厉赛英道："爹爹，你舍得离开女儿么？请恕女儿这次不能听你的话了。"

说话之际，厉赛英已是拔出一柄短剑，向一名头目攻去。这把短剑是她母亲生前所用之物，也是十分锋利的一柄宝剑。厉赛英的轻功甚是不弱，以短剑作近身搏斗之用，招数更为险狠，那个头目竟然给她迫退。

乔拓疆一抓向她抓下，哈哈笑道："好，我就成全你这孝女的心愿吧！"明霞岛主掌中夹剑，掌劈乔拓疆，剑刺钟无霸，叫道："英儿，用穿花绕树身法避强就弱！"他知道女儿的脾气，既是拦阻不来，只好指点她的打法。

乔拓疆化解了明霞岛主的掌式，厉赛英已是跃过一边。她虽然没有被乔拓疆抓着，但胸口亦似受石头击了一下似的，隐隐作痛，呼吸为之不舒。

厉赛英避开乔钟两个强敌，在六合阵中，穿花蝴蝶般的穿来插去，与那四个头目游斗。父女同心合力，形势稍为好转，可是要想突围，却是谈何容易？

厉赛英气力渐感不支，激战中钟无霸的独脚铜人拦腰打来，厉赛英飘身一闪，从两名头目刀剑交插的缝中穿过，身法稍为慢了一点，刀光过处，削去她头上的一缕青丝。她自己还未知觉，她那个老仆已是不由得失声惊呼，这个老仆就是厉赛英刚才叫他"照料"奚玉帆的那个老仆人。此时他的全副心神都放在厉赛英身上，为她捏着一把冷汗，哪里还记得要"照料"奚玉帆。

奚玉帆按捺不住，倏地就从隐蔽之处跑了出来，径自向厉赛英跑去了。

厉赛英大惊道："你来做什么？丁大叔，快点将他拉回去！"

话犹未了，对方的一名头目已是飞出了三柄匕首，两柄打奚玉帆，另一柄却射向那个随后追来的老仆人。

这老仆人慌不迭地追上去，正在擘开喉咙大叫，“奚相公，回来，回来，回——”那柄匕首恰好穿过他的喉咙，那第三句“回来”哽在喉头，未曾叫得出来，就倒在血泊中了！

奚玉帆长剑一挥，一招“乱披风”的剑法把两柄匕首打落。咬了咬牙，鼓一口气，冲到了厉赛英的身边。

他虽是抱病在身，但因练有少阳神功的底子，在这紧急关头，本能的发挥了出来，竟是超过了他平时所能使用的“极限”。这情形就像遭遇火灾的时候，被困在危楼的人一样，平时怎也不敢下去的，危急关头，自自然然就跳得下去了，而且常常会出乎他本人的意料之外，竟未受伤。

乔拓疆正自一抓向厉赛英抓下，明霞岛主的长剑又刚好给钟无霸的铜人挡住，一时间来不及为她救招，厉赛英心神大乱，眼看就要给他抓住，奚玉帆陡地一声大喝，一招“李广射石”，俨如螳螂捕蝉，黄雀在后，剑尖上吐出碧莹莹的寒光，指到了他的背心。

乔拓疆是个识货的行家，听得背后金刃之声，心头一凛：“想不到这岛上还有一个强手！”他的背心焉能给奚玉帆刺中，当下只好放松厉赛英，反手一弹，“铮”的一声，弹开奚玉帆的长剑。说时迟，那时快，明霞岛主已是连环三剑，杀退了钟无霸，闪电般的又向乔拓疆攻了过来，乔拓疆忙于应付明霞岛主，来不及向奚玉帆再施杀手了。

厉赛英又惊又喜，叫道：“你怎么可以丝毫不顾自己！”

奚玉帆道：“我这条性命是你救的，大不了为你送掉，那也是应当的！”

奚玉帆是个至诚君子，心中想到什么就说什么，并没有考虑到所说的话是否会给人误解的。尤其在这样紧急的关头，他还能够推敲辞句？

厉赛英听在耳中，心里可是甜丝丝的有说不出的舒服，想道：“不枉我救了他一命，他当真是个有情有义之人！”此时奚玉帆已是陷在阵中，厉赛英要拉也是不能将他拉出去的了。厉赛英银牙一咬，说道：“奚大哥，多谢你了。好吧，咱们生则同生，死则同死！”

明霞岛主听得女儿叫这少年做“奚大哥”，倒是不觉一怔，说道：“他不是公孙璞吗？”厉赛英道：“他是百花谷的奚少谷主，女儿特地带他来见你老人家的。”她只能简简单单地说两句话，内里因由，自是不能细说了。

明霞岛主心里想道：“原来英儿看中了他，这也是缘分。百花谷奚家是中原有名的武学世家，倒也还算得门当户对。”

乔拓疆狞笑道：“好，叫你们父女翁婿同往地府团圆吧！”他以为奚玉帆定是明霞岛主的女婿无疑，却不知他们根本尚未曾谈过一句有关男女私情说话的。奚玉帆面上一红，却也无暇分辩。

明霞岛主纵声笑道：“好女儿，你很有眼力，没有选错人！爹爹拼着这条老命，也决不能让他们得逞！”

明霞岛主抖擞精神，一柄长剑指东打西，指南打北，剑中夹掌，每发一掌，都是带着劲风。奚玉帆跳跃不灵，就牢牢的像打桩一样把双足钉在地上，左来左挡，右来右挡，一口青钢剑盘旋飞舞，竟也遮拦得住。当然在乔、钟两个强手攻他的时候，他就必须明霞岛主来给他化解了。

奚玉帆的百花剑法以轻灵奇诡见长，他跳跃不灵，剑法的功效不免打了一个折扣，好在剑路奇诡，那四个头目从未见过这套剑法，摸不清虚实，一时间也不敢强攻。他们这边以三敌六，居然可以勉强扳成平手了。

不过奚玉帆毕竟是有病在身，凭着一时气血之勇，抵挡着敌人的围攻，过了数十招之后，也就觉得有点力不从心，遮拦不住了。他的身体，究竟不是铁铸的啊！

厉赛英对他又是感激，又是为他着急，把心一横，想道：“我和他一同死去，那也不是很好吗？我从来没有知心的朋友，想不到现在却找到了。人生得一知己，夫复何求？”想至此处，索性把生死置之度外，心情倒是坦然了。

乔拓疆这边正在再次占到上风！六合阵的包围圈越缩越小之际，忽听得有人长啸而来，啸声宛若龙吟，震得众人耳鼓嗡嗡作响。

乔拓疆吃了一惊，把眼望去，只见一个青袍老者业已来到不远之处。

这青袍老者不是别人，正是黑风岛主宫昭文。他这一下突如其来，不但乔拓疆这边的六个人都是大吃一惊，奚玉帆因为不明他的来意，也是不觉心神为之一乱了。

黑风岛主哈哈笑道："我来得可是正合时候了，嘿嘿，明霞岛主的绝世武功，乔兄、钟兄惊世骇俗的本领，这都是难得一见的啊！难得你们大发'雅兴'，在这里'印证'武功，令我大开眼界！嘿嘿，哈哈！嘿嘿！哈哈！我可真是端的好眼福啊！好眼福啊！"

他把双方的性命相搏，轻描淡写的称为"大发雅兴"，"印证武功"，而且把乔拓疆和钟无霸一律称之为"兄"，这分明是要袖手旁观，两不相帮的了。

乔拓疆深知黑风岛主心狠手辣，初时见他来到，不免大吃一惊，心里想道："这老魔头和明霞岛主有数十年的交情，远在与我的交情之上，他若出手相助明霞岛主，我们六个人只怕都是插翼难飞，凶多吉少的了！"待至听了他的这番说话之后，这才转忧为喜，心道："只要他袖手旁观，我就可以稳操胜算！"

可是正因为他深知黑风岛主心狠手辣，一喜之后，跟着立即想道："莫非他是意欲我们两败俱伤？我们鹬蚌相争，他却是渔翁得利！"

厉赛英叫道："宫伯伯，你可不能袖手旁观！"

乔拓疆也在同时叫道："当今之世，只有明霞岛主的武功能够与你并驾齐驱，你不如趁这机会将他除掉，独霸天下？"

黑风岛主不置可否，笑道："你这算盘倒是打得很如意，不过，我可还得好好想想，这到底值不值得？"

厉赛英情急叫道："宫伯伯，你的七煞掌是怎样练成的？你岂能用七煞掌来对付我的爹爹？千万不要听他们唆摆！"

黑风岛主冷冷说道："多谢你提醒我了，不错，我的七煞掌是多得你的爹爹帮助，方始练得成功的！"

明霞岛主喝道："英儿，不许这样说！宫兄，你知道我生平不愿受人恩惠，你若肯助我一臂之力，我领你的情，但必须是出于你的自愿，我决不勉强你！你若是想乘人之危，将我除掉，那我也决不向你求饶！”这番话充分表现了他的傲气，可是在“傲气”之中，却也隐瞒不住他想要黑风岛主相助的心情。

乔拓疆连忙叫道：“黑风岛主，你若肯与我们联手，我们只要厉擒龙的一条性命，这明霞岛上的一草一木，我们都不染指，全都归你！另外，还有两船宝货，请你哂纳！”

黑风岛主纵声笑道：“这样说，你们给我的好处，可是很不少呢？”

厉赛英叫道：“宫伯伯，你要不要知道你女儿的下落？你要不要知道有关那本毒功秘笈的消息？”

黑风岛主又纵声笑道：“这就是你给我的贿赂了？嘿嘿，这两件事情，对我来说，的确是很重要的！”说至此处，眼光射到奚玉帆的身上，笑道：“这小子的功夫倒是不错，想不到他在我的七煞掌下，居然能够逃出了性命！不过，赛英侄女，我可是有点莫名其妙呢，那日和你一起的那个小子呢？怎的如今却又换了这个人了？”

厉赛英叫道：“宫伯伯，你快点动手吧，打发了这班家伙，我才有工夫和你说的啊！”

黑风岛主淡淡说道：“只怕我帮你打发他们，你的这位好朋友却又要向我寻仇了呢！”

厉赛英道：“不会的，不会的！”黑风岛主道：“好，那么我要他亲口答应，事情过后，任凭我的处置！”

奚玉帆怒道：“大丈夫死则死耳，岂能向人摇尾乞怜！你若是怕我报仇，那你就现在杀了我吧！”

黑风岛主赞道：“好汉子，好汉子！”明霞岛主道：“对，这才不愧是我厉擒龙的女婿！”

黑风岛主侧目斜睨，似乎有点诧异的神气，说道：“哦，现在是这个小子变成了你的女婿么？”

奚玉帆有病在身，激战了这许多时候，本来已经是有点支持不住了，此时心神一乱，正碰上乔拓疆向他一抓抓来，奚玉帆挥剑遮拦，“当”的一声，长剑给他的掌力震得脱手飞去！明霞岛主在这间不容发之际，施展绝顶武功，挥袖一拂，把奚玉帆的身子托起，掷出数丈之外，这才没有给乔拓疆接着而来的一招抓着他的琵琶骨。

黑风岛主纵身上前，把奚玉帆接到手中，奚玉帆受了掌力的震荡，此时已是昏迷过去了。

厉赛英大吃一惊，叫道："宫伯伯，你袖手旁观也罢，可千万不能伤他！"

黑风岛主把奚玉帆放在一边，顺手又点了他的穴道，忽地说道："好，厉兄，凭着你我的交情，我是应该帮忙你的。可是，你却得答应我一个条件，我有什么话问赛英侄女，她也决不能有半句隐瞒！"

厉赛英抢着答道："宫伯伯，我答应你！"明霞岛主却是"哼"的一声，说道："厉擒龙平生从未受人要挟！"

乔拓疆叫道："对，这厮不识好歹，你还是和我们联手的好！"

黑风岛主忽地喝道："乔拓疆，你给我滚出去！"乔拓疆愕然叫道："什么！你又变卦了？"黑风岛主喝道："我和厉岛主几十年的交情岂是你离间得了的？你听见了没有？你给我滚！"喝声中已是闯入了他们的六合阵来，掌挟劲风，向着乔拓疆打过来了！

双掌相交，"蓬"的一声，黑风岛主一个踉跄，连退两步，乔拓疆只是身形微晃，但额头却是红筋暴露。

表面看来，似乎还是乔拓疆稍占上风，殊不知他心里叫苦不迭。

原来乔拓疆用的是极为刚猛的大摔碑手功夫，只以掌力而论，他是比黑风岛主稍胜一筹，但黑风岛主的"七煞掌"却是兼有毒功的，乔拓疆硬接了他这一掌，登时感到胸口胀闷，就像吃饱喝醉了的人，想吐又吐不出来一样。

乔拓疆的内功造诣确也不凡，运气三转，胀闷之感居然给他消去了七八分。可是乔拓疆心里明白，他在经过与明霞岛主的一番恶斗之后，最多也不过是只有接三招"七煞掌"之能了。

黑风岛主一个转身，双掌又向钟无霸打去，钟无霸提起铜人一挡，心里想道："你的毒掌纵然厉害，也决不会打到我身上！"哪知"七煞掌"虽然没有打到他的身上，那股腥风却是扑面而来，钟无霸的功力比乔拓疆更弱，只好暂停呼吸，气也透不过来，这份难过，也就不用说了。钟无霸心头大骇，连忙跳出圈子，跑到距离黑风岛主数丈之外，才敢深深吸了一口新鲜空气。

对方的两大高手忙于应付黑风岛主之际，明霞岛主一声大喝，一手一个，就像抓住小鸡似的把乔拓疆手下的两个头目抓了起来，作了一个旋风急舞，把这两名头目抛出了七八丈之外，冷笑喝道："我还不屑于杀你这两个无名之辈!"

这一来"六合阵"登时瓦解，乔拓疆苦笑道："好，我们遵命离开就是，宫岛主，请你手下留情。"

黑风岛主淡淡说道："你们既然听了我的吩咐，我也不与你们为难，走吧！厉兄，请你看在小弟的面上，不必和他们计较了。"

原来黑风岛主并非有所厚爱于乔、钟等人，而是要想留下他们以备将来作为掣肘明霞岛主之用。

乔拓疆等人走后，明霞岛主插剑归鞘，说道："宫兄，不枉我交了你这个朋友!"

黑风岛主哈哈一笑，说道："你不再骂我了么，好，那我也该走了。"

明霞岛主道："且慢!"黑风岛主道："有何指教?"明霞岛主说道："厉某平生恩怨分明，刚才你要我答应什么，说吧!"

黑风岛主望他一眼，冷冷说道："你不是早已拒绝答应我的任何条件么?"

明霞岛主说道："那是因为我不惯受人要挟之故。如今你在不谈条件的情形之下帮了我的大忙，我倒是应该报答你的大恩了。"

黑风岛主淡淡说道："多谢，不用了!"突然一个转身，倒跃数步，倏地就把奚玉帆抱在手中。

厉赛英大吃一惊，叫道："宫伯伯，你干什么？将他放下!"

黑风岛主打了个哈哈，皮笑肉不笑地说道："我不要你爹爹的酬谢，这小子是我从乔拓疆的手中夺过来的，我将他带走，理所应当!"

明霞岛主眉头一皱，说道："宫兄，你帮了我的大忙，我是感激得很。可是你把奚公子带走，这就为德不卒了，再给我一个面子如何?”

黑风岛主冷冷说道：“厉兄，你是恩怨分明，小弟也是一样。这姓奚的和我有点小的梁子，看在你说情的份上，我不会取他性命，但我要把他囚在黑风洞里，受些少折磨，那是免不了的!”

黑风岛上有个黑风洞，这洞日夜不断都是吹着透骨奇寒的阴风的，把人囚在黑风洞里，胜于给他任何酷刑。厉赛英大为惶惑，连忙说：“宫伯伯，我答应过你！你想要知道的事情，都可以告诉你！求求你不要将他这样折磨!”

黑风岛主淡淡说道：“你是和我谈交易么？这个价钱开得太低了一点!”

明霞岛主心里想道：“我只道他是看在二十年交情的份上，帮我的忙，却忘了他平素的为人是只有损人利己，决不会见义勇为的了。如今我上了他的圈套，这个筋斗，只好认栽了吧!”

明霞岛主打定主意，冷笑说道：“宫兄，你别诸多作态了，爽快的说，你要我答应什么?”

黑风岛主道：“你何以一定要维护这个小子?”

明霞岛主道：“他是我的女婿，我不是已经对你说过了?”

黑风岛主道：“此话当真?”

明霞岛主怒道：“女婿岂有胡乱认的?”

黑风岛主冷冷说道：“你的女婿恐怕不是这人，是冒名姓耿，真名叫做公孙璞的那个人吧?”

那日厉赛英和公孙璞同在一起碰上黑风岛主，厉赛英为了要使公孙璞免遭他的毒手，曾经故意向他暗示她与公孙璞的关系非比寻常，并给公孙璞捏造了一个耿除奸的假名，这才得以逃过难关的。

此际厉赛英听他说出这番说话，不禁脸上一红，心想：“原来他已经知道真相了，没奈何，我只好和他实话实说吧。”

实在的是到了这个时候，也不能不把真相说出来了。

明霞岛主听了这番话也不禁吃了一惊，暗自思量：“难道他已经知道我想夺他的女婿？但好在英儿如今选中的不是公孙璞，我倒是有话好说了。我矢口否认有过这念头，他总不能硬是诬赖我的。”

当下明霞岛主装作大怒的神气，说道：“宫兄，你胡说什么？

小女与这位奚公子已经订下终身，不日就要成亲了!”

黑风岛主道：“是么？好，我要听得这位奚公子亲口和我说，方能信以为真!”

说罢黑风岛主便给奚玉帆解开穴道，冷冷说道：“奚少谷主，你与明霞岛主是怎么个称呼？”

奚玉帆练有少阳神功，其实他的穴道早已自解，不过黑风岛主不知而已。

黑风岛主与明霞岛主父女的说话他也都已听进耳朵了。

奚玉帆好生为难，心里想道：“厉姑娘的爹爹恶斗了一场，如今已是精疲力竭，一定不是黑风岛主的对手。他误会我是他的女婿，我也只好暂且承认了。”

黑风岛主喝道：“你耳朵是聋的吗？听见我的说话没有？”

奚玉帆装作刚刚醒来的样子，拔足就向明霞岛主跑去，叫道：“岳父大人，救救小婿!”

“小婿”二字出口，厉赛英听了不由得满面通红，心里却是甜丝丝的。明霞岛主哈哈笑道：“你听见了吧？”

黑风岛主道：“好，那么我只要你答应我一件事情了。”

明霞岛主道：“什么事情？说!”

黑风岛主道：“现在还没有想好，待我问了你的女儿再说!”

黑风岛主回过头来，向厉赛英道：“那自称姓耿的小子是不是公孙璞？”

厉赛英道：“你已知道了，何须再问？”

黑风岛主道：“你何以骗我？”

厉赛英道：“宫伯伯，我这正是为了你呀!”

黑风岛主道：“什么意思？”

厉赛英道：“锦云姐姐和公孙璞早已相遇，认了夫妻了！你意欲对女婿不利，锦云姐姐也已经知道了。宫伯伯，我劝你为女儿着想，不要做出害人害己的事情。”

黑风岛主“哼”了一声，说道：“我的事不要你来多嘴，他们二人哪里去了，你和我实说吧!”

厉赛英道：“同往金鸡岭去了。”

黑风岛主暗暗叫苦，心里想道："这小子果然是跑去投奔蓬莱魔女了，连锦云也给他拉去站在我的仇人那边，这可怎么好呢？"

原来黑风岛主在知道了那个化名姓耿的少年就是公孙璞之后，心里还存着一线希望，希望他听来的消息是假的，那么他就可以按照原来的计划，将公孙璞招赘为婿。也正是为了这个原因，他才要迫奚玉帆亲口承认是明霞岛主的女婿的。

黑风岛主暗暗叫苦，厉赛英道："宫伯伯，你还要问什么？"

黑风岛主说道："桑家那本毒功秘笈，落在谁人手上？你刚才说你知道的！"

厉赛英道："实不相瞒，是落在西门牧野这个老魔头的手上。"

黑风岛主半信半疑，说道："桑家没有儿子，怎的这本秘笈不是传给公孙璞，反而落到西门牧野的手上呢？"

厉赛英道："这我就不知道了。"

黑风岛主道："那你又何以知道是落在西门牧野之手？"

厉赛英指着奚玉帆说道："他身上受的就是化血刀之伤。这是在你给他的七煞掌之伤已经好了八九分之后，又给西门牧野门下的弟子郑友宝打伤的。"

黑风岛主道："此话当真？"话犹未了，突然飞身一掠，疾跃上去，一把抓着奚玉帆！

明霞岛主喝道："放下！"呼的一掌拍出，黑风岛主单掌画成一个圆圈，化解了明霞岛主的这招，双方各自退了三步。黑风岛主心头微凛，想道："他经过了这场恶斗，居然还能够发出这样深厚的内力，不输于我！"

明霞岛主夺不回奚玉帆，心知自己此际决计是打不过黑风岛主的了，冷冷说道："你一定要乘人之危，把他掳去的话，我拼了这几根老骨头，你也未必就走得出我的明霞岛！"此话倒也不是虚声恫吓，明霞岛主若是与他拼命，即使免不了要死在七煞掌下，黑风岛主也是免不了要受重伤。

黑风岛主哈哈笑道："厉兄，你误会了！"一按奚玉帆的伤口，暗运几分内力输送进去，只觉掌心一热，跟着便是隐隐发麻。

黑风岛主道："不错，他受的是化血刀之伤！"说罢，便即把奚玉帆放回。明霞岛主这才知道他是为了要证实厉赛英的说话。

原来“化血刀”的伤口有毒，黑风岛主以内力输送进去，毒气激发出来，他的掌心初时发热，乃是受了奚玉帆少阳神功的反震，跟着发麻，便是化血刀的毒气传到他的掌上了。以他的功力，这点毒气，自是伤不了他。

黑风岛主说道：“好，你的女婿我就交回给你，你刚才说的话可要算数才好!”

明霞岛主怒道：“厉某人的说话几曾有过不算数的？你要我答应什么？说!”

黑风岛主道：“我要你在一年之内给我办成功一件事情。”

明霞岛主道：“只要我做得到的，一定给你办妥。做不到的也当尽力而为，你满意了吧？”

黑风岛主道：“好，我相信你的说话，不过期限总还是要的!”

明霞岛主道：“究竟是什么事情，你先说来听听!”

黑风岛主缓缓说道：“我要你给我在西门牧野的手上抢回那本桑家的毒功秘笈!”

明霞岛主暗自思忖：“西门牧野的本领非同小可，而且听说他与朱九穆深相结纳，我必须准备对付他们二人才行。这件事情可是不大好办!”但话已出口，不答应又未免有失面子。

正在踌躇，只听得黑风岛主冷冷说道：“厉兄，你武功盖世，难道竟然怕了西门牧野这老儿么？”

明霞岛主给他一激，怒道：“你不必用激将之计，这件事情我给你做到就是。不过，一年期限，未免短些!”

黑风岛主道：“好，那就给你多一倍时间，两年为期！两年之后，我再来宝岛。告辞了!”

黑风岛主走后，厉赛英道：“爹爹，西门牧野如今是蒙古大汗的客卿，这事恐怕很不容易办呢!”

明霞岛主道：“我是言出必行，难办也要办的。但盼在这两年之内，我的走火入魔不要发作才好。”

厉赛英道：“不会的。只是奚大哥的伤你可得替他治好。”

明霞岛主一搭奚玉帆的脉门，试出他的少阳神功很有根底，心中一喜，说道："这个容易，一个月内，我包管他可以复原。"

奚玉帆道："多谢岛主，你们父女对我这样好，我真不知如何感激才好?"

明霞岛主道："咱们现在是一家人了，你再和我客气，那就是不应当了。我现在助你疗伤，说不定将来也有事情要求助于你呢!"

奚玉帆道："岛……岳父若有要用到小婿之处，小婿赴汤蹈火，决不敢辞!"

明霞岛主大笑道："这才像是一家子人的说话!"心中暗暗欢喜："我若得他以正宗内功心法相援，走火入魔这个难关料想是可以渡过了。"

此时躲在树林里的仆人纷纷出来，向明霞岛主道喜，有几个人又连忙上去要扶奚玉帆，因为奚玉帆此时已是显出疲态毕露的模样。

厉赛英道："你们不必打扰他，我会照料他的。"明霞岛主笑道："你们给姑爷准备房间吧。好，英儿，我把他交给你了，我也该歇歇啦!"众家人会意，让厉赛英扶奚玉帆走在前头，一行人远远的跟着他们。

厉赛英与他走入一个幽静的花径，粉脸微红，说道："奚大哥，你不怪我吧?"正是：

一片芳心难出口，不知郎意究如何?

欲知后事如何，请听下回分解。

第四十五回　书剑飘零情怅惘　琵琶别抱意堪伤

奚玉帆怔了一怔，似乎不大明白她的意思，说道："我多谢你还来不及呢！怪你、怪你什么？"

厉赛英讷讷说道："爹爹误会咱们，咱们……刚才迫于无奈，我只好默认。委屈了你，你不怪我么？"

奚玉帆方始恍然大悟，说道："原来你说的是这件事。这个、这个，应该说是我委屈你了。不知、不知你的意思怎样？"说至此处，他亦是不由得满面通红。

厉赛英低垂粉颈，小声说道："奚大哥，你别笑我不知羞耻，爹爹的脾气……唉，他若知道咱们是说谎骗他，只怕会把你赶出去。我想，我想在你病好之前，咱们、咱们还是暂且冒名做、做一对未婚夫妻吧。"

奚玉帆一颗心"卜卜"地跳，偷偷向她望去，只见厉赛英眼角挂着晶莹的泪珠，此时也正好偷偷望他，似乎是带着几分羞涩，又带着几分焦急地望着他，等待他的回答。

奚玉帆是个性情中人，不由得大为感动，说道："厉姑娘，你对我这样好，我这一生都恐怕难以报答你了。如果，你不嫌弃，咱们，咱们……"

厉赛英粉颈垂得更低了，牙缝里绽出几个字来，声音比蚊子叫还细，但奚玉帆已是听得清楚，她说的是："咱们怎样？"

奚玉帆鼓起勇气说道："就让咱们做一对真的夫妻吧！"

厉赛英抬起头来，脸红直到耳边，说道："你不后悔？"

奚玉帆道："我只怕配不上你。"

不知不觉，把厉赛英轻轻搂着了。

厉赛英道："别给丫头说笑话，你进去歇息吧，今晚我再来看你。"原来他们已走到明霞岛主给奚玉帆预备的卧房了。两个丫头正站在门边迎接他们。

厉赛英又是害羞，又是欢喜，吩咐丫头好好照料奚玉帆之后，就走开了。

奚玉帆静了下来，好像是做了一个梦似的，心里想道："这真是我做梦也想不到的事情！可是，我不会后悔的！"韩珮瑛的影子在他脑海中闪过，他跟着想道："珮瑛和啸风已是和好如初，他们本来是有婚姻之约，我是不该对她再存妄想了。只是妹妹的终身却不知如何是好？想赛英必是不会骗我的，她说妹妹已经跟那个姓辛的到江南去了，唉，这也真是意料不到的事情，但愿她不要上当才好！"

奚玉帆在明霞岛上挂念着他的妹妹，挂念着韩珮瑛和谷啸风。谷啸风和韩珮瑛在金鸡岭上也是同样的挂念着他，挂念着奚玉瑾。

花开两朵，各表一枝。奚玉帆在明霞岛养病，暂且按下不表。

且说谷啸风和韩珮瑛到了金鸡岭，初到那天，就碰上了尴尬的场面。

蓬莱魔女是绿林盟主，她的山寨中聚集有不少江湖好汉，其中有许多人是曾经参加过围攻百花谷之役的。韩珮瑛的那两个老仆人展一环和陆鸿，与及曾与谷啸风交过手的那个金刀雷飙，也在其内。

这些人看见他们联袂而来，都是不禁大为诧异，但诧异过后，却又是皆大欢喜。

金刀雷飙哈哈笑道："原来你们小两口子已是言归于好，倒是我们多管闲事了。"

韩珮瑛满面通红，说道："雷叔叔，你别误会。"

雷飙笑道："误会什么？知错能改，善莫大焉！谷少侠不愧是个明理的人，如今他已回过头来，我们对他还有什么误会？"

韩珮瑛有口难辩，只得说道："雷叔叔，不是这个意思……"

雷飙是个急性子的人，瞪着眼睛就打断她的说话问道："那又是什么意思?"

谷啸风轻轻碰她一下，韩珮瑛暗自思量："我若在此际满口分辩，实是太难为情，只怕也会伤了啸风的自尊。"

原来她与啸风相处了这许多日子，谷啸风对她的敬爱之情，她也是感觉得到的了。她自己亦是感到迷茫，不知应该怎样才好?按说奚玉瑾已经另有他人，她是可以和谷啸风重续前缘的。但是她毕竟有着少女的矜持，当初给谷啸风退婚的这口气还未能咽下，是以她一直对谷啸风采取着不即不离的态度。

韩珮瑛想了片刻，只好说道："雷叔叔，往事请别再提，我爹爹此际生死未卜，我正是来求柳女侠帮忙的呢!"

雷飙大吃一惊，说道："你爹爹武功绝世，怎的会遭意外?"

韩珮瑛道："说来话长，且待见了柳女侠再说吧。"

雷飙说道："对，雨过天晴，往事是不应再提了。令尊既遭意外，咱们还是赶快去见柳盟主吧。"

蓬莱魔女正是需要有本领的女子帮忙她，韩珮瑛来到，她自是喜之不尽。谷啸风近年来在江湖上声誉鹊起，蓬莱魔女知道他是韩珮瑛的未婚夫，更为高兴，大表欢迎。

蓬莱魔女听了韩珮瑛所说的种种事情，说道："韩姑娘，你放心，我一定给你打听令尊的下落。上官复寄存在你家的宝藏，檀大侠已经送到祁连山了。他已有消息到来，不日就可以回到这里。说不定他已听到了有关令尊的风声。你就在这里安心住下吧。"

自此谷韩二人就以客人的身份在金鸡岭住下来。蓬莱魔女很喜欢韩珮瑛，她因为丈夫笑傲乾坤华谷涵和武林天骄到祁连山去了，尚未回来，遂邀韩珮瑛与她同住。

韩珮瑛和谷啸风一个住在内寨，一个住在外寨。韩珮瑛为了避嫌，很少与他见面。

蓬莱魔女武功卓绝，韩珮瑛日夕陪伴她，得益不少。

一日，韩珮瑛跟蓬莱魔女练了一趟剑术，练完之后，蓬莱魔女忽道："听说辛十四姑的剑术奇诡莫测，你是见过她的本领的，不知是否和传闻一样?"

韩珮瑛道："江河怎比大海？丘陵怎比高山？不错，我是曾经震惊于辛十四姑奇诡莫测的剑术，但现在看来，却是稀松平常了！"话中之意，即是把辛十四姑比作丘陵江河，把蓬莱魔女比作高山大海。

蓬莱魔女笑道："你把我抬得太高了，其实辛十四姑也是个不容忽视的对手呢！"说至此处，若有所思。

韩珮瑛道："听说她有个侄儿，曾经到过这里？"

蓬莱魔女道："你说的是辛龙生吗？我正在想着这件事情。你见过辛龙生没有？"

韩珮瑛道："没有见过。听说他是江南武林盟主文逸凡的掌门弟子。"

蓬莱魔女道："不错，那次他求见我，就是奉了文大侠之命，前来与我联络，共商抵御蒙古鞑子的事情的。辛十四姑这个人介于邪正之间，她这个侄儿却是名门正派的弟子。但不知是否受了他姑姑的熏陶，我可有点不大敢信任他呢。"

韩珮瑛道："文大侠既然立他做掌门弟子，我想是应该靠得住的。"心里其实则是在想："奚玉瑾若然真的肯把终身付托与他，他当然是靠得住了。"

蓬莱魔女沉吟半晌，说道："最近我接获消息，蒙古入侵金国的三路兵马都在按兵不动，却另有一支奇兵攻入宋国的陕南川北一带，沔州节度使张宣已经以身殉国了。长江海盗头子史天泽听说也已做了蒙古的内应，江南形势大为紧张，我正在考虑派一个人去和文大侠联络，顺便打听消息，这也有礼尚往来的'报聘'意思在内。"

韩珮瑛道："人选定了没有？"

蓬莱魔女道："尚没想到最适当的人选。"

韩珮瑛心念一动，忽地有了个主意，蓬莱魔女却因另有事情处理，没有和她再说下去了。韩珮瑛暗自思量："且待我见过了啸风再说。"

此时谷啸风正在后山的梅林里独自徘徊，想着心事。

谷啸风并非感情易变的男子，他和奚玉瑾曾经有过海誓山盟，尽管人言凿凿，说是奚玉瑾已经“蝉曳残声过别枝”，与辛龙生同赴江南去了，他对奚玉瑾毕竟还是未能忘情。

另一方面，他对韩珮瑛的感情也是陷于十分苦闷的境地，自从重新认识了韩珮瑛的为人之后，他对韩珮瑛是既有着敬爱之情，又含着深深的内疚的。

他也曾想过与韩珮瑛重续前缘，但这是出于一种“赎罪”的心情呢，还是他真的已把对奚玉瑾的感情转移到了她的身上呢？这个问题他也曾再三问过自己，他自己也觉得有点模糊，有些惶惑，答不上来。更加上韩珮瑛对他的若即若离的态度，他自是难免大为苦闷了。

奚玉瑾和韩珮瑛的影子在他的脑海中交错隐现，正当他心乱如麻之际，忽听得有人轻声叫道：“谷大哥！”抬头一看，来的可不正是韩珮瑛。

谷啸风又惊又喜，说道：“瑛妹，什么风把你吹来了？”自从到了金鸡岭之后，这还是他第一次见到韩珮瑛。他本来还想说一句：“我以为你是在躲避我呢！”但怕韩珮瑛着恼，话到口边又吞回去。

韩珮瑛道：“谷大哥，你在想着什么心事？”

谷啸风面上一红，说道：“没有呀！”

韩珮瑛微微一笑，说道：“你没有心事，我倒是有着心事呢！”

谷啸风怔了一怔道：“你有什么心事？”

韩珮瑛道：“我在想着玉瑾姐姐。”

谷啸风诧道：“无缘无故的你怎的忽然想起她来？”

韩珮瑛道：“一定是有什么缘故么？难道你就不惦记着她？谷大哥，说老实话，你想不想见她？”

谷啸风叹了口气，说道：“事过情迁，何必多此一举？她以为我已死了，我若跑去见她，反给她增加烦恼。”

韩珮瑛十分诚恳地说道：“人言未必是实，你不见她，焉能明白？”

谷啸风心里想道：“莫非她是在试我？但她一向可不是小心眼的人呀！”踌躇片刻，说道：“见是要见她的，但现在恐怕还不是适当的时机吧？”

韩珮瑛道：“不，正因她以为你已死了，你才应该赶快见她。如果，如果……嗯，你是聪明人，不必我说，你也是该当明白的了！”

谷啸风听得懂她的意思，如果奚玉瑾还在爱他，那么他的出现就可以廓清误会；如果奚玉瑾确已变心，那么在见她之后，也可以弄个明白，免得处于目前这种含混不清的局面。“说不定珮瑛还有一层用意，她是要在局面澄清之后，才能决定是否接受我的爱情？”

谷啸风想至此处，不觉心头怦然一跳，目光流露真情，抬起头来望着韩珮瑛道：“你当真是这样想？可是——”

韩珮瑛道：“你是在想不能因私废公吧？好，那我告诉你吧，这正是一件公事呢！”

谷啸风诧道：“怎么扯上公事来了？”

韩珮瑛道：“柳盟主正要找一个人替她到江南去走一趟。”

当下韩珮瑛将蓬莱魔女的说话告诉了他，谷啸风听了，默然不语。

韩珮瑛道：“这是一件紧要的事情，我觉得你是最适当的人选，你若是为了怕见奚玉瑾而不敢去，这才是因私废公呢！”

谷啸风笑道：“你不必用激将之计，我还得仔细想想。”

韩珮瑛道：“你此次前往江南，路过扬州，还可以顺道探望玉帆大哥，他的伤不知好了没有？谷大哥，你无须诸多顾虑了，于公于私，你都是应该去的！”

谷啸风其实已经给她说动，笑道：“这么说我是非去不可了。但你以为我是最适当的人选，却不知柳女侠是不是这样想呢？”

韩珮瑛道：“只要你肯去，回去我就和柳女侠说。明天你再向她请令。”

蓬莱魔女本来也曾想到谷啸风的，只因他是客人身份，不便差遣他。如今他自动请缨，当然是一说便成了。

谷啸风以北方义军使者的身份，兼程赶路，此时金国正忙于应付蒙古的入侵，对反金的江湖人物倒是无暇兼顾。谷啸风一路行来，平安无事。

这一日到了百花谷，谷啸风满怀感慨地走进奚家，以为可以见着奚玉帆，不料只见着他家的一个老仆。

那老仆人道："谷少侠，怎的只是你一个人，我家小姐呢?"

谷啸风苦笑道："战乱中失散了，我也正在找寻她呢。奚大哥未曾回家么?"

那老仆人叹气道："回是回来了，但又出了事走了。唉，这样的乱世，当真是有许多意想不到的事情!"

谷啸风惊道："出了什么事?"

那老仆人道："有几个人上门寻仇，幸亏后来得一位姑娘拔刀相助，这才救了他的性命。他受了伤，如今正是兵荒马乱，在家里恐怕不能安心养病，那位姑娘带他走了。"

谷啸风诧道："这位姑娘是谁?"

那老仆人道："她说是我们少爷的朋友，姓厉名叫赛英。"

谷啸风大感奇怪，心想："厉赛英? 我可从来没有听他们兄妹说过有这位朋友，可别要上别人的当才好。"

那老仆似乎知道他的心事，说道："谷少侠不必担心，这位姑娘对我们的少爷好得很，我敢断定她不会是坏人的。"

谷啸风道："这位厉姑娘家住何处?"那老仆道："她没有说，我不知道。她说待我们少爷伤好了之后，就会送他回来的。"谷啸风心想："这位姑娘的行径倒是古怪。"当下说道："但愿如此。"离开百花谷，继续行程，中午时分，到了江边。

只见滚滚长江，辽阔的江面，连一只渔船都没有，谷啸风暗暗叫声"苦也!"沿岸行走，走了半个时辰，忽然发现芦花深处，有只小舟。一个老艄公正在倚着船舷打瞌睡。

谷啸风叫道："老公公，请你行个方便，渡我过江。"

老艄公揉揉眼睛，倦眼惺忪的打量了谷啸风好一会儿，似乎有点诧异的说道："你要渡江?"

谷啸风道："是呀，请你老人家行个方便。"

老艄公摇头道："不去，不去!"

谷啸风大为着急，说道："我给你一锭元宝，请你务必帮我这个忙。"

老艄公道：“唉，我不是和你计较船钱，你可知道长江的水盗反了，渔舟都不敢出去打鱼呢。江南如今正是陷在兵荒马乱之中，你还在这个时候过去？”

谷啸风道：“我有急事，不去不行。”老艄公道：“什么急事，值得你这样冒险？”

谷啸风道：“我要探亲，正因为兵荒马乱，我必须找着他们，接他们到平安处去的。”

老艄公沉吟了半晌，说道：“听说这股水寇如今正是沿江而上，过了江阴了。或许不会碰上他们。”

谷啸风喜道：“那么你答应了？”

老艄公却又摇了摇头，说道：“话是这样说，但万一碰上了强盗怎么好？我这几根老骨头不打紧，但却连累了相公了。”

谷啸风道：“我不怕强盗，有什么事情由我担当，想必他们也不会过分难为你这一个老人家的。”

老艄公又打量了谷啸风一眼，说道：“好，你既然不害怕，那就来吧。这锭银子我不收你的，过了那边，随便你赏我几个茶钱便是。”

谷啸风道：“老公公你真是好人！”跳上了船，老艄公提起竹篙，轻轻一点，小舟撑出江中。

这一日长江的风浪说大不大，说小不小，谷啸风颇为担心，担心这老艄公年老力衰，不知能否平安抵达彼岸？不料这艄公虽然年老，驾船的技术倒是极为高超，顺着水流的方向，随波起伏，小舟疾如奔马，转瞬已是到了江心。

谷啸风站在船头，披襟迎风，但觉江阔天空，胸襟也像豁然开朗了。谷啸风心中默念：“滚滚长江东逝水，浪花淘尽英雄！”一时得意忘形，大声叫道：“快哉，快哉！”

老艄公忽道：“不好，不好！”谷啸风道：“什么不好？”老艄公道：“你看那边！”

谷啸风顺着老艄公所指的方向看去，只见一团帆影，映入眼帘，初时还模糊，转眼间一只大船已是出现在不远之前，船上的旗帜也看得清楚了，是绘着骷髅头的黑旗！谷啸风吃了一惊，说道：

“这是盗船?”

老艄公道：“不错，而且不是普通的强盗!”

谷啸风道：“是史天泽的手下吗?”

老艄公道：“不是，是东海来的海盗，首领名叫乔拓疆。多年前我出海打鱼，曾经碰见过这只盗船的。不料它如今竟然驶进长江来了。”

谷啸风道：“听说海盗做的买卖不是轻易落手的，咱们这只小船不会放在他们眼里吧?”

老艄公道：“但我也听说这姓乔的海盗头目是个杀人不眨眼的魔君，万一他今天心情不好，那就糟了。”

谷啸风不知乔拓疆是何许人物，见来的只是一艘盗船，船上的海盗估量也不过三二十人，心里想道：“若是避不开他们，我就索性大开杀戒，也好替海上的商旅除一大害。”于是便安慰这老艄公道：“你不必害怕，万一碰上了，我来对付他们。”

老艄公连忙说道：“相公，你身上佩着剑，敢情是懂得一点武艺?但你可千万不能和他们动武，你打不过他们的!”

老艄公口中说话，手底加快操舟，可是那只大船人多摇橹，却是越追越近了。

只听得盗船的一个人大喝道：“兀那小船上的是什么人?给我停下!”

老艄公道：“我们是打鱼的!”

盗船上的人已经看见站在船头的谷啸风，有人冷笑道：“打鱼的哪有这样斯文?不管什么人，给我停下。待我们的首领盘问过了，再放你们。”

谷啸风怒道：“我可没有闲工夫等你们盘问!”

盗船上一人冷笑道：“这小子大约是活得不耐烦了!”忽地只见一个魁梧的大汉站出船头，提起了一个大铁锚，“呼”的一声，向他们这只小舟抛来!

这只大铁锚少说也有三二百斤，系有一条三丈多长的铁链，那人竟然好似舞弄一条绳子似的将它抛出，谷啸风饶是技高胆大，也不禁吃了一惊。

只听得“咔嚓”一声，铁锚已然勾住了船头，那大汉抓着铁链的一端，竟然把这只小舟拖了过去。

谷啸风所乘的这只渔舟虽小，但要拖得动它，两臂少说也得有千斤之力。原来这个魁梧汉子乃是乔拓疆的副手钟无霸。

乔拓疆在明霞岛铩羽而归，他手下的四个头目有两个受了重伤，至少在三个月之内，“六合阵”已是无法再用。乔拓疆深怕明霞岛主找他算账，是以带了亲信手下，离开了东海老巢，跑来投奔史天泽。

谷啸风明知遇上强敌，却也傲然不惧，小舟一近盗船，他立即拔剑出鞘，一个“燕子穿帘”，便跳上去。手中剑左披右荡，使开了“夜战八方”的招式，喝道：“叫你们这班强盗识得我的厉害!”

钟无霸错在一念轻敌，看不起这个貌似书生的谷啸风，没有使用他的独门兵器独脚铜人，谷啸风长剑斜抹，伸缩不定，钟无霸以为这是“毒蛇吐信”的寻常招数，冷笑说道：“米粒之珠，也放光华!”一掌向谷啸风的臂弯劈去。

哪知谷啸风的七修剑法虚实莫测，奇幻无比，看似普通的招式，其实似是而非，一招之间，可以刺对方的七处穴道。

乔拓疆叫道：“小心!”说时迟，那时快，只听得“嗤”的一声，钟无霸的衣袖已经给他削去了一幅，在他一招七式的快剑疾削之下，化成了片片蝴蝶。这还是幸亏乔拓疆提醒及时，他缩手得快，否则只怕一条手臂，已是要和身体分家了。

谷啸风一招迫退了钟无霸，陡觉脑后金刃劈风之声，另外两名头目的一刀一剑已是同时向他砍到，谷啸风未及回剑遮拦，一个蹲身反踢，虎尾脚踢飞了一柄单刀，横肘一撞，又把另一名头目撞得踉踉跄跄的退了几步，几乎跌下江心。

乔拓疆喝道：“你们给我退下!”侧目斜睨，瞅着谷啸风冷冷说道：“你这七修剑法使得很不错啊，任天吾是你何人?”

乔拓疆一口气道破谷啸风剑法的来历，倒是令谷啸风不禁吃了一惊，但听他提及了任天吾，却又是不禁怒从心起了。

要知谷啸风如今业已知道他的舅舅任天吾不是好人，乔拓疆如此说话，分明与他的舅舅乃是一丘之貉，恐防他是任家的人，故此要问个清楚的。

谷啸风不愿与他多说，喝道："你既识得七修剑法的厉害，那就不必啰唆了！把你们这条船赔给我，否则我可不能与你善罢甘休！"

乔拓疆纵声大笑，说道："好个不知天高地厚的无知小子，你以为你的七修剑法当真就是了不起么？哼、哼、在我的眼中也不过是三脚猫的招式而已！我只不过碍着任天吾的面子，恐怕你与他有甚干连，这才给你指点一条生路，手下留情！"

谷啸风忍不住心头之火，本来不想涉及他的舅父的，忍不住气，也就骂出来了："任天吾这老混蛋我正要找他晦气，谁要你看他的面子，手下留情！"

乔拓疆顾忌之心一去，哈哈笑道："好，那就是你这小子的死期到了！"声出掌发，登时便向谷啸风的琵琶骨抓下！

谷啸风喝道："叫你见识我这三脚猫的功夫！"刷的一剑，"抽撤连环"，刺咽喉，削两臂，挂小腹，招里藏招，式中套式，委实是一招极为厉害的杀手！

乔拓疆只是凭着一双肉掌进招，胸前门户大开，谷啸风满以为最少可以令他受一两处剑伤。哪知乔拓疆的掌势陡地一变，谷啸风的身形竟然在他的掌势笼罩之下，剑尖给他的掌风一荡，也登时歪过了一边。

谷啸风大吃一惊，迅速变招，只听得"嗤"的一声，肩衣已是给他撕破，幸而没有伤及琵琶骨。

谷啸风身随剑走，嗖的从乔拓疆身旁掠过，乔拓疆一抓抓不着他，也是不禁心头微凛："这小子的七修剑法，倒好似比任天吾要高明！"他口中轻蔑谷啸风的剑法，心里可是委实不敢轻敌！

乔拓疆这艘海船虽然比长江里的一般船只大得多，地方毕竟也是有限，比不得在平地动手，可以有回旋的余地。谷啸风剑术虽精，功力到底还是和乔拓疆相差颇远，激斗中大概过了十招左右，乔拓疆猛地一声大喝，双臂箕张，连环猛扑，谷啸风着了一掌，虽然只是给掌缘碰着，已是感到火辣作痛，不由自己的打了一个盘旋，身子歪歪斜斜倒向一边，退了数步。

乔拓疆喝道："把这小子拿下！"他见谷啸风的七修剑法极是高明，虽然谷啸风把任天吾骂作"老混蛋"，他还是不禁有点怀疑谷啸风与任天吾多少有点什么关系，是以不欲伤他性命。他叫手下拿他，那是因为他已经得胜，要保持首领的身份，不屑亲自拿人。

刚才吃了亏的那两个头目乘机报复，一刀一剑，同时向谷啸风的身后指到，喝道："不许动！"用剑的那个头目而且把剑尖向前一送，意欲挑了他的一条筋骨再说。

就在此时，忽听得一个苍老的声音喝道："不许动！"原来是那个老艄公不知什么时候已经上了这艘大船，竹篙向前一伸，"当"的一声就把那两名头目的刀剑全都格开！

乔拓疆吃了一惊，喝道："你是何人？"

那老艄公淡淡说道："洞庭湖的糟老头子韩光锐拜见乔舵主。请乔舵主看在我们七十二家总寨主王大哥的面上，不要难为我们的客人！"

此言一出，群盗耸然动容，乔拓疆也登时换了一副神色，向那老艄公双拳一拱，赔礼说道："原来是韩老爷子，幸会幸会！请恕儿郎们有眼不识泰山，得罪了贵友。"韩光锐哈哈一笑，说道："乔舵主客气了，但求乔舵主高抬贵手，放我们过江，老朽已是感激不尽。"

盗魁前倨后恭，谷啸风这才知道这老艄公乃是"真人不露相"，暗中保护他的。不由得又惊又喜。

原来太湖里共有大小七十二家寨主，总寨主是王宇庭，副总寨主就是这个老艄公韩光锐。

王宇庭是江南武林的第二号人物，地位仅次于武林盟主铁笔书生文逸凡。但因他手下有七十二家寨主直接受他指挥，若论实力之雄，则还在文逸凡之上。

韩光锐虽然是王宇庭的副手，但论起在绿林中的辈分，却比王宇庭高一辈，他是因为年老不胜繁剧，这才自甘退让，愿做王宇庭的副手的。

乔拓疆心里想道："强龙难压地头蛇，王宇庭的力量足以左右江南大局，只怕史天泽也得笼络于他，我此次来投奔史天泽，可不能得罪了他们太湖的七十二家寨主!”

慑于七十二家寨主的声威，乔拓疆只好前倨后恭，听了韩光锐的话，便即哈哈笑道:“韩老爷子哪里话来，难得你老驾到，请让我稍尽船主之谊，儿郎，把酒上来，给韩老爹赔罪。”

韩光锐道:“乔舵主盛情，老朽心领了。老朽还要赶回太湖，敢请舵主放行!”

乔拓疆道:“我们自当恭送你老渡江，请你老屈驾与令友在小船多留一日，明天一早，我们将在丹徒登陆。”

韩光锐暗自想道:“丹徒如今正是在史天泽的手中，看来这厮一定是去投奔史天泽的了。”于是淡淡说道:“桥归桥，路归路，咱们各有各走，不敢有劳舵主费心。”

乔拓疆赔笑说道:“韩老爷子既然执意要走，我也不敢强留。不过，还是得请你老稍待片刻，喝杯水酒，让我们修补好你老的座船。”

韩光锐这条小船给大铁锚抓裂了船头，幸好损坏不大，盗船上有现成的木工，立即进行修补工作，估计用不到半支香的时刻，便可修复如初。

既然要等修船，韩光锐只好与他喝酒，乘机探听他的口风:“乔舵主一向在海上得意，不知何以却到长江?”

乔拓疆自是不便把真正的原因告诉他，当下哈哈一笑，掩饰自己的窘态，说道:“乔某仰慕江南的人物风流、繁华胜景，特地前来观光。不日还要到太湖拜会王总寨主的。”正是:

枭雄自有图谋在，岂为湖山作壮游。

欲知后事如何，请听下回分解。

第四十六回　湖上闻歌悲小婢
府中脱困遇高人

韩光锐淡淡说道："乔舵主，那你恐怕来得不合时宜了。"

乔拓疆怔了一怔说道："韩老爷子，你这话是什么意思？"

韩光锐道："江南如今正是兵荒马乱，繁华胜景恐怕是谈不上的了。"

乔拓疆道："江南豪杰也是乔某一向仰慕的。对啦，韩老爷子，你刚才说起时逢乱世，乔某倒也有点感想。"

韩光锐道："愿聆听高见。"

乔拓疆注视着韩光锐，缓缓说道："俗语说乱世出英雄。兵荒马乱，正是英雄豪杰风云际会之时。太湖七十二家寨主雄霸江南，王总寨主和韩老爷子统率群雄，想必是有一番作为的了？"原来乔拓疆也是想试探韩光锐的口风。

韩光锐冷冷说道："我们只不过是和一班苦哈哈的兄弟，靠山吃山，靠水吃水，在太湖里混混日子而已。怎比得上你乔舵主的胸怀壮志雄心！"

乔拓疆自是听得出他话中嘲讽之意，颇为有点尴尬，打了个哈哈说道："韩老爷子取笑了。乔某此次前来贵地，还得仰仗江南朋友的提携呢。"

韩光锐说道："乔舵主刚才说是明日要在丹徒登陆。据我所知，丹徒是早已被史天泽的部下攻占了，乔舵主还未知道么？"

乔拓疆佯作吃惊，说道："是么？不过，史天泽也是黑道出身，大约不会和我们为难的吧？"

韩光锐道："我还以为你是他的客人呢？"

乔拓疆道："我只有这艘破船，哪能与他高攀。你们太湖倒是足以与他分庭抗礼，不知有否往来？"

韩光锐道："你客气了。对啦，乔舵主，你说要与江南人物结交，不知在你的心目之中，哪些人才算得是个人物？"他故意不答乔拓疆那句问话，仍然兜着圈子，来套乔拓疆的口风。

乔拓疆道："王总寨主和你韩老爷子，就是我想攀交的英雄人物。"

韩光锐道："请把我们暂且撇开，我倒是想请问乔舵主，在乔舵主你的心目之中，史天泽又是怎样一个人物？"

韩光锐单刀直入的问话，令得乔拓疆无可回避，只好句斟字酌的答道："我与史天泽素昧平生，但以目前的局面而论，他也算得是一个时势造成的英雄吧？韩老爷子以为如何？"

韩光锐尚未回答，谷啸风已是哼了一声，忍不住气说道："什么英雄？我看他是个狗熊！"这还是因为韩光锐以眼色止住他的缘故，要不然谷啸风还要骂得狠辣。

乔拓疆听他这么一骂，不觉愕然，转过口风道："不错，时势造成的人物，也算不得是真正英雄，不过，你老弟骂他狗熊，这——"

谷啸风道："这怎么样？骂得过分了么？"

韩光锐不想和乔拓疆冲突，便做好做歹的做鲁仲连，说道："见仁见智，各自不同，你们大可不必争论。"谷啸风瞿然一省，心里想道："我又犯了急躁的毛病了。在他们的船上，我可是众寡不敌的啊！"

乔拓疆道："对啦，我还没有请教老弟台的高姓大名呢，刚才多有得罪了。"

谷啸风道："不打不相识，这也算不了什么。我是扬州谷啸风。"

扬州府有两家武学世家，名闻天下，这两家就是谷家和奚家。乔拓疆对中原的武林人物不大熟悉，但对这两家武学世家，却是闻名已久的，心里想道："怪不得这小子年纪轻轻，本领那么了得，原来是谷家子弟。”

乔拓疆想要笼络谷啸风，亲自给他把盏。谷啸风心念一动，想道：“他问我，我何不也问一问他。”当下说道：“乔舵主常在海外，有一位黑风岛主，乔舵主可知道么?”原来谷啸风因为在金鸡岭将近一月，不见公孙璞与宫锦云到来，是以想从侧面探听消息。

乔拓疆怔了一怔，暗自思量：“这小子和黑风岛主是友是敌?但他们谷家素来以侠义自居，想必不是黑风岛主一路吧?”

说道：“黑风岛主嘛，乔某倒也相识。但不知老弟何以问他?”

谷啸风道：“他是我一位朋友的爹爹。”

谷啸风虽没有说出宫锦云的名字，但黑风岛主只有这一个女儿，乔拓疆当然知道说的是她了。

乔拓疆登时也是心念一动，便即说道：“原来如此。我最近听到一个关于黑风岛主的消息，可能也是和令友有关的。”

谷啸风道：“什么消息?”

乔拓疆道：“黑风岛主和明霞岛主争夺女婿，把一位少年英雄打死了!”

谷啸风大吃一惊，急忙问道：“那人是谁?”

乔拓疆道：“听说是百花谷的少谷主奚玉帆!”

原来乔拓疆并不知道公孙璞，但他那日在明霞岛，从黑风岛主与明霞岛主的言语之中，却是大略知道曾经与他交过手的奚玉帆的事情了。他是有意捏造谎言，嫁祸给黑风岛主的。因为他知道奚谷二家交情深厚，江南的侠义道与奚家亦是颇有渊源，黑风岛主杀害奚玉帆的消息传出去，那些人，自是不肯与黑风岛主干休的。乔拓疆那日摆下六合阵，围攻明霞岛主，功败垂成，这都是黑风岛主插手之故，是以他想借刀杀人。

谷啸风这一惊非同小可，失声叫道：“此话当真?”

乔拓疆道：“我骗你做什么，这是一位在明霞岛上目击此事的人，亲口对我说的。”

谷啸风半信半疑，心里想道：“那日据孟霆所说，奚大哥是给黑风岛主打伤的，怎的他又忽然要奚大哥做女婿呢?难道是因为奚大哥不愿意做他女婿，他才一再的下毒手，终于把奚大哥打死了吗?”此事本来颇有疑窦，但因乔拓疆说得似乎有根有据，谷啸风不禁信了几分，心里暗暗叫苦。

韩光锐那只小船此时已经修好，督工修船的小头目回来禀报，说道:“韩老爷子，我们给你加工修补，坚固已胜从前，请你老察看!”

韩光锐道:“好，多劳你们啦。告辞了!”

乔拓疆送他们下船，假惺惺的说道:“可惜韩老爷子无暇稍留，乔某未得领益，他日当到贵寨拜访，请韩老爷子在王总寨主面前包容。”

韩光锐道:“不敢当!青山绿水，后会有期!”与谷啸风下了小船，便即扬帆离去。

船到江心，和乔拓疆的盗船离得远了，韩光锐哈哈笑道:“好险，好险，幸亏乔拓疆还卖我几分面子。”

谷啸风道:“不知韩老前辈何以知道晚辈今日会来?”

韩光锐道:“我是奉了总寨主之命，假做渔夫，守在岸边，接应北方来的同道的。我见你不似常人，已经猜到了几分。果然老眼无花，猜得尚还不错。”

说罢，又哈哈笑道:“长江后浪推前浪，世上新人换旧人。我刚才只看出你身怀武功，尚未知你就是近年来大大闹出了‘万儿’的谷少侠，哈哈，老夫垂暮之年，得会年少英雄，也真是一件值得庆幸的事!”

谷啸风道:“韩老前辈过奖了，晚辈今日若不是得前辈拔刀相助，只怕已是丧生在那盗魁之手了。”

韩光锐道:“你能够和乔拓疆斗到了三十招开外，这已经是十分难得了啊!”

说话之间，小船已经靠岸，两人舍舟登陆，韩光锐道:“谷老弟，你去哪儿?若是没有地方，请到太湖小住如何?”

谷啸风道:“我是奉了柳盟主之命，去和文大侠联络的。待事情办妥之后，自当前往太湖趋谒。”

韩光锐道:“原来如此，那么我送你一程。”接着说道:“你不知道，沿岸有许多地方已是给史天泽的手下占领了，你没有熟人带路，只怕难免会有麻烦。”

谷啸风正有一些问题想向韩光锐打听，于是说道：“这是最好不过，只是太过麻烦老前辈了。”

韩光锐道：“老弟，你急公好义，千里远来，我是应该帮你忙的，你和我客气，那却是不应该了。”

谷啸风应了一个“是”字，说道：“老前辈，我想向你打听一个人。”

韩光锐道：“你说吧，江南有点来头的人物，大概我会知道的。”

谷啸风道：“这人名叫辛龙生，听说是江南大侠文逸凡的掌门弟子。”

韩光锐道：“不错，你认识他吗？”

谷啸风道：“尚未相识。不过他月前曾经到过金鸡岭，柳女侠也曾与我提及他。”

韩光锐道：“这位辛少侠是江南侠义道中的后起之秀，不但武功高强，人也精明能干，文盟主的许多事情都是交托给这位掌门弟子办的。你和他一南一北，正是一时瑜亮，料想定能一见如故。”

谷啸风道：“我怎能比得上辛少侠。听说辛少侠从北方归来，是有一位姑娘和他一起的，这件事情，老前辈可有所闻？”

韩光锐哈哈笑道：“你不提起，我倒忘了。不错，是有这件事，这位姑娘就是乔拓疆刚才提及的百花谷的少谷主的妹妹呢！对啦，你们谷家与奚家是数代交情，想必你是认识他们兄妹的了？”原来韩光锐因为多年足迹不出江南，是以对谷啸风闹婚变的事情尚未知道。只知奚谷二家甚有交情，却想不到“百花谷少谷主的妹妹”就是谷啸风的爱侣。

谷啸风道：“我和他们兄妹自小相识。哥哥叫奚玉帆，妹妹名叫奚玉瑾。奚大哥还曾与我同过患难呢，我们是在乱军之中失散的。他曾托我访查妹妹，不料他如今竟然丧生海外，真是令我难过。我想这件事情应该告诉他的妹妹。”

韩光锐道：“乔拓疆之言，未必是真。不过，既然是有这么一个消息，你告诉奚姑娘也是应该的。”

谷啸风道："不知奚姑娘现在是否还在文大侠那儿？"

韩光锐道："我想她一定是仍然和辛龙生在他师父那儿的吧？有一件事情恐怕你未知道呢？"

谷啸风心头"卜通"一跳，问道："什么事情？"

韩光锐笑道："是一件喜事。其实这件喜事你也应该猜想得到的。辛少侠和那位奚姑娘听说是快要订婚了！"

谷啸风勉强笑道："啊，真的吗？这可真是一件大喜的消息了！"

韩光锐道："听说他们两人是一见钟情的，所以奚姑娘和他相识之后就愿意跟他回来。只因现在正是多事之秋，他们的婚事暂且搁下。文大侠主张他们先行订婚，说不定他们的订婚喜酒，你正好可以及时赶上。"

谷啸风心头苦笑："想不到我会赶来喝玉瑾的喜酒。"韩光锐不知就里，继续说道："女家没有亲友在江南，难得你和这位奚姑娘正是熟识的世交，你来喝他们的喜酒，那就是喜上加喜了。"

谷啸风勉强笑了一笑，说道："但愿如你所言，我能及时赶上。嗯，韩老前辈，我还有一件事情，想向你老请教。"

韩光锐道："请说。"

谷啸风道："就是乔拓疆所说的那个明霞岛主，老前辈可知道他是什么人吗？"

韩光锐说道："听说这位明霞岛主姓厉名擒龙，住在东海明霞岛上，是一个介乎邪正之间的人物。"

谷啸风道："老前辈可曾到过这个明霞岛么？如果我出海找寻，不知应该如何走法？"

韩光锐道："哦，你是想去打听百花谷奚少谷主的下落？"

谷啸风道："不错，我与他兄弟之交，如今听到他这不幸的消息，我一定要查个水落石出。"

韩光锐道："你千万不可单独前往！"

谷啸风道："这位明霞岛主武功很是高强吗？"

韩光锐说道："我没有与他会过，但我们太湖七十二家寨主之中，却是有人到过明霞岛的。那天幸亏明霞岛主的心情不恶，只是把他们驱赶出岛便作了事。据说若是碰上他脾气不好，那就只怕是有去无回了。那次误上明霞岛的三位寨主，武功都是很不错的，但明霞岛主只是用了一招绵掌击石如粉的功夫就把他们赶跑了。明霞岛主武功之高，可想而知。”

谷啸风心里想道：“他能够和黑风岛主作对，武功当然是非常高强的了。可是奚大哥生死未卜，我怎能不去求个解答?”

韩光锐好似知道他的心意，说道：“你要到明霞岛的航海地图，我倒是可以派人给你送来。不过，这件事情，我劝你还是先和文大侠商量的好。反正奚少谷主的妹妹是他的徒媳，这件事情，他是不能不管的。”

谷啸风道：“是。这件事情，我当然应该告诉文大侠和奚姑娘。”当下便问文逸凡的地址，韩光锐道：“文大侠住在中天竺的稽留峰下。”

谷啸风诧道：“中天竺?”

韩光锐笑道：“不是唐三藏取经的那个天竺。杭州城外，有座天门山，天门山两旁山岭重重，都称为天竺山。依距离杭州的远近，又分为下天竺、中天竺和上天竺。中天竺风景最为优美，文大侠是前几天才搬去定居的。”

谷啸风道：“原来如此。”

韩光锐又道：“杭州现在已改名为临安，不过一般人还是称它杭州。杭州有个著名的西湖，想必你是知道的了。”

谷啸风笑道：“闻名已久了，可惜尚未有缘，得会西子。”历代的文人，大都是把西湖比作“西子”的。

韩光锐道：“那么，你这次就可以趁这机会，一亲‘西子’的芳容了。西湖南岸，有路可通灵隐山。从灵隐山向西走，就是天门山，你要找中天竺的稽留峰，只须问山中的樵子就行。”

谷啸风道：“多谢老前辈指点。”

韩光锐送他走了一程，到了官军统治的区域，这才和他分手。

分手之后，谷啸风怅怅惘惘，独自前行。想起了奚玉瑾与他的海誓山盟，想起了过往甜蜜的日子，不觉泪影模糊。最后在模糊的泪影之中，奚玉瑾的影子渐渐淡了，忽地韩珮瑛的影子却摇晃在他的眼前。

谷啸风发出了苦笑，悲痛之中，却也忽然有了“轻松”的感觉，想道：“这样也好，倒是给我解决了一个难题了。”

一路平安无事，谷啸风终于到了南宋的首都临安。亦即是以风景幽美，名闻天下的杭州了。

进得城来，正是傍晚时分，谷啸风找一间湖滨的客店投宿，经过西子湖边，只见湖光潋滟，夕阳西下，微波耀金，小孤山倒影湖中，青翠欲滴。谷啸风想起了苏东坡的一首诗：“湖光潋滟晴方好，山色空濛雨亦奇，若把西湖比西子，淡妆浓抹总相宜。”心道：“坡翁诗句，果然一点不差。我有缘来此，今晚拼着不睡觉，先来个月下游湖，这才不虚此行。明天我再去找文大侠。嘿，嘿，这也可算是‘偷得浮生半日闲’吧?”

谷啸风开了房间，吃过晚饭之后，稍歇片刻，只见一轮明月，已现天心，心里大为高兴，想道：“天公也会凑兴，若是阴天，可就大煞风景了。”

西湖岸边，泊有许多专载游客的“画舫”，谷啸风是在长江边长大的，懂得划舟，便去租了一只画舫，言明租它一晚，不用舟子跟随。谷啸风是想随心所欲，这一晚游遍西湖，但他可以不睡，舟子不能不睡，是以他要自己划船，不愿有个舟子在旁扰他清兴。这样的客人倒是少见，那舟子起初有点踌躇，谷啸风给他一锭大元宝当作押金，舟子这才答应。

谷啸风也是心急些儿，来得早了。此时不过相近二更时分，湖上游船来往，笙歌未歇，时不时有脂粉香、酒肉香从邻船吹送过来，谷啸风不禁皱了眉头，心道：“好好的西湖，倒给这班人弄脏了。”

一艘挂着大红宫灯的官船在这只画舫的侧边缓缓划过，船上有几个戴着乌纱帽的官儿正在猜拳闹酒，有人叫道：“暂且别闹，听小玉儿唱曲。”

官船上珠帘半卷，谷啸风抬眼望去，可以看见舱中的两个歌女，一个抚琴，一个就轻启珠唇，曼声地唱了起来。

歌道：“画船载酒西湖好，急管繁弦，玉盏催传，稳泛平波任酒眠。行云却在行舟下，空水澄鲜，俯仰流连，疑是湖中别有天。”

这是欧阳修所作的十首《西湖念语》之一，欧阳修是北宋神宗时代的一代文宗，曾在扬州做过官，当时大江南北，都是大宋版图，不似如今之分处金宋两国，交通不便。欧阳修常到西湖游玩，曾用《采桑子》的词牌，作了十首歌咏西湖的词，统名《西湖念语》。

谷啸风湖上听歌，心中不觉生了许多感触，想道：“欧阳修不错是个贤臣，但他这首词乃是写在将近百年之前的太平日子的，如今烽烟遍地，这些官儿们还在醉生梦死，却如何对得住百姓？哼，画船载酒，玉盏催传，‘雅’则‘雅’矣，但可惜流亡的难民却连粮糠都没得吃呢！”

一个附庸风雅的官儿击掌赞道：“好词！好词！可惜如今没有似六一学士（欧阳修号‘六一居士’，曾以翰林学士的身份修唐书）这样的大手笔了。”

有一个官儿炫耀他的见闻广博，接近内廷，说道：“年兄，这也不见得。前天有位俞学士写了一首‘风入松’新词，当今皇上也是很激赏呢！”

先头那个官儿道：“哦，真的吗？你可还记得他这首词？”

那官儿道：“我只记得最后两句是‘明日重携残酒，来寻陌上花钿’，据说这首词是那位俞学士在断桥附近的小酒店题的，皇上看了他这首词，说道：‘“重携残酒”，未免太寒酸了。’御笔一挥，给他改成‘明日重扶残醉’，哈哈，哈哈，天子的吐属果然是与酸丁不同！”

先头那官儿道：“岂只不同，简直是相差天壤！哈哈，妙极，妙极！御笔改词章，风流天下传！此事必将成为词林的佳话！”

谷啸风听了这些官儿对皇帝的拍马之言，心中甚为气闷，想道：“山外青山楼外楼，西湖歌舞几时休，暖风熏得游人醉，直把杭州作汴州。这首诗才真是痛心人语！南宋小朝廷给金虏迫迁江南，尚自不思振作，‘临安’简直即是‘苟安’！皇帝老儿甘心做‘儿皇帝’，在国运如此危急的关头，居然还有闲心用在批风抹月的辞章上！真是可叹！”

谷啸风不想看那些官儿的丑态，将舟向外西湖划去，不知不觉已是到了没有轻舟画舫的僻静湖面，此时亦已是将近三更了。

皓月澄波，浮光耀金，静影沉璧。轻舟过处，芦花深处，时不时有水鸟惊起，飞过湖面。谷啸风正在自得其乐，忽见一只画舫，从对面顺流而下，划船的也是个少年。

游湖的人很少到“外西湖”的，尤其是在三更过后。谷啸风心道：“莫非这少年也是讨厌尘俗的同道中人？”心念未已，只听得那少年朗声吟道：

“霜日明霄水蘸空，鸣鞘声里绣旗红，淡烟衰草有无中。万里中原烽火北，一尊浊酒戍楼东，酒阑挥泪向悲风。”

这是南宋状元词人张孝祥的《浣溪沙》词，他写这首词的时候，正是抗金名将岳飞被秦桧用十二道金牌招回，中原大受胡骑践踏的时候，词中充满悲愤的心情，表现了满腔爱国的情绪。

谷啸风大为欢喜，心道：“十步之内，必有芳草。古人之言，信不我虚。在游湖的俗客之中，竟也有这样一个人物！”

吟声未歇，芦苇中又摇出一只小船，划船的却是个白衣老人，接着歌道：

“问讯湖边柳色，重来又是三年。东风吹我过湖船，杨柳丝丝拂面。世路如今已惯，此心到处悠然，寒光亭下水连天，飞起沙鸥一片。”

这首《西江月》也是张孝祥所作的词，但却是他晚年所作，词中表现的是老年安详恬静的心情。

谷啸风心里想道：“这位老人家决不是寻常的渔翁，纵非江湖前辈，也一定是饱读诗书的隐士高人。”

少年的画舫和老者的渔舟碰上了头，两人都是哈哈大笑。那老者道：“辛公子，原来是你赴约！好极，好极！”

谷啸风有心和他们结交，把船向他们那边摇去。忽然那两人的笑声停止，少年已经跃过那老者的渔舟，压低了声音和那老者交谈。

谷啸风暗自想道：“原来他们是在此处约会的，想必是发现了我，也觉得有点惊诧吧！”谷啸风因为摸不准他们的身份，如果是江湖人物的约会，外人倒是不便前去打扰。要不要把船摇过去与他们攀谈呢？谷啸风不免有点踌躇了。

他是练过“听风辨器”功夫的人，听觉比常人敏锐得多。此时距离已是不远，隐隐听得那少年说道：“把他赶走，恐怕还是不大妥当吧！”

那老者道：“好，那么你出手，由我处置！”

谷啸风吃了一惊，正要掉转船头回避，忽见那少年飞身跃起，已是翩如飞鸟的扑上他的船头，喝道：“什么人，三更半夜来此游湖，给我滚下去！”脚尖一点船头，立即便是骈指如戟，点向谷啸风的胸口！

谷啸风本来对这少年甚有好感，但见他如此蛮不讲理，却也不禁动怒，喝道：“你来得游湖，我就不能来么？”

那少年的点穴手法又快又狠，谷啸风是个武学的大行家，一见就知厉害，焉能让他点中？大喝声中，双臂一分，左掌拨他手腕，右掌径抓过去，使的是一招近身搏斗的小擒拿手法。

船头上能有多大地方，两人都是无从闪躲！那少年喝道：“来得好！”倏地化指为掌，一招“烘云托月”，双掌画了一道圆弧，化解了谷啸风的小擒拿手法，身形晃也不晃，迅即又是向他胁下的“气愈穴”点来！

谷啸风试了一招，已知对方的功力与他不相上下，但点穴手法的狠辣，却是在他之上，谷啸风心里想道：“只有制服了他，方能慢慢向他解说了！”

谷啸风给这少年一连几招掌劈指戳的攻势，迫得退了两步，退到船边，蓦地喝道：“教你也见识见识我的点穴功夫！”以指代剑，使出了一招“七修剑法”，七修剑法是以剑刺穴，可以在一招之内，同时刺对方的七处穴道。如今谷啸风以指代剑，使出了这门“刺穴”功夫，这本来就不是正宗的点穴手法，因此饶是这少年懂得各家各派的点穴功夫，对谷啸风的这一招，却是不知应该如何应付方始适当。

只听得“嗤”的一声，那少年的衣襟已是给谷啸风的指头戳破，撕去了一幅，可是谷啸风却未能点中他的穴道。这少年练有

"沾衣十八跌"的上乘内功，虽然也未能将谷啸风跌翻，但谷啸风的指头一触及他的衣裳，就滑过了一边了。不过，这少年的衣裳给他戳破，亦已是大吃一惊！

就在此际，只听得那老者"咦"了一声，跟着叫道："辛公子，手下留情，不可伤他！"

谷啸风心念一动："这少年武功如此高强，他又姓辛，难道是——"

想至此处，谷啸风立即喝道："你是何人？"那少年冷笑道："你这厮胆敢前来暗中窥伺，谅也听过我的名字，大丈夫行不更名，坐不改姓，我就是江南武林盟主文大侠的掌门弟子辛龙生！"

果然是辛龙生！谷啸风想不到在这样的情形下与他见面，不由得骤吃一惊，呆了一呆，尚未曾来得及向他通名道姓，只觉胁下一麻，辛龙生出指如风，已是点中了他胁下的晕麻穴。谷啸风"哼"了一声，"扑通"的就跌下水去，不省人事了。

也不知过了多久，谷啸风这才醒了过来，睁眼一看，只见一片漆黑，摸了摸两边光滑的墙壁，这才知道是被关在一间石牢了。

谷啸风恢复了清醒，记得自己是给辛龙生点了穴道，打落水的，但摸摸身上，却没有湿，想必是有人已经给他换过衣裳了。这间牢房，四面是厚厚的石墙，只有屋顶，开有个小小的天窗。谷啸风聚拢目光，仔细观察，只见牢门紧闭，那两扇石门，少说只怕也有五寸来厚，纵有宝剑，亦难破门而出，何况他的宝剑早已给人缴去了。

谷啸风惊疑不定，心里想道："莫非那个白衣老者就是江南的武林盟主文大侠？这里是他的家？"随即想道："不对。文大侠是辛龙生的师父，听他们昨晚相遇之时所说的话，却只是相识，决非师徒。嗯，那么这里是什么地方呢？"

心念未已，忽听得外面有人说道："这小子不知醒了没有？"谷啸风猛然一省，这才知道外面还有看守。

另一个看守说道："听说这小子是给文大侠的掌门弟子辛龙生点了穴道的，如今不过两三个时辰，哪有这样快就能醒来？文大侠号称铁笔书生，点穴功夫天下第一。辛龙生已得师父的衣钵真传，给他用重手法点了穴道，恐怕最少也得十二个时辰方能自解。”

第一个看守说道：“你是只知其一，不知其二。”第二个看守道：“哦，是吗？你也听说了什么了？”第一个看守道：“听说这小子的武功很是不错，辛龙生险些都打不过他呢。倘若他的内功造诣与辛龙生旗鼓相当的话，就用不着十二个时辰就能解穴了。”

第二个看守说道：“可是白老爷子吩咐过我，要让他好好休息的。再过两个时辰然后进去看他吧，别过早将他弄醒了。”第一个看守道：“但白老爷子也说过，这小子一醒来就要告诉他的，咱们悄悄的去看一看如何？”第二个看守道：“还是再过一个时辰吧。”

谷啸风越发惊疑，暗自想道：“听他们这样说，那姓白的老者似乎对我无甚恶意，他是什么人呢？好，不管他是什么人，我且先把功力恢复了再说。”

当下谷啸风盘膝静坐，暗运玄功。他练的少阳神功已有相当造诣，不消半支香时刻，运气三转，真气已达丹田，小腹有了暖烘烘的感觉，谷啸风自知，功力已是恢复了六七分了。谷啸风正要再行大周天吐纳之法，继续运功，外面那两个看守又在谈话了。此际正是谷啸风运功刚刚告一段落的时候，是以可以分心听外间的说话，有一句话飘进了他的耳朵，吓得他不由得心头一跳。

原来那个看守是这样的问他的同伴的：“这小子给白老爷子拿来关在这里，不知韩相爷可知道了没有？”谷啸风恰好听见这句闲话。

“韩相爷？”谷啸风不禁大吃一惊了！正是：

醒来疑是梦，相府困英豪。

欲知后事如何，请听下回分解。

第四十七回　私戎堪叹无良策　解惑还须见玉郎

原来当时在南宋小朝廷掌权的宰相名叫韩侂胄，此人营私舞弊，任用宵小，斥逐忠良，好大喜功，却无才干，把朝政弄得一塌糊涂。虽然或许尚不如秦桧之奸，但亦不过是五十步与百步而已。

“他们说的韩相爷，莫非就是韩侂胄这个奸相？哼，我还以为那个姓白的老者是个好人，捉我只是由于误会呢，原来却是权门的鹰爪！”谷啸风心想。

但随即又有一个疑问从心中升起，“辛龙生是名门正派的弟子，那姓白的老者若然真是权门走狗，辛龙生岂肯与他往来？”

正自百思莫得其解，忽又听得有一个人走来，粗声粗气地问道：“这里关的是什么人？”

这个人似乎是在相府中一个职位颇高的人，只听得那两个看守恭恭敬敬地答道：“小的不知道。是白老爷子吩咐我们看管的。”

那个人哼了一声，接着说道：“你们就只知道白老爷子，眼睛里敢情是没有我了！”

那两个看守齐声说道：“不敢。小人是委实不知。”

那人说道：“好，你们的白老爷子昨晚到外西湖会的是什么人，你们总该知道了吧？”

那两个看守赔笑说道：“史大人，你老都不知道，我们又焉能知道？相爷没有告诉你吗？”言语中透露出这件事情是已经得到韩侂胄的同意的。

姓史那人越发着恼，说道：“这姓白的老匹夫来了之后，相爷遇事都与他商量，我哪里还沾得上边？不过，他想爬在我的头上，可也没有那么容易！”

这人大发脾气，两个看守都是不敢作声。在发了一顿脾气之后，这人却忽地说道：“把牢门打开，我要进去看看！”

那两个看守面有难色，不约而同的都是说道：“这个，这个——”

这人大怒说道：“什么这个那个？你们眼睛里若是还有我史某人，就快快给我打开！相爷要怪也只能怪我，不关你们的事！”

那两个看守似乎对此人颇有几分畏惧，不敢不依，终于给他打开了牢门，说道：“史大人，你自己进去吧，那小子是给点了穴道的，恐怕还未醒呢。”

那人踏进牢房，自言自语：“我偏要解了这小子的穴道，盘问他的口供，看你这个老家伙能奈我何？”

谷啸风装作沉睡未醒，待到那人走到他的身边，正在察视他是给点了什么穴道之际，谷啸风突然一跃而起，以迅雷不及掩耳的手法，反而点他的穴道！

那人闷哼一声，右掌一抬，便即拍下。谷啸风以迅雷不及掩耳的手法已经点中了他的穴道，不料他居然还能还击，近身搏斗，欲避无从，只听得“蓬”的一声，谷啸风的肩头也给他打个正着！

谷啸风只觉得一阵火辣辣的作痛，幸亏那人的手掌一碰着他的肩头便即软了下来，力道无以为继，这才没有伤及他的琵琶骨。

那人脚步一个踉跄，斜转两步，反手又是一拳，叫道：“来，来人呀！”谷啸风拨开他的拳头，只觉他的拳头，已是比不上常人打出的气力，那人声犹未了，已退了几步，终于就像木头一样，“卜通”一声，自己倒下去了。

原来姓史此人是个内家高手，功力之深厚尚在谷啸风之上，只因冷不及防，才给谷啸风点中穴道，在给点中穴道之后，也还能够支持片刻，方始不支。但谷啸风若不是再补一指的话，只怕他还不会这样快就跌倒的！

谷啸风心里暗暗叫声“好险！”趁着牢门尚未关上，迅即夺门而出，那两个看守刚刚跑进来，谷啸风双臂一分，同时点着了他们的“肩井穴”，这两个看守的武功远不如他，登时便倒了下去，不能动弹了。

谷啸风飞过墙头，外面是一个野草丛生的荒芜庭院，和谷啸风想象中的豪华相府大不相符，倒是颇出他的意料之外。

角门忽地闪出一人，“咦”了一声，说道：“你怎么闯出来的？那两个看守呢？”此人正是谷啸风在湖上所见的那个老者，也即是看守们口中所说的“白老爷子”了。他是在内间听得声响，赶忙出视的。

谷啸风料他武功定然厉害，先下手为强，双掌画了一道圆弧，迅即发招，左掌是大力开碑的刚猛掌法，右掌则是以指代剑，用“七修剑法”点他穴道，一刚一柔，配合得恰到好处。打了出去，这才喝道：“给我杀了！”

那老者又是“咦”了一声，挥袖一拂，说道：“不对吧，我看你只是点了他们的穴道，并未杀了他们！”

这老者只是听见看守跌倒下地的声音，就知是给谷啸风点了穴道，而且知道他们并未丧命，武学的高明，真是匪夷所思，令得谷啸风吃惊不已！

谷啸风说这谎话，本来是想扰乱他的心神的，不料骗不过这个老者，不由得自己着慌了！

他的着慌，不但是由于这老者武学的见识极为高明，而且是由于对方只是那么轻描淡写的一拂，就化解了他双掌同时发出的招数！

谷啸风只觉一股十分柔和的力道拂来，自己的手掌竟似触着棉花一样，无从发力，那股力道，虽是柔和，谷啸风亦已不禁一个踉跄！

谷啸风知道这人用的是借力打力的功夫，一个转身，移形换位，迅即又到了这个老者的背后发招，出指点他背后的“风府穴”。

这次这个老者好似是有意试他的功夫，并未闪开，也未还击，谷啸风点着他的背心，只觉隐隐有一股反弹之力，将他的手指弹开。谷啸风这一惊更是非同小可，“难道他已练成了武学中罕闻罕见的护体神功？”当今之世的武学宗师，谷啸风只知道他的岳父韩大维是练有护体神功的，但也只是听他父亲如此说过而已，并未见过韩大维用过，也未知道韩大维是否已练成功。如今碰上这个老者，才是第一次开了眼界。谷啸风情知不敌，扭头便跑。

那老者转过身来，截着他的去路，笑道："既来之，则安之，何必再跑！这把剑还给你，你若不服，大可再试几招！"

一面说话，一面已是抽出一把宝剑，倒持剑柄，"塞"到谷啸风的手里！

这把剑正是谷啸风所用的佩剑，湖上被擒之后，不知是给他还是给辛龙生缴去的。

谷啸风面红耳热，接过宝剑，喝道："你武功远胜于我，可惜你却做了权门鹰犬，我打不过你也是要和你拼的！"刷的一剑，抖起了七朵剑花，使的正是七修剑法中一招极为厉害的杀手！

那老者点了点头，说道："不错，果然是七修剑法，你是扬州谷若虚的儿子谷啸风吧！"说话之时，挥袖一拂，拂歪了他的剑尖。但他的衣袖却也给剑尖戳破了三个小孔了！

谷啸风道："你既知道我的姓名来历，自当知道谷家决无向人屈膝的男儿！你把我杀了吧，我决不能容你戏耍！"

那老者道："谷少侠，你错了！"

谷啸风怔了一怔，道："什么错了？"

那老者道："你以为我是什么人？"

谷啸风道："你不是替韩侂胄做保镖护院的吗？"

那老者摇了摇头，说道："不错，这里是韩侂胄的相府，老夫也是他的门客，不过却并非如你所说的是替他看门护院的鹰犬！"

谷啸风道："那么，你在这里做什么？"

那老者道："说来话长，你随我来。"

谷啸风有点迟疑，那老者笑道："我若要想伤你，何必多费心思安排圈套。好，你既不放心，那我就多告诉你一件事情，太湖七十二家水寨的总寨主王宇庭刚刚派了一个人见我，说起了你。说你前几天是由他的副总寨主韩光锐送过长江的，他们托我照料你。有这么一件事吗？"

如果这老者不是个侠义道的人，王宇庭、韩光锐决不肯将这件事告诉他，还托他照料谷啸风的。是以这老者这么一说，谷啸风自是不能不相信他了。

谷啸风插剑入鞘，说道："如此说来，这可真是一场误会了，请恕晚辈无知之罪！"

那老者笑道："应该向你道歉的是我。昨晚在外西湖，我已看出你用的是七修剑法，却未能制止辛龙生对你动粗，委屈了你。"

谷啸风面上一红，说道："那位辛少侠呢？"

那老者道："他回去了。他是代表他的师父来赴我的约会的，韩光锐送你过江之事，他并不知道，你不可怪他。"

谷啸风道："晚辈岂会怪他，只怪自己学技不精！"他糊里糊涂的败在辛龙生之手，觉得十分冤枉，说了起来，胸中仍是余愤未消。

那老者微微一笑，似乎看出了他少年好胜的心事，但却也不再说什么，当下走在前面引路，将谷啸风请进他的房间。

房间布置得十分简朴，一床一几两张椅子，几上一张古琴，除此之外，就是空无所有的萧条四壁了。谷啸风心里想道："他住在相府之中，住的却是这样一间简陋的房子，就凭这一点已是可知，这位老前辈必定不是贪图富贵的人！"

坐定之后，谷啸风施了一礼，说道："不敢请教老前辈高姓大名。"

那老者道："老夫姓白，单名一个逖字，你大约不会知道我的。不过，我与令尊却也曾有过一段渊源呢！"

谷啸风的父执之辈，并无白逖其人，也未听他父亲说过有这么一个相识，便问他道："原来老前辈和家父是早已相知的么？家父早逝，小侄无知，真是冒犯了。"

白逖笑道："也怪不得你不知道，你的父亲只怕也是一直都不知道我的名字呢！"

谷啸风诧道："白老前辈是怎样和家父结交的？"

白逖笑道："还谈不上结交二字，三十年前，我与令尊在扬州某酒家见过一面。他可曾对你说过那个行径古怪的白衣少年？"

谷啸风恍然大悟，说道："原来老前辈就是家父其后十多年来所想找寻却没有找着的那位少年英雄!"

白逖捋了捋三绺长须，笑道："老夫如今已是年已六旬了，对少年时候的孟浪也颇为后悔呢！少年英雄的称号，如今是该让给你了。"

那件事情是这样的——

三十年前，谷啸风的父亲谷若虚正是像谷啸风现在这样，在江湖上刚是声名鹊起的时候，大江南北，无不知道有这样一位武林的后起之秀。

有一天谷若虚到扬州著名的"六和春"酒楼喝酒，对面靠窗的座头也有一位与他年纪相若的少年自斟自酌。

谷若虚是本地的名人，在这家酒楼上喝酒的客人，差不多都是认识他的。是以他一进来，便有许多人纷纷和他招呼，够不上和他攀交情的，也都是耸然动容，不约而同的把眼光向他射去，好像是对他行了"注目礼"似的。

喧闹声中，那少年把酒保叫来，问道："这人是谁?"酒保低声说道："客官不认识这位相公?他就是扬州府鼎鼎有名的谷少侠，文武全才，在江湖上当真是谁个不知，哪个不晓呢?"话出了口，才发觉对这客人似乎有点不敬，于是打了个哈哈，接着说道："不过，客官你是外地人，大概你也只是习文没有习武吧，也就怪不得你不知道这位谷少侠了。"

那少年冷笑说道："江湖上尽多浪得虚名之辈，什么大侠小侠，老侠少侠，我也听得多了。"他虽然没有指名道姓，但这话显然是对谷若虚而发。

谷若虚当时也是少年气盛，待众人纷纷向他招呼过后，他就站了起来，双拳一抱，向众人作了一个"罗圈揖"，说道："谷某浪得虚名，各位朋友太客气了，谷某实是担当不起!"

那少年斟了满满的一杯酒，忽地说道："原来这位就是鼎鼎大名的谷少侠，请恕小可无知之罪，我敬谷少侠一杯!"酒杯向上一抛，中指一弹，"当"的一声，那酒杯箭一般的向谷若虚飞去。

谷若虚吃了一惊，但却也忍不住心中动怒，想道："你会百步传杯，难道我就不会?"两个座位之间的距离约有一丈八尺，对方的酒杯已经飞来，百忙中谷若虚无暇取酒杯斟酒，便把自己喝剩的半杯酒依样画葫芦，向对方掷去。说道：“阁下远来是客，理当我敬阁下才是！”

那少年道：“哦，原来是扬州的规矩，敬酒是让客人喝剩酒的，这个我倒是第一次知道！”出言讥刺，谷若虚不禁满面通红。说时迟，那时快，两个酒杯已在半空中碰个正着！

谷若虚这个酒杯是小一号的，杯中的酒又只有半杯，两个酒杯一碰，谷若虚那个酒杯在半空中翻转过来，杯中的酒都泼泻了，“当”的一声，中途落下，落在一个商人的桌子上，把一个碟子打破，吓得那个商人蓦地跳了起来！

少年的那个酒杯虽也碰得倾侧，杯中的酒泼出了一大半，但却是落在谷若虚的桌子上。暗中较量，谷若虚已是输了一招了。

原来他们两人的功力恰好半斤八两，但这少年占了大杯装酒的便宜，就把谷若虚比了下去。

谷若虚尴尬之极，但转念一想，这少年武功如此高强，也的确是值得结交的朋友。

就在谷若虚正在措辞想与对方结纳之际，只听见那少年已是哈哈大笑，说道：“原来鼎鼎大名的谷少侠不过如斯！谷少侠的高明本领小可业已见识过了，告辞！”谷若虚面上一阵青一阵红，发作不是，不发作又不是，正在不知如何是好之际，那个少年已是迈开大步，下楼去了。

这件事情过后，谷若虚多方打探，一直过了二十多年，仍然不知道这少年是谁。是以他常常把这件事情，当作“天外有天，人外有人”的例子来教训儿子。

如今白逖和谷啸风说起，谷啸风这才恍然大悟，说道：“原来白老前辈就是家父当年在六和春所遇的那位少年英雄，可惜家父早逝，已是不能与老前辈论交了。”

白逖神色黯然，说道：“这件事情，我也是甚为后悔当时的孟浪呢，可惜没有机会给我向令尊道歉了。好在如今得见世兄，可以让我稍赎前愆。”

谷啸风道：“老前辈太客气了，小侄无知冒犯，这才是更应该向老前辈请罪呢。但小侄还有若干疑团未解，请老前辈赐示。”

白逖说道：“我知道你最感疑惑的就是何以我会在韩侂胄的相府中了。”谷啸风道：“还有那位辛少侠和老前辈的约会是怎样一回事，不知小侄是否该问？”

白逖说道：“这些事情我都要告诉你的，不过请你稍待片刻。”

说罢把一个少年叫了进来，说道：“你替史宏和那两个看守解开穴道，他若问起谷少侠，你说谷少侠是我的客人，叫他别要多管闲事。”那少年应了一个“是”字，奉命而去。

白逖说道：“他是我的弟子，那个叫做史宏的人本来是韩侂胄的护院，我来了之后，韩侂胄对我的尊敬远远在他之上，是以他一直在妒忌我。却不知我只是在相府暂且安身，无与他争权夺利之意。”

谷啸风道：“这等无知的小人，也值不得老伯与他计较。”

白逖说道：“实不相瞒，我在江南，早已是金盆洗手，隐居多年的了。这次之所以不惜委身求做韩侂胄的门客，乃是为了抵御鞑子南侵的大事！”

谷啸风道：“原来如此。就只怕朝廷没有抵抗鞑子的决心吧？”

白逖叹了口气，说道：“是呀，所以文盟主和王寨主一班好朋友，才要用到我出来办这件事了，你还未知道呢，朝廷岂只是畏惧外敌，只图苟安，对民间的武力，抗敌的义军，朝廷却要把他们当作盗匪来‘剿’呢！”

谷啸风叹道：“想不到靖康之耻，今日重演。权臣当道，秦桧和韩侂胄只怕都是一样。但今日的岳武穆却是不可得见了。”

“靖康”是宋钦宗的年号（公元一一二六至一一二七），在位不到两年，就与父亲徽宗同给金人所俘，宋室从此南迁，由宋高宗赵构继位；偏安江左，史家称为“南宋”。赵构后来用秦桧为相，岳飞（武穆）为将，岳飞屡破金兵，正思“直捣黄龙”之际，却给秦桧用十二道金牌召回，终于屈死。这“风波亭”的“莫须有”冤狱，人所熟知，也就不必作者多加叙述了。

谷啸风这几句痛心的说话，正是以古喻今，内含深意的。要知宋室南迁之后，岳飞也曾奉过皇帝的御旨，“剿灭”过太湖的“水寇”杨么，而杨么当年正是抗金的一支最得力的义军。不过岳飞毕竟还是个爱国的将领，虽然做了这样一件大错事，后来在大敌当前之际，他却能与一些义军的首领（如牛皋的“忠义军”）联合，共抗金兵。是以后人评功论过，觉得岳飞还是功大于过，对他给以应得的尊敬。

谷啸风这几句话是把秦桧比作韩侂胄，把现今朝廷的政策与当时相提并论的，当时的宋高宗和秦桧要岳飞“袭匪”，如今也是一样。而当时的太湖义军首领杨么，也就等于今日的太湖七十二家总寨主王宇庭一样。但可惜连岳飞这样的一个将领，今日也是没有了。

白逖正容说道：“老弟不必灰心，历史不一定就会重演的。即使当真那样，咱们也须尽力而为。”

谷啸风冷静下来，说道：“老前辈说得是。”

白逖接着说道：“如今蒙古南侵的危机比当年金虏南侵的危机更甚，小朝廷在生死关头，即使畏敌如虎，也会给迫得非加抵抗不可。韩侂胄虽然是个弄权的奸相，但和秦桧毕竟也还是有点不同。秦桧是金人放回来的奸细，做朝廷的官，替鞑子办事。韩侂胄尚未至于这样。至于说到抗敌的将领，今日虽然是没有岳飞韩世忠这样的大将，但中下级的将校，却也有不少是要抵抗外敌，不愿‘剿匪’的人。不过，你大概不能在这里多住两天的了，否则我倒可以设法让你结识几个这样的将领。”

谷啸风点了点头，说道：“我是初到江南，情形不熟，信口雌黄，尚盼老前辈多予教导，以开茅塞。”

白逖说道：“你说的也有一大半是事实，所以现在就必须我们尽力了，我这次出来，是和文逸凡、王宇庭两位商量过的。我之所以不惜屈身做韩侂胄的门客，所为何来，想必你也能猜想到了。”

谷啸风道：“敢情老前辈是要做朝廷与义军之间的调停人，说服韩侂胄与义军合作，不要把官军用于‘剿匪’，大家联合，共抗外敌？”

白逖说道：“不错，正是这样。”

谷啸风道：“韩侂胄可肯依从？”

白逖说道："前途荆棘尚多，不过大势所趋，韩侂胄即使不能完全依从，也必将被迫答应我们一部分的条件。目前正在初步磋商之中。"

谷啸风恍然大悟，说道："辛龙生昨晚在外西湖与老前辈相会，敢情就是代表他的师父，来作磋商？"

白逖说道："不错。我是充当韩侂胄的密使，与江湖人物及义军首领接头的人。不过，韩侂胄只知我与这些人认识，却不知我其实也就是他们的代表。时机未曾成熟，韩侂胄也是不敢泄漏风声，让朝廷知道的。"

谷啸风笑道："怪不得这个秘密，韩侂胄对他的护院也要隐瞒了。"

白逖说道："辛龙生走了不久，太湖的王宇庭就有使者到来，说起韩光锐送你渡江之事，可惜当时还不敢断定你就是那个人。王宇庭的使者来去匆匆，来不及等你醒来相见了。"

此时已是日上三竿的时候，谷啸风道："我在此不便久留，实不相瞒，我也是替北五省的绿林盟主柳女侠来和江南盟主文大侠联络的，时候不早，我想告辞了。"

白逖道："你知道文大侠的住址么？"

谷啸风道："韩老前辈已经告诉我了。"

白逖道："文大侠的住处离此不远，大概只是大半日的路程，不过他住在山中，为了免得你费神找寻，我叫人送你前往如何？"

谷啸风因为昨晚和辛龙生有了这一点小小的"过节"，心里又想亲自先去见一见奚玉瑾，便道："不必了，我到了中天竺，找一个樵夫问路便行。韩老前辈说，山中的樵子，都是知道文大侠的住处的。"

白逖说道："既然如此，那你就自己去吧。"接着笑道："听说过两天就是辛龙生订婚的喜日，他的那位姑娘是扬州百花谷奚家的女儿，名叫奚玉瑾，你们都是同一州邑的武学世家，想必知道这位姑娘吧？你此去正好赶得上喝他们的喜酒。"

谷啸风满怀感慨，勉强笑道："不错，我是认识这位奚姑娘的，此来正是来得合时了。"

白逖哈哈笑道："你喝了他们这一杯喜酒，彼此之间的芥蒂也就可以冰消了。嘿嘿，行走江湖，总是难免要碰上一些误会的。"他说的是昨晚之事，却不知谷啸风想的却是与奚玉瑾的往事。谷啸风心中苦笑，暗自想道："我与奚玉瑾之间的误会，只怕是永远没有解释的机会。她如今是就要订婚的人了，我、我还能够和她说什么呢？"

白逖说道："你稍待片刻，我叫小徒送你出去，免得那些守卫考虑啰唆。"

刚说到这里，恰好他那个徒弟就回来了。谷啸风和他叙话，互通名姓，这才知道他名叫严壮，是白逖的第二个徒弟。大徒弟岑坚在太湖王宇庭手下当一名头目，早已出师。

严壮笑道："谷兄，你的独门点穴委实厉害，我费了许多气力，方始能够解开。史宏这厮内功本是颇有造诣的，穴道解后，仍是委顿不堪。"接着笑道："史宏这厮把你恨得牙痒痒的，恐怕他还不肯就此甘休呢。"

白逖哼了一声说："他敢怎样？"

严壮道："他当然不敢和师父你老人家作对，不过谷兄在此人地生疏，也得提防他阴谋加害。"

谷啸风道："多谢严兄关照，我现在就走，准备到文大侠那儿。"

严壮与他年纪相若，意气相投，说道："可惜你不能多留两天，不过早点离开这个是非之地也好。到了文大侠那儿，史宏再狠，也是无所施其技了。好，我送你出去。"

后门的守卫见是严壮送客，不敢盘问，但另外有个卫士，却似躲在假山石后向他们偷看。谷啸风的目光偶然一瞥，发现此人，他立即就躲进假山洞里。在这一瞥之间，谷啸风蓦地心头一动，这个人似乎是在哪里见过的，但因匆匆一瞥，看得很不清楚，却想不起这个人是谁了。

出了相府，谷啸风便与严壮道别，独自沿着湖滨走去。中天竺在灵隐山之西，灵隐山下的"灵隐寺"也是西湖名胜之一。谷啸风昨晚只是游了西湖，西湖附近的名胜他还未曾游览，心里想道：

“可惜昨晚闹了这档事情，如今只好跑马观花，待他日有空，再来领略西湖的佳趣了。”

早上的西湖和夜间的西湖又有不同，丽日晴天之下，湖光潋滟，令人胸襟一爽。谷啸风默念苏东坡那首出名的吟咏西湖的诗：“湖光潋滟晴方好，山色空濛雨亦奇，若把西湖比西子，淡妆浓抹总相宜。”心里想道：“坡翁此诗，真是说得不错。可惜如今南宋朝廷，不思振作，只知在西湖寻欢作乐，却是令得‘西子’蒙羞了。”

早上游人甚少，湖中只有几只画舫。谷啸风正自游目骋怀，忽听得有美妙琴声随风飘过湖面，琴声清越之中带着几分苍凉。谷啸风心里想道：“这人倒似乎和那些俗客不同，端的弹得一手好琴，令人俗念顿消。”

琴声来自一只画舫，谷啸风抬眼望去，只见珠帘半卷，船中有两个淡妆少女，隐约可见。一个弹琴，一个在旁边正在焚起一炉檀香。

谷啸风暗自想道：“这两个姑娘倒是雅人。”

心念未已，只听得那个站立的少女说道：“侍梅姐姐，你的瑶琴弹得越来越好了！”

弹琴的那个少女停了下来，说道：“差得远呢，莫说比不上我的主人，就是侍琴姐姐，我也比她不上。”

那少女道：“哪位侍琴姐姐？”

侍梅说道：“就是我和你说过的那位奚姑娘呀，她曾经在我们那里充当过丫头，这事说来倒是非常有趣。侍琴是我的主人给她改的名字。”

那少女道：“对，昨晚你说那位奚姑娘的事情，吞吞吐吐，只说了一半。可令我心痒难熬呢。我最喜欢听故事，最恨的是别人卖关子，你把她的故事说全了好不好？”

侍梅叹了口气，说道：“这故事可是还没有结局的呢，而且在这里也不方便和你说。”

那少女道：“好，那么今晚回去，你再和我说。没有结局的故事，我也爱听。”

谷啸风听了她们的谈话，不禁大吃一惊。奚玉瑾曾经冒充过辛十四姑的丫头之事，他是听得韩珮瑛说过的，“莫非她们所说的这位姑娘就是奚玉瑾?”谷啸风心想。

谷啸风猜得不错。原来这个侍梅正是辛十四姑那个暗恋辛龙生的侍女，第一个把辛龙生和奚玉瑾订婚的消息告诉韩珮瑛的也正是她。不过在韩珮瑛说给谷啸风听的时候，她却没有提起侍梅的名字，也不知道奚玉瑾就是“侍琴”。

谷啸风情怀历乱，心神不定，想与她们攀谈，又怕冒昧。

侍梅道：“龙姑娘，你给我唱一支曲子好不好？你的歌喉，我是十分欣赏的。”

那少女笑道：“在这里唱曲？你别叫我献丑吧。”

侍梅道：“怕什么？又没有多少游人。古人说对景当歌，西湖的风景还不够好吗?”

那少女道：“好吧，那么你给我弹琴。”

侍梅调好琴弦，叮叮咚咚地弹了起来，那个姓龙的少女轻启朱唇，和着琴声唱道：

“登临送目，正故国晚秋，天气初肃。千里澄江似练。翠峰如簇。征帆去棹残阳里，背西风，酒旗斜矗。彩舟云淡，星河鹭起，画图难足。　　念往昔、繁华竞逐，叹门外楼头，悲恨相续。千古凭高对此，谩嗟荣辱。六朝旧事随流水，但寒烟、衰草凝绿。至今商女，时时犹唱，后庭遗曲。”

这是北宋名臣王安石所写的《金陵怀古》，调寄“桂枝香”的一首词。王安石执政之时，宋朝已是国势日弱，常受外敌欺凌的了。故此词中感今怀古，对景兴嗟，充满了沉郁苍凉的情绪。

谷啸风暗自叹道：“‘至今商女，时时犹唱，后庭遗曲。’这不正是今日的西湖情景吗？嗯，这两位姑娘不但风雅，且还是有心人呢!”正是：

后庭遗曲嗟商女，逝水繁华感客心。

欲知后事如何，请听下回分解。

第四十八回　鸳梦已随云水杳　旧盟难续海天遥

侍梅弹罢瑶琴，幽幽地叹了口气。那姓龙的少女道："好端端的怎么又叹起气来了？"侍梅道："没什么。"那少女噗哧一笑，说道："你当我不知道你的心事么，你是在惦记着那位辛公子！"

侍梅给她说中了心事，佯嗔说道："胡说八道，看我不撕破你这张小嘴！"

那姓龙的少女忽地目光一瞥，发现了站在岸边的谷啸风，低声说道："侍梅姐姐，别要闹了，岸上有人偷看咱们。"

侍梅瞪眼看去，谷啸风不好意思，慌忙转过身子。侍梅"哼"了一声，说道："我最讨厌这种油头粉脸的无赖少年！哼，我倒是巴不得他来惹我，好给他一点教训！"要知侍梅乃是辛十四姑的贴身侍女，虽然本性温柔，但多少也受了她主人的一些影响，碰上不如意之时，那冷傲任性的一面就露出来了。

那姓龙的少女倒是怕她闹出事来，轻声笑道："这里可不是你们所住的幽篁里，千万不能闹出笑话来的。再说西湖上这种轻薄的少年也多着呢，你哪里惩戒得这许多？你讨厌这些人，我和你到外西湖去，那里游人稀少，咱们可以玩个痛快。"说罢就叫舟子掉转船头，一叶轻舟，离开堤岸越来越远，向外西湖去了。

谷啸风给她们当作是"油头粉脸的无赖少年"，不由得啼笑皆非，心中想道："这样的绰号竟会加在我的头上，倒是从所未闻。嗯，该怎样向她们解释才好呢？"

谷啸风本来可以雇一只小艇追赶她们，但追上了也不知从何说起，只怕还会引起更多的误会。何况他又急于要到江南大侠文逸凡那儿，也是不愿意在西湖上闹出事来，惹人注目。

谷啸风终于放弃了去找侍梅探查真相的念头，想道："反正我就可以见到玉瑾的了，不必急于此时。"想起了奚玉瑾，心中不禁又是一酸，接着想道："但我却不知是否应该再见她呢?"

自灵隐到天门山，周围数十里，两边重叠着峰岭，都称为"天竺山"，是西湖南北两支山脉的主脉。中天竺这一带，风景尤其幽美，两边山峦环抱，修竹参天，怪石奇岩，如虎如狮如剑如戟，触目皆是，可惜谷啸风已是无心浏览了。

正在他怅怅惘惘、独自前行之际，忽听得脚步声响，后面追上了两个人来。

谷啸风回头一看，只见一个正是史宏，另外一个是卫士装束，手中拿着一柄三股尖叉，套着钢环，摇得哗啷啷作响，一个箭步，扑上前来，喝道："谷啸风，你还认得我么?"

这个卫士就是刚才躲在假山石后偷看他的那个卫士，此时他已现出全身，谷啸风认得他了，一怔之后，失声叫道："原来你是蒙铣!"

蒙铣打了一个哈哈，冷冷说道："好小子，多亏你还记得！今日可算是应了一句话，咱们是陌路相逢啦!"

原来蒙铣乃是当日围攻百花谷的群豪之一，曾经在谷啸风的剑下受过伤的。

百花谷那次的事情乃是由于谷韩的婚变而起，如今谷啸风与韩珮瑛已是言归于好，这件事也早已化解了。他们同在蓬莱魔女山寨的时候，也曾与许多曾经参与过围攻百花谷的人相晤，谁也不愿再提以前的事。偶而有人提起，也只是当作笑谈，无人记恨。

但想不到这个蒙铣，现在却要来和谷啸风算这笔旧账。

谷啸风笑道："这件事早已过去了，展大叔、陆大叔没有和你说清楚?"展一环和陆鹏是韩家的老仆，当时蒙铣就是应他们之请来参加围攻百花谷的。

蒙铣"哼"了一声，说道："你和姓韩那个丫头要什么花招我管不住，我身上的伤痕可还没有抹掉！蒙某在江湖上也不是无名之辈，岂能平白受你一剑！”

谷啸风实是不愿与他相斗，当下忍住了气，说道：“不错，当日我是不合下手狠了一些，误伤了你，但当时你和左臂刀管昆吾、野猪林的邓寨主联手攻我，刀剑无情，这也不能全怪我吧。好，就算是我错了，杀人不过头点地，我给你赔罪如何？”

蒙铣冷笑道：“你倒说得这样轻松！哼，你要和解，那也不难，你刺了我一剑，如今你只须给我这柄钢叉在你的身上搠一个透明的窟隆就成！”

韩侂胄的大护院史宏此时方始插话，淡淡说道：“我倒愿意接受他这个办法，好，谷啸风，你在我面前乖乖的双膝跪下，磕三个响头，叫我三声亲爷爷，我就饶你！”

谷啸风勃然大怒，同时亦是瞿然一省，心里想道：“蒙铣如今乃是和史宏这厮同在一起，自必是贪图富贵，甘做权门鹰犬的了。我岂可把他仍然当作以前的蒙铣，当他是一条江湖好汉呢？”

谷啸风本来是有几分傲气的人，怒火一起，便即说道：“好，那你们两人就并肩子上吧！谁是谁非，不必细论，咱们手底见雌雄！”

蒙铣一抖钢叉，就要扑上，史宏却要顾着他相府大护院的身份，叫道：“蒙兄，且慢！”蒙铣双眼一瞪，说道：“这小子要伸量咱们，史兄何故阻拦小弟？”

史宏说道：“这小子和你结的乃是旧仇，与我却是新恨，请蒙兄让我先上如何？”说罢，回过头来，向谷啸风冷笑道：“你也不用猖狂，我与你单打独斗，你的七修剑法尽管施展出来，我就只凭这双肉掌对付！蒙兄，请你作个见证！咱们赢要赢得光明磊落！”

谷啸风冷笑道：“你光明磊落也好，卑鄙下流也好，一个上也好，并肩子齐来也好，谷某全都不管！来吧！”

史宏双掌一错，说道：“好，亮剑吧！”

谷啸风道：“你只凭一双肉掌，我又何须用剑才能胜你！闲话少说，要动手赶快，我可没有工夫跟你唠叨！”原来谷啸风是个要强好胜的人，虽然明知史宏的掌上功夫了得，却是不愿意占他这个便宜。

史宏冷笑道："你这小子要讨死，那也由你！看掌！"

史宏身为相府的大护院，本领委实甚为了得，双掌一起，左劈右抓，登时把谷啸风的身形，笼罩在他的掌指兼施的攻势之下。

谷啸风识得这是七十二把大擒拿手法，倒也不敢轻敌，当下身移步转，左掌一托敌手肘尖，右掌肘底穿出，一招"惊涛拍岸"，劈向对方面门。史宏喝道："来得好！"身形微侧，手腕一绕，全身成了弓形，双掌平推如箭，力猛如山，倏然间从大擒拿手法变成了刚猛之极的大摔碑手！

双掌相交，发出了郁雷也似的"蓬"的一声，谷啸风斜退两步，史宏身形一晃，退出了三步之多。不过，他虽然多退一步，却是脸不红，气不喘。他是在穴道解开之后不到两个时辰就动手的，和谷啸风硬拼，有此结果，亦即是说，他的功力即使未必高得过谷啸风，至少也是旗鼓相当的了。

谷啸风心头一凛，想道："还有一个蒙铣在旁，我可不能耗了全力。"说时迟，那时快，史宏一退即上，双方再度交锋。谷啸风打法一变，脚踏五行八卦方位，招数虚实各半，避免和史宏硬碰。史宏自以为占了上风，哈哈笑道："好小子，技只此么！"大擒拿手法加上了大摔碑手的功夫，一招猛过一招，强攻狠打，攻势绵绵不绝，端的有如长江大河，滚滚而上！

谷啸风接连遇了几次险招，忽地斜身一退。史宏喝道："要跑么？"追上去一拳捣出。不料谷啸风回过身来，竟不救招，反取攻势，一个"羚羊挂角"，左掌半握拳头，凸起五指骨节，拍击他的右太阳穴，右掌一拢，中食二指伸出，突然间使出"七修剑法"，以指代剑，点他胁下的"气愈穴"！

蒙铣是领教过谷啸风的七修剑法的，连忙叫道："小心点穴！"说时迟，那时快，谷啸风的指尖已是点个正着，史宏大叫一声，跃出三丈开外，靠着一棵大树，这才没有倒下。他的内功造诣，确也不凡，听了蒙铣的叫声，百忙中运气闭穴，居然没有昏倒，只是吃了一点不大不小的亏而已。这个结果，倒是颇出谷啸风的意料之外。

蒙铣一抖钢叉，冲上前来，喝道："好小子，休得猖狂，还有我呢!”

谷啸风冷笑道：“我早叫你们两个并肩子上，你硬充什么好汉，要作证人？嘿嘿，哈哈，还是爽快一点好，来吧，来吧!”

蒙铣面红耳热，钢叉哗啷啷的摇动，左插花，右插花，登时便刺过来！喝道：“好小子，我才没有那么多工夫和你多说废话!”

谷啸风道：“很好，你要快点了结，这正合我心意!”左掌虚引，嗖的便拔出剑来，左掌右剑，先后发招，剑招是“白虹贯日”，掌法是“擒龙伏虎”，掌劈剑刺，凌厉无比。

蒙铣也是绿林中有名的人物，武功本来不弱，但毕竟是比谷啸风弱了一筹，钢叉刺空，先自慌了，连忙叫道：“史大哥，你没事么?”不求有功，先求无过，退了几步，一个“夜战八方”的招式，舞起钢叉防身。但饶是他使出浑身本领，只听得“咔嚓”一声，火星飞溅，三股叉的一股叉尖，已是给谷啸风的宝剑削了一个缺口。

眼看谷啸风的剑中夹掌就要打到他的身上，史宏一挺身躯，箭一般的射出，说道：“蒙大哥，别慌别忙，我不过一时大意，吃了一点小亏而已，岂能给这小子伤了？当然没事！当然没事!”他在相府中的地位比蒙铣高，自是不肯在蒙铣眼前失了面子，不过，他虽然是贾其余勇，掌力仍然足以裂石开碑，倒也不算得是打肿了脸充胖子。这几句话急如炒豆的爆出来，话未说完，已是发了三招七式，替蒙铣抵挡了谷啸风的攻势。

谷啸风心头一凛，史宏是给他点了穴道的，没有倒下，已经颇出他的意料之外，立即就能动手，更是超乎他的估计了。

谷啸风心知不妙，却是傲气不惧，冷冷笑道：“你们并肩子上，那就怪不得我用剑了!”虽处劣势，傲气兀未稍减，剑法展开，四面八方，都是剑光人影。

史宏“哼”了一声解道：“管你用剑用掌，总是叫你难逃公道!”用的正是谷啸风刚才的口气，他和蒙铣联手，占了上风，大为得意，掌下占了便宜，口头上也要占便宜了。

谷啸风忽道：“是么?”突然欺身直进，刷的一剑刺他心窝，史宏退步回身，双掌击他下盘，蒙铣的钢叉又从侧面刺来，这才化解了谷啸风攻势。但史宏虽然没有给他刺个正着，可也吓出了一身冷汗了。

谷啸风的七修剑法精妙异常，奇招叠出，可惜毕竟是双拳难敌四手，几次奇袭不成，气力渐渐不加。还幸蒙铣是他手下败将，心中不无怯意，史宏曾经给他点着穴道，以闭穴的功夫防御，气血刚刚通畅，亦是不无影响。谷啸风全力施为，凝神对付，一时之间，倒还没有露出败象。

正在谷啸风感到就要支持不住之际，山路上出现了一个军官。

这军官约有三十多岁年纪，剑眉虎目，相貌不凡。史宏首先发现，脸上忽地现出了尴尬的表情，似乎想与那军官打招呼，却又讷讷不能出之于口，只好装作全神搏斗，暂时未看见他。要知史宏是相府大护院的身份，如今要和蒙铣联手，方能敌得住谷啸风，自是不愿意给相熟的军官看见。

谷啸风一看就知这个军官身具武功，心里想道："反正我也是打不过他们的了，大不了拼掉这条性命，多来一个，又有何妨?"

这军官看了一看，忽地笑道："这小子的本领倒不错呀，史护院，住手!"

史宏此时是不能不答话了，叫道："咦，耿大人你也来了！你不知道，这小子，这小子……"

那个"耿大人"道："这小子怎么样？住手吧!"

史宏道："这小子得罪了相爷，我们是奉命将他捉拿归案的!"史宏不解这个"耿大人"何以要他住手，只好捏造谎言，拿"相爷"作挡箭牌，其实并没有这回事。

那军官笑道："史护院，你还不懂我的意思？我是要你把这小子交给我，让我试试他的功夫。咱们拿了他，也得令他心服口服，是不是?"这话说得甚为明显，即是他要单打独斗，自信可以稳操胜券，令对方输得心服口服。

史宏满面通红，说道："耿大人要显身手，那是最好不过，但割鸡焉用牛刀，小人也不敢劳烦——"

话犹未了，那军官已是插了进来，说道："史护院，你怕我与你争功吗？我这是为了朝廷的面子，别让这小子以为咱们朝廷的军官都是脓包！”

史宏面红直到耳根，只好和蒙铣双双退下。那军官却又不立即动手，瞅着谷啸风说道：“你打得累了，我让你先歇一会。”

谷啸风大怒，刷的一剑刺过去，这军官若不经意的一飘一闪，谷啸风这一剑便刺了个空。军官冷冷说道：“你忙什么，我还有话要和他们说呢。”

这军官不亮兵器，又不还手，谷啸风倒是不便自贬身份，再行追刺了，当下，按剑凝眸，看他怎样。

这军官说道：“你们两人先回去，我不愿意有人在旁，免得这小子提心吊胆，恐防我要倚多为胜。”

史宏道：“耿大人，你拿了这个小子，请赏我们一个面子……”

军官哈哈一笑，说道：“我懂得的，拿了这个小子，我交给你就是。我还不至于要借此向相爷邀功的，你们快回去吧！”

史宏知道这个“耿大人”性情刚直，不敢拂逆，只好诺诺连声，与蒙铣退下。

史宏、蒙铣刚一转身，那军官忽地朝谷啸风使了一个眼色，说道：“我和你先比一比轻功。”

谷啸风怔了一怔，说道：“如何比法？”

那军官道：“你刚刚剧斗了一场，我让你先跑出百步之遥，再来追你！”

谷啸风颇觉奇怪，暗自想道：“难道他是有心放我逃走不成？”

这一层蒙铣也想到了，他是知道谷啸风的本领的，不觉起了思疑，停下了脚步，拉拉史宏，低声说道：“这小子的轻功很是不错，耿大人却让他先跑百步，这个、这个——”史宏连忙在他耳边说道：“噤声，这位耿大人武功卓绝，这小子跑不掉的。我瞧，他是要戏耍这个小子。你在背后议论他，给他听见，可不得了！”

那军官挥了挥手，冷冷说道：“还不快跑？使尽你的吃奶气力跑吧！谅你也逃不出我的掌心！”这话他虽然是向着谷啸风说，其实却是说给史宏和蒙铣听的。

谷啸风却不知他是说给史蒙二人听的，只道这个军官轻视自己，勃然大怒，说道：“好，比就比吧，我可不要你让！咱们跑到那座险峻的山峰上一决雌雄!”那军官哈哈笑道:“这是再好不过!”

谷啸风使出了“陆地飞腾”的轻功,当真是轻如飞鸟,捷似猿猴,转眼间已跑出百步之遥,尚未听得背后有人追来,不禁好生纳罕:“难道他当真是要放我逃走?”

心念未已,只听得那军官说道:“不错,你这小子的少阳神功是有六七成火候了,但要逃出我的掌心,那还得再练十年!”

距离百步之遥,这军官的说话就像在他耳边说的一样!说时迟,那时快,只听得呼呼风响,那军官业已追来了!

谷啸风这一惊非同小可,不仅是惊奇于这个军官的“传音入密”的上乘内功,更吃惊的是这个军官竟然知道他身有少阳神功,而且还知道他火候深浅!

谷啸风心中自忖:“他只看我跑了片刻,便知我的功夫深浅,他这武学造诣,确是非我所及!但不管怎样,输也要输得光彩一些。”谷啸风练的“少阳神功”是正宗内功心法,能耐疲劳,是以虽然刚在剧战过后,歇息不过半支香的时刻,仍然可以一口气跑上那座险峻的山峰。他打定了“输也要输得光彩”的主意,于是不管那军官是否已追到背后,他头也不回的只是一股劲儿地跑。

转眼间跑上了那座山峰,谷啸风刚刚停下脚,只见那个军官已从他的身旁掠过,停在他的前面,笑道:“好,咱们这一场比试轻功算是比了个平手吧!”

谷啸风亢声说道:“你不必戏弄我,我知道你比我高明。但大丈夫宁折不弯,比不过你也非与你一斗不可,你划出道儿来吧!”

那军官哈哈一笑,说道:“好个倨傲的少年,现在我倒不想和你斗了。”

谷啸风道:“为什么?”

那军官道:“你是不是扬州谷若虚的儿子谷啸风?”

谷啸风怔了一怔,随即想道:“蒙铣知道我的来历,想必是蒙铣告诉同僚,此人则是从相府的侍卫打听到的,这也没有什么稀奇。”当下说道:“不错,是又怎样?”

那军官道:“谷家是武学世家,难得碰上了你,咱们亲近亲近！”说罢伸出手来与谷啸风相握。

谷啸风心里想道：“来了！来了！”只道对方是要借此较量他的内功，明知危险，却也不肯示弱，当下便也伸出手来与那军官相握，把少阳神功发挥得淋漓尽致。

不料他的内力发了出来，竟如泥牛入海，一去无踪。对方神色自如，竟似丝毫也没受到影响。而且对方也完全没有运力反击。

谷啸风不禁又是气馁又是惊奇，气馁的是对方的内功不知比自己高出多少，惊奇的是对方竟然手下留情，分明是没有恶意。

谷啸风叹了口气，说道：“你本领高我太多，你要拿我回去，请动手吧。”

那军官笑道：“我只想试试自己的眼力，并想知道你确实的来历而已，并非蓄意较量你的，现在我已经知道了，我还要你和我回去做什么？我可不想阻碍你的大事啊，你是要到文逸凡那儿去的，是不是？”

谷啸风更为诧异，不由得傲气顿消，向那军官施礼说道：“阁下是谁？”

那军官笑道：“或许你曾听过我的名字，我是江南耿照！”

谷啸风大吃一惊，说道：“原来你是公孙璞的师父，江南大侠耿照！”

耿照说道：“不错，你认识我这徒儿？”

谷啸风道：“我与令徒是曾经共过患难的朋友，说来可是话长——”

耿照说道：“好，那就慢慢说吧，你是不是从金鸡岭来的？蓬莱魔女是我的好朋友呢。”

谷啸风道：“我正是柳盟主派遣我来江南的，想不到这样巧碰上了耿大侠！”

耿照笑道：“这不是巧合，我是特地来为你解困的。”

原来耿照是十多年前随辛弃疾这支义军从北方撤回江南的，这支义军本来是他叔父所建，后来由辛弃疾率领，辛弃疾归来之后，不受重用，这支军队拨给统制张俊，耿照仍然留在军中，但在采石矶金宋大战之后，耿照因为南宋的小朝廷只图苟安，抑制抗敌的将

领，也就心灰意冷，脱离军籍了。（上述各节，事详《狂侠天骄魔女》）

耿照本以为从此可以做个江湖散人，不料在投闲置散多年之后，却又有了一个东山复起的机会。

古人云“闻鼓鼙而思良将”，历史上的封建皇朝，平时贬抑忠良，一到存亡绝续之秋，却不能不起用若干敢抗敌能打仗的将领。尽管封建皇朝的皇帝老是对这些抗敌将领不能寄以腹心之托，奸臣权相对他们也定必多方掣肘，但总是不能不起用他们了。

耿照就是由于这个缘故，给南宋皇朝起用的。十多年前从北方撤回江南那支义军是他叔父所建，如今已改编为正式的官军，号称“飞虎军”，经过了十多年，虽然有一部分义军年纪渐老，但他们的后代亦已逐渐长成，跟随他们的父兄加入“飞虎军”了。这支军队可说是耿家和辛家的“子弟兵”，人数虽然不很多，大约只有一万兵员左右，但在南宋各军之中，却是战斗力最强的一支队伍。此时辛弃疾已经年迈，早已辞了军职，只有耿照尚在壮年，是以南宋小朝廷要他东山复出，做“飞虎军”的统制。

耿照做了一军的主帅，当然也就常常要到韩侂胄的相府中商讨军国大事，这一天他就是恰巧在谷啸风离开相府之后来到的。

耿照笑道：“幸亏我到相府之时，韩相爷正在昼寝，要等到他醒了才能接见我，我和白老师是老朋友，因此我就先去与他相叙。我是从他的口中知道你的事情的。”

谷啸风道：“原来如此。”

耿照继续说道：“此时白老师已经知道了史宏和蒙铣偷出相府要追捕你的事情，他正在为难，见我来了，他就把这件事情付托我了。你要知道白老师在相府中乃是客卿性质，当然迫不得已之时，他是可以挺身而出，制止史宏的，但能够避免，总是避免的好。”

谷啸风道：“我明白。白老前辈古道热肠，此次脱我于难，我已经是感激不尽了。”

耿照笑道：“史宏假公济私，要谋害你，我也依样画葫芦来这一套，叫他无可奈何。哈哈，这可正是叫做以其人之道还治其人之身了。”

谷啸风道："耿大侠不怕这厮在韩侂胄跟前进谗吗？"

耿照笑道："谅他不敢。白老师已经知得确实，这厮是假传韩侂胄的命令的。他在我们面前说谎，我不揭穿他，已是给了他的面子了，他还敢在韩侂胄面前说我？我回去只须对他说追不上了你，即使他有所思疑，也是无可奈何的。"

谷啸风道："耿大侠，既然韩侂胄在午睡醒来就要见你，你现在不是就要赶快回去了？"

耿照道："韩侂胄的习惯，午睡非到傍晚时分不会起来，我也向他的家人打点（贿赂）过了，万一韩侂胄提早起来，接见宾客，我叫他们替我最后通报。对啦，你刚才说起我的徒弟公孙璞，他现在怎么样了？"

谷啸风这才得有空暇，把他和公孙璞交往的经过，从在洛阳开始结识，联手合斗西门牧野、朱九穆两大魔头说起，说到给丐帮押运宝藏，中途又被那两大魔头率领的蒙古骑兵截劫为止，一一告诉了耿照。

耿照听得眉飞色舞，说道："西门牧野和朱九穆这两个魔头，在武林中也差不多可以算是前十名之列了，璞儿与你联手，居然可以和他们一斗，这样说来，璞儿的武功进境，也算是很不错了。"

谷啸风道："公孙大哥的本领比我高明得多，联手斗那两大魔头，我其实不过是从旁协助而已。那两个魔头八成以上的攻势都是他抵御的。"

耿照笑道："谷少侠，你客气了。不过璞儿的机缘确也太好，比我都好得多。他得当代三位武学大宗师为他琢磨，不成大器亦无道理！俗语说得好：长江后浪推前浪，世上新人换旧人。你们后一辈的少年英雄是应该超过我们长一辈的才是。"武林中人最重视师徒的情分，得有一个好徒弟比什么都宝贵。耿照听得公孙璞已经"扬名立万"，心中的欢喜自是可想而知。

谷啸风道："我们在乱军之中失散，现在尚未重晤，不过，我们是曾经说好了在金鸡岭见面的。"

耿照不觉有点担心，说道："你到了金鸡岭将近一月，又奉派来江南联络，璞儿却还未到金鸡岭，不知会不会又在路上遭了意外?”

谷啸风道:“我想该不会的。公孙大哥武功高强,和他同行的那位宫姑娘也是武学名家之女,本领亦很不弱。”

耿照突然皱了眉头,说道:“对啦,你说的那位与他同行的宫姑娘,究竟是谁家的女儿?”

谷啸风道:“听说她的爹爹是黑风岛主,是一个介乎邪正之间的人物,不过——”

耿照不待他把话说完,便哎哟一声叫起来道:“不好!”

谷啸风怔了一怔道:“什么不好?”

耿照道:“璞儿也真是糊涂,他爹给他定下的这门亲事他岂应答允?奇怪,这门亲事,他的母亲本来是瞒着他的,他怎会知道呢?想必是那小妖女不顾廉耻,亲自到中原寻夫,告诉他了?”

谷啸风莫名其妙,说道:“什么,他们本来是订有婚约的?”

耿照叹了口气,说道:“他们上一代的恩怨纠缠,说来也是冤孽。”当下将公孙璞父母结为冤偶的惨剧与及他的父亲怎样和黑风岛主结为亲家之事,简略的说给谷啸风知道。

谷啸风笑道:“这已经是上一代的事情了!”

耿照眉头一皱,说道:“你的意思是——”

谷啸风道:“黑风岛主纵然是邪派魔头,那位宫姑娘却很不错。俗语说近墨者黑,近朱者赤,她和公孙大哥在一起,相信定会变成侠义中人。耿伯伯倒也似乎不必为他们担心。”

耿照摇了摇头,说道:“我可不能不怀疑黑风岛主别有企图,而且这门婚事是他母亲深恶痛绝的,我做师父的也不能答允!”

耿照本来不是很顽固的人,但因他和公孙璞的母亲桑青虹少年时候有过一段不足为外人道的往事,桑青虹是因为得不到他的爱,后来才给公孙璞之父公孙奇骗上手的(事详拙著《狂侠·天骄·魔女》)。是以耿照常觉内疚于心,桑青虹既然把儿子付托给他,他就一切都要照桑青虹的意旨去办。

谷啸风一来和耿照不过初次见面,二来他们师徒母子之事,谷啸风一个外人,也实是难以插口,心里想道:“只要他们二人真心相爱,什么人也阻拦不住。师父和父母也有可能给他们的真情感动的。我又何必为他们过分担心？”

耿照见他默默不语，笑道：“咱们不提这件事了。对啦，我就要赶回去了，有一件事我还没有和你说呢。”

谷啸风道：“什么事？”

耿照道：“我想托你代我送一份贺礼。”

谷啸风心中一动，问道：“送给谁？”

耿照道：“你不是要到文大侠那儿的吗？这份贺礼就是送给文大侠的掌门弟子辛龙生的，听说他在这几天就要成亲了。现在适逢其便，我想把这份贺礼送给他也送给你！”

谷啸风心中又是酸痛，又感诧异，若不是因为耿照乃是长辈身份，他几乎以为耿照是有心开他玩笑的了。当下谷啸风苦笑说道：“辛少侠的结婚礼物，我岂能分享他的？”

耿照笑道：“别的不可以，这件礼物却是可以的。”

当下把礼物拿了出来，原来是一幅绘有八种武功姿势的图解。

耿照说道：“这是大衍八式。没练过内功的人，练了它可以当得十年的内功基础。身有内功的人，练了它功力可以倍增！你练的少阳神功是正宗内功心法，正好与这大衍八式互相印证参悟。是以我把这份礼物送给你们两人，希望你们共同钻研。你是会比辛龙生领悟得快的，你还应该多帮他一点忙。”

原来耿照这样做法，其中还含有一层深意。他听得白逖说，谷啸风和辛龙生曾经打过一架，是以他把这件礼物送给他们二人，让他们二人共同钻研上乘的武学，这就可以毫不着迹的给他们化解了这段梁子了。正是：

深情已付东流水，蝉曳残声过别枝。

欲知后事如何，请听下回分解。

第四十九回　解珮空余忏情恨
怆怀犹有劫余哀

耿照哪里知道，谷啸风与辛龙生之间的“梁子”，并不是仅仅打了一架这样简单，他们之间的“梁子”，只怕今生也是难以“化解”的了。

谷啸风苦笑道：“这件贺礼我会给你送到，不过我可不想分润。”

耿照有点不悦，说道：“谷老弟，我是个爽直的人，恕我问你一句，你是看不起我这大衍八式呢，还是拘泥于世俗之见，和我客气呢?”

谷啸风惶然答道：“大衍八式乃武林中人梦寐以求的宝物，耿大侠慨然相赠，晚辈感激不尽。但晚辈资质平庸，常以‘戒贪’‘立诚’作为自勉，于武学之道，但求循序渐进，日有寸长，便自满足，不敢贪多务得。对朋友则只知以诚相见。……”

耿照点了点头，插口说道：“贪以律己，诚以待人，戒贪立诚这四个字的座右铭立得很好，很好!”

谷啸风接下去继续说道：“这是给辛少侠的新婚贺礼，意义非比寻常，我以为还是只送给他一人的好。至于说到武学上的相互切磋，辛少侠倘若不耻下问，晚辈自当竭尽所知，掬诚相告。”

耿照笑道：“你这样想法也对。现在听你这么一说，我倒觉得是我有点思虑欠周了。”心里想道：“文逸凡豪放不羁，这是我素所深知的，但辛龙生是否和他的师父一样，这我可就不知道了。给他的新婚贺礼，若然也送给谷啸风，难保他没有芥蒂，以为我的送礼不是出于诚心。”想至此处，便道：“谷老弟，既然你坚持不要，我也不勉强你了。刚才怪错了你，你莫放在心上。见了文大侠师徒，请代我道喜，现在我可真是非回去不可了。咱们后会有期。”

耿照自觉“思虑欠周”，这还只是从人情世故着眼，却不知谷啸风的想法其实并非和他一样。

二人分手之后，谷啸风怅怅惘惘，独自前行，禁不住心中苦笑，又再想道：“诚以待人，说得不错，我自己却也不知能不能够做到呢。我与玉瑾的事情，我该不该毫不隐瞒的坦诚告诉辛龙生呢？”

入山越深，但见云气弥漫，峰峦恍似蒙了一层薄雾轻绡，人也似置身云海中了。谷啸风抬头看着那变幻得千奇百怪的白云，不禁又再想道：“白云苍狗，世事亦是变化无常，我与玉瑾也何尝不是真爱，哪里想得到会有今日？”

想到自己刚才和耿照的说话，当耿照坚持不允公孙璞与宫锦云的婚事之时，自己曾经想过：“只要他们二人真心相爱，谁也阻拦不住。”现在回想起来，这句话也未必可靠了！

行行重行行，不知不觉之间，中天竺的稽留峰已经在望了。谷啸风仍然心乱如麻，不知见了奚玉瑾之时，应该怎样才好？

此时，另外有一个人也是像谷啸风一样，心乱如麻，反复思量：“见了玉瑾，我应该怎样和她说才好呢？”

这个人不用作者来说，读者诸君也一定会知道是辛龙生了。

且说辛龙生在外西湖和白逖会见之后，心情就一直不宁。他把谷啸风打落湖中，谷啸风却在他的心目中掀起波浪。

当然他还未知道是谷啸风，但却知道他是谷家的人了。因为当他施展杀手之时，白逖曾叫他手下留情，后来白逖把谷啸风救了起来，他诧问其故，白逖告诉他道：“这人使的是七修剑法，七修剑法是扬州谷家的家传绝学，谷家子弟，料想不是坏人。”

他因为急于回去向师父复命，来不及等谷啸风醒转再行盘问了。其实在他内心深处，也正是怕知道这个人当真就是谷啸风啊！

他不敢想，但又不能不想，“谷啸风若然当真还活在人间，我怎么办，这件事情要不要告诉玉瑾呢？”

他和奚玉瑾的婚期已经定好，三天之后，就是他们“大喜”的日子了，如果谷啸风突然出现，这喜事会不会变成悲剧呢？即使不会，只怕也难免兴起波澜，大煞风景了！

回到师父家中，已经是三更时分。奚玉瑾也是寄居在他师父家中的，但住在内进，此时亦早已睡了。

他向师父禀告了他和白逖会商的结果之后，文逸凡说道：“这件事你办得很好，虽然还没有得到圆满的结果，但要使韩侂胄这样的人，和咱们合力抗敌，自是不能操之过急，要有耐心。”接着说道：“我以为你明天方能回来，想不到你这样快就回来了。要不要叫玉瑾出来和你相见，让她惊喜一番？”刚好有一个小丫头捧茶出来，说道：“奚姑娘刚睡未久，待我唤醒她吧。”

辛龙生连忙说道：“不要吵醒她了，明天再见不迟。”他可还没有想好应该和奚玉瑾怎样说呢！

文逸凡笑道：“对，反正你们还有三天就是夫妻的了，要亲热也不必急在一时。”

接着说道：“我准备在你的喜日，向亲友宣布，正式立你做掌门弟子，好让你们喜上加喜！”

辛龙生道：“谢师父，请师父早些安歇吧，弟子告辞了。”文逸凡见他并无喜色，有点诧异，说道：“你也辛苦了，早点睡吧。”只道他的没精打采是由于劳累所至，怎知辛龙生乃是心事重重。

辛龙生睡不着觉，披衣而起，走出山边散步，忽见有一个人向他走来，说道：“辛少侠，你几时回来的？”

辛龙生吃了一惊，蓦地心头一动，想道：“我何不向他打听打听？”

原来这个人不是别个，正是当日护送韩珮瑛到扬州就婚的那两个韩家老仆之一的展一环。

百花谷之围解后，展一环和另一个老仆陆鸿投奔豫鲁交界之处的青龙岗义军，这支义军在蒙古鞑子入侵之后，遭受很大的损失，其后陆鸿留在鲁南。展一环却几经辗转，到了江南，做了文逸凡的门客。文逸凡以武林盟主的身份，深受江南各处义军的拥戴，等于是没有名义的各路义军的共同领袖。他正在进行两件大事，一件是代表义军和朝廷商谈携手抗敌的大计，一件是沟通各路义军的意见，筹备成立一个正式的义军总部。是以需要很多人帮忙，像展一环这样的门客就有数十人之多。

展一环向辛龙生施礼之后，说道："辛少侠，你刚从北方回来，又到处奔波，真是辛苦了。是今天回来的吗？怎的这么晚了，还未歇息？"

辛龙生笑道："这些日子，你也辛苦了。你到了这儿，我还未曾得有机会和你长谈，正想向你领教。"

展一环道："辛少侠客气了。不知少侠有何事要下问老奴？"

辛龙生道："展大侠，你这样谦抑自下，叫我如何敢当？你是武林前辈，我应该尊敬你的。你叫我的名字就行了。"

展一环十分欢喜，说道："不敢。辛少侠有话请说。"

辛龙生道："也没有什么紧要的事情，随便和你聊聊。听说你跟了韩大维数十年，我对韩老前辈也是心仪已久的了。可惜我到洛阳之时，正碰着鞑子围城，没机会见着他。"

展一环道："辛少侠可听到有关我家小姐的消息？"

辛龙生道："听说韩姑娘到了金鸡岭了，不过在我和柳女侠会面之时，她还未到，我是后来听人说的，大概不会是假。"

接着说道："对啦，提起了你家小姐，我倒想问你一件事情，你家小姐是不是许配给扬州谷家的？"

展一环心想："这件轰动江湖的大事，他当时虽然尚在江南，但也不会没有所闻之理。他想必是要向我打听谷啸风和他的奚姑娘的关系。这倒叫我为难了。"

展一环想了一想，说道："不错。我们小姐本是许配给谷若虚的儿子谷啸风的。但这个人我可是不想再提他了。"

辛龙生道："为什么？"

展一环道："此人忘恩负义，不值一提。而且听说他已经死了。"

辛龙生道："是么？但我有一个相识的朋友曾经见过一个人，好像是他呢！"

展一环怔了一怔，说道："真的？"

辛龙生描绘了谷啸风的相貌，说道："我那位朋友前日在西湖曾见到这样的一个人，偶然和我谈起，他说他以前见过谷啸风，但非熟识，不敢断定是不是他。他叫我设法打听一下，倘若真的是谷啸风来了，倒不妨请他加盟咱们的义军呢。"

辛龙生不愿说出是他亲眼见到，故意隐约其辞，但展一环老于世故，已经猜到了几分，说道："人有相似，物有同样，这也不足为奇。即使谷啸风当真还活在人间，这个人也值不得辛少侠与他结交。"

辛龙生是个聪明人，一听得展一环这么说，就知自己所碰上的确是谷啸风无疑。他本来就心有所疑的了，如今不过是求得证实而已。知道了所料不差之后，心头不觉如同坠了铅块一般，十分沉重。

辛龙生终于忍不住问道："听说谷啸风那次之闹婚变是因、是因玉瑾而起，此事，此事——"

展一环道："谷啸风此人薄情寡义，抛弃了我家小姐，纵然他是死了，提起来我还是痛恨他的。奚姑娘或许曾受过他甜言所诱，但辛少侠你可放心，他们并没有闹出什么事情，那次，那次百花谷之围解后，他们是并不在一处的。如今事过情迁，我劝辛少侠也不必和奚姑娘再提此事了。"

展一环约略谈了一点关于那次百花谷之事，虽然简略，但却比辛龙生从奚玉瑾口中知道的多了许多。辛龙生心里想道："原来他们之间的感情比我想象的有过之而无不及！"心头越发感到沉重了。

展一环道："辛少侠，你不会怪我多嘴吧？"

辛龙生道："哪里的话，你不把我当作外人，肯和我说，我感激还来不及呢。只是谷啸风若果当真未死的话，只怕也瞒不过奚姑娘？"

展一环愤然道："倘若他竟敢来到此处，我有办法对付他！"

辛龙生探出了展一环的态度，知道他是完全站在自己这边，倒是始料之所不及的一个意外"收获"，当下说道："也不必令他太过难堪。嗯，不知不觉天快亮了，展大叔，你回去歇息吧。"

辛龙生自己可还不想睡觉，事情的真相已经清楚，困扰他的问题却还没有解决，“我要不要告诉玉瑾呢？谷啸风初到江南，人地两生，除了一个展一环可以给他通消息之外，料想他也不能找到第二个可以接近玉瑾的人了。但我若与他串同来瞒骗玉瑾，这又岂是大丈夫所当为？”想至此处，不由得心乱如麻，踌躇莫决。

辛龙生可不知道奚玉瑾此时也正是像他一样，心乱如麻！婚期越来越近，奚玉瑾这几天晚上都没有好好睡过，今天晚上照例的又失眠了。

佳期愈近，心情愈乱，奚玉瑾睡不着觉，倚栏望月，只见新月如眉，挂在林梢，远听松风如啸，流泉如咽，山中夜景，本是幽美异常，但给奚玉瑾的感受，却是倍添惆怅了。

“但愿人长久，千里共婵娟。”不知怎的，奚玉瑾突然想起了苏东坡这两句词来。往事历历，都上心头，多少个花月良宵，曾与谷啸风一同度过？但如今却只有她倚栏望月了。“今晚的月色虽佳，总似比不上百花谷中的月色！”奚玉瑾喟然兴叹，心里想道：“但愿人长久，千里共婵娟。唉，这本来是我时常祷告苍天的祝愿，如今这祝愿也似幻梦般的破灭了！

“还有三天就是我和龙生成婚的日子了，这些往事，我也实是不该再去想它了。”奚玉瑾叹了口气，掩上窗门，百无聊赖，随手拿起一本书来翻阅。

江南武林盟主文逸凡号称“铁笔书生”，家中藏书甚丰，奚玉瑾拿起的这本是南宋词人姜白石的词集，随手一翻，恰好翻到姜白石那首著名的《扬州慢》（词牌名），前面一段《小序》云：

> “淳熙丙申至日，予过维扬。夜雪初霁，荠麦弥望。入其城则四顾萧条，寒水自碧，暮色渐起，戍角悲吟。予怀怆然，感慨今昔，因自度此曲。千岩老人以为有‘黍离’之悲也。”
>
> 词云：“淮左名都，竹西佳处，解鞍少驻初程。过春风十里，尽荠麦青青。自胡马窥江去后，废池乔木，犹厌言兵。渐黄昏，清角吹寒，都在空城。杜郎俊赏，算而今重到须惊。纵豆蔻词工，青楼梦好，难赋深情。二十四桥仍在，波心荡，冷月无声。念桥边红药，年年知为谁生？”

这首词是姜白石在淳熙（宋孝宗年号）三年写的，其时距离金主完颜亮南侵在江淮给虞允文打败的“采石矶”之战已有十六年了，姜白石路过扬州，见景物萧条，战争留下的创痕依稀犹在，因此顿兴废池乔木之感，因赋此词。词中有对乱世的感伤，有对故人的怀念，更有对往事的怆怀。

对奚玉瑾来说，这首词还有一段令她伤心的事，原来谷啸风曾经与她剪烛西窗，一同读过这首词的。当时窗外的月色也像今晚一样美丽，谷啸风掩卷兴嗟，对她说道：“乱世离合，亦属寻常，不知咱们……”奚玉瑾连忙掩住他的口道：“咱们是在天愿为比翼鸟，在地愿为连理枝。我不许你胡思乱想。”放开了手，谷啸风这才笑道：“但愿如你所愿。假如有一天，我像这首词中所说的那个人一样，到了扬州，却找不着往日的意中人了，那真是不敢想象的事！”

“唉，想不到啸风昔日的戏言，如今竟成了事实！二十四桥仍在，波心荡，冷月无声！扬州今晚的月色如何？他若是还在人间，又与谁人同赏？

“谷啸风若是还在人间，还在人间……哎，还在人间——”想至此处，奚玉瑾突然心头一震，不由得就想道：“对啦，他若然还在人间，我可如何是好？”

本来她是满怀伤感的在“追念”谷啸风的，刚才她只是从今晚的月色想到了扬州的月色，因而才想到“他若是还在人间，又与谁人同赏？”这只是作为一个绝不可能成为事实的“幻想”来抒发自己的哀思，并非她真的有这个疑问。但现在她突然心头一动，不觉自己也怀疑起来了！

谷啸风的噩耗，她只是从别人的口中听到的。不错，她曾经到过谷啸风出事的地点青龙口查看过，当时还有一个伤重尚未断气的丐帮弟子，在临死之前告诉她，谷啸风“确是”被一个蒙古军官射死的，但她也曾仔细看过战场上遗留的尸体，可并没有发现谷啸风！

过去她一直没有起过怀疑，是为了避免伤心不愿深入思索呢，还是为了辛龙生对她的这一份浓情蜜意，以致她不自觉的避免去想这个问题？她自己也不明白。可是在这婚期将近的今晚，姜白石的这首《扬州慢》，却像精于针灸的大夫手中的银针一样，突然触动她的心灵深处，“刺激”得她想起来了！

“不会的，不会的！那个丐帮的弟子决不会乱说的！”她自己安慰自己，哑然失笑，心里自思：“龙生对我这么好，三天之后，我就要和他拜堂成亲，做他的妻子了。我，我也实是不该胡思乱想了！”

但思想却是一匹脱缰的野马，一开了头，就控制不住，她仍是不禁跟着想道：“耳闻是假，眼见方真，青龙口并没有发现他的尸体，焉知他不有死里逃生？”

“唉，他若是真的还在人间，我应该怎么办呢？”本来是满怀伤感的，此际却突然变成了扰乱她心曲的疑问了！

新欢虽好，旧爱难忘，“谷啸风倘若还在人间，我当然应该向他解释此中误会！”

但这仅仅只是一个“误会”吗？她在内心深处自己问自己，只觉脸上一热，自己也不敢回答这个问题了。

心乱如麻，不知不觉已是漏尽更残，东方现出了一抹鱼肚白，她经过了一个无眠的晚上，又是第二天的清晨了。

忽听得有人轻轻地敲她的窗子，奚玉瑾好似在梦中给人惊醒，怔了一怔，问道：“是谁？”只听得一个极为熟悉的声音说道：“瑾姐，是我！”

奚玉瑾又惊又喜又带着几分自惭，打开了房门，只见辛龙生容颜憔悴，站在外面。原来他这一晚也是未曾合过眼，他是在奚玉瑾的窗外，为她风露立中宵，好不容易等到天亮了才来敲门的。

辛龙生想不到她这样快就会打开房门，一见奚玉瑾穿着整齐，不像刚刚起床的样子，她那本来像是鲜花一样娇艳的颜容，也似乎显得有些憔悴。辛龙生不觉怔了一怔，凝眸看她，说道：“咦，瑾姐，你，你——”奚玉瑾笑道：“我怎么啦？你这样望着我，不认识我了么？”

辛龙生结结巴巴地说道：“没什么。瑾姐，你昨晚睡得好么？”

奚玉瑾何等聪明，一听就知其意，揽镜自照，笑道：“你是说我的脸色苍白得怕人么？不错，我是有点头痛，昨晚睡得不大好，所以一早就起来了。咦，你的脸色也不大好呢，你是几时回来的？一路辛苦了！”

辛龙生道：“我是昨晚回来的。知道你已经睡了，不敢来吵醒你，特地等到天明才来的。”

奚玉瑾大为感动，想道：“难得他对我这样细心体贴，啸风从前对我虽是情真爱深，也还没有他这样体贴入微。”笑道：“你这样早来找我，有什么紧要事情？”

辛龙生笑道：“我一天不见着你，心里就不舒服。咱们之间，难道还定要无事不登三宝殿么？”

奚玉瑾“啐”了一口道：“你几时学得这样油嘴滑舌了？”其辞若有憾焉，心里其实却是甜丝丝的。辛龙生的聪明不在奚玉瑾之下，当然也是看得出来了。

辛龙生笑道：“紧要的事是没有的，不过，也有一个喜讯告诉你呢。”

奚玉瑾脸上一红，说道：“我不爱听。”

辛龙生道：“我不是说咱们的喜事，这是早已定了的，不用我说，我现在说的是你还未知道的喜讯。”

奚玉瑾道：“哦，是什么喜讯？你奉了师父之命，和韩侂胄交涉，已经大功告成了么？”

辛龙生道：“不是这个。我说的是私事，但也是和你有关的私事。”

奚玉瑾道：“别卖关子了，说吧！”

辛龙生心里想道：“谷啸风的事还是押后再说的好。”于是把原来想说的话咽下，说道：“师父告诉我，在咱们吉日那天，要当着一众亲朋，正式立我做掌门弟子。”

奚玉瑾道：“恭喜，恭喜。这样说，你将来就是顺理成章，继承你师父之位的江南盟主了。嗯，这可当真是一件值得庆贺之事，但却与我何关？”

辛龙生笑道：“我若做了江南的武林盟主，你就是盟主夫人了。”

奚玉瑾娇羞无限，说道：“我可没有这样福气。说正经的吧，不许你乱嚼舌头了。”

但这个喜讯却的确是令得奚玉瑾芳心大动，平添了意外之喜。因为她是个心高气傲，内方外圆，常想出人头地的女子。

辛龙生道：“我说的可是正经的话呢，难道你不欢喜？”

奚玉瑾低垂粉颈，心里想道：“我做了盟主夫人，也算得是不虚此生了。”蓦地心头一跳，好像是给人用针刺了一下似的，突然想道：“我怎能这样快就把啸风忘了？”心中内疚，脸上发烧，不觉呆了。

辛龙生柔声说道：“瑾姐，你有什么心事？”

奚玉瑾如梦初醒，说道：“没有呀。对啦，你的脸色也不大好呢，莫非你也有着心事么？”

辛龙生道：“不错，我是有着心事！”

奚玉瑾怔了一怔说道：“你有什么心事，可以对我说么？”

辛龙生道：“正是要和你说，但请你不要怪我才好。”

奚玉瑾心中纳罕：“他要说些什么？”粉颈垂得更低，轻声说道：“咱们都快要成为夫妻了，夫妻如同一体，有什么不可说的，我又怎会怪你呢？”

辛龙生心花怒放，却叹了口气，说道：“不错，还有两天咱们就要成为夫妻了，但我却有点怕呢！”

奚玉瑾抬起头来，微含诧异，说道：“你怕什么？”

辛龙生道：“我怕会有什么波折？”

奚玉瑾道：“哪来的波折？”

辛龙生道：“瑾姐，恕我唐突，假如你现在见着谷啸风，你会不会后悔和我订下了婚约？”

此言一出，奚玉瑾娇躯一颤，倏然间脸都白了。半晌，勉强笑道：“哪有这样的事情，他已经死了，我可不想活见鬼。”

辛龙生道：“我是打个比方，比方他现在未死，你，你岂不是可以与他破镜重圆了？”

奚玉瑾心头鹿撞，说道：“龙生，你没有病吧？怎的吃起死人的醋来了？打比方也得有点道理才行，怪诞不经之事，休要乱说！”

辛龙生道：“如果不是比方，而是他真的还活在人间呢？你喜欢他还是喜欢我?”

奚玉瑾心头怦怦地跳，两行珠泪蓦地夺眶而出，说道：“你别迫我！龙生，你这样说，是不是见着、见着他了?”

辛龙生道：“我也不知道是不是他，但我确实曾经见过一个人，他是会使七修剑法的。”当下将在西湖与谷啸风打架之事，告诉了奚玉瑾，接着说道：“当然，我不希望这个人是他，但如果真的是他，我也为你欢喜的。只要你能够得到幸福，我为你做什么事都可以。后天这个新郎，让给他也行!”

奚玉瑾不知不觉伸出手掩住他的嘴，涩声叫道：“不许你胡说，不许你胡说!”叫出声来，这才瞿然一省，“难道我当真是不想再见他了?”

辛龙生道：“你以为不是他?”

奚玉瑾道：“会使七修剑法的并不是他一个人，任天吾的门人弟子也会使的。”其实她这样说只是自己安慰自己罢了。由于心中虚怯，她根本就不敢向辛龙生打听那个人的相貌。

辛龙生绷紧的心弦松了下来，想道：“看来我在玉瑾的心中，已是替代了那姓谷的小子，即使他找到这儿，我也不用害怕他了。”但却笑了一笑，说道：“我可真是有点害怕呢，如果真的是他，我就不知如何是好了。不错，我愿意为你牺牲，但如果失去了你，我可要遗憾终生！纵然做了盟主，活下去也没有什么意思的了!”

奚玉瑾又一次掩住了他的嘴，柳眉微蹙，说道：“不许你再说下去！过去的事已经过去，大家都不准再提了!”

辛龙生心花怒放，说道：“对，对，咱们别说煞风景的话了，后天就是佳期，还是说点喜庆的话吧。”

奚玉瑾打了一个呵欠，勉强笑道：“你一晚没有睡过也该睡了。”辛龙生笑道：“不错，你昨晚没睡好，也应该歇息了。”

辛龙生去后，奚玉瑾心乱如麻，哪里能够安静下来歇息？翻了翻书，一个字都看不进去。抛开书本，漫无目的地走到稽留峰下，排遣愁思。

“为何造化弄人一至如斯？唉，啸风，啸风，如果你还活在人间，也该早些出现。现在才来，只怕，只怕是已经晚了！但我若真的见着了他，我又该怎样向他开口呢？”谷啸风毕竟是和她有过山盟海誓的人，许许多多的前尘往事忽地都涌上心头，她虽然不想再提往事，但却禁不住自己不去想他。

山坳走出一个老人，说道：“奚姑娘，你早！”奚玉瑾见是展一环，想起了百花谷之事，不由得脸上发烧，说道：“展大叔，你也起得这么早？”她哪里知道，展一环也是像她这样，昨晚没有睡过觉的。

原来展一环听了辛龙生的说话，暗自思量：“辛公子碰见了谷啸风，谷啸风一定会跟踪来到这里，不是今晚就是明天总要来的。”因此他决意在入口之处截他。想不到谷啸风未来，却先见着了奚玉瑾。

展一环笑道：“奚姑娘，你大喜啊！我还没有向你道贺呢。”

奚玉瑾杏脸飞霞，说道：“展大叔，你有没有得到你家小姐的消息？”

展一环道：“听说她到了金鸡岭，在柳女侠那儿。”

奚玉瑾说道：“是吗？”接着叹了口气，说道：“我和你家小姐情如姐妹，可惜她不在这儿。不知什么时候才能见着她。展大叔，你还怪我么？”

展一环道：“百花谷这件事情，我也是做得鲁莽了些，奚姑娘不怪我已经好了，我怎敢怪奚姑娘，怪只怪谷啸风这小子不好！”

奚玉瑾叹了口气，说道：“其实也不能怪他，当时，当时……唉，这是造化弄人，我也不想说了。”原来奚玉瑾想说的是：“当时我们都是真心相爱。”但这只是她一时的激动，才想一吐为快的。话到唇边，蓦地瞿然一省，省起自己就是要做新娘子的人了，何必向韩珮瑛的老仆人吐出自己的真情，终于冷静下来，把到了唇边的话咽了回去。

展一环道：“是啊，这小子听说已经死了，一死百了。我不怨他。姑娘，你也不必再怀念他了。”

奚玉瑾面上一红，说道：“不必再提他了。”

展一环道：“是，是。唉，但可惜——”

奚玉瑾道："可惜什么？"

展一环道："姑娘大喜，可惜我家的小姐却不能来喝姑娘的喜酒！"要知此际虽然是事过情迁，展一环看在辛龙生的份上，自是不便得罪奚玉瑾，但对她也仍是有几分不满的。心里想道："如果当时不是你横刀夺爱，怎会造成今日的局面？"

奚玉瑾忽地心头一动，说道："展大叔，说起你家小姐，我倒想拜托你一件事情。"

展一环道："奚姑娘不用客气，请说。"

奚玉瑾道："你已经知道珮瑛姐的下落，我是恐怕很少有机会能够见到她了，如果你有机会见着她的话，请替我送一件东西给她。"

说罢拿出一块碧绿苍翠的汉玉，递过去给展一环。

展一环接过来一看，只见这块玉雕，雕的是一龙一凤，龙飞凤舞，栩栩如生，端的是巧手匠工所刻。展一环跟随韩大维多年，见过不知多少奇珍古玩，对这块玉雕，也是不由得暗暗称赏。但却也有点莫名其妙，笑道："如果我家小姐知道姑娘大喜，她是应该给你送礼的，怎的你反而给她？"

奚玉瑾道："请你务必给我送到她的手上，这是我对她的一点小小心意，她会明白的。对不住，我可要回去了。"

奚玉瑾走后，展一环摩挲那块汉玉，心里想道："雕的一龙一凤，这正是最好的祝婚贺礼，可惜我家小姐的美满良缘已成泡影，只怕是没有这个福气消受的。"蓦地疑心顿起："奚玉瑾送这件礼物给我家小姐，却是什么用意呢？"

展一环是一个老于世故的人，想了好一会儿，隐约猜到了奚玉瑾的用意，却不知对是不对。正在喟然兴叹之际，只见山坳那边已经现出一个少年的影子，正是他所要等的谷啸风。正是：

无可奈何花落去，似曾相识燕归来。

欲知后事如何，请听下回分解。

第五十回　相见争如终不见
有情还似总无情

谷啸风一路怅怅惘惘，翻来覆去，心中想的只是一个问题："见了玉瑾，我应该怎样才好？"

想不到未见着奚玉瑾，却碰上了展一环。

谷啸风呆了一呆，说道："展大叔，你好。你几时到了这儿？"

展一环道："不好！我家主人家散人亡，我流离失所，只能求人庇护，有什么好？"

谷啸风大是尴尬，勉强笑道："展大叔还在生我的气？"

展一环道："我怎敢生谷少侠的气？请问你到这里做什么？"

谷啸风道："是来谒见文大侠和辛少侠的。"

展一环板起脸孔，说道："你要见辛龙生，为什么要见他？"

谷啸风道："有点小小的事情，必须见他一见。"

展一环不由得怒气勃发，说道："谷啸风，我劝你别来胡闹了！"

谷啸风道："我怎的是胡闹了？展大叔，你别误会——"

话犹未了，展一环已是说道："我没有误会，你以为我不知道你的心思吗？打开天窗说亮话吧！"

谷啸风道："说什么呀，我要说你又不听？"

展一环"哼"了一声，说道："奚玉瑾和辛龙生后日拜堂成亲，你是不是为了这件事情来的？"

谷啸风道："我知道他们就要成亲，不过——"

展一环道："不过什么？哼，你害了我家的小姐还不够吗？如今又要来害奚姑娘?”

谷啸风道:“展大叔,你让我把话说完了再骂,好不好?”

展一环道:“好,你说,你说!”

谷啸风道:“我是奉了北五省绿林盟主柳女侠之命去见文大侠的。”

展一环怔了一怔,道:“这么说你是从金鸡岭来的了?”

谷啸风道:“不错,你家小姐也是在金鸡岭上。”

展一环面色登时宽和了许多,说道:“你们是在一起?”

谷啸风道:“我们是一起到金鸡岭的。你家小姐已经宽恕我了。但愿大叔你、你也能够原谅我,原谅我以前年少无知。”

展一环心头一动,说道:“少年人能够知错就好,不过,在未见我家小姐之前,还是不能相信你的话。”

谷啸风道:“这件事很容易查明的。我何需骗你?”

展一环道:“好,那么你还要回去的是不是?”

谷啸风怔了怔,说道:“当然还要回去。”

展一环道:“好,那么请你在回金鸡岭之时,带一件东西给我家小姐。”

谷啸风接过那块汉玉,吃了一惊,变了面色,说道:“展大叔,这玉雕你是哪里得来的?”

展一环淡淡说道:“不是偷来,不是抢来,也不是主人家的。你这样问,想必你已经知道了它的来历?”说话之际,冷静的观察谷啸风面色的变化,心里想道:“如果我猜得不错的话,这倒是可以断了他的念头了。”

谷啸风道:“不错,我是知道这块玉的来历,但我不明白你怎么会得到它。你可以告诉我吗?”

展一环一字一句地缓缓说道:“是奚玉瑾给我,请我代她送给珮瑛小姐的,现在你来,我就转托你了。”

谷啸风的脸色已是掩饰不住他的痛苦的心情,不过仍然相当镇定的把这块汉玉藏了起来,说道:“原来如此,怪不得我好像以前见过,原来是玉瑾的东西,好,我一定替你做到。”

展一环道:“不,不是替我做到,你是替奚姑娘办事。”

谷啸风道："是，请你转告奚姑娘，叫她放心，我会替她办得妥妥当当。"

原来这块汉玉玉雕，名为"龙凤配"，谷啸风不但在奚玉瑾那里见过，这根本就是谷啸风的家传宝物，是谷啸风送给奚玉瑾当作私订终身的聘礼的。

他做梦也料想不到，这件东西如今回到自己的手里，不，应该说是奚玉瑾璧还他的聘礼，而要他送给韩珮瑛。

谷啸风并不愚笨，当然明白了奚玉瑾的心意了，她是决意嫁给辛龙生，决意和自己一笔勾销，因此也就内疚于心，决意要为韩珮瑛撮合，撮合她和自己重续前缘了。

谷啸风心中苦笑，暗自想道："我若要与珮瑛重续前缘，何须你来撮合？不过这样也好，至少可以让我懂得你的意思，大家也就可以洒脱一些，免至纠缠不清了。"

展一环说道："那么你还要不要进去？"

谷啸风道："我奉了柳女侠之命而来，怎能不见一见文盟主？"

展一环道："我希望你见了文盟主就走，不必多留。"

谷啸风苦笑道："不用你说，我也会这样的了。"

展一环道："你见了文大侠，就可以不必再见辛龙生了吧？"

谷啸风道："不，我还是要见一见他。"

展一环皱眉道："那又是为了什么？"

谷啸风道："有一位朋友也是像你一样托我带一件礼物送给他。"

展一环道："辛龙生是文大侠的掌门弟子，这件东西不可以交给他的师父吗？"

谷啸风想了想，说道："也好。展大叔，这就请你引见吧。"

展一环道："你在这里等一会，待我进去看看文大侠起来没有，我会替你禀报的。"谷啸风是连夜赶路的，此时正是朝阳初出的时候。

原来展一环是不愿意谷啸风给辛龙生看见，假如他按照往常的通报规矩，把谷啸风带进去等候传见，那就很可能给辛龙生见着了。是以他要预作安排。

谷啸风说了一个“好”字，心里却在暗暗苦笑，想道：“想不到我奉了柳女侠之命而来，这本是极为光明正大之事，如今却像偷偷摸摸见不得人。”

谷啸风独自在空林徘徊，正等得心焦，忽听得一个人冷笑说道：“好呀，你这小子真是胆大包天，竟敢跑到这里来了！”

谷啸风吃了一惊，抬头一看，只见来的这人可不正是辛龙生是谁？

原来辛龙生心乱如麻，虽然一夜未睡，仍是不能安静下来。他翻来覆去地想：“谷啸风已经见着了我，今天想必是一定会来的了。他来了，我又该如何应付他呢？”虽说有一个展一环答应给他应付，他终是坐立不安，难以放心，是以又悄悄地走了出来，想在暗中偷看，看展一环如何应付。

辛龙生见着了谷啸风，虽是在意料之中，但这霎那，却是令他踌躇难决，是假装还未知道谷啸风是谁呢，还是承认昨日乃是误会，以客礼邀他进去，让他和奚玉瑾会面呢？

这霎那间，辛龙生转了好几个念头，终于是私欲占了上风，心里想道：“不，不能！我不能让他破坏我和玉瑾的大好姻缘！”

谷啸风又惊又喜，说道：“辛少侠，你，你误——”

“误会”二字尚未出口，辛龙生已是蓦地拔出剑来，“刷”的就是一剑刺去，喝道：“你这奸细，从白老前辈那里逃出来，又到这儿想来骗我是不是？哼，我才不会相信你的花言巧语呢！”他一口咬定谷啸风是“奸细”，装作不知道他是谁，也不听他解释，就在说这几句话的时间，已是接连攻出七招九式！

辛龙生的家传剑法奇诡无比，更加上铁笔书生文逸凡传授他的“惊神笔法”，这惊神笔法是第一等的点穴功夫，笔法与剑法融合，数招之间，遍袭谷啸风的奇经八脉，饶是谷啸风本领高强，也给他迫得手忙脚乱，分不出心神说话。

辛龙生心里想道：“我不杀他，也得将他赶跑，叫他以后不敢再来！”出手占了上风，越迫越紧！

谷啸风并不知道他存的是这样心思，只道他当真还未认识自己，但在他快剑急攻之下，也是不由得怒从心起，想道：“我再让他，他只道我是真的怕了他了！”

谷啸风无暇解释，对方也容不得他分神说话，只好在连闪数招之后，拔出剑来迎敌。

谷家的“七修剑法”也是第一等的刺穴剑法，两人各以上乘剑法比拼，正是旗鼓相当！

辛龙生前日在外西湖把谷啸风打落水中，满以为可以胜得了他，不料谷啸风此际乃是全神应敌，交手数招之后，辛龙生才大吃一惊，心里想道：“奇怪，这小子的本领远非前日可比，我若胜不了他，倒是弄巧反拙了。”

两人旗鼓相当，辛龙生急于求胜，连走险招，反而给了谷啸风以可乘之机，激战中辛龙生一招“游龙戏凤”剑走偏锋，急袭谷啸风左胁的“气愈穴”，谷啸风倏地移形换位，一招“李广射石”平胸直刺，辛龙生招数已经使老，急切间无法回剑遮拦，胸前门户大开，眼看就要伤在谷啸风剑下！

谷啸风当然不想伤他，剑尖指到胸膛，蓦地停下，说道：“辛少侠，这你可该知道我对你是并无恶意了吧？”

辛龙生是文逸凡的掌门弟子，是江南武林中人称誉的“后起之秀”，平素对人，外表彬彬有礼，内心其实却是非常自负的。谷啸风只道自己手下留情，就可以获得他的谅解，哪知如此一来，辛龙生却反而恼羞成怒！

就在谷啸风按剑停招的那一霎那，辛龙生蓦地手腕一翻，剑锋斜转，一招“白鹤亮翅”，已是闪电般的反刺回来。

只听得“嗤”的一声，谷啸风的衣襟已被利剑穿过，幸而他立即吞胸吸腹，倒纵开去，这才没有受伤。

谷啸风大怒，喝道：“我不想伤你，你当真还要和我拼个死活么？”

辛龙生运剑如风，抢了先手，一招不让，谷啸风又不能分神说话了。

且说奚玉瑾和展一环分手之后，也是心绪不宁，在回家的路上不住想道：“龙生言辞闪烁，他一定是见着了谷啸风了。展一环为什么这样早起来，在这谷口徘徊？莫非，莫非——”她是一个七窍玲珑、冰雪聪明的女子，暗自思量，终于给她猜出了真相，心里想道："展一环一定也是知道了这个消息，他要在入口之处阻拦谷啸风。"于是又悄悄的回去。

奚玉瑾去而复回，刚好看到谷啸风让辛龙生一招，她方自松了口气，不料两人激战又起，这就迫得她不能不现出身形了。

谷啸风连解数招，扳正平手，刷的一剑反攻过去，辛龙生一咬牙龈，横剑截击，使的也是一招杀手！就在这时，蓦地听得奚玉瑾叫道："住手，住手！"

自从渡过长江踏足江南之后，谷啸风就一直是心神不定，盼望着与奚玉瑾重逢，但又怕和她相见。日里夜里，他翻来覆去只是想着一个问题："见了之后，我又该怎样和她说呢？"

他不知打过多少腹稿，想过许许多多可能发生的事情，与及在什么情形之下要说什么话了。但却想不到是在这样尴尬的情形之下和奚玉瑾见面。

这霎那间，谷啸风不由得呆了一呆，顿然痴了！万语千言，也不知从何说起？

辛龙生也是怔了一怔，但他那一招凌厉的剑招，也不知是收手不及，还是妒恨交加，仍然攻了出去。

奚玉瑾叫道："龙生，住手！他，他是——"

只听得"嗤"的一声，辛龙生的剑尖几乎是贴着谷啸风的肩头穿过，又在他的衣裳上刺穿了一个小洞。若非收剑得快，谷啸风的琵琶骨都几乎给他刺穿！

辛龙生"啊呀"的叫了一声，作出抱歉的神气，说道："我不知你们是相识的，对不住，没有伤着你吧？玉瑾，他是谁？"

谷啸风苦笑道："还好，没有伤着。瑾姐，恭喜你了！"

奚玉瑾满面通红，心头卜卜地跳，脸色红了又青，青了又红，过了好一会子，方始勉强定下神来，说道："龙生，他就是我和你说过的谷大哥。啸风，我、我以为——"

谷啸风道："你以为我已经死了吗？不错，我在青龙口能够死里逃生，实在是邀天之幸，怪不得你这样想的。"

奚玉瑾讷讷说道："你，你能够平安无事，这，这就好了，好了。

奚玉瑾突然见着了谷啸风，不觉呆了。

我，我很欢喜。”

辛龙生妒火中烧，冷冷说道：“恭喜你们好友相逢，谷兄，但不知你是否找她来的?”心里想道：“如果他直认不讳，我又该如何呢？是迫玉瑾立即作出抉择，还是故作大方，飘然远走，让玉瑾感到不安，回头来找我呢?”

这个问题也正是奚玉瑾所要知道的问题，她的心跳更加剧了。她避开了谷啸风的目光，但又禁不住偷偷看他。

谷啸风摸一摸怀中那块“龙凤配”玉雕，登时下了决心，淡淡说道：“不错，我是知道奚姑娘在你这儿，但我却是为了另外两桩事情来的。当然，我能够见着奚姑娘，也是很欢喜的。”

他口说“欢喜”，但神情冷淡，对奚玉瑾的称呼也显得甚是生疏。奚玉瑾心里一酸，眼泪几乎就要夺眶而出，想道：“他一定是十分怨恨我了，但却叫我还能和他说些什么呢?”

辛龙生把两人的神情看在眼里，暗暗松了口气，但仍是放心不下，说道：“不知是哪两桩事情，谷兄可以对小弟说么?”

谷啸风缓缓说道：“我正是要和辛少侠说。第一桩事，我是替一位武林前辈给你送礼来的。”

辛龙生不觉又是一怔，说道：“给我送礼，是哪位前辈托你送礼与我?”

谷啸风把那张“大衍八式”的图解拿了出来，递给辛龙生道：“是江南大侠耿照、耿老前辈。昨日我恰巧碰上了他，他说恐怕不能来喝你们的喜酒，故而托我给你送这份礼物。”接着说道：“对不住，你们的喜讯我知道得迟，来不及备办贺礼了。”

“大衍八式”是武林中人梦寐以求的宝物，辛龙生接过那张图解，当真是喜上加喜，心里想道：“我只怕他装作不知道玉瑾是我的妻子，如今他自己说了出来，这就不怕他捣乱了。”说道：“谷兄，多劳你啦。你是玉瑾的好朋友，也就是我的好朋友，何须讲甚客套？对啦，相请不如偶遇，后天就是我们成亲之日，谷兄，一定要请你留下来喝我们一杯淡酒。”

谷啸风苦笑道：“我还有事要赶回去，恐怕不能喝你们的喜酒了。”

辛龙生道："唉，那就真是遗憾了。但你若真有要事，我也不敢勉强你。对啦，你的第二桩事情又是什么？"

谷啸风道："我是奉了北五省绿林盟主之命来见令师的。"

辛龙生道："原来如此，请恕我前日误会，多有冒犯了。谷兄，家师就在里面，容我替你引见吧。"谷啸风道："我已经请展大叔通报了。"

奚玉瑾听说他是奉了北五省绿林盟主柳清瑶之命而来，心中一动，说道："听说珮瑛姐姐在金鸡岭柳女侠那儿，不知是否属实？"

谷啸风说道："不错，瑾姐，有一桩事情，我也正要想告诉你。"

奚玉瑾不禁又是心头鹿撞，低声说道："什么事情？"

谷啸风淡淡说道："珮瑛和我准备在明年成亲，这次我很抱歉，来不及喝你们的喜酒，明年请你们夫妻一定要来！"

其实谷啸风与韩珮瑛虽然释了前嫌，但始终还没有谈及重续前缘，更不要说到谈婚论嫁了。谷啸风说这谎话，实是为奚玉瑾着想，免得她心里不安的。

奚玉瑾又惊又喜，这才第一次在脸上现出了笑容，说道："这正是我所盼望的，珮瑛姐姐比我好得多了，恭喜你啦。"她不知不觉说出了内心的话，话出了口，方知说错，偷偷向辛龙生看去，辛龙生却好似没有听见她说的那句"珮瑛姐姐比我好得多了"似的，说道："好，好，明年接到你的请帖，我们一定来的！"

奚玉瑾笑过之后，不知怎的，心中却又忽地感到辛酸，想到："原来他比我更快变心，昨晚我还在苦苦的思念他，他却把海誓山盟，全都忘了！"

人大都是苛于责人，宽于责己的，奚玉瑾现在就是这样。但在她一阵辛酸过后，却又忽地悚然一惊，心里想道："原来我对啸风还是未能忘情！后天我就是辛家的人了，我还埋怨他做什么呢？"

三人各怀心事，但饶是辛龙生这样的聪明，也猜不着奚玉瑾如此复杂而又微妙的感情！

这霎那间，局面突然变得甚是尴尬，幸亏展一环刚好在这个时候出来，才打破了这尴尬的局面。

展一环见他们三人站在一起，也是不禁吃了一惊，讷讷说道：“辛少侠、谷相公，你们，你们原来是早已相识的么?”谷啸风强笑说道：“不错，我们是前天结识的。”

展一环打了个哈哈，掩饰他的窘态，说道：“这就更好了。我已经给谷相公通报了，辛少侠，这就麻烦你陪同客人去见令师吧。”

辛龙生道：“好，谷兄请随我来。”奚玉瑾却道：“展大叔，我的精神不大好，你可以陪我回去么?”展一环道：“当然可以。”心里想道：“到底是奚姑娘有主意，避免给他纠缠。辛少侠也不愧是名门弟子，胸襟广阔，气量过人。”他哪里知道，全不是他想象的这么一回事。

文逸凡见了谷啸风，十分高兴，说道：“我对令尊闻名已久，可惜在令尊生前我们没有机缘见面。现在得见世兄，也可稍补缺憾了。”接着说道：“我虽然远处江南，也常常听得人家称道谷世兄是武林的后起之秀。龙生这几年帮我办事，武林中的前辈对他也总算是青眼有加。你们两人年纪差不多，以后可得多多亲近才好。”谷啸风道：“多蒙盟主夸奖，我怎么比得上令徒。”辛龙生则恭恭敬敬答了一个“是”字，说道：“谷兄不要客气，请你以后多多指教。”

文逸凡哈哈笑道：“你们两个都不要说客气的话了。谷世兄，听说你是奉了柳女侠之命而来的，咱们还是先谈正事吧。”

谷啸风把北方的形势和柳清瑶的意图详详细细的说给文逸凡知道，文逸凡沉吟半晌，说道：“依我看来，只怕蒙古乃是佯攻金国，暗里另出奇兵，图谋大宋。即使它是双管齐下，咱们也应该顾全大宋为先，你说是不是?”谷啸风有点茫然，心里想道：“中原的百姓十九也都是汉人。不过大宋朝廷虽然无道，究竟是咱们汉人做皇帝。文大侠说的也有道理。”当下说道：“不错。但关系国家的大事，晚辈不敢擅作主张，晚辈自当把文大侠的话带回去给柳盟主。”

文逸凡笑道：“我却想把你留下来呢。目前我们这里恐怕更需要人，过两天我会派人去和柳女侠说的。”

谷啸风道：“多谢文大侠的好意，不过晚辈实是不能在此耽搁，我想现在就告辞了。”

文逸凡皱一皱眉头，说道：“你要回去复命，那也不必这样着急呀。”

谷啸风道：“柳盟主有命，我还得到太湖去走一趟。”

文逸凡笑道：“有一件事情，你恐怕还未知道吧？小徒和百花谷奚家的奚玉瑾姑娘成亲，后天就是他们的喜日，太湖的王寨主自己不能来，也一定会有人来的。你无论如何得喝了喜酒才走。”

谷啸风道：“就怕王寨主不是亲自前来，柳盟主要我谒见王寨主面陈禀报的。”其实柳清瑶并没有吩咐他这样做，只因无法再寻借口，谷啸风只好说一次谎了。

辛龙生插口说道：“是呀，谷兄多留几天有什么打紧？不过，若是当真有紧要的事情非得立即赶去不可，我也不敢因私废公，强留佳客了。”

文逸凡本来很不高兴，但听了爱徒的说话，却忽地瞿然一省，心念立转，暗暗道了一声“惭愧”，想道：“不错，到底是年轻人更有见识，在这风云剧变之秋，是应该以公事为重。”于是说道：“好，既然如此，那我也不强留你了。请你在事情办完之后，再到我这儿来吧。”接着笑道：“你不来，我也会向柳女侠要人的。”谷啸风道：“晚辈也但愿得有机缘，在文大侠身边时领教益。”当下起立告辞，文逸凡道：“龙生，你替我送客。”

辛龙生送到稽留峰下，说道：“谷兄，你我是不打不成相识，你这次来帮了我很大的忙，我感激得很。”“帮忙”一语，语带双关，可以说是感谢他给耿照带来那份厚礼的“帮忙”，也可以指“别的事情”，谷啸风佯作不解，说道：“不敢当，辛少侠请回去吧。祝你们夫妻恩爱，白头偕老。”

和辛龙生分手之后，谷啸风怅怅惘惘，独自前行，走到中天竺的山道之际，忽听得一个少女的声音说道：“梅姐，我劝你还是回去吧，不要自寻烦恼了。”另一个少女的声音说道：“我要知道这消息是不是真的？”先头那少女说道：“真的如何？假的又如何？”这少女叹了口气，说道：“我也不知道，不过，总是要见他一见。”

谷啸风心里想道：“原来是湖上荡舟的那两位姑娘。”谷啸风已知其中一个是辛十四姑的婢女侍梅，不禁暗暗为她叹息，想道："听珮瑛说，这位姑娘虽然是婢女身份，人却极为聪明伶俐，本领也很不错，只可惜她的一片痴情却是付错人了。"

心念未已，那两个少女已是从山坳处走了出来，她们看见谷啸风，都是不觉怔了一怔。侍梅低声说道："龙姐姐，你还认得他吗？好像就是——"

那姓龙的少女笑道："什么好像，他就是前日在湖边偷看咱们的那个轻薄少年。"

侍梅正自满肚皮闷气无处发泄，迎上了谷啸风，陡地便是一记耳光向他面门掴去，喝道："你盯着我干嘛，你这无赖，不给你一点颜色瞧瞧，你也不知我的厉害！"

谷啸风焉能给她打着，斜身一闪，便即避开，但那掌风掠面而过，也像刀片刮过一般，有点儿火辣辣的作痛，谷啸风心里想道："怪不得珮瑛夸她本领了得，江湖上等闲之辈，只怕当真还比不上她。"

侍梅一掌击空，亦是禁不住心头一凛，知道对方并非寻常的"无赖"了，正要拔出剑来，谷啸风已是笑道："你可是侍梅姐姐，我正想找你呢！"

侍梅怔了一怔，说道："你怎么知道我的名字，你又是谁？"

谷啸风道："我是奚姑娘和韩姑娘的朋友，你不是有一样东西请韩姑娘交给一个人的吗？"

侍梅道："哪位奚姑娘？啊，我想起来了，你说的是侍琴姐姐？"

谷啸风道："不错，你的侍琴姐姐是百花谷奚家的女儿，她就是为了营救韩姑娘的缘故，才屈身到辛家充当丫头的。韩珮瑛姑娘的父亲是洛阳的韩老英雄韩大维，这想必你亦已是早已知道的了。"

侍梅听他说得不错，这才纳剑入鞘，说道："那么，你想必就是那位扬州的谷少侠了？"

谷啸风道："不敢，我正是扬州谷啸风。"

侍梅忽地脸上一红，说道："原来韩姑娘已经告诉你了，那件东西——"

谷啸风道："那件东西在我这儿，她本来托我转交的，我、我因为——唉，我没有替你做到，现在交还给你吧。"说罢拿出了一个绣有鸳鸯戏水的荷包。

原来这个绣花荷包乃是侍梅想要送给辛龙生的，里面藏有她的一缕青丝。那日韩珮瑛陪同父亲到辛十四姑家里，辛十四姑叫侍梅送她下山，侍梅知道她是奚玉瑾的好朋友，又知道辛龙生已是和奚玉瑾同在一起，是以她便把这个绣荷包托韩珮瑛有机会见到辛龙生之时交与他。

侍梅接过了绣花荷包，脸红直到耳根，心里又是惊疑不定，说道："谷少侠，你是不是从文盟主那儿回来的？他，他不在那儿？"

谷啸风道："他在那儿，我也已经见过他了。"

那姓龙的少女道："你既然见着了辛龙生，何以又不把这个荷包给他？"

谷啸风叹口气道："还是不要给他的好！"

此言一出，侍梅的脸色登时红里泛青，转眼间变得苍白如纸，半晌说道："这样说，那消息是真的了？"

谷啸风道："不错，辛龙生和奚玉瑾已是定在后日拜堂成亲！"

姓龙那女子只道侍梅听了这个消息一定伤心欲绝，不料她非但没有流泪，反而哈哈哈的笑了三声。姓龙那女子吃了一惊，连忙扶稳侍梅，说道："梅姐，你怎么啦？"侍梅道："我高兴得很啊，咱们不是正好来得合时么？"

姓龙那女子见她似是神态失常，甚为担心，说道："梅姐，我劝你还是不要去吧。"

侍梅道："为什么不去？侄少爷成婚，我们做丫头的不知道那也罢了，知道了岂可不去伺候？"

谷啸风心里想道："像她这样才貌双全的女子，命丑时乖，做了人家的丫头，这已经是一大不幸了；暗恋少主，落花有意，流水无情，这就更加不幸了。我现在心有所属，听到玉瑾的婚讯，也还不免伤心。她一定是比我更伤心的了。"俗语说"同病相怜"，谷啸风不觉起了同情之心，安慰她道："人生不如意常八九，只要把烦恼抛开，不去想它，事过情迁，那也就可以处之坦然了。侍梅姐姐，恕我交浅言深，我劝你也是回去的好。别要自寻烦恼了。”

侍梅冷冷说道：“你怎么知道我是烦恼？你怎么知道我是不如意。我告诉你辛龙生是我家的侄少爷，我赶得上喝他的喜酒，正是称心如意得很！你懂得什么，别多事了！”

谷啸风讨了个没趣，劝解的话自是说不下去，苦笑说道：“本来我是不该交浅言深，请恕冒昧，告辞了。”

谷啸风走后，姓龙那女子道：“这姓谷的少年倒是为人热心，性情直爽。”

侍梅说道：“看来你倒像是喜欢他了？但我劝你还是小心的好，俗语说：痴心女子负心汉，又说：知人知面不知心，何况你和他只是初初相识。”

姓龙那女子嗔道：“谁说我喜欢他了？不过我觉得他劝你的话倒是有理。梅姐，你当真是非去不可么？”心里想道：“扬州谷少侠虽是名播江湖，我的心上人也未必输于他了。不过梅姐因为情场失意，也难怪她要深具戒心，说出这样的话了。”

侍梅道：“不错，我是非去见他一见不可，要是你怕我闹出事来，你让我独自前往好了。你回去吧。”

姓龙那女子道：“梅姐，咱们好不容易才得重逢，你我之情胜于姐妹，我只是为了你的好才劝告你。但你不肯听我劝告，我当然也还是陪伴你的。好吧，任凭你闹出什么事情，我都与你同当！”

侍梅这才禁不住掉下泪来，说道：“龙姐姐，到了如今，只有你是我唯一的亲人了！”

姓龙那女子暗暗叹息，拉着她的手道：“好姐姐，哭吧，哭出来了就好了。”心里极为她难过。不过她和谷啸风都以为侍梅是“自作多情”，事实却并非完全如此。正是：

落花有意随流水，流水无情送落花。

欲知后事如何，请听下回分解。

第五十一回　红烛灰残还信物 洞房枕冷负良宵

侍梅捏了捏贴身收藏的绣荷包，荷包里有她的一缕秀发。侍梅不禁心中苦笑，暗自想道："后天他就要和新人拜堂成亲了，拜堂成亲，嘿、嘿，拜堂成亲？这四个字他也曾经和我说过的！"

侍梅自幼卖到辛家，她是和辛龙生一同长大的，两小无猜，一起游玩的时候，谁也没有记起谁是丫头，谁是主子。

当然在两人渐渐长大之后，他们是不可能不知道自己的身份的，有一天辛龙生硬要拉她玩"拜堂成亲"的游戏，她记得很清楚，那年辛龙生已经是十四岁的"大孩子"，而她也是初懂人事的十二岁的小姑娘了，她不肯和他玩这个游戏，说道："你是少爷，我是丫头，我们不能拜堂成亲的。"辛龙生说："谁说不能成亲，回去我就和姑姑说我要娶你。"侍梅吓得慌了，说道："你千万不要这样，十四姑会打我的。"辛龙生道："姑姑打你，我就和你一同逃走。成了亲再回来，看她能够把咱们怎样?"侍梅又惊又喜，说道："你当真要娶我?"辛龙生道："老天爷在上，若然我骗了你，叫我不得好死!"侍梅连忙掩住他的嘴，说道："我知道你是真心就算了，你不要发誓，也不要去和姑姑说，我，我等你。"说到最后这句话，不由得满面通红，转过了头，这天侍梅并没有和辛龙生玩"拜堂成亲"的游戏，但在她的心里，已经是在准备等到他们长大的时候，辛龙生会叫人抬着花轿来迎娶她了。

这次事情过后不久，辛龙生就奉了父母之命，到江南去拜文逸凡为师，一去九年，在这九年期间，仅仅回家两次，第一次回来的时候，他是十九岁，侍梅是十七岁，按说彼此已经长大，辛龙生倘若把那次说话当真的话，是应该和她私里重提旧事的，可是辛龙生并没有和她重提旧事，虽然对她仍是十分和气。

辛龙生不肯重提旧事，侍梅是丫头的身份，偏又心高气傲，当然更不肯给人看贱和他说了。不过侍梅还没死心，以为辛龙生尚未学成，这次回家又只是匆匆一转，无暇与她谈婚论嫁。虽然她也有了多少怀疑，怀疑这个长大了的“侄少爷”已经不是从前那个和她一同玩耍的大哥哥了，换言之也就是变了心了。可是尽管有所怀疑，她的芳心还是放在他的身上。

辛龙生第二次回家，那已经是去年的事情了，这次回家，正好碰上了奚玉瑾到他姑姑家里冒充丫头。侍梅当时不知道奚玉瑾的身份，辛龙生一听说她是扬州奚家的小姐，却是立即就知道了的。奚家武学世家，辛龙生在文逸凡门下多年，自是闻名已久。他碰上了武学名门的闺秀，哪里还会把一个丫头放在心上！

这次事情过后，侍梅当然是亦已绝望了，不过虽然绝望，她还是一片痴心。

那个荷包中除了她的一缕头发之外，还有一面镜子，这是妇女们家常所用的一种很普通的镜子，但却是辛龙生送给她的。

她还记得辛龙生是因何送给她这面镜子的，就在那次玩不成“拜堂成亲”游戏的第二天，辛龙生在她房间里看她梳头，看了一会，忽地笑道：“你有一头秀发，可惜没有镜子，梳不出好的花样来，我送给你一面镜子，你喜欢吗?”果然当天晚上就给她买了一面镜子回来。没多久，辛龙生就到江南拜师去了。这面镜子侍梅舍不得用，生怕将它打碎，珍藏了将近十年。

她要将这缕青丝、这面镜子，送到辛龙生的手上，她不敢幻想可以挽回辛龙生的心，只希望可以勾起他的回忆，记得还有一个对他痴情的丫头。

但这希望只怕注定也是要落空的了，“他有了一个如花似玉，而且又是名门闺秀的新娘，他还会记得我这么一个丫头?”侍梅心想。突然一阵妒火从心底燃烧起来，她放慢了脚步，对女友说道：“他们是在后天拜堂成亲，咱们用不着太早赶去，就在他们成婚那天，咱们及时赶到最好。”那姓龙的女子暗暗叹了口气，说道：“梅姐，我不知道你打的是什么主意，你既然要这样，我陪你就是。”

红烛高烧，笙歌盈耳，贺客满堂。这天是江南武林盟主文逸凡的掌门弟子成亲的好日子。

虽然是在战乱的年头，四方豪杰冲着文逸凡的面子，来的还是不少。

辛龙生与奚玉瑾拜堂过后，文逸凡便即当众宣布，立他做掌门弟子。喜上加喜，众宾客争着上前道贺，辛龙生志得意满，只觉平生之乐，再也无过于今日了。

他哪里知道门外有一个伤心欲绝的少女，偷听门内的笙歌，迟迟不敢进来。

侍梅本来是想在他拜堂的时候进来的，转念一想：“还是给他几分面子吧，何况我也不愿亲眼见到他和别人拜堂成亲。”

姓龙那女子见她踌躇不前，只道她已经改变了主意，便劝她道：“事已如斯，你又何必自寻烦恼，咱们还是回去吧。”

侍梅仍然是重复那句话：“不，我还是要见他一面。”再加上一句：“我要看他对我怎样？”姓龙那女子心里想道：“素闻辛十四姑行径怪癖，侍梅跟了她十几年，看来也是受了她的熏陶，沾染上她的怪癖了。真不知她想干什么？如果是我的话，一就把新郎杀掉，一就置之度外另嫁别人。何须如此自招苦恼？”原来这姓龙的女子亦是大有来头的人物，而她的想法之怪，也决不在侍梅之下。

辛龙生接受了宾客道贺之后，喜筵摆开，新夫妇向宾客轮流敬酒。

因为来的客人太多，地方不够宽敞，所有的客人当然不能都坐在一起，地位较低，交情较疏的客人席设外间，内堂里的客人只限于至亲好友。

遗憾的是新郎新娘两方面的亲人都没有来，所谓至亲好友，只是属于主婚人文逸凡的。

酒过三巡之后，忽地有个人进入内堂报道：“有两个我们都不认识的陌生女子到贺，其中一个说是掌门师兄的家人。”

辛龙生怔了一怔，说道：“她叫什么名字?”他的那个师弟说道：“她叫侍梅。”

文逸凡心里想道：“这好像是个丫头的名字?”果然心念未已，便听得辛龙生哈哈一笑，说道：“原来是我家的丫头，这个丫头倒是很要面子，说成了是我的家人了。你们就在外面随便给她设个座位吧，不用叫她进来了。”

文逸凡眉头一皱，说道：“你家里的人都没有来，难得有一个人来了，虽然是丫头，也总算是你家里的人，叫她进来，又有何妨。还有一个女子是谁?”要知文逸凡是个豪迈不羁的侠士，做了武林盟主之后，也还是不改原来的性格，对于所谓“贵贱”之分，素来是不看重的。若然不是因为今天是辛龙生大喜的日子，他很可能就要当众教训他的徒弟。

那弟子道：“另一位龙姑娘，她说她和师父你老人家乃是世交!”

文逸凡吃了一惊，说道：“她可是龙伯岩的女儿?”

那弟子道：“不错，她说她的爹爹是福建龙岩县的龙伯岩。我们也不知是真是假，但若然是真那可不能怠慢，故而我们只好让她们先进来了。”

文逸凡道：“快请她们进来!”原来龙伯岩是文逸凡十多年没有见面的老朋友，是一位早已闭门封刀的武林侠隐。知道他的人不多，但他门下的弟子却是当然知道的。

不过片刻。那名弟子已陪了侍梅和那姓龙的女子进入内堂来了。原来她们早已被引入外面的客厅，坐在那里等候的了。文逸凡山居简陋，内堂和外厅只是隔着一道门。

辛龙生见她们这样快来，心头一凛，想道：“我刚才说的话不知侍梅听见了没有?哼，就算她听见了，她一个丫头，又能将我怎样?”原来他刚才拦阻侍梅进来，正是因为不愿意在这大喜的日子见到她的。倒不是怕她吵闹（他料想一个丫头决不敢如此），而是不想在这大喜的日子，稍为有点“煞风景”的事情发生。

侍梅听到了他那几句话，心里又是恨又是妒，但她不愧是辛十四姑的贴身侍女，很得主人“冷狠”二字的真传，进来的时候，神色如常，不带一丝怒气。

侍梅和这姓龙的少女走了进来，众人都是眼睛一亮，心里想道："想不到辛家一个丫头，也是如此貌美，且又仪态大方。"

只见文逸凡离座而起，哈哈笑道："天香侄女，长得这么高了，我几乎都认不得啦，今天能够见着你，我真是高兴，小时候我抱过你的，你还记得么?"

此言一出，众宾客都是大吃一惊，这才知道和侍梅一同进来的这个女子，果然是武林侠隐龙伯岩的独生女儿龙天香。

龙天香裣衽一礼，说道："家父是无时不在挂念叔叔。可惜——"说至此处，忽地眼圈一红。文逸凡吃了一惊，连忙问道："对啦，我还没有问候你的爹爹呢，你爹爹好吗，他为什么不来?"

龙天香眼圈一红，忍着眼泪，说道："爹爹不幸，去年已去世了，只因世乱年荒，我又不知叔叔住在此处，未能来向叔叔报丧，请叔叔原谅。好在碰上了这位杨姐姐，我才知道今天是叔叔为令徒办喜事的好日子。所以今天我是特地来向叔叔贺喜，也是特地来向叔叔报丧的。"

"贺喜"与"报丧"合而为一，当然是大煞风景之事。不过文逸凡一来因为龙伯岩是他的好朋友，听到好朋友的噩耗，心中自是不无悲戚。二来他也原谅龙天香是个小姑娘，小姑娘说话不知避忌。故此非但并无愠色，反而安慰她道："好在你也长大了，你爹爹得享天年，你亦无须太过悲痛了。今日是小徒成婚的日子，你们过来先见一见新郎和新娘吧。这位姑娘是——"文逸凡虽然业已知道侍梅是辛家的丫头，但在礼节上还是不能不有此一问。

龙天香道："这位杨姑娘是我小时候的邻居，和我也是金兰姐妹。文叔叔，你都可能在她小时候见过她的。"

文逸凡依稀记得十多廿年前，龙伯岩是有一家姓杨的邻居，说道："是么？请恕我年纪老大，记不起来了。"

侍梅道："我只是一个丫头，不敢与文大侠攀交论故。我是特地来服侍少主人的。"

文逸凡有点尴尬，哈哈笑道："杨姑娘，客气了！听说你在辛家多年，你和龙生也就像是兄妹一般了。来，来，来！快过来和新郎新娘喝一杯喜酒吧！”

辛龙生本来甚不高兴，但后来听说侍梅和龙天香是金兰姐妹，不禁刮目相看，心里想道：“这我倒应该好好笼络她了。纵然她对我还是有点痴心妄想，那也无妨。”

侍梅走了过来，说道：“侄少爷、奚小姐，侍梅特地来恭喜你们啦。不知侄少爷还肯要我这个丫头服侍你们吗？”

奚玉瑾连忙站了起来，说道：“侍梅姐姐，你说这话我怎么敢当？”

侍梅道：“此一时，彼一时，奚小姐，你以前纡尊降贵，和我姐妹相称，我才真是受不起呢。现在你是我的女主人，我是理该伺候你了。”

奚玉瑾道：“侍梅姐姐，别说笑了。你再说我可不敢喝你这杯酒啦。”

辛龙生也道：“我师父说得好，你在我家多年，等于是我的妹妹一般。我一向也是把你当作妹妹看待的。何况你又是龙姑娘的金兰好友，我岂能仍然把你当作丫头？从今之后，丫头二字，再也休提！”

侍梅心里冷笑，想道：“你以前可是说过要我做你的妻子的，哼，哼，如今怕我旧事重提，就改口了。哼，若不是我和天香姐姐同来，你还不会把我当作妹妹看待呢。”心中悲愤，却装作十分感激的神气说道：“侄少爷，这么说，你是肯让我恢复自由，不用我自己赎身啦。大恩大德，奴婢永世不忘。”

辛龙生眉头一皱，说道：“侍梅，你怎么还说这样的话？快坐下来喝酒。”心里却在暗暗欢喜，想道：“看来是我的顾虑了。她自知身份，当然不敢再有痴心妄想。嗯，只要她知恩感德，今后我不妨真的把她当作妹妹。龙伯岩是江南武林前辈，虽然死了，龙家与许多老前辈的交情还是在的。侍梅与龙小姐乃是金兰挚友，我有这个妹妹，对我也有好处。”

龙天香道：“辛少侠，我的侍梅姐姐多年来蒙你庇护，我敬你们夫妇一杯，聊表谢意。”

辛龙生眉开眼笑，说道：“咱们是两辈交情，你说这话可是太客气了。”他只顾殷勤招呼龙天香，不知不觉倒把侍梅冷落一边了。

侍梅趁着各人都不注意她，衣袖轻轻一展，遮着酒杯，提起酒壶斟了满满的一杯酒，此时辛龙生刚好与龙天香干了一杯，想起了她，说道：“对啦，侍梅妹子该轮到咱们干杯了。”

侍梅道：“多谢侄少爷赏面，奴婢祝你和奚姑娘白头到老，鱼水和谐。”把自己这杯酒递了过去，却把辛龙生的空杯拿了过来，说道：“奴婢不敢有劳侄少爷的贵手。”亲自斟了一杯，一饮而尽。

辛龙生摇了摇头，说道：“唉，你还是这样谦下自持，我都告诉了你，叫你以后休得再提丫头二字的。”侍梅道：“是，侍梅谨遵吩咐，请大哥哥喝酒。”辛龙生道：“这才对啦!”当下，也就拿起了那杯酒来，一饮而尽。抬头一看，只见侍梅妙目流波，目光似含有几分幽怨，正望着自己。辛龙生忽觉心魂一荡，想道：“原来她果然对我还未忘情。”原来他们小时候一处嬉游，侍梅就是常常在没人的时候，叫他做“大哥哥”的。

奚玉瑾是个很细心的人，把侍梅的神态看在眼里，却是不禁心中一动。

奚玉瑾心里想道：“为什么她一定要和辛龙生换杯，又不向我敬酒?”按常理而论，侍梅是应该同时向新婚夫妇敬酒才对的。

奚玉瑾心中一动，当下就在侍梅给辛龙生的那个空杯上斟满了酒，递过去道：“侍梅姐姐，我替龙生还敬一杯。”

侍梅接过酒杯，说道：“不敢当。”忽地手指一颤，只听得“当”的一声，酒杯落地，碎成数片。侍梅满面通红，说道：“我不胜酒力，只怕是有几分醉了。”

奚玉瑾疑心顿起，说道：“侍梅姐姐，你只喝了几杯，怎的就醉了?”侍梅道：“我一向不会喝酒的，不信你问问他。”装作醉态可掬的样子，指着辛龙生。

奚玉瑾一握辛龙生手心，说道：“龙生，你是不是也有几分醉了?”暗运真气，从他掌心输送进去，辛龙生是练有内功的人，自然生出反应，不禁怔了一怔，说道：“我没有醉，瑾妹，你，你怎么样?”奚玉瑾发觉他的内力如常，放下了心上一块石头，说道：“你没醉，我可是觉得有点头晕了。”

有好事的宾客起哄道："新娘这么早就想进洞房了吗？不行，不行！"但也有忠厚的长者劝解道："也闹得够了，该让他们歇息啦。"

侍梅忽道："大哥哥，我来不及备办贺礼，这个荷包，是我亲手绣的，权当贺礼，聊表寸心，请你收下。"

辛龙生见了那个绣荷包，不由得变了面色，说道："你何必给我送礼，拿回去吧！"

侍梅忽地变了面色，用力一撕，把那荷包撕破，"当"的一声响，那面镜子跌了下来，碎成片片。那缕青丝，也给她一把撒开，随风飘散！

侍梅这一下突如其来的举动，众宾客莫名其妙，这霎那间不由得都是睁大了眼睛，呆了！

侍梅冷笑道："我是丫头，你是少爷，本就高攀不起！是我不知自量，也难怪你不收我的礼物！好，龙姐姐，咱们走吧，别在这里看人家的嘴脸了！"

文逸凡呆了一呆，上前说道："这是怎么回事？"

龙天香道："我也不知道是什么一回事，敢情杨姐姐是真的醉了。改日我再和她来向辛师兄赔罪。"

辛龙生做梦也想不到侍梅会当众撤他的台，此时更怕她把往事抖露出来，说出更不中听的话，心里又惊又怒，挥手斥道："好，让她走，让她走！小丫头不中抬举，何必还留她在这里丢我的脸！"

龙天香低声说道："文叔叔，你听见啦？还是让我们走的好！"

文逸凡老于世故，见此情形，心中是明白了几分，想道："家丑不外扬，我也不便向龙生盘问。但看来这丫头还是处子，嗯，只要不是败人名节，少年人犯点风流罪过，那也算不了什么。不痴不聋不作阿家阿翁，我如今是师尊如父，既是不便向徒弟盘问，那也唯有得糊涂处且糊涂了。"他性情洒脱，当下哈哈一笑，说道："大家都喝得高兴，我也有点醉了。天香侄女，你和杨姑娘既然要走，恕我不送啦。"

龙天香和侍梅走了之后，众宾客虽然不敢高声谈论，却也禁不住交头接耳的窃窃私议了。

囍

侍梅道："我本来是个丫头，不敢高攀。"当啷一声，将辛龙生以前送给她的一面镜子摔破。

奚玉瑾胀红了脸，甚是难堪；辛龙生惊魂稍定，余怒未息，脸色更是难看。有忠厚的长者便道："春宵一刻值千金，咱们也喝得够了，该让新人歇息啦。"众宾客看见发生了这样的事情，大家都是兴趣索然，也无心再闹新房了。

洞房红烛高烧，按说应该是喜气洋洋的，但奚玉瑾的心却好像给红烛的火焰灼痛似的，板着脸孔，不发一言。

辛龙生凝神静听，知道洞房外没人偷听，低声说道："瑾妹，我真是抱歉。我那丫头没有家教，跑来胡闹了一场，大煞风景，但愿你不要放在心上。"

奚玉瑾冷冷说道："为什么她会在宾客面前丢你的脸，你是不是做了对不住人家的事情，你还是不要瞒我吧？"

辛龙生叫了个撞天屈，说道："你想我怎会与一个丫头要好？"

奚玉瑾道："当真没有私情？"侧眼斜睨，利剪般的眼光，好像要看到辛龙生心里。

辛龙生道："当真没有！不过，你是知道的，她是我姑姑的贴身侍女，我对下人又是一向和气，或许她对我有所误会，暗地里害了单相思，那也难说。但这也不是我的过错呀。瑾妹，夫妻之间重在一个信字。难道你不相信我，反而相信一个丫头？"

奚玉瑾是个七窍玲珑，精明能干的女子，心里自是不能无疑，但却想道："如今我堂也拜过了，洞房也进了，夫妻名分已定，若然一定要打破砂锅问到底，那也没有什么意思。龙生现在是真心爱我，这是绝对没有疑问的。即使他以前犯过什么风流过错，我也无须斤斤计较了。"

但想是这样想，奚玉瑾的心中仍是不能无所感慨。突然间，她不由得想起了谷啸风，"谷啸风从来没有对我隐瞒过什么事情，龙生与这丫头之事，却到现在才告诉我。"

辛龙生挨着她的身子坐下，低声说道："瑾妹，咱们不值得为一个丫头生气是不是？时候不早，还是早点睡吧。咱们明天一早还要以掌门弟子夫妻的身份，接受一众同门的道贺呢！"

文逸凡的掌门弟子，等于是继任的江南武林盟主。除非辛龙生有极大的失德之事，否则就是十拿九稳的了。奚玉瑾想到自己可能是未来的盟主夫人身份，不觉心花怒放，转嗔为喜，想道："不错，他是未来的盟主，我只应该尽力的帮忙他，不当和他吵闹，损了他的威信。"

辛龙生看见她脸上露出笑容，知道她已回心转意，放下了心上的石头，更挨近一些，说道："瑾妹，我给你换衣裳吧，你这一身新娘子的服饰，重甸甸的，一定很不舒服了，换上轻便的睡衣好不好？"

奚玉瑾满脸通红，推他离得远些，说道："不好，不好！别这样！别这样！"

红晕双颊，在烛光映照之下，分外显得艳丽，奚玉瑾越是害羞，越是挑动了辛龙生的爱意，禁不住一把就搂着了她，说道："咱们都是夫妻了，还用得着避忌么？瑾妹，让我亲一亲你！"

不料就在他们亲热之时，辛龙生忽觉腹中一阵疼痛，好像有无数利针在里面刺他的五脏六腑一样！

奚玉瑾大吃一惊，说道："龙生，怎么你的手这样冰冷！"顾不得害羞，连忙抱着他听他的心脏跳动。

辛龙生道："没什么，没，没什么。"他说"没什么"，但声音颤抖，就像患了重病的人呻吟一样。

奚玉瑾听出他的心跳加剧，也吓得慌了，说道："不对，不对，一定是那丫头在那杯酒中做了手脚，不知给你服了什么毒药。"

辛龙生只觉又是发冷，又是发热，不禁也是吓得慌了，心里想道："我姑姑是善于使毒的高手，侍梅这丫头跟姑姑多年，她的毒功远远非我所及，莫非真的是着了她的道儿？"无法掩饰，呻吟说道："我，我是觉得有点不舒服，好像半边身子瘫了，你，你！"

奚玉瑾道："你躺一会儿，我给你去找大夫。"辛龙生道："这，这不闹笑话么？"奚玉瑾道："性命要紧，闹笑话也顾不得了。"

奇怪得很，奚玉瑾离开了他之后，辛龙生的疼痛就渐渐减轻，手足也能动弹了。

宾客中恰巧有一位名医，外号"赛华佗"的川中侠隐叶天流。奚玉瑾进去见文逸凡，文逸凡好在尚未睡觉，听她说了此事，大惊之下，连忙把“赛华佗”叶天流找来。

待找到了叶天流，他们三人再一同进入新房之时，大约已过了将近半个时辰。

叶天流一看，说道：“奇怪，好像没有病嘛！”辛龙生坐了起来，说道：“是呀，我现在觉得好多了。大概是一时的不舒服，没事啦！”奚玉瑾不放心，靠近去扶他。不料他话犹未了，当奚玉瑾挨着他的身子的时候，他突然又打了一个寒战！

“赛华佗”叶天流现出诧异的神色，说道：“辛少夫人，请你坐过一旁，待我给他诊治。”奚玉瑾满面通红，放开了搂着辛龙生的双臂。

叶天流当下便给辛龙生把脉，只见他闭了双眼，三指轻轻扣着辛龙生的脉门，似乎是在苦心思索一个医学上的难题，过了几乎有一支香的时候，仍未放手。

奚玉瑾又是吃惊，又是诧异，心里想道：“把脉怎的要用这许多时间？难道他是中了无名怪毒，连赛华佗也难以断症么？”

正自惊疑不定，忽听叶天流“咦”了一声，放开了手，说道：“果然不错，想不到当真是有这样毒药！”

此言一出，奚玉瑾更是大吃一惊，连忙问道：“他中的是什么毒？有得救么？”

叶天流道：“这个毒，这个毒，哎，这个毒——不碍事。不过，不过——”期期艾艾，似是有难言之隐。

奚玉瑾道：“不碍事那就好了。但不过什么呢？”说话之际，不知不觉又挨近了辛龙生。叶天流连忙说道：“不过，请你暂时不要接近病人。”奚玉瑾惊疑不定，只好又再坐过一边。

辛龙生大为奇怪，说道：“奇怪，我刚才觉得发冷，现在又忽然好了。这究竟是什么病？”

叶天流道：“辛少侠，请你出外面的院子，待我再给你仔细看看。文大侠，你也来吧。”

这晚虽然是有月亮，但无论如何月光总是不及新房里的烛光明亮。奚玉瑾心里想道：“为何他要到院子里看病，这定然是个饰辞。想必是有什么话不便和我说的。”叶天流并没叫她出来，她只好满腹疑团躲在房中了。

到了外面的院子，叶天流小声说道："辛少侠恕我冒昧问你，是不是新夫人一和你亲热之时，你就感到浑身难受。"

辛龙生顾不得害羞，说道："一点不错，正是这样。"

叶天流道："我是从你的脉象中看出来的，尊夫人刚才离开你的时候，你的脉搏就渐渐恢复正常，一靠近你，脉息又失调了。"

文逸凡皱了眉头，说道："这是什么怪病？"

叶天流道："令徒是中了一种极为奇怪的毒，中了此毒，决不能亲近女色，但只要不近女色，却是和常人一样，毫无妨害的。我在古代一个名医的医案里知道有这样一种奇怪的毒药，却不知它是什么。"

辛龙生大为吃惊，心里想道："这样一来，我岂不是非但要辜负今宵花烛，还要断子绝孙了？"

文逸凡道："那医案上可有解毒之法？"

叶天流道："有是有的，但这解药却是甚为难找！"

辛龙生连忙说道："是什么解药？"文逸凡道："对，只要是有解药，纵然难找，也有希望。"

叶天流道："这毒药要用昆仑山绝顶的星宿海所出的天心石来解。天心石的形状和普通的石子并无分别，磨成碎粉，服食之后，浑身就会发热。所以要知道是不是天心石，只有试服才能鉴定。你想昆仑山星宿海的石子多如恒河沙数，岂能一一试行将它磨粉吞服？何况昆仑山绝顶也不是容易上得去的！"

辛龙生凉了半截，说道："如此说来，我是只有削发修行，去做和尚的了。"

叶天流忍住了笑，说道："那也不必，只要你不近女色就行。"

文逸凡道："他们夫妻要不要分开？"

叶天流道："只要心中不动情欲，见面却是无妨。"

文逸凡叹了口气，说道："龙生，这恐怕是你犯下风流罪过的报应了。如今我只有设法为你去取天心石，尽人力而听天命罢啦。不过目前大敌当前，我还是不能派人给你去找的。你们夫妻俩应该怎样，这是你们的事情，我可不便说了。"

辛龙生回到新房，在奚玉瑾再三追问之下，只好把“赛华佗”叶天流的说话，如实的对她说了。

奚玉瑾暗叹命苦，但事已如斯，除了咒骂侍梅之外，也是没有办法，只好说道：“只要你是真心爱我，我也真心爱你。你我即使是只有夫妻之名，并无夫妻之实，那也算不了什么？为了防你难以把持，请你到外面的书房睡吧。”

辛龙生满怀热情，化作了寒冰。但听了奚玉瑾的话，心中却是得到一些安慰，想道：“毕竟是我赢了谷啸风！”

奚玉瑾话虽如此，这一晚新房独宿，她却仍是禁不住想起了谷啸风来，想到了往日和谷啸风亲热的情形，禁不住脸上发烧，眼泪湿了绣枕。

且说侍梅和龙天香离开了文家，连夜下山，走过了中天竺，侍梅四顾无人，这才纵声大笑起来。

龙天香道：“梅姐，你今天一闹，弄得那负心人尴尬之极，确是痛快极了！”

侍梅道：“你还有不知道的呢？”

龙天香道：“不知道什么？”

侍梅道：“他害我，我也害他。我叫他今后——”龙天香吃了一惊道：“你怎样害他？你又要他今后怎样？”

侍梅道：“你放心，我不是害他性命。但你也不必知道了。”笑了一会，突然又哭起来。这一哭却是感怀身世流下的眼泪。正是：

岂是忍心施毒手，只因薄幸恼檀郎。

欲知后事如何，请听下回分解。

第五十二回　客路相逢悲往事
后园私会说前因

龙天香道："梅姐，你已经报了仇，那就用不着再伤心了。"

侍梅掏出一方手绢，抹去了脸上的泪痕，收了眼泪之后，突然又把这方手绢撕开，一分为二，二分为四，四分为八，把手一扬，这方手绢化成了片片蝴蝶，随风而逝。龙天香方自吃惊，只听得侍梅朗声说道："不错，侍梅这丫头死了！我不再是辛家的丫头，我是杨洁梅！"原来那方手绢，也是辛龙生送给她的。

龙天香这才放下了心上的石头，想道："她有了这个想法，这倒好了。我还以为她是发了神经病呢。"当下笑道："不错，你本来是小姐的身份，过去遭逢的不幸，就当作一场噩梦吧。如今噩梦已成过去，也是你应该恢复本来身份的时候了。"

杨洁梅说道："负心人我已经惩戒他了。如今我只有一件心事未了。"

龙天香道："什么心事？"

杨洁梅说道："我要找那使我遭逢不幸的人算账！"

龙天香道："你说的想必是那拐卖你的贼人吧，你还记得他的面貌？"杨洁梅道："当时我虽然年小，见了面我总还会认得他的。"

原来杨洁梅的父亲本来也是一位名武师，和龙天香的父亲是好朋友，两家比邻而居。杨洁梅七岁那年，有一天约龙天香到后山采摘野花，编结花环，不料在山边的小路上碰见一个拐子，那拐子向她喷了一口烟，她就迷迷糊糊的不知人事，给他拐去了。

龙天香在山坡上曾听得她叫了一声，等了许久，不见她来，跑回家去告诉大人，再去追拐子，已经迟了。

龙天香道："这个仇当然是要报的，不过，你也不知这拐子是何方人氏，人海茫茫，从何寻找？只能盼望天网恢恢，疏而不漏，恰好给你碰上他了。如今你我的爹娘都已死了，回家也没有什么意思，我和你到别个地方散散心好不好？"杨洁梅道："好呀，是什么地方？"

龙天香道："我爹爹有一位朋友，名叫武延春，是湘西武岗县人氏，那个地方风景很好，我和你到他家里去玩几天好不好？"

原来龙天香的意中人就是武延春的独生爱子武元感，她此去一来是为了要与意中人相会，二来也是想为杨洁梅找个寻觅如意郎君的机会，因为武家是湘西世家，交游广阔，武元感的少年朋友之中，就不乏文武全材的人物。

杨洁梅无可无不可地笑道："反正我现在也没有可以依靠的人，你去哪里，我都和你作伴好啦。"

两人一路游山玩水，这一日到了湖南境内的平田，还有三天的路程就可以到武岗了。正行走间，忽听得马铃声响，有两骑马从后面追了上来，杨洁梅与龙天香闪过一旁，不料那两个骑客到了她们跟前，忽地双双下马。一男一女，看来都是二十左右的年纪。

那男的双眼望着杨洁梅，双颊微红，似乎想说什么，一时间却不知道要怎样开口才是的样子，杨洁梅心里想道："看样子倒不像是个无赖少年。哼，他若是敢来调戏我，那就是他的晦气临头了。"

那女的笑道："哥哥，还是让我说吧，杨姑娘，龙姑娘，咱们是见过面的。或许你不认识我们，我们却是认识你的。"

龙天香诧道："我们在什么地方见过面？请恕我记性不好，实在想不起来。"

那男的仍然一直在望杨洁梅，杨洁梅初时心里有气，也瞪起眼睛来看他，不料一看之下，忽地有个奇妙的感觉，想道："奇怪，这人我当真好像是似曾相识，是在什么地方见过的呢？但他的妹妹，我却可以断定是绝没有见过。"

心念未已，只听得那女的已在说道："我们姓邵，家住湘西邵阳县。家父和龙姑娘的令尊也曾有过一面之交的。”

龙天香瞿然一省，说道：“令尊敢情是湘西大侠邵元化邵老前辈么?”

那女的道：“不错，我哥哥叫邵湘华，小妹名叫湘瑶。”

龙天香道：“家父曾提过令尊的名字，不过我和贤兄妹好像是从来没有见过面的呀!”原来龙伯岩和邵元化不过是在江湖上偶然见过一次面，过后就没有往来的。

邵湘瑶道：“上个月十五那天，在江南武林盟主文逸凡那里，两位姐姐不是一同来喝他那掌门弟子的喜酒的吗?”

龙天香方始恍然大悟，说道：“哦，原来你们也是文大侠那天的客人。”

杨洁梅听她揭开了谜底之后，心里仍然十分奇怪。要知道她那天是特地去生事的，根本就没有留意文家的宾客。也就是说，这个现在呆呆望着她的名叫邵湘华的少年，在那一天就根本不可能留下印象。“怎的我却觉得似曾相识呢?”杨洁梅心想。

龙天香道：“原来如此，不知贤兄妹有何指教?”

邵湘瑶道：“我们不敢妄自攀交，不过家父与龙姑娘的令尊总也算得是曾经相识。杨姑娘那天的巾帼须眉气概，我们兄妹更是佩服得紧。难得两位姐姐来到敝乡，我们岂可不稍尽地主之谊。”

原来邵阳、武岗，平田是成三角的相邻县份，如今她们所在的平田，离邵阳不过两天路程，比武岗更近。

杨洁梅一直没有开口，此时方始说道：“难得贤兄妹如此好客，但只怕我不配做你们的客人。”

邵湘瑶推了她的哥哥一下，说道：“哥哥，我请不动两位姐姐的大驾，可得看你的啦!”

邵湘华给妹妹一推，方始发觉自己失态，面上一红，讷讷说道：“我不会说话，只盼两位姐姐赏面，枉驾寒舍，让我们稍尽地主之谊。”

龙天香急于到武岗去和意中人会面，心里想道：“按说邵元化份属武林前辈，去拜访他也是应该。但爹爹与他不过是泛泛之交，我和邵家兄妹又只是初次见面，不如见了武伯伯之后，再作定夺，”于是说道：“多谢贤兄妹的好意，但我还有点事情，要到别处一下，他日若有机缘，我们定当登门拜访。”

邵家兄妹好生失望，邵湘瑶说道：“不知两位姐姐是上哪儿?”

龙天香尚未决定告不告诉她，杨洁梅却已说了出来：“龙姐姐要到武岗县武延春老前辈那儿，她说那个地方风景很好，邀我也陪她去玩玩。”

邵湘瑶喜形于色，连忙说道：“武岗是我们邻县，家父和武伯伯也是相识的，两位姐姐若是没有要紧的事情，可否到我们那里先住几天？邵阳或许比不上武岗，但也有几处风景名胜可供游赏。”

龙天香不觉起了一点疑心：“萍水相逢，为什么他们苦苦相邀?”说道：“贤兄妹盛情可感，小妹见过了武老伯自当去拜访令尊。”

杨洁梅却忽地说道：“邵姐姐再三邀请，盛情难却。香姐，不如这样吧，你我暂且小别几天，各适其所。你去武岗，我去平田邵姐姐家里。你在武家玩腻了，再到平田如何?”

邵湘瑶说道：“对，这倒是个两全之计。”邵湘华听了杨洁梅的话，喜出望外，禁不住就说道：“这就最好不过了！妹妹，把你的坐骑让给杨姑娘，我和你合乘一骑。杨姑娘，请你上马!”好像生怕杨洁梅又会变卦似的，慌忙就把马鞭递给杨洁梅。

龙天香心里暗笑，想道：“看这情形，倒是男有心女也有意了。”她本来担心杨洁梅失意情场，深受刺激，心上的创伤不知要到什么时候才能平复的，此时见她和邵湘华颇有一见钟情的迹象，心中自是暗暗替她欢喜，但在欢喜之中也有几分感慨，“想不到梅姐那样痴情，竟也如此容易变心！不过，这是辛龙生负她在先，也怪她不得!”

龙天香以为杨洁梅是对邵湘华一见钟情，哪知事情并非如她想象那样，杨洁梅心里想的却是另一件事情。

邵湘华把马鞭递给杨洁梅，杨洁梅目光一瞥，见他手背上有一粒痣，登时禁不住心头一震，想道：“咦，天下当真是有这样的巧事：邵湘华就是那个孩子!”

一幕早已模糊了的往事，突然又在脑海中重现了。

杨洁梅是七岁那年给一个不知名字的拐子拐去的。说起来这已经是十四年之前的事情了。

她跟那拐子也不知走了多少路，到了多少地方，有一天那个拐子带她到了一座荒山野庙，一进去就看见一个面有刀疤的汉子和一个大约也是七八岁的男孩。

那个汉子道："我等你已经三天了。这个女娃儿想必就是杨大庆的掌上明珠吧，哈哈，恭喜你得手啦！"

那拐子笑道："彼此彼此，你不是也得手了吗？"说话之时，指一指那个男孩。

那个面有刀疤的汉子极为得意，哈哈笑道："咱们受人之托，总算没有误事！"

那拐子道："这女娃儿那人是不要的，不过我倒可以拿来做个顺水人情。"

那汉子道："什么顺水人情？"

那拐子道："听说辛十四姑要找一个聪明伶俐的丫头。"

那汉子道："你识得这女魔头？"

那拐子道："我哪里巴结得上她？我是在同行的口中得到这个消息的。我想托人把这个丫头送给她，说不定这就可以巴结得上了。你这个男孩子呢，准备如何处置？"

那汉子道："可惜辛十四姑只要丫头，不要小子。我还没有想好怎样处置他，且待善价而沽吧，总之不愁没人要的。"

他们在这野庙里住了一天，杨洁梅和那男孩子很想说话，可是有人在旁监视，那男孩子鼓起勇气只是问了杨洁梅一句话"你姓什么？"就给那面有刀疤的汉子掴了一巴掌，不许他们说话了。杨洁梅胆子更小，连问他的姓名也不敢。十多年过去，印象早已模糊，只记得他的手背有颗黑痣。

此际，杨洁梅想起了这幕往事，再看看眼前的这个邵湘华，果然越看越觉得似曾相识的了。

奇怪得很，很久没有想起的往事，一想起来，连当日那两个人的谈话，她也都记得一清二楚。杨洁梅心里想道："从他们的谈话看来，那个拐子并不是因为偶然碰上我才把我拐去的，他后面还有指使的人，这人一定是我父亲的仇人。”接着想道：“看来这姓邵的少年十有八九就是那个男孩子了。不知他可还记得以前的事情？拐他的和拐我的人是同党，说不定可以从他那儿找到一点线索。”

杨洁梅就是因此，这才愿意跟邵家兄妹前往邵阳的。龙天香不知就里，只道他们是一见钟情。

龙天香笑道：“好，那么咱们再见啦！”当下邵家兄妹合乘一骑，杨洁梅骑上邵湘瑶的那匹桃花马，也就跟他们走了。

两天之后，邵家兄妹和杨洁梅回到家中。邵元化见儿女带了一个陌生的少女回来，不觉有点诧异。邵湘瑶笑道：“爹爹，我们到文大侠家里喝了喜酒，碰上了龙伯伯的女儿呢！”

邵元化道：“这位是龙姑娘？”

邵湘瑶道：“不，她是杨姑娘，以前是龙伯伯的邻居，她和龙姑娘也是结拜的姐妹。龙姑娘没有来，难得杨姑娘赏面，肯来做我们的客人。”

杨洁梅道：“萍水相逢，多承令嫒相邀，特来打扰。”

邵元化看了看杨洁梅，忽地哈哈笑道：“令尊是杨大庆吧？哈，这可真是巧极了，想不到你们小一辈的也交上朋友啦！”

杨洁梅亦是有点诧异，说道：“正是家父。老伯和家父——”

邵元化笑道：“我和龙伯岩不过是一面之交，说起来我和令尊的交情却还要好得多呢。二十年前，他突然在江湖上消声匿息，我们就没有再见过面。失掉了这个朋友，我十分可惜。好在现在得见故人之女，或者你可以为我一释疑团了。”

杨洁梅道：“不知老伯要知道什么？”

邵元化道：“令尊当年是否为了避仇匿居？这许多年来你们都在龙岩吗？令尊可好？”

杨洁梅眼眶一红，说道：“家父不幸早已去世，侄女自幼遭人拐卖，不能侍奉家父，老伯所问的事情，侄女毫无所知。”

邵元化吃了一惊，说道：“什么，你也是自幼遭人拐卖的吗？”

杨洁梅听他说了一个“也”字，心里想道：“他们父子的面貌大不相同，如今邵老伯又这样说，看来我是不会猜错的了。”

邵湘瑶道：“还有更巧的事呢，杨姐姐就是给拐子卖到文大侠掌门弟子辛龙生的家里。”

邵元化更是吃惊，说道：“那么你是辛十四姑的、的——”突然想起“丫头”二字，不宜宣之于口，甚是尴尬。

杨洁梅道：“不错，我正是辛十四姑的丫头。老伯可是和我的主人相识?”

邵湘华连忙说道：“杨姐姐不过受了一时委屈，现在早已不是辛家的丫头了。那位辛少侠也是和她兄妹相称的。”

邵元化则道：“不，不！我和辛十四姑并不相识。不过，她从前的名声很响，所以我才知道。”

杨洁梅疑心顿起，说道：“邵老伯，你刚才说家父是为了避仇匿居，不知家父的仇家是哪一个?”

邵元化说道：“这个，这个，我也只是猜测而已。令尊以前是郑州一家镖局的总镖头，做了镖头，难免不和黑道上的人物结怨。”

杨洁梅心里想道：“看这情形，邵伯伯恐怕是知道的。或许是因为那仇家的势力太大，所以他不敢和我明说。”

邵元化既然推说不知，杨洁梅自是不便再问下去，只好等待有机会时再行刺探了。

自此之后，杨洁梅就在邵家住下来。邵湘瑶和她很好，待她如同姐姐一般，白天和她同玩，晚上和她同房。邵家乃是颇有名望的武林世家，常有亲友来往，她来了几天，邵湘华每天都要陪父亲接见宾客。没有宾客的时候，也有僮仆在旁。是以杨洁梅非但没有机会向邵元化刺探，连找邵湘华在无人之处谈一次，也苦于没有机会。

一天晚上，月色明朗。邵湘瑶说道：“杨姐姐，你可喜欢睡莲?”杨洁梅笑道：“我一向爱花，但我以前住的那个地方在山上，缺乏水源，气候又冷，主人家种了许多修竹，花就只有梅花、桃花、李花这几样是常见的了。家里没有池塘，我只是从书上知道莲花号称花中君子，可没有见过，更别说睡莲了。不过，你突然问起这个干吗?”

邵湘瑶笑道：“我家的花园里就有睡莲，杨姐姐，你来了几天，我还没有陪你在花园好好的玩赏一遍，睡莲是要在晚上观赏更加美的。我和你去赏月看花好不好?”

杨洁梅笑道:“难得姐姐有此雅兴,小妹自当奉陪。”

月色澄明,荷塘泛影,田田荷叶,朵朵莲花,俨如翠盖红裳,在水面摇曳生姿。微风吹过,幽香扑鼻,中人如酒。杨洁梅心神俱醉,叹道:“果然是景色幽美,巧手难描!你们住在这里,只怕神仙也要羡慕你们了。”

邵湘瑶笑道:“你喜欢这里,就,就做我的——”

杨洁梅道:“做你的什么?”邵湘瑶见她神色似有不悦,本来想说“嫂子”二字的,不敢再开玩笑,改口说道:“做我的姐姐,咱们不是可以一同住在这里了?”杨洁梅道:“多谢你,只怕我没有这个福气。我只是一个丫头。”

邵湘瑶道:“你又想起不愉快的往事了。其实你我的身份都是一样的。”杨洁梅道:“福分可就差得太远了。”

邵湘瑶说了几句劝慰她的说话,忽道:“杨姐姐,你在这里等一会儿,我去去就来。”杨洁梅诧道:“你去哪儿,我不能陪你吗?”邵湘瑶在她耳边低声笑道:“我去小解,你还是在这里舒服一些。”

杨洁梅独自赏花,过了片刻,忽见荷塘中现出一个男人的影子,吃了一惊,回过头来,只见来的可不正是邵湘华。

杨洁梅是个七窍玲珑的少女,登时恍然大悟,知道邵湘瑶借口走开,定是想要为她哥哥制造和她单独见面的机会。她虽然还没有爱上邵湘华,但这个机会,对她来说,也正是求之不得的事。

邵湘华见她回过头来,笑道:“杨姑娘,你还没有睡。”

杨洁梅道:“湘瑶邀我来赏睡莲,刚刚走开。湘瑶,湘瑶——”

邵湘华道:“不要叫她,我,我有话和你说。”

杨洁梅心中一动:“想必他也是早已识出我是当年那个女孩子了。”说道:“你要说什么?快点说吧。”

邵湘华果然就说道:“我们好像是多年以前见过的?你是不是也有这种感觉?”

杨洁梅急于从他口中找寻线索,不想再绕圈子,便径自问他道:“不错,我也好像是见过你。你是不是我在古庙中见过的那个男孩子？当时是一个面上有刀疤的恶汉带你来的？”

邵湘华喜道：“一点不错，你果然是那个女孩子了。难为你还记得。”

杨洁梅道：“你是怎样给那恶汉拐出来的？”

邵湘华道：“说出来或许我的遭遇比你更为可怜，我是惨遭家破人亡之祸，后来又给别人拐到江南来的。”

杨洁梅道：“你本来姓什么？”

邵湘华道：“我本来姓石。家父是中牟县的武师。”说到这里，突然问杨洁梅道：“令尊名讳叫杨大庆，没错吧。”

杨洁梅怔了怔道：“你爹爹不是对你说过吗？”

邵湘华道：“我也是你来的那天，才第一次听得爹爹提起令尊的名字。不过在我未入邵家之前，却是听人说过这个名字的。”

杨洁梅大为诧异，说道：“那么应该是在你七八岁之前的事情了。是谁说的，你怎么记得这样清楚？”

邵湘华叹了一口气，说道：“那天正是我惨遭家破人亡不幸的日子，我怎能不记得呢？”

杨洁梅道：“请你先别伤心，说给我听听，是怎么一回事？”

邵湘华道：“那天白天，来了一位客人，家父招待他在书房里，关起门来说话。他吩咐了家中的仆人，不经召唤，谁都不许进去的。

“我记不起当时是为了什么事情要找爹爹的了，总之我是一个人走近了书房，刚好听得那个客人说道：‘确实不错，杨大庆是在龙岩隐居，我打听得清清楚楚。’家父说道：好，那么咱们明天就动身到龙岩找他！”

杨洁梅甚为惶惑，暗自思量：“他们在密室商议，要找我的爹爹，这是怎么回事？如果他们是爹爹的朋友，用不着这样鬼鬼祟祟，难道，难道他们乃是图谋对我爹爹有所不利？”

邵湘华似乎知道她的心思，说道：“我也不知家父与令尊有何关系，不过我却可以断定他们绝不是仇家！”

杨洁梅道：“你怎么知道？其实他们是不是仇家，这都是上一代的事情，与我们无涉。”

邵湘华道："我不是为家父隐讳，那是后来发生的事情，使我得到这个结论的。"

杨洁梅道："后来发生了什么事情？"

邵湘华道："说起来真令我伤心，不过我是要让你知道的，你且听我慢慢地说。"

杨洁梅道："好，你说得详细些。"

邵湘华想起惨痛的往事，虎目蕴泪，说道："好，我再从头说起，那日发生的事情，我都记得清清楚楚的。

"当我走进书房，刚好听得那个客人提起令尊的名字时，忽地一柄飞锥，从窗口打了出来。那客人喝道：'是谁在外面偷听？'"

杨洁梅吃了一惊道："那客人用飞锥打你？那你爹爹——"

邵湘华道："爹爹当然不会让他打中我的。只听得咔嚓一声，飞锥插在我身旁的一块石头上，溅起了点点火星，把我吓得慌了。

"我的爹爹随即开门出来，说道：'白大哥不必惊疑。哼，果然是你这小鬼，好在我的手快，拨歪了这柄飞锥。你来这里做什么，快出外面玩吧。'

"那客人很不好意思，说道：'我不知是令郎，好在，好在……'

"我的爹爹笑道：'也怪不得你起疑心的，我已经吩咐过仆人不许进来。一时疏忽，却忘了吩咐他们管束这个孩子，难怪你恐怕有对头的人跑来偷听。'

"爹和那个客人再入那间书房关起了门，我也吓得连忙跑到妈妈房里躲起来了。"

杨洁梅道："那么他们后来说的话你是没有听见的了，你又怎知他们和我的爹爹不是仇人？"

邵湘华道："就在这天晚上，一件非常意想不到的事情发生了，这件事情也是令我这一生的命运完全改变的事情！"

杨洁梅道："什么事情？"

邵湘华咬了咬嘴唇，神色惨然，说道："当天晚上，有一帮强盗，明火执仗的打进我家！爹爹和那姓白的客人和他们恶战，我听得那帮强盗有好几个人叫道：'原来是白老七，不是那姓杨的。'又有人叫道：'打虎容易放虎难，一不做二不休，管他是什么人，都干掉他'！又有人说道：'对，免得他们泄漏了风声，让那姓杨的知道！'"

杨洁梅心里想道："这样说来，这帮强盗才是我爹爹的仇家。他们以为爹爹藏在石家，石老伯那位客人自必是我爹爹的朋友了。"

邵湘华继续说道："当强盗破门而入之时，爹爹就吩咐一个老仆人带我从后门逃走，我们还没有逃出去，那帮强盗就已经打进来了。幸好那老仆人拖着我，从屋后的沟渠爬出去。屋后是座松林，我们是从山坡上滚下去的。那帮强盗的呼喝声和兵刃磕击的声音我们还听得见。但我当时慌得很，也只是记得强盗说的这几句话了。"

杨洁梅听得紧张之极，问道："后来怎样，你爹爹——"突然想起，邵湘华的父亲可能就是在这一战中给强盗杀死的，不敢再问下去。

邵湘华虎目蕴泪，说道："以后我就没有再见着爹爹了，但我也不知他是死是生。唉，只怕多半是已遭不幸了。"

杨洁梅道："那么你后来可曾回过家里？"

邵湘华道："那老仆人和我躲进松林，极其不幸，不知从什么地方飞来一支冷箭，把老仆人也射死了。我伏在山沟里，侥幸没有给强盗发现。

"第二天一早，我独自回家，只见好好的家已经给强盗放火烧得变成了一片瓦砾，火头还没有熄灭。地上横七竖八的许多烧焦了的尸体，也不知有没有我爹爹和那客人在内。

"似乎是火发之后曾经有人救火，地上湿漉漉的，房子虽然变成瓦砾，尸体尚未焚化。我数一数，共有九具尸体。我家的仆人连爹爹和客人在内，一共是十三个人，除掉那个老仆是给冷箭射死之外，应该还有三个人是逃跑了的。唉，但却不知这三个人之中，有没有我的爹爹了。"

杨洁梅听得毛骨悚然，想道："若果是我，我一定没有他这样大胆，还敢去数有多少具尸体。"当下安慰他道："吉人天相，令尊说不定还在人间，你们尚有团圆之日。"

邵湘华道："但愿如此。唉，不过即使家父尚在人间，他又怎会知道我已经变成了邵湘华，如何找得着我呢？这希望只怕也是极为渺茫的了。”

杨洁梅道：“天下往往有许多意想不到的事情，你不要太过伤心，说不定有奇迹出现的。但你后来怎地给人拐卖来到这儿？”

邵湘华道：“我正在瓦砾场中哭泣，左邻右里想必是给强盗吓得都逃跑了，我一个人哭泣，也没人理会。

“忽然有一个人轻轻拍了我一下，我回转头来，这才发觉也不知是什么时候，有个人来到了我的背后！”

杨洁梅手心里捏着一把汗，问道：“那是什么人？”

邵湘华道：“就是那个面有刀疤的汉子！”

杨洁梅早已知道他是给那汉子拐卖的，但听到这里，还是不禁“啊呀”一声叫了出来。

邵湘华说道：“这汉子当时倒是对我颇为和气，他说是我爹爹的朋友，姓周，要我叫他周大叔。他说要带我到他家里，慢慢再给我打听我爹的消息。我年纪小，见他这个凶恶的相貌，心里是害怕的，但无处投奔，也只好跟他了。

“跟了他之后，离开故乡，他的凶相就完全显露了。我不听他的话，他不是打，就是骂。你还记得吗？那天在那座古庙里，我只不过问你一句话，他就打我骂我。”

杨洁梅道：“记得的，你问我姓什么，我当时可还不敢告诉你呢。后来你我分手之后，他就把你卖到这里了吗？”

邵湘华道：“不，我是现在的这个爹爹从他手里救出来的。”

杨洁梅道：“啊，邵老伯知道他是恶人，来救你的吗？那么邵老伯想必是你爹爹的朋友了？他救了你，有没有拿着那个恶汉，审问他的口供？”心里想道：“那恶汉和拐我的人是一伙，若是那恶汉有口供，这就不难找到线索了。”

邵湘华道：“不，我现在的爹爹和我的生身之父并不相识。”

杨洁梅道：“那他何以会救你呢？”

邵湘华道：“我现在的爹爹当时是个武官，他是虞允文将军的部下。这位虞将军的名字，想必你会知道？”

杨洁梅道：“就是二十年前，曾经在采石矶大破金兵的那位虞元帅吗？我们虽是在北方的穷乡僻壤，也曾听人说过的。”

邵湘华道："我爹在他帐下十多年，升到了记名总兵的职位，当时驻在温州。

"那个恶汉把我带到江南，加入了一个匪帮，但这帮恶匪帮不是以抢劫为生的，他们贩卖私盐，兼做人口买卖，各地的拐子常常把他们拐来的孩子交给他们代为出手，拐我的那个恶汉和这个匪帮的头目似乎是结拜兄弟，我听得他们大哥二哥的叫得好不亲热。

"有一天他们带了六七个孩子走路，突然给官兵追捕，头目和拐我的那个恶汉因拒捕给官兵杀了，其他的一网被擒。我和那几个孩子给官兵救了出来。

"后来我才知道这几个孩子都是温州富户人家的孩子，他们拐来，准备勒索的。我爹爹当时是温州的兵备道，接到了事主的投诉，勃然大怒，故而亲自破案的。

"那几个孩子各有父母领去，只有我是没人领的。爹爹把我带回衙中，要我做他的儿子。"

杨洁梅道："你把你的身世对他说了吗？"

邵湘华道："当然说了。爹爹答应帮我查究这件案子，但他吩咐我不许对人泄漏我的身世。连我的妹妹也不知道我不是他的亲哥哥呢！"正是：

偶遇竟为同命鸟，飘零身世结怆怀。

欲知后事如何，请听下回分解。

第五十三回　身世堪怜同命鸟
沉冤未雪戴天仇

杨洁梅诧道："这是什么缘故？"

邵湘华道："我的母亲是二娘——"他见杨洁梅脸有诧异之色，接着说道："我说的是现在的父母，我已经叫惯他们做爹做娘的了。"

杨洁梅这才明白，说道："啊，原来你现在的母亲是邵老伯的如夫人。"

邵湘华道："爹爹和元配的大妈结婚之后，没多久就投笔从戎，做了二十多年的武官，前几年才告老归家的。当然在这二十多年之中，他也曾经有过几次请假回家，有一次回家与大妈团聚就生下我的妹妹。那是他做温州兵备道之前四年的事情，湘瑶比我小三岁。

"他在外面做官，另外娶了一位二娘，未曾告老归家之前是一直瞒着大妈的。这位二娘就是我现在的妈妈了。"

杨洁梅心里想道："原来他的家庭如此复杂！我以为这位邵老伯是武林高人，原来他也会瞒着元配娶小老婆！"古代男子三妻四妾极是寻常，尤其做官的人更是如此。但因杨洁梅曾在情场失意，最为恼恨负心男子，是以听说邵元化有小老婆，口中虽然不便非议，心里对他的尊敬已经减了几分。

邵湘华接着说："二娘知道我是从北方拐来的孩子，南方没有亲人之后，就和爹爹商议，要我冒充他们的亲生孩子。"

杨洁梅道："原来如此。但为什么对你的妹妹也要隐瞒？"

邵湘华道："二娘怕大妈不容，但有了亲生的儿子，在家庭的地位就不同了。所以她当然是不肯让爹爹把实情告诉大妈的。爹爹也怕族人因他没有亲生孩子，死后会来争他的家产，是以一回家就带我到祠堂禀告祖先，让我做他的亲生儿子，在族谱上添上我的名字。这就是他要我对任何人都不能泄漏身世的原因了。湘瑶年纪还小，不大懂事，爹怕她会泄漏出去。"

杨洁梅道："原来你有这样不得已的苦衷。"心里却是想道："可是这样做总是有点不大光明磊落吧。"

邵湘华似乎知道她的心思，苦笑说道："十多年来，我现在的爹爹对我极其疼爱，我这条小命又是爹爹救出来的。我不能拂逆他们两位老人的心意，没奈何只好和他们串通作弊了。但我决不是觊觎邵家的财产，若然找到我的生父，我还是要归家的。"

刚说到这里，杨洁梅似乎听得什么声响，连忙回头一望，却不见有人。邵湘华笑道："你放心，不会有人来的。湘瑶是特地安排这个机会，让我和你单独见面的。她已经回到自己的房间去了，要半个时辰之后，才会再来接你。"

杨洁梅笑道："你的妹妹对你这样好，你却还要瞒她。但你为什么要把这些秘密都告诉我呢？邵老伯不是禁止你向外人泄漏的吗？"

邵湘华笑道："我不告诉你，你也知道我不是邵家的孩子。何况咱们同病相怜，自从我那次见了你之后，我就一直惦记着你。虽然咱们没有说过话，在我的心里你却好像我的一个亲人一样，我并没有把你当作外人看待。"

杨洁梅大受感动，说道："我也时常想起那次和你见面的事情。对啦，这许多年来，邵老伯可曾为你打听你家的事，关于那帮强盗的来历，是否有了一点线索？"

邵湘华道："南北相隔，相去何只千里之遥，而且北方是在金人统治之下，要查究敌区多年前发生的一件案子，谈何容易？不过，爹爹总算也已经尽了力了，他曾派遣亲信手下到我的家乡中牟县去过，那个人回报说是我家早已烧成平地，访问左邻右里，谁也不知我生父的下落。"

杨洁梅暗暗叹息，想道："我只道可以找到一点线索，想不到仍是一个疑案。唉，他的遭遇比我还要可怜！"

邵湘华道："这许多年来，你在辛家过得好么？"

杨洁梅淡淡说道："你爹爹说辛十四姑是个著名的女魔头，不过她对我倒还不错。"

邵湘华道："那位辛公子呢？"

杨洁梅面色一变，说道："你问这个干吗？"

邵湘华有点尴尬，说道："没什么，不过我觉得你那天的举动——"

杨洁梅道："有点奇怪是不是？本来我是一个丫头，是不应该令少爷难堪的。是么？"

邵湘华忙道："不，不是这个意思。相反，我对你很是佩服！"

杨洁梅冷冷说道："佩服什么？"

邵湘华道："佩服你是个敢作敢为的女子。我不知道你何以要令那位辛公子难堪，你不愿意让我知道，我也决不勉强你告诉我。他是江南武林盟主的掌门弟子，你敢在一群宾客之前，令他难堪，这份勇气，已是令我刮目相看了。"

杨洁梅听了这话，颇有得一知己之感，半晌说道："这也不是什么不可告人之事，嗯，将来到了适当的时机，我再告诉你吧。"

说到这里，这才看见邵湘瑶分花拂柳而来，笑道："你们说够了么？"

杨洁梅面上一红，说道："你这小鬼头，说是去——，却去了这许多时候。"

邵湘瑶笑道："我让华哥陪你，你不感谢我反来骂我！"

邵湘华笑道："夜已深了，好啦，你们也该回去了。"

杨洁梅和邵湘瑶回到房中，心里还存在着一个疑团。

回到房中，邵湘瑶笑道："你觉得我的哥哥怎样？"杨洁梅佯作不解，说道："什么怎样？"

邵湘瑶笑道："你和他谈得不是很投机吗？俗语说得好：酒逢知己千杯少，话不投机半句多。哥哥平日沉默寡言，和我也不多说话的，今晚和你一谈就谈了半个时辰，可见得他虽然和你相识不久，已经是把你当作知己了。你呢？你对他又怎样？”

杨洁梅道：“都是你弄的鬼，你还胡说！”

邵湘瑶道：“我可是真心真意的问你这句话的。好姐姐，你答应我吧！”

杨洁梅道：“你们兄妹对我都很好，我对你们也是一样。”

邵湘瑶抿嘴笑道：“总有点不同吧？对啦，你们怎的有这许多话说，说了些什么，可以讲给我听么？”

杨洁梅道：“也不过是些闲话，他给我讲园中的景致，可惜晚上不便游览。”

邵湘瑶道：“就是这么多？我不相信！”

杨洁梅心中一动，说道：“那你以为我们说了些什么？”

邵湘瑶笑道：“我怎会知道？总有些体己的说话吧？”

杨洁梅忽地把她按住，作出开玩笑的神气，呵她的痒，却板着脸孔道：“小鬼头，快快从实招来，刚才是你躲在花丛中偷听？”

邵湘瑶笑得透不过气来，求饶道：“我最怕痒，快快放开。不是我！”

杨洁梅道：“那又是谁？”

邵湘瑶道：“不会有人吧！”

杨洁梅道：“我看见花丛中有人影的，一晃就不见了，不是你是谁？”其实她并没有看见任何人的影子，只是听得风吹草动引起疑心而已。

邵湘瑶笑道：“你们说的若不是私话，又何须怕人偷听？”

杨洁梅道：“好呀，那一定是你了！你不从实招来，我还要呵你！”

邵湘瑶道：“别呵，别呵，我说给你听。”杨洁梅放开了手，邵湘瑶笑够了这才往下说道：“我本来是想躲回房间，后来想想，不大放心，恐怕仆人撞来，弄得你们不好意思。所以我就躲得远远的在假山入口那边给你们把风，你们说的话我可是一句也没有听见。”

杨洁梅道：“不对，那个人影并不是在假山那边，是在荷塘附近的花树丛中的。”

邵湘瑶道："我还没有说完呢，那个人不是我，不过，我猜想可能是二娘。"

杨洁梅怔了一怔，道："哪个二娘？"

邵湘瑶道："哥哥还没有和你说吗？我哥哥是二娘生的。"

杨洁梅登时起了疑心，想道："她为什么要这样鬼鬼祟祟偷听儿子的谈话？"

邵湘瑶道："二娘想是盼望哥哥讨媳妇，盼得心切，所以偷偷来瞧你们，却怕给你们发觉不好意思，见你们很是亲热，她放了心就马上走了。"

杨洁梅到了邵家几天，还没有见过邵元化的两个妻子，心里本来就有些奇怪的，忍不住说道："对啦，我还未曾拜见两位伯母呢。你的二娘若是想见我，为什么她不叫你陪我去谒见她。"

邵湘瑶道："二娘长年有病，很少出房的。你来那天，她正是旧病复发。不过，她是知道你来了的。今天晚上想必是她好了一点，知道哥哥在园中偷偷会你，她也就偷偷的出来看一看了。"

杨洁梅更是疑心，暗自想道："邵湘华和妹妹串通，偷来会我，这事他并没有告诉父母，那个二娘如何得知？分明是早已有心在暗中留意我了。为什么呢？"

邵湘瑶接着说道："至于我的母亲，这两天刚好到大姨妈家里去住，待她回来，我自会陪你去见她的。"

杨洁梅因为已经知道邵湘华的身世要瞒着妹妹的，是以虽然满腹疑团，却是不便向她多问。

邵湘瑶接着又笑道："刚才我问你的那句话，是爹爹授意我问你的，你还没有答复呢。"

杨洁梅道："你爹要你问我，为什么？"

邵湘瑶噗嗤一笑，说道："杨姐姐，你别装糊涂了，你难道还不明白我爹爹的意思？爹和二娘都喜欢你，想要你做我家的媳妇呢！就不知道你喜不喜欢我这个傻大哥？"

杨洁梅道："好，你再拿我开玩笑，可休怪我又呵你了！"

邵湘瑶笑道："你既然害羞，那就以后慢慢再说，好啦，别闹了吧，咱们该睡了。"

过了几天，邵湘瑶的母亲从亲戚家回来，杨洁梅也见过她了。可是那个二娘她却还是始终没有见着。邵湘华倒是继续和她见过几次面，但也都是兄妹在一起的。杨洁梅不便和他说起那晚二娘偷听的事情。

杨洁梅找不到仇家的线索，心中又有所疑，是以本来想要离开邵家到武岗去找龙天香的，暂时也就不想离开了。她没有人商量，非常盼望龙天香能够快点来。因为龙天香与她分手之时，曾经说过，过五七天，杨洁梅不来武岗，她就会到邵家的。可是如今已经过了十多天了，龙天香还未见来。

龙天香在武家过的正是十分快活的日子，她以为杨洁梅找到了知心的人，在邵家也是像她一样。是以特地迟迟不来找她的。

这一天龙天香和她的意中人武元感到山上去玩，采撷野花，编结花环。

时节正是江南春暮，这一天又正是日丽风和，山坡上遍是野花，有红里参白像大红玛瑙的茶花，有桃红花瓣包着金丝花蕊的杜鹃花，有青丝花蕊镶着乳白花瓣的报春花，密密丛丛，花光如海。山峰上挂下的瀑布，在阳光下形成七色的彩虹，溅起珍珠似的泡沫。一对少年情侣，在这山上嬉游，当真是良辰、美景、赏心、乐事，“四美具、二难并”了。

龙天香玩得有点倦意了，坐在山溪旁边，把采撷来的各种野花，编结花环，编好了笑道：“好看吗？送给你好不好？”

武元感接了过来，却又给龙天香戴上，说道：“美极了，你戴上就更加好看啦！”龙天香道：“我是送给你的，你怎么又给了我？”武元感笑道：“我们家乡的风俗，只有新娘子才戴花环的。”龙天香嗔道：“你胡说什么？”武元感道：“不是胡说，你戴上了当真就像个美丽的新娘子。只不知我有没有这个福气消受，明年咱们——”龙天香的父亲前年去世的，三年之孝，还有一年。武元感这话不啻是绕个弯儿与她商议婚期。

龙天香红了脸，啐他一口道：“不许你乱嚼舌头！”嘴里骂他，心里可感到甜丝丝的。

武元感道：“好，你不喜欢我说你，那么咱们就谈别的新娘子吧。这次我们也是接到文大侠的请帖的，爹爹一来因为路远，二来和他又不很熟，没有去，我想去却去不成。听说新娘子是扬州百花谷武林世家奚家的小姐，美不美？”

龙天香道：“新娘子才貌双全，美得很呢。可惜给辛龙生捷足先登，你是只有羡慕的份儿了。”

武元感道：“在我眼中，天仙化人也比不上你。只有别人羡慕我，我何须羡慕别人？”

龙天香忽地想起杨洁梅的事情，幽幽的叹了口气。

武元感吃了一惊，说道：“好端端的怎的叹起气来？我不过因为你去喝喜酒，随口问问那位新娘子罢了。”

龙天香道：“你别自己想歪了，我不是说的这个。”见他着急的样子，不由得又是噗嗤一笑，说道：“我才不管你喜不喜欢别的女子呢。”

武元感放下了心，说道：“那你想说什么？”

龙天香道：“我想起了杨家的洁梅姐姐，她很可怜。”

武元感早就听她说过杨洁梅的故事，说道：“不错，她的遭遇的确令人同情。但你不是说她已经找到了意中人么？”

龙天香道：“但愿她能够有个美满的姻缘。对啦，说到她的意中人，我正想向你打听打听。”

武元感道：“打听什么？”

龙天香道：“那邵家是怎样的人家？邵元化的儿子和你相熟么？”

武元感道：“邵家也是有名的武林世家，邵元化是曾经做过总兵的，前几年才退休回籍。但我们和他却没有往来。”

龙天香诧道：“你们乃是邻县，住的这样近，何以没有往来？”

武元感道：“邵元化的脾气有点怪僻，不喜欢本地的亲友上门，外乡的朋友倒是听说不少。他回乡那年，曾经有一张拜帖送给我的爹爹，但也只是按照江湖上普通的礼节，叫一个仆人送来的，只是问候武林同道的意思。亦即是说，他回乡了，向我们打个招呼而已，并没有请我们到他家去。而且只此一遭，后来也就没有再往来了。”

龙天香笑道：“这样的脾气倒是奇怪，为什么只交外乡的朋友，却不交本地的朋友？好在他是官宦人家，否则我真要疑心他是坐地分赃的强盗了。我听得爹爹说过，有一些隐名的江湖大盗才是这样的，既不在本地作案，也不喜欢结交本地的朋友。”

武元感笑道：“你想到哪里去了，这话可是不能胡乱说的。”

龙天香道：“不错，各人有各人的脾气，尤其武林中人，有点怪僻的脾气也不稀奇。不过他的儿子女儿倒是十分好客。我正在想——”

武元感道：“你想什么？”

龙天香道：“我想过几天到他们家去找杨姐姐，你陪我去好不好？但听你这么一说，我倒有点害怕不受欢迎了。”

武元感道：“虽然他不喜欢结交本地朋友，但他总算是送过拜帖给我爹爹，多少有点交情，决不至于闭门不纳，就是不欢迎也不会说出来。”

龙天香笑道：“但不受欢迎，那就没趣了。不过，咱们也不是在他家长住，只是去见一见杨姐姐，那也没有什么打紧。”

说到这里，忽见一个小丫头匆匆跑来道：“少爷，家里来了客人，老爷请你和龙姑娘回去。”

武元感道：“什么客人？”

小丫头道：“不知道。是两个陌生人，我从来没有见过的。”

龙天香诧道：“是只请少爷回去吧？”

小丫头道：“老爷请龙姑娘也一同回去见见这两位客人。”

龙天香颇是感到奇怪，心道：“他们家里的客人，为什么要我陪客？”

两人回到家中，龙天香一看，那两个客人都是她不认识的，心里更觉得奇怪了。

武元感的父亲武延春叫龙天香坐下，说道：“这两位客人是远方来的，这位是焦先生，这位是邓先生。焦先生是北五省早就立下万儿的老英雄，和我的一个老朋友相熟，这位邓先生也是武林同道。他们想打听一件事情，这件事情你比我知道得清楚。所以我想请你告诉他们。”

龙天香道：“不知两位要知道什么？”

那姓焦的说道："有一位杨大庆是龙姑娘的邻居，是吗?"

龙天香道："不错，但这位杨伯伯早已去世了。"

那姓邓的道："我们也听说了。实不相瞒，我们和这位杨爷乃是结拜兄弟。"两人说的都是北方的口音。

龙天香心里想道："杨伯伯为什么从来没有和我爹爹说过?"心中甚是诧异，但为了礼貌，自是不便盘问。

那姓焦的接着说道："杨大庆留下一个女儿，听说自幼遭人拐卖，我们很想打听她的消息。武庄主说龙姑娘最近见过她。"

龙天香心想道："武伯伯叫我告诉他们，想必无妨。"于是说道："不错。我刚刚和她一同去喝文大侠掌门弟子的喜酒回来。"

那姓邓的道："文大侠的掌门弟子是辛龙生吧? 听说他是二十年前一个著名的女魔头、后来突然销声匿迹的辛十四姑的侄儿?"

龙天香道："不错。说来也巧，杨姐姐就是给拐子卖给这个辛十四姑的。"

焦邓二人对望一眼，齐声说道："这可真是踏破铁鞋无觅处，得来全不费功夫了。我们这位侄女现在在什么地方，龙姑娘想必知道?"

龙天香道："就在邻县邵家。"

武延春插口道："邵元化的名字，两位想必听人说过，他们邵家在邵阳县是无人不知的。"

那姓焦的道："啊，原来杨侄女就是住在邵元化家中，这倒容易寻找了。龙姑娘，多谢你啦!"

两位客人走后，龙天香问道："武伯伯，这两个人靠得住吗?我可没有听得杨伯伯说过有这样的两个八拜之交。"

武延春道："杨大庆本来是在北方干镖行的，干镖行的人，最紧要的是广交朋友，换帖子（结拜）是很平常的事。或许他和这两个人当时只是泛泛之交，为了要在江湖上有个照顾，就换了帖子了，所以没有和你们父女提及。但这两个人却很有义气，挂念着这位拜兄的遗孤。"

武元感喜道："真是这样，倒是要为杨家的姐姐庆幸了。"

龙天香听得武延春这么说，放了一点心。可是仍然不能不有点顾虑，想了一晚，第二天就和武元感说道：“反正我也是要去找杨姐姐的，咱们今天就去好不好？”

武元感道：“你是不是对昨天的那两个不速之客，仍然有所怀疑？”

龙天香道：“是呀，我想了一晚，总是有点放心不下。”

武元感道：“邵元化是武林前辈，那两个人即使想对杨洁梅不利，想来也不敢在邵家动手！”

龙天香道：“虽然如此，我也得见了杨姐姐才能安心。但我现在担心的只怕是赶不上了。”

武元感道：“这你倒不用担心，我知道有条捷径，从山谷里穿过，比走平路，可以省一天时间。”龙天香喜道：“好，那咱们赶快走吧！”

且说杨洁梅在邵家住了十多天，始终没有见过那个二娘，自从那天晚上，她从邵湘瑶的口中知道那个二娘曾经偷听过她和邵湘华的谈话之后，起了疑心，不能不多了几分顾忌，因此以后也就不敢在晚上再约邵湘华单独见面了。

这一天她和邵湘瑶到附近一处风景幽美之处游玩，邵湘华不知有什么事情给他父亲留在家里，没有陪伴她们。

她们二人玩了一会，在树林中休息。邵湘瑶道：“听说辛十四姑曾经是名震一时的女魔头，武功一定十分了得，你跟了她这许多年，想必也学到了她的本领了，练一套给我开开眼界好吗？”

杨洁梅道：“我只是服侍她的一个丫头，哪谈得到什么本领，偶然得她指点几手粗浅的功夫，不敢在姊姊面前班门弄斧。”

邵湘瑶道：“你再说这样的客气话，那就是不把我当作朋友了。”

杨洁梅只好说道：“那么我练了之后，你也得练一套给我瞧瞧。”

两人各自练了一套剑法和刀法，彼此都是大为佩服。邵湘瑶道：“辛家的剑法变化奇诡，果然是人所难测！”杨洁梅道：“你这刀法叫什么名字，我只觉得气象沉雄，而且在沉雄之中又有飘逸之气，看得我眼花缭乱！”

邵湘瑶道："我这是八卦游身刀法，哥哥练的比我好得多呢。他会的武功，有许多种都是我不会的。"

杨洁梅笑道："这怎么会？你的爹爹难道还会偏心？"心里想道："若然邵元化偏心，也只应薄待不是亲生儿子的邵湘华。"

邵湘瑶道："不是爹爹偏心，因为大哥自小跟随爹爹和二娘，家传的武功，他练得比我好，那是不用说了，还有二娘传给他的武功，那就只是他一个人会了。"

杨洁梅道："哦，原来你的二娘也是武林高手，却怎的又长年带病呢？"

邵湘瑶道："她回到家里就是如此，以前是不是这样，我可就不知道了。"

杨洁梅听了这话，不禁又多了几分疑心，笑道："这么说你的二娘偏心了。但你们兄妹这么好，你不能叫哥哥教你吗？"

邵湘瑶道："他想教我的，我不肯学。"

杨洁梅诧道："那又为了什么？"

邵湘瑶道："我不高兴二娘，我有心和她赌气，偏不练她的工夫。"

杨洁梅心里想道："这个二娘不知是怎么样的一个人？湘瑶天真活泼也讨厌她，想来纵然不是语言无味，也是面目可憎的了。"

邵湘瑶接着又笑道："但我只是讨厌二娘，和哥哥却是十分好的。如果、如果你做了——"

杨洁梅知道她想说什么，便打断她的话道："咱们玩得好好的，别扯到第二样事情去。"

邵湘瑶笑道："你不喜欢我提起哥哥？是真的不喜欢，还是只口里说的？哈，提起曹操，曹操就到，你不理他不成啦！"

杨洁梅抬头看时，只见邵湘华正在向她们跑来，跑得很是匆忙的样子。

邵湘瑶笑道："哥哥，你想见杨姐姐，也用不着这样着急呀。哈，我们正在谈起你呢。"

邵湘华道："今天有一件意想不到的事情，我是特地跑来告诉杨姑娘的。"

杨洁梅吃了一惊，说道："什么事情？"

邵湘华道："家里来了两个客人，他们说是你爹爹的结拜兄弟。"

杨洁梅大为诧异，问道："是怎样的两个人？"

邵湘华道："一个姓焦，一个姓邓，都是五十开外的年纪，听说是北方的成名人物。你知道这两个人吗？"

杨洁梅道："从来没有听得爹爹说过有这样的两个人。"

邵湘瑶甚是代她欢喜，说道："你是七岁那年给坏人拐了的，是吗？"杨洁梅道："不错。"邵湘瑶道："事隔多年，或许是你爹爹因你年纪太小，没有和你说过；也或许是已经说过，但你忘了。"杨洁梅点了点头，说道："也有可能。"

邵湘华忽道："杨姑娘，如果你不想见他们，我可以回去替你遮瞒，说你已经走了。"

杨洁梅怔了一怔，道："为什么你这样说？"

邵湘华道："我也觉得这两个人有点形迹可疑。他们和爹爹说的话，有一半是我听不懂的。"

杨洁梅诧道："怎的会听不懂呢？"

邵湘华道："我猜想那可能是江湖切口，但爹爹对他们的态度却是相当尊敬。不过，不过——"

邵湘瑶忍不住说道："不过什么？哥哥你从来不是这样子的，何以今天和杨姐姐说话，倒吞吞吐吐起来了。"

邵湘华道："爹爹吩咐我出来找杨姐姐，有两句话说得有点奇怪。"

邵湘瑶道："爹爹说了什么？"

邵湘华道："他吩咐我出来找杨姐姐回去的时候，偷偷的向我使了一个眼色，说道：'阿瑶今早说要和杨姑娘到外婆家里去玩，你去瞧瞧，她们是不是已经走了？'那姓焦的客人就说道：'令岳离这里不远吧？'爹爹说道：'不远，但她们若是已经去了，恐怕也得明天才能回来。'那姓邓的皱了皱眉，说道：'不要紧，我们可以等她。'妹妹，你是不是对爹爹说过这样的话？"

邵湘瑶道："没有呀！"

邵湘华道："是呀，所以你说是不是有点奇怪?"

邵湘瑶沉吟半晌，说道："这么说，爹爹的意思恐怕是要杨姐姐避开这两个客人了?"

邵湘华道："不错，那两个人说的一定是假话。却不知他们对杨姑娘有何企图?"

邵湘瑶道："既然这样，杨姐姐，你就当真和我到外婆家去玩两天吧。哥哥回去，可以说你已经走了。"

杨洁梅疑心大起，说道："我倒要看看这两个人是什么人?"

邵湘瑶见她坚持要去看一看，心想："这两人纵然对她有所不利，有爹爹在场，料也无妨。"于是说道："杨姐姐，我有个主意，我们客厅的后面有座假山，正对着后窗，咱们藏在假山石后，先瞧一瞧，看一看那两个客人是不是你认得的？你说好不好?"

杨洁梅道："好主意，就这样办!"

那两个客人在客厅有一搭没一搭的和邵元化闲话，等得实在心焦，却不知杨洁梅早已伏在后窗偷看他们了。

杨洁梅一看之下，不由得大吃一惊，那姓焦的她不认得，那姓邓的却依稀就是当年拐她的那个拐子!

她还怕认错了人，听了一会，听得果然是那拐子的口音，心中又是欢喜又是愤怒，想道："这厮竟然如此大胆，找上门来，这可当真是踏破铁鞋无觅处，得来全不费功夫，活该让我报仇了！但听湘华的口气，这两个人恐怕是和他的父亲多少有点渊源的，我要报仇，可不能先告诉邵伯伯。"

杨洁梅恐怕邵元化会拦阻她报仇，于是决定偷施暗算，突然跃到后窗，一把毒针就向那姓邓的客人射去!

这是辛家秘制的"蝎子针"，只要有一根刺穿了皮肉，身体就会溃烂不治。杨洁梅为了报仇，偷了辛十四姑的这种厉害暗器，从来未用过的。

姓邓的客人正和邵元化说话，背向后窗，那把毒针无声的射了进来，他竟似丝毫也没知觉。正是：

岂是有心施暗算，仇人见面恨难消。

欲知后事如何，请听下回分解。

第五十四回　匿迹消声难避祸
登门挑衅太欺人

杨洁梅正自欢喜，忽见邵元化一掌拍出，毒针未曾打到那姓邓的身上，都落下地了。杨洁梅拔出长剑，破窗而入。邵元化叫道："这两位是我的客人，杨姑娘你，——"

话犹未了，杨洁梅已是刷的一剑向那姓邓的刺去，叫道："邵伯伯，这人就是害惨了我的那拐子！邵伯伯，我不请你帮我的忙，但请你袖手旁观！"

那姓邓的喝道："好呀，难为你这丫头还认得我！"挥袖一拂，只听得"嗤"的一声，袖子给利剑截去了一幅，可是他也已拔刀出鞘了。杨洁梅刷刷刷连还三剑，给他一一挡开。

邵湘华兄妹跟着进来，邵湘瑶做梦也想不到有这样的事情发生，霎那间，不由吓得呆了！

邵湘华因为那晚在古庙中不过和这姓邓的见过一面，事隔多年，是以刚才没有怎么留意，现在听杨洁梅道破这人的身份，定睛一瞧，果然依稀记得就是那个拐子！

杨洁梅已得了辛十四姑剑法的三四分真传，那姓邓的武功虽也不弱，给她在瞬息之间接连攻了七八招之后，也不由自己的要步步后退了。那姓焦的看见不妙，蓦地一声狞笑，跳上前来，一抓向杨洁梅抓下！

邵湘华是个行家，一见姓焦的使出分筋错骨的手法，心头一震，无暇思索，立即便也跳了上去，双掌一圈，使出了一招以柔克刚的"拂云手"，把那人的杀手绝招化解。

这姓焦的功夫，可比那姓邓的高明得多，邵湘华虽然能够化解他的分筋错骨手法，可是却未能发挥以柔克刚的“拂云手”功效，对方的内力余波震荡，兀是震得他虎口如受火烧一般，又辣又痛！

这姓焦的碍着邵元化的面子，不敢对邵湘华再施杀手，却狞笑道：“邵元化，我的来历想必瞒不过你的了，我劝你把令郎拉开，别管这档闲事！”

邵湘华接连听了他的几声狞笑，忽地呆了一呆，双眼火红，眼中就像要滴出鲜血似的。

邵元化不知如何是好，心里想道：“这两个人我是可以打发他们的，但他们背后的靠山，我可是惹不起！”想到这层，无可奈何，只好叫道：“华儿，你暂且退下。两位仁兄，有话好说！”

不料他话声未了，邵湘华已是刷的拔出长剑，好像疯狂了似的，运剑如风，朝着那姓焦的身上要害猛刺！

原来邵湘华认不得这人，却记得他这狞笑的声音。

十多年前那幕家破人亡的惨剧，在这姓焦的狞笑声中重现在他的眼前了。

那晚那伙强盗进攻他家的时候，他已随那老仆从后门出走，没有和强盗朝过面。

邵湘华那晚并没有看见这班强盗的面貌，但却听见了那盗魁的狞笑声。那连绵不断的狞笑声，在他和老仆躲上后山之时，还是听得清清楚楚的。

十多年来，不知做过多少次恶梦，在梦中给这狞笑之声惊醒，这尖锐的好像狼嗥一样难听的笑声，是他永远也不会忘记的！

邵湘华激怒得说不出话来，整个心都燃烧着复仇的火焰，莫说他对义父的说话根本已是听而不闻，就是听得清楚他也是决不能罢休的！

那姓焦的想不到邵湘华如此疯狂的和他拼命，急切间未能取出兵刃，只好空手抵挡。

邵元化叫道：“华儿，你怎么啦？都给我住手！”

邵湘华不肯住手，那姓邓的和杨洁梅斗得正紧，也是不肯住手。

邵元化双掌画了一道圆弧，距离数尺之外，轻轻拍出，以一柔一刚的劈空掌力，互相激荡，就像一股潮水一样，把邵湘华和这姓焦的从两边分开。

姓焦的这汉子趁这机会取出了他的独门兵器虎头钩，邵湘华退了两步，脚步未稳，又攻上去。

姓焦的喝道："邵元化，你约束不了儿子，我只好替你管教了！"

虎头钩是擅克刀剑的一种独门兵刃，姓焦的双钩在手，如虎添翼，一个盘旋"咔嚓"一声，右手的虎头钩锁住了邵湘华的剑尖。

邵元化抓起茶杯，使出上乘的内功一摔，"当"的一声，把姓焦的这个汉子左手的虎头钩荡开，茶杯的碎片，洒了满地！

邵元化居然能够用一个瓷制的茶杯荡开他的一柄虎头钩，饶是这姓焦的武艺高强，也不禁吃了一惊。邵湘华迅速一招"夜叉探海"，抽出长剑，在姓焦的右臂划开了一道三寸多长的伤口！

那姓焦的喝道："好呀，你们父子是存心和我作对了！有胆的你别逃避，三天之后，我们定会再来找你！"说话之间，取出了一面尺余长的黑旗，旗杆是精钢打的，把手一扬，这面小旗插在客厅正中的八仙桌上，迎风展开，只见旗上画有令人心悸的骷髅头！

骷髅旗一展开来，邵元化面色大变，姓焦的这汉子冷笑道："乔大哥的令旗你总应该认得吧？我让你在这三天之内仔细想想，识趣的就把这女娃儿献出来，否则可休怪我不客气了。"狞笑声中，和那姓邓的夺门而出，跑了。他们的背后虽然是有着大靠山，到底也害怕邵元化万一不买他们的账，就要吃了眼前亏。

邵湘华这才叫得出来："爹爹，他就是我的大仇人，你放过他，我可是决不能放过他的！"头也没有转过来望他义父一眼，就追出去了！

邵元化大叫道："华儿，回来！"邵湘华哪肯听他的话，身形早已翻过围墙。不但邵湘华追了出去，杨洁梅和他的女儿也跟着追出去了。

骨肉关情，邵元化岂能让他的儿女冒险犯难，慌忙也追出去，想把他们拉回来。若然拉不回来，也只好拼着豁了出去，帮他们打发那两个强敌了。

就在此时，忽听得“卜通”一声，他的女儿邵湘瑶刚刚跃上墙头，忽地一个倒栽葱，又跌下来了。

只见屏风后面，闪出一个披头散发的妇人，正是他的“如夫人”高氏。

邵元化刚刚跑到院子外面，正要越墙而过，高氏夫人亦已追上了他，双掌在他肩头一按，硬生生的把他按住。邵元化本来是使劲跑的，给她这么一按，竟是不能动弹！

这一下大出邵元化意料之外，高氏懂得武功，他当然是早已知道了的，但却不知道她竟是如此了得，远远超乎他的想象！虽然他是给她突然用截手法制住，但他正在使劲奔跑，这股力道，少说也有千斤，高氏夫人能够将他按住，这份功力即使不在他之上，至少也是与他旗鼓相当的了！

但更使他惊骇的是，他的女儿邵湘瑶也是给他这位“如夫人”用一枚铜钱打着麻穴，这才从墙头跌下来的！

“她为什么要打湘瑶的穴道，又要制止我去救华儿？”邵元化不禁疑团满腹了。

高氏好似知道他的心意，不待他张口发问，便道：“老爷，你放心，湘瑶的穴道在一个时辰之内，便可自己解开。”随即便把她的一个贴身丫环叫出来，吩咐这丫环道：“把二小姐扶回她的房间，不要给大娘知道。”

邵元化道：“你不想要湘瑶冒险，却为何不阻止华儿？”

高氏缓缓说道：“我不愿意给那两个人见着我！”要知邵湘华是第一个追出去的，早已到了外面，隔着一堵围墙，高氏的钱镖已经打不着他，要是追出去制止，当然就要给那两个人看见了。

邵元化皱起眉头，说道：“好，你不愿意露面，那也罢了，却为何不让我去制住华儿？”

高氏说道：“他要报家破人亡的血海深仇，你制止得了吗？制止不了，那你就势必要和那两个人动手了，我不能让你这样做！”

邵元化更是惊疑不定，说道：“为什么？”

高氏道：“咱们回到厅子里慢慢说话。”半拉半劝的将邵元化拉回客厅，指着那面插在八仙桌上的骷髅旗，冷冷说道："你见了这面骷髅旗，难道还不知道这两位客人的来历么？"

邵元化吃了一惊，说道："你认得这面骷髅旗？"

高氏点了点头，说道："我当然认得，这是横行东海的大海盗乔拓疆的旗帜，那姓焦的是他手下的第五号头目！"

邵元化道："何以你会知道？"

高氏说道："你忘记了当年你我是怎样相识了的吗？你帮忙我打败的那伙强盗，也就是乔拓疆的部下。不过当时乔拓疆还是陆上的强盗，名字还不怎么响亮，这面骷髅旗也还未曾给他的手下普遍使用，当时并没有亮出来。"

原来约在二十年之前，邵元化驻守镇江，有一次率兵捕盗，去得迟了一步，那股强盗已经把一帮客商斩尽杀绝，只有一个少女还在和强盗厮杀，邵元化官军一到，这股强盗连忙逃走，这少女感他救命之恩，这才以身相许的。这少女就是他现在的这位高氏夫人了。

当时这位高氏夫人说她的父亲是保护这帮客商的镖师，不幸给强盗杀死，无依无靠，是以自甘作妾。但却一直没有说过她知道这帮强盗的来历。

邵元化道："这么说，这两位客人也就是你的仇人了，何以你又不趁机报仇？"

高氏道："不，我的大仇人是乔拓疆，杀这两个小贼于事无补。而现在却还不是我和乔拓疆算账的时候。"

邵元化道："华儿虽然不是咱们骨肉，也是你自幼抚养成人的，你怎能放心让他落在贼人之手？你自己不愿露面，也该让我去呀！"

高氏缓缓说道："第一，两害相权取其轻，现在我还有一门独门武功尚未练成，你我两人联手，也敌不过乔拓疆和他的结义兄弟，我不愿意你和他们也结下梁子。第二，那位姓焦的已受了一点伤，那姓邓的武功平庸，依我眼光看来，华儿和那位姑娘联手，胜是胜不了他们的，但也不至于有太大的危险！"

邵元化不禁又皱起眉头道："没有太大的危险？这是什么意

思？难道你就忍心让华儿受了伤么？”

高氏说：“那两个人若想重伤华儿，少说也得在百招开外，他们对你总还有多少忌惮，料他们不敢缠斗到百招开外！当然危险也还是多少有一点的，但百招之内的危险，最多不过是一点轻伤罢了。”

邵元化本来是个武学的大行家，此时冷静下来，仔细一想，知道高氏的眼力不差，自己的看法也是和她的一样，心情也就没有刚才那样紧张了。

不过，他还是有所怀疑，说道：“娘子，你是不是还有些事情瞒住我？”

高氏说道：“本来我是应该和你说的，但现在还是避仇要紧，留待以后再说吧。”

且说邵湘华和杨洁梅紧追不舍，不知不觉已追到村子外面的无人之处了。

距离渐渐拉近，邵湘华喝道：“哪里跑！”刷刷刷，三支连珠镖打出，却都没有打着。

那两个人忽地回过头来，姓焦的狞笑道：“这正是天堂有道你不走，地狱无门你偏闯进来！在邵元化家里，我忌你们几分，到了这儿，你还想逞能，岂非笑话！嘿，嘿，你不用担心我跑，我倒担心你跑呢！”那姓邓的道：“谅他们也跑不出咱们的掌心！”说话之间，双方业已碰头，登时就动起手来。

果然不出高氏所料，那两个人一动手就占了上风，但因本领最强的那个姓焦的汉子受了点伤，急切之间，却还是胜他们不了。

虽然是胜他们不了，邵湘华和杨洁梅已是迭遇险招，应付得十分吃力。

杨洁梅剑法奇诡，差在欠缺临敌的经验，她急于报仇，未免有点躁进，激战中只听得叮的一声，头上的银簪给姓焦的护手钩勾落，几乎受了伤。

邵湘华道：“杨姑娘，沉住气和他们缠斗，爹爹就会来的！”

姓焦的哈哈哈笑道：“邵元化要来早已来了，哈哈，你口口声声叫他爹爹，倒是叫得亲热，可惜他却不把你当作亲生骨肉呢！”

那姓邓的接着说道："就算是他亲生的儿子，他也不敢为了儿子得罪咱们的乔舵主！我劝你们还是不要痴心妄想邵元化来救你们了，乖乖的扔下兵器，让我们处置，倒可以饶了你们性命！"

邵湘华咬紧牙关，沉着应战，转眼过了五十多招，仍然未见义父来到，不禁有点惊慌，又有点伤心，暗自想道："爹爹把我抚养成人，平日疼我爱我，完全就像亲生骨肉一般。难道到了大难关头，爹爹当真就怕了树立强仇，不顾我的死活了？"

姓邓的武功平常，但和杨洁梅也差不多可以打成平手。那姓焦的却是十分厉害，一对护手钩盘旋飞舞，就像两道银蛇，贴着邵湘华的身子一般，不但压住了邵湘华的长剑，而且还时不时腾出手来，帮忙同伙攻击杨洁梅。

转眼又过了三四十招，杨洁梅已是香汗淋漓，湿透罗衣。但由于她已比刚才镇定一些，想着辛十四姑所传的一套奇诡绝伦的剑法，居然也还能够勉强支撑。

殊不知邵湘华固然有点着慌，那两个人在将近百招之后，也是越来越发慌了。

虽说他们估计邵元化不敢来惹他们，究竟还是不能不有所顾虑。姓焦的心里想道："邵家是武林世家，家中僮仆都会武功，更有许多本领高强的朋友，万一恰巧有邵家的朋友到来，他们不知底细，一定不会袖手旁观。那时不用邵元化出手，只怕我们也要吃亏的了！"

那姓邓的似乎知道同伴的心意，沉声说道："斩草除根，仇人之子留下来总是后患！"

那姓焦的狞笑道："好，谅他们不能够抵挡咱们五十招！"话中之意，却是向同伴暗示，五十招之内，若是还未能够取胜，那就是不宜再拖下去了。

邵杨二人越来越吃力，忽见两骑马飞驰来到，骑在马上的是一对青年男女，那女的忽地"咦"了一声，叫道："梅姐，你在和什么人打架？"

声到人到，那对男女跳下马来，正是龙天香与武元感！

杨洁梅喜出望外，叫道："龙姐姐，这个人就是我和你说过的那个拐卖我的仇人！还有一个也是和我们两家有血海大仇的强盗！”她无暇细说端详，听得龙天香可是有点莫明其妙：“两家？还有一家却又是谁？”

但虽然是有点莫明其妙，龙天香已知道这两个人是杨洁梅的仇人，自是不会袖手旁观的了。当下拔出剑来，说道：“元感，你对付那个使护手钩的汉子。”她也没多少临敌的经验，不过也还是一眼就可以看得出来，使护手钩的那个汉子武功较强，故而让给武元感对付。

武元感年纪轻轻，姓焦的初时还不怎样把他放在心上，不料交手之下，只见武元感的剑法竟似比邵湘华更凌厉，不由得着了慌。就在此时，只听得姓邓的“哎哟”一声，原来他已给龙天香刺了一剑。

姓焦的见同伴着了伤，本来他就想跑的，急忙叫道：“扯呼！”喊声未了，武元感一招“铁锁横江”，长剑一封，响起了一片金铁交鸣之声，那姓焦的一柄护手钩脱手飞上半空。这倒并不是因为武元感比邵湘华厉害，而是因为那姓焦的已经剧斗了这许多时候，自是抵挡不住他们联手猛攻了。

这姓焦的也委实了得，兵器脱手，倏地就以钩中夹掌的攻势，左手钩住了邵湘华的长剑，呼的一掌便向武元感击去。

武元感一剑刺空，左掌拍出，双掌相交，“蓬”的一声，武元感功力较逊，左掌的气力也敌不住对方的右掌，给那姓焦的震退三步，姓焦的冲破缺口，立即拔腿飞逃！

姓邓的这个汉子想跑却是逃跑不了，龙天香、杨洁梅双剑齐出，龙天香打落他手中的朴刀，杨洁梅一剑穿过了他的琵琶骨！

龙天香道：“梅姐，你是怎样找着仇人的，逃了的那个汉子是谁家的仇人？”

杨洁梅道：“待我先审问这厮，慢慢再告诉你。”

邵湘华道：“他是我家的大仇人！”当下把青钢剑架在那人的头上，喝道：“你想活命，快些实话实说，那晚洗劫我家的那帮强盗是些什么人，我的爹爹有没有给他们杀掉？”杨洁梅也跟着问道：“你将我拐卖，究竟是何人指使，快从实道来！”

那姓邓的惨叫道："好狠的丫头，你毁了我的武功，我活在世上还有什么意思？你干脆把我杀了，休想从我口里套出半句话！"要知他的琵琶骨已给利剑穿过，那是无可救治，必然成为残废的了。

杨洁梅淡淡说道："你真的这样嘴硬，我倒不大相信。好，且再给你一点厉害尝尝。"双指向他胁下的"气愈穴"一戳，一枚藏在中指缝中的毒针插进了他的穴道。

这是辛十四姑用五种最毒的怪蛇的口涎淬练的毒针，插进了穴道，不过片刻，这姓邓的汉子只觉得身体里面，好像有数十百条小蛇遍体游走，咬啮他的五脏六腑，所受的痛苦难以言宣，当真是比死还要难受的酷刑。

这姓邓的抵受不了，喘着气嘶声叫道："给，给我解药，我，我说，我说——"

杨洁梅冷笑道："不怕你不说！"正要拿出解药再行迫供，忽听得武元感喝道："是谁？"龙天香一把将杨洁梅拖开！

只见那姓邓的汉子倒在地上，动也不动，地上一摊鲜血。武元感已是拔剑出鞘，跑进树林里搜查敌人。

杨洁梅是个使毒的行家，一看就知这姓邓的汉子受了喂毒暗器的暗算，走近去仔细一瞧，果然发现他脑后"风府穴"插有一支紫黑的短箭，只露出半寸长的箭杆。

不问可知，这是他的同党杀人灭口之计！

杨洁梅正自以为可以从这姓邓的口里问出真相，不料却给人杀了活口，又惊又怒，喝道："好呀，这厮居然还敢躲在这儿，这次可决不能让他跑了！"

她和龙天香跟着跑进林子，只见风吹草动，却哪里有半个人影！

武元感追出二三里外方始回来，说道："那人早已跑了，连他的背影也没见着。"

龙天香若有所思，半晌说道："奇怪！"杨洁梅道："什么奇怪？"

龙天香道："刚才逃跑的那个汉子好像没有这样高明的轻功。"

一言惊醒，杨洁梅“啊呀”一声，说道：“不错，这姓焦的汉子，我们曾经追了他十几里之遥，即算他是弄假，也绝不会有这样来去无踪的本领。嗯，这又是什么人呢？”

武元感道：“咱们到了邵家，拜见了邵老伯再说。”杨洁梅无计可施，也只好如此了。

邵元化和他的高氏夫人还在客厅商量未决，那面骷髅旗则已经收起来了。

邵元化看见儿子安然无恙回来，又是欢喜，又是有几分尴尬，说道：“杨姑娘，你回来了。华儿，你没事么？”

邵湘华道：“幸好碰上武世兄和这位龙姑娘。”

邵元化道：“哦，原来是武世兄，令尊可好？”

武元感道：“托赖平安。老伯息影田园，家父尚未曾得为老伯洗尘，是以特命晚辈前来拜谒，禀告欣慕之意，不知老伯可愿折节下交，枉顾寒舍？”他因为邵元化脾气古怪，是以假托奉父命而来。

邵元化道：“好说，好说。应该我先去拜候令尊的。这位龙姑娘是——”

武元感心里想道：“看来这位邵老前辈倒是通情达理，并不似人言之甚。”说道：“这位龙姑娘是武林隐侠龙伯岩的女公子，我们两家乃是世交。她是一来为了拜谒老伯，二来也顺便探望杨姑娘的。”

龙天香道：“我和杨姑娘是邻居，自幼情同姊妹。那两个恶客就是日前在武世伯家中从我口中探听到杨姐姐的消息的。我放心不下，是以特地前来看个究竟。恰好路上碰上。果然他们真是怀着恶意而来。”

邵元化道：“龙姑娘的令尊我也是久仰的了。你说的这些事情我亦已知道。本来我应该和你们一同回去，拜候武世兄的令尊的。可惜现在不是时机，只有期之来日了。”

武元感道：“老伯家里闹了这桩事情，自是不能离开。我回去禀告家父，再同来拜候老伯如何？”

邵元化道：“多谢令尊的好意，但你猜错了，我正是要弃家逃走！”

此言一出，邵湘华不觉一怔，说道："爹爹，咱们为什么要逃？那姓焦的是我的大仇人，我正是巴不得他来找我呢！"

邵元化道："唉，你不知道，那姓焦的背后有个大靠山。是昔年横行东海的海盗头子乔拓疆。"

邵湘华不知乔拓疆的厉害，说道："爹爹，我不想连累你，但我是决意不走的。"

邵元化老面羞红，说道："孩儿，不是我不疼你，我实在不是这人的对手，我劝你也不可任性而为。常言说得好，君子报仇，十年未晚。"

高氏夫人咳了一声，说道："华儿，你听你爹爹的话，和我们一起走吧。我答应你，你将来的报仇，放在我的身上。"

邵湘华正自踌躇，武元感说道："老伯放心，我马上回去禀告家父，家父一定愿意赶来相助。咱们两家联手，不信那乔拓疆便有三头六臂。"

邵元化淡淡说道："此事我不想惊动令尊。"

武元感道："患难相助，理所应为，何况咱们住得这么近，等于是邻居呢。"

邵湘华接着说道："对呀，爹爹，现在不是讲客气话的时候，你就接受武兄的好意吧。"

邵元化心里也是舍不得这份家产，但又不愿让武元感父子知道他家的秘密，是以虽然有点动摇，却还未打定主意。

正自踌躇，高氏夫人道："纵有武家相助，胜负亦是难言。与其拖累人家冒这个险，不如远走高飞！我是决意要走的了，华儿，你若念我养育之恩，就跟我走！"说话之际，盯了邵元化一眼。

邵元化猛然一省，心道："不错，还是把华儿带走，最为上策。"当下就斩钉截铁说道："此事我不想外人插手，华儿，你和我走。"

邵湘华道："我不走！"

邵元化板起脸孔道："我不能让你白白送命，你若然还当我是你的父亲，就应该听我的话！"

邵湘华无可奈何，双目蕴泪，说道："爹爹说这样的话，孩儿只好遵命。武大哥，龙姑娘，请你们回去吧，多谢你们的好意了。”

忽听得“笃、笃”的拐杖点地之声，一个老妇人的声音冷冷说道：“谁说要走？”

只见邵湘瑶扶着一个拿着龙头拐杖的老妇人从后堂走出来，这个老妇人正是邵元化的正室刘氏夫人。

邵元化甚是尴尬，讷讷道：“娘子，你不知道——”

刘氏夫人把拐杖一顿，冷冷笑道：“我有什么不知道？你是为了你的宠妾，要把我们母女抛开是不是？”

高氏夫人脸上一阵青一阵红，强自忍住眼泪，说道：“姐姐，你别误会。不错，是我不好，连累你家。但敌人委实太过厉害，事已如斯，也只有避祸了。要走，当然是咱们一家子走，怎会抛下姐姐呢？”

刘氏夫人哼了一声，说道：“元化，你少年的豪气哪里去了？你是当真害怕敌人，还是舍不得这狐媚子，宁愿丢下这个家呢？哼，这许多年来我都忍住不说，现在非说不可！你把别姓孩子抱入邵家，现在又要唆摆我的丈夫和你逃走！元化，你不怕人家笑话，我怕人家笑话！”

邵湘华道：“大妈，不是我想瞒隐身世，是爹爹要我这样的。我更无意图谋你家的家产，不过，你要我们不走，我却是同意的。只待我的大仇报后，我立刻离开。”

高氏夫人道：“好，我走就是。”

邵湘华拖着她道：“娘，你也不要走！”

邵湘瑶也拖着母亲道：“娘，你少说一句吧。一家子的事总好商量，在外人面前吵闹，有什么意思。哥哥，不管你姓不姓邵，你都是我的哥哥。”后面这几句话是向着邵湘华说的，说话之际，兄妹二人都不自觉的流下泪来。

刘氏夫人道：“好呀，二娘点了你的穴道，好在得我解开。你倒帮起他们母子来了。”

邵湘瑶抱着母亲说道：“娘，咱们一家子本来是相处得好好的，大敌当前，更应该戮力同心才是，二娘怕我打不过那两个恶人，这才点了我的穴道，也是一番好意。”这番话是颇出邵湘华意料之外，心里想道："妹妹一向任性，平日对二娘就不怎么尊重，想不到她竟然能够这样通情达理。"于是也就帮口劝他的父母。

邵元化叹了口气，站了起来，说道："好，既然总是免不了妻离子散，那就大家都不要走了吧，大不了死在一块！"

高氏夫人凄然说道："华儿，事情过后，倘若咱们侥幸不死，你是不是愿意和我一同离开邵家？"

邵湘华道："孩儿愿意。"

高氏夫人道："姐姐，从今天起，邵家的事，我全不过问。只不过在这里多住几天，等待了结了这桩事情。这桩事情，我也不想连累你们，敌人来了，你尽可以袖手旁观，由我们母子应付就是。"

刘氏夫人"哼"了一声，说道："邵家的人，从来不畏强敌。你只要一天留在邵家，我就仍然当你是邵家的人。我的武功或许比不上你，但也不会畏缩不前。"

高氏夫人衣袖一甩，淡淡说道："多谢姐姐。"流着泪，就独自回房去了。

邵湘瑶本来想去劝她的，但一想起她和哥哥已经愿意留下，过一两天，待大家的气都平了下来，那时才便于进言，再劝他们莫要离开邵家也不迟。

一场不大不小的风波，开始平静。大家又忙于准备应付强敌了。

武元感重申前议，要回去请他的爹爹前来帮忙。

刘氏夫人拐杖一顿，冷冷说道："邵家的事，不用外人插手。"

武元感大为尴尬，说道："我们也自知帮不上忙，但这位杨姑娘是我们的朋友，她的事情，我们却也不能坐视。"

杨洁梅接着说道："那两个人也是我家的仇人，他们倘若重来寻仇，就不仅仅是你们邵家的事情。"杨洁梅心里没好气，说出话来，也就顾不得顶撞刘氏夫人了。

邵元化道："好，你们既然自愿留下，我自是不好赶你们出去。但你们可得答应我一件事情，在敌人未来之前，你们不许踏出我家大门一步。"说话之意，即是决不要武元感的爹爹帮忙。

武元感怔了一怔，心道："我只道这老头儿并不如外人所传之甚，却原来真的是这样脾气古怪!”当下只好点了点头，说道：“侄儿遵命，多谢老伯准我居留。”正是：

为避强仇求自保，性情怪僻有来由。

欲知后事如何，请听下回分解。